U0115789

東方學研究叢書

中國百年國難文學史

（1840-1937）

上冊

王向遠　等著

目次

上冊

緒論 ……………………………………………………………………… 1

    一　作為文學史範疇的「百年國難文學」 ………………………… 1

    二　「百年國難文學」研究的歷史與現狀 ………………………… 8

    三　「百年國難文學」研究的障礙困難與應有的思路方法 ……… 17

第一章　鴉片戰爭文學 ……………………………………………… 25

    第一節　戰前煙毒氾濫在文學中的反映 ………………………… 25

        一　對煙毒氾濫的憂慮與悲哀 ………………………………… 26

        二　對煙毒肆虐的憤怒與抗議 ………………………………… 33

    第二節　鴉片戰爭對詩壇的劇烈衝擊 …………………………… 37

        一　對山河淪落的震驚與憤懣 ………………………………… 37

        二　對百姓受難的同情與哀憫 ………………………………… 46

    第三節　作家詩人的譏諷與讚歎 ………………………………… 51

        一　對昏瞶誤國的譴責 ………………………………………… 51

        二　對衰兵怯將的指斥 ………………………………………… 56

        三　對忠臣良將、勇士義民的讚歎 …………………………… 63

第二章　中法戰爭文學　‧‧ 71

第一節　中法戰爭戰記文學　‧‧‧‧‧‧‧‧‧‧‧‧‧‧‧‧‧‧‧‧‧‧‧‧‧‧‧‧‧‧‧ 72

　　一　中法戰事記　‧‧‧ 72

　　二　為英雄人物立傳　‧‧‧‧‧‧‧‧‧‧‧‧‧‧‧‧‧‧‧‧‧‧‧‧‧‧‧‧‧‧‧‧‧‧ 84

第二節　中法戰爭詩歌　‧‧‧‧‧‧‧‧‧‧‧‧‧‧‧‧‧‧‧‧‧‧‧‧‧‧‧‧‧‧‧‧‧‧‧ 87

　　一　憂患意識與批判精神　‧‧‧‧‧‧‧‧‧‧‧‧‧‧‧‧‧‧‧‧‧‧‧‧ 87

　　二　抗法英雄的讚歌　‧‧‧‧‧‧‧‧‧‧‧‧‧‧‧‧‧‧‧‧‧‧‧‧‧‧‧‧‧ 101

第三節　中法戰爭後相關題材的小說　‧‧‧‧‧‧‧‧‧‧‧‧‧‧ 107

　　一　小說《死中求活》　‧‧‧‧‧‧‧‧‧‧‧‧‧‧‧‧‧‧‧‧‧‧‧‧‧ 107

　　二　幾部清史演義中的「中法戰爭演義」　‧‧‧‧ 112

　　三　清史演義與譴責小說對張佩綸形象的塑造　‧‧‧ 119

第三章　甲午戰爭文學　‧‧‧‧‧‧‧‧‧‧‧‧‧‧‧‧‧‧‧‧‧‧‧‧‧‧‧‧‧‧‧‧‧‧‧‧‧ 125

第一節　褒貶之聲　‧‧‧‧‧‧‧‧‧‧‧‧‧‧‧‧‧‧‧‧‧‧‧‧‧‧‧‧‧‧‧‧‧‧‧‧‧‧ 127

　　一　對「僨事誤國者」的鞭撻　‧‧‧‧‧‧‧‧‧‧‧‧‧‧‧‧‧ 127

　　二　對抗戰將領的讚美　‧‧‧‧‧‧‧‧‧‧‧‧‧‧‧‧‧‧‧‧‧‧‧ 140

第二節　悲憤之詩　‧‧‧‧‧‧‧‧‧‧‧‧‧‧‧‧‧‧‧‧‧‧‧‧‧‧‧‧‧‧‧‧‧‧‧‧‧‧ 145

　　一　詩人的哀嘆　‧‧‧‧‧‧‧‧‧‧‧‧‧‧‧‧‧‧‧‧‧‧‧‧‧‧‧‧‧‧‧‧‧ 145

　　二　黃遵憲的甲午組詩和丘逢甲的「失臺」之痛　‧‧‧ 156

第三節　幻滅與反思　‧‧‧‧‧‧‧‧‧‧‧‧‧‧‧‧‧‧‧‧‧‧‧‧‧‧‧‧‧‧‧‧ 163

　　一　對日觀念的形成與幻滅　‧‧‧‧‧‧‧‧‧‧‧‧‧‧‧‧‧‧‧ 163

　　二　文學的反思　‧‧‧‧‧‧‧‧‧‧‧‧‧‧‧‧‧‧‧‧‧‧‧‧‧‧‧‧‧‧‧‧‧ 171

第四章　庚子事變文學　‧‧‧‧‧‧‧‧‧‧‧‧‧‧‧‧‧‧‧‧‧‧‧‧‧‧‧‧‧‧‧‧‧‧‧ 179

第一節　庚子事變文學中危機四伏的晚清社會　‧‧‧‧‧‧ 180

　　一　晚清「教案」與義和團 ················ 181

　　二　宮廷黨爭與「北戰南和」 ·············· 187

第二節　庚子事變文學中的末世官僚群相 ·········· 196

　　一　慈禧太后的形象 ···················· 196

　　二　文武官僚群像 ······················ 202

第三節　庚子事變文學中的眾生世相 ·············· 218

　　一　狂熱抗爭的義和團 ·················· 219

　　二　不幸不爭的老百姓 ·················· 229

第四節　庚子事變文學中的八國聯軍及洋人 ········ 235

　　一　八國聯軍的暴行 ···················· 236

　　二　「洋鬼子」的另一面 ················ 243

第五章　「二十一條」國難文學 ················ 249

第一節　「二十一條」國難紀實文學 ·············· 250

　　一　「二十一條」國難紀事 ·············· 251

　　二　「二十一條」國難散文 ·············· 263

第二節　「二十一條」國難小說 ·················· 273

　　一　文言短篇小說 ···················· 273

　　二　歷史演義小說 ···················· 284

第三節　「二十一條」國難詩歌 ·················· 294

　　一　愛國救亡詩 ······················ 295

　　二　諷刺譴責詩與戰歌 ·················· 302

下冊

第六章　「五卅」及一九二〇年代國難文學 ⋯⋯⋯⋯⋯ 311

第一節　一九二〇年代的國難文學 ⋯⋯⋯⋯⋯⋯⋯⋯ 313

　　一　一九二〇年代前期的國難文學 ⋯⋯⋯⋯⋯ 313

　　二　一九二〇年代後期的國難文學 ⋯⋯⋯⋯⋯ 324

第二節　「五卅」詩歌 ⋯⋯⋯⋯⋯⋯⋯⋯⋯⋯⋯⋯ 328

　　一　激昂高亢的戰歌 ⋯⋯⋯⋯⋯⋯⋯⋯⋯⋯ 329

　　二　哀悼與反思之詩 ⋯⋯⋯⋯⋯⋯⋯⋯⋯⋯ 337

　　三　通而不俗的歌謠 ⋯⋯⋯⋯⋯⋯⋯⋯⋯⋯ 345

第三節　「五卅」散文、小說與戲劇 ⋯⋯⋯⋯⋯⋯ 357

　　一　充滿臨場感的散文 ⋯⋯⋯⋯⋯⋯⋯⋯⋯ 357

　　二　小說的多側面敘事 ⋯⋯⋯⋯⋯⋯⋯⋯⋯ 365

　　三　戲劇文學的現實性與先鋒性 ⋯⋯⋯⋯⋯⋯ 379

第七章　「九・一八」國難文學 ⋯⋯⋯⋯⋯⋯⋯⋯⋯ 393

第一節　報刊上的「九・一八」事變 ⋯⋯⋯⋯⋯⋯ 394

　　一　報紙上的「九・一八」事變 ⋯⋯⋯⋯⋯⋯ 394

　　二　「九・一八」事變與文學期刊 ⋯⋯⋯⋯⋯ 398

　　三　文學家對「九・一八」事變的不同反應 ⋯⋯⋯ 403

第二節　「九・一八」事變與各體文學創作 ⋯⋯⋯ 406

　　一　國難小說 ⋯⋯⋯⋯⋯⋯⋯⋯⋯⋯⋯⋯⋯ 406

　　二　國難戲劇 ⋯⋯⋯⋯⋯⋯⋯⋯⋯⋯⋯⋯⋯ 411

　　三　國難詩歌 ⋯⋯⋯⋯⋯⋯⋯⋯⋯⋯⋯⋯⋯ 418

　　四　國難主題的報告文學與散文 ⋯⋯⋯⋯⋯⋯ 434

第三節　「九・一八」事變與東北淪陷區文學 ⋯⋯⋯ 439

　　　　一　「九・一八」事變後的東北淪陷區文壇⋯⋯⋯⋯ 439

　　　　二　小說、戲劇、詩歌⋯⋯⋯⋯⋯⋯⋯⋯⋯⋯⋯⋯⋯ 445

　　　　三　「九・一八」事變後的東北流亡作家群⋯⋯⋯⋯ 458

第八章　「七七」國難文學⋯⋯⋯⋯⋯⋯⋯⋯⋯⋯⋯ 467

　　第一節　「七七」戰事報告文學與散文⋯⋯⋯⋯⋯⋯⋯ 468

　　　　一　戰事報告文學⋯⋯⋯⋯⋯⋯⋯⋯⋯⋯⋯⋯⋯⋯ 468

　　　　二　報刊社論與時評⋯⋯⋯⋯⋯⋯⋯⋯⋯⋯⋯⋯⋯ 481

　　第二節　「七七」國難詩歌⋯⋯⋯⋯⋯⋯⋯⋯⋯⋯⋯⋯ 489

　　　　一　國難紀事詩⋯⋯⋯⋯⋯⋯⋯⋯⋯⋯⋯⋯⋯⋯⋯ 490

　　　　二　抗戰救亡詩⋯⋯⋯⋯⋯⋯⋯⋯⋯⋯⋯⋯⋯⋯⋯ 499

　　　　三　英雄頌歌及哀悼詩⋯⋯⋯⋯⋯⋯⋯⋯⋯⋯⋯⋯ 510

　　　　四　抗日歌曲和時事鼓詞⋯⋯⋯⋯⋯⋯⋯⋯⋯⋯⋯ 516

　　第三節　「七七」國難戲劇⋯⋯⋯⋯⋯⋯⋯⋯⋯⋯⋯⋯ 522

　　　　一　戲劇文學中的前線與後方⋯⋯⋯⋯⋯⋯⋯⋯⋯ 522

　　　　二　國難戲劇的宣傳性與藝術性⋯⋯⋯⋯⋯⋯⋯⋯ 532

　　第四節　「七七」國難小說⋯⋯⋯⋯⋯⋯⋯⋯⋯⋯⋯⋯ 537

　　　　一　紀實性短篇小說⋯⋯⋯⋯⋯⋯⋯⋯⋯⋯⋯⋯⋯ 538

　　　　二　集體創作《華北的烽火》⋯⋯⋯⋯⋯⋯⋯⋯⋯ 544

參考文獻舉要⋯⋯⋯⋯⋯⋯⋯⋯⋯⋯⋯⋯⋯⋯⋯⋯⋯ 557

後記⋯⋯⋯⋯⋯⋯⋯⋯⋯⋯⋯⋯⋯⋯⋯⋯⋯⋯⋯⋯⋯ 589

緒論

一 作為文學史範疇的「百年國難文學」

本書題名《中國百年國難文學史》，關鍵字是「百年」、「國難」、「國難文學」等，對此需要首先加以界定和解釋。

所謂「百年」，指的是從一八四〇年中英鴉片戰爭開始，到一九三七年七月「七七」盧溝橋事變後中國全面抗戰為止的大約一百年。這一百年橫跨了通常所說的「近代」與「現代」，但本書沒有使用「近代」、「現代」或「近現代」這樣的術語。眾所週知，「近代」、「現代」在中國是一個相當意識形態化的概念，具有特定的社會歷史語境。從歷史科學研究的角度而言，「近代」、「現代」是當下人站在自身立場上對晚近的稱謂，而難以成為一個恆定的歷史區間稱謂。例如唐代人所說的「近代」，而今天我們看來早已經成為「古代」了，而我們今天所說的「近代」、「現代」，再過多少年，在後人那裡也會成為「古代」。因此，今人的歷史研究、特別是斷代史的研究，要想把所研究的那段歷史客觀地置於整個歷史鏈條與發展序列中，就應該逐漸少用「近代」、「現代」這樣的表述，而使用更具有客觀性的時間表述。有鑑於此，本書在研究中國的國難文學的時候，採用「百年」這樣時間概念，來指稱一八四〇年至一九三七年的一百年時間。

「國難」一詞是古漢語固有詞彙，例如《漢書·翟方進傳》中就有「國難」一詞，三國魏曹植有詩云：「捐軀赴國難、視死忽如歸」，這裡的「國難」皆指國家危難。在中國歷史上，大範圍持續的天災人

禍，包括外族騷擾入侵、暴民蜂起、地方叛亂、軍閥混戰、宮廷政變等，都被視為「國難」。但中國歷史上的「國」或「國家」的觀念，與現代國家觀念相去甚遠。古代諸侯稱「國」、大夫稱「家」，乃至將帝王直接稱為「國家」。「國家」不是天下人的國家，而是統治者的領地與私產。因此，儘管中國歷朝歷代都不乏「國難」，但內亂之「難」基本上是統治者之「難」，而未必是尋常百姓之「難」；只有外亂（外族入侵）之「難」，才是「國難」。中國歷史上由外族入侵、乃至外族入主所導致的國難，對官民上下造成的苦難與衝擊甚為劇烈，特別是宋末元初、明末清初，外族入主中原造成了改朝換代與社會動盪，也可以說是那個時代的「國難」，對此，那時的士大夫階層有大量抒寫國破家亡的詩文，如唐宋時代的邊塞詩，而民間下層百姓則有大量的演義小說、通俗小說，如明代的《楊家府演義》、《北宋志傳》等表現喪家之痛與保家衛國之情，從某種意義上也可以說是那個時代的「國難文學」。然而，從歷史發展的角度看，在「朕即國家」的政治體制下，「國難」本質上是「君難」（君王之難），有時客觀上甚至會轉化為「國幸」。歷史上的暴民起義是「國難」，但每每導致腐敗朝廷的滅亡；歷史上的外族入侵入主是「國難」，卻往往促進了民族融合和國家版圖的擴大，入侵者在政治上軍事上取得了勝利，卻很快被強韌而先進的中華文化所戰勝、所征服，中華文化反而因此而發揚光大。再從文學史上看，那些宋元明清時代的反映國破家亡的「國難文學」，與其說反映了國家危難，不如說反映了改朝換代的不適與痛苦；與其說是嘆惋社稷國家的崩壞，不如說嘆惋朝廷皇帝的覆亡；與其說表現了具有國家主人公意識的愛國主義，不如說是表現了具有忠君意識的皇權主義。換言之，那時的作者與讀者的「國」及「國家」的觀念，還沒有超出君權思想的範疇，還沒有確立現代國家觀念和國民意識，還沒有形成國家主人公的立場。另一方面，那時的相關創作

在數量上是有限的，在空間與時間的傳播上也是有限的，未能成為一股持續的、有時代性的創作潮流。故而，那時的「國難文學」不是我們所界定的真正意義上的「國難文學」，而只是古代的「邊塞文學」、「戰爭文學」或「征戰文學」。可以說，在綿長的中國歷史上，真正的「國難」史是一八四〇年後的百年史；在悠久的中國文學史上，嚴格意義上的「國難文學史」，是一八四〇年後一百年間的以「國難」為主題的文學史。

一八四〇年代以降的一百年，事件頻仍，國難不斷，就重大事件而言就有十幾次。其中最重要的是一八四〇年開始的中英鴉片戰爭、一八八二至一八八五年的中法戰爭、一八九四至一八九五年的中日甲午戰爭，一九〇〇年八國聯軍侵占北京的「庚子事變」，一九一五年日本提出旨在滅亡中國的「二十一條」、一九二五年的「五卅」事件、一九二八年的濟南慘案、一九三一年的「九・一八」事變，一九三七年的「七七」盧溝橋事變。從一八四八年到一九三七年，九次重大的國難事件，正好歷時一百年。這一百年是東西方帝國主義列強不斷施加侵略、中國不斷被動挨打、國家多災多難的一百年。百年間官民都有不斷的抵禦抗爭，但由於國家政治體制落後、官僚腐敗，統治者凝聚力與領導力貧弱與喪失，民眾覺悟程度與發動程度有限，抵禦乏術，抗爭無力，往往焦頭爛額、內外交困、前門來狼，後門進虎、捉襟見肘、一籌莫展、任人宰割、辱國喪權，不但國將不國，連中華歷史文化的價值與傳統也面臨著被衝擊乃至被顛覆的危險。這一災難的深刻性、持續性、全面性，在歷史上是空前的，當以「國難」或「百年國難」一言以蔽之，反映這一時代的文學，就是「國難文學」或「百年國難文學」。

我們將一八四〇至一九三七年的一百年界定為「百年國難」時期，進而將一九三七年七月「七七」事變作為「百年國難」的下限。

換言之，我們將「百年國難」與「八年抗戰」劃分為兩個不同的歷史時代。這樣的劃分基於如下的判斷：「七七」事變以後，中國歷史進入了另一個新的時代——「八年抗戰」時代。一九三七年七月日本發動全面侵華戰爭的「七七」事變，是中國歷史上空前的國難事件，但同時也是「百年國難」的轉捩點。面對被侵略者置之死地的深重危機，不得不做「最後的一戰」，開始從根本上擺脫百年來步步退讓、被動挨打的局面，而進入共赴國難、浴火重生的歷史時期。從此，整個中國從上到下，地不分南北、黨不分左右、人不分男女老幼，開始了全面的抗日戰爭。由此，中國歷史也從「百年國難時代」而進入「八年抗戰時代」。「國難時代」與「抗戰時代」固然是一個先後連續的過程，卻有著頗為不同的時代特點。「百年國難」的本質是苦難，「八年抗戰」的本質在於抗爭；「百年國難」時代固然在苦難中也有抗爭，但抗爭乏術乏力、態度消極被動，而「八年抗戰」時期固然也有多次國難事件（特別是日軍實施的南京大屠殺等大規模屠殺事件），但「八年抗戰」時代的總特點是奮起於國難，上下同心，決死一戰，最終由抗戰而新生。與「百年國難」與「八年抗戰」同樣，「國難文學」與「抗戰文學」也是一個先後相繼的過程，同時也有著明顯不同的內涵與面貌。

「百年國難」與「八年抗戰」的時代劃分，也完全適用於文學史，由此可以劃分出「百年國難文學」與「八年抗戰文學」兩個歷史階段、兩種文學形態。這樣的劃分尊重了時代的本質的統一性與相對完整性，避免了以政權更迭、黨派興起為依據劃分文學史所造成的諸多問題，並可以解決一系列文學史難題。在以往中國古代史研究與撰寫中流行的按王朝更替來劃分的歷史著作模式中，「清史」只能包括「百年國難」的前半部分，「中華民國史」只能包含「百年國難」的後半部分。後來使用的「清末民初」這一復合概念，一定程度地避免

了兩分的尷尬，但「民初」一般限定在一九一九之前，「百年國難」仍然被從中切斷。在以往的「近代」及「中國近代史」的界定、劃分與相關著述中，將一八四〇年代作為近代史之始，以一九一七年俄羅斯十月革命或一九一九年五四運動為界，作為近代史之終，這樣仍然將「百年國難」從中間截斷，去掉了後半部分；而以往的「現代」及「中國現代史」的界定、劃分及相關著述，均以一九一七年俄國十月革命或一九一九年五四運動為起點，於是「百年國難」的前半部分就被切斷。歷史階段與歷史形態的劃分可以根據研究的對象、課題與研究的目的宗旨，而採取多種不同的角度，尋找不同的切入點，使用不同的劃分方法。從以上分析中可以看出，對於「百年國難」史研究而言，以往的歷史階段劃分模式都不太適用，應該使這一歷史階段的敘述與書寫保持其應有的統一性和連續性，而對於「國難文學史」這樣的專題文學史研究而言，我們有必要以「百年國難」為依據，確立新的、相對獨立的文學史敘述區間與話語空間。

以上我們已經在縱向的、動態的時序上，為「百年國難文學」劃分出了存在區間，還有必要在語義學的意義上，為「國難文學」確立靜態的存在空間。為此，就要釐定「國難文學」與此前使用的兩個相關概念——「反侵略文學」、「愛國主義文學」——之間的關係，從而進一步確立「國難文學」概念的合理性與有效性。

在以往的文學史研究中，不少研究者使用「反侵略文學」這一術語，來指稱一八四〇年之後的相關文學。例如，一九三八年阿英先生編纂出版了《近百年來國難文學大系》（全四卷，北新書局版）。一九五七年至一九六〇年該套叢書增訂為五卷，增加了《反美華工禁約文學集》一卷，由中華書局再版的時候，更名為《中國近代反侵略文學集》。此後直至現在，「國難文學」一詞基本上成為死詞而不被使用，「反侵略文學」卻被經常使用。然而實際上，「反侵略文學」這一術

語雖然一定程度地反映了「百年國難文學」的內容，但並不嚴密、並不周延。從內容上看，與其說「百年國難文學」反映的是「反侵略」，不如說是更多反映的是「侵略」，更多地描寫帝國主義列強如何侵略中國，如何給中國與中國人帶來種種災難。「百年國難文學」對「反侵略」固然也有不少描寫，對反抗侵略的民族英雄人物固然也有不少的讚頌，但同時也如實地反映了一些當權者如何昏庸誤國、如何退讓妥協、如何放棄抵抗、如何賣國，抒發的主要不是反侵略的豪情壯志，而是國破家亡的憤懣與悲哀。概而言之，更多地描寫的是「國難」，而不是「反侵略」。「國難」是消極被動的承受，「反侵略」是積極主動的承擔。因此，「百年國難文學」的實質在於「國難」，而不在於「反侵略」。實際上，「國難」一詞在「百年國難文學」史上早就有人使用，「國難小說」、「國難詩歌」之類的稱謂在當時的報章書籍上被經常使用，阿英先生早在《近代國難史叢鈔》中就使用了「國難」一詞，來概括指稱相關文獻史料。而「反侵略文學」一詞作為一個文學術語在「百年國難文學」史上的相關文獻中殆無所見，也很難找到。後來之所以放棄了「國難」、「國難文學」這樣的概念，蓋有種種原因，但問題可能出現在「國難」的「國」字上。長期以來，由於國內政治方面的原因，我們對新中國以前的「國」在主流的政治觀念的層面上缺乏認同、甚至沒有認同。在這樣的語境中，如果使用「國難」、「國難文學」這樣的提法和概念，似乎就不免帶有認同清朝君主之「國」與中華民國之「國」的言下之意。而不提「國難」、「國難文學」、使用「反侵略文學」這樣的概念，似乎就可以迴避政治層面上認同的尷尬。

但相同的問題，卻又以不同的方式困擾著主流政治觀念的邏輯，那就是「愛國主義」。長期以來，更多人使用「愛國主義」一詞來指稱「百年國難文學」史上的相關作品及文學現象。「愛國」是個古老

的詞彙,《戰國策・西周》有「周君豈能無愛國哉!」這裡的「愛國」指當時的諸侯國,在不同的歷史時代,「愛國」的「國」有著種種不同的內涵,例如屈原的「愛國」愛的是他所屬的封建諸侯國,陸游的「愛國」愛的大宋王朝,林則徐的「愛國」愛的是大清帝國。歷史上,「愛國」總是和「忠君」聯繫在一起,稱為「忠君愛國」。除去所「忠」之「君」的不同,「愛國」指的都是一種愛家鄉、愛故土、愛父老、愛國民的高尚情操。而後來在「愛國」一詞基礎上合成的「愛國主義」一詞,是一個相當具有現代性的概念,具有鮮明的政治內涵和現代國家意識。在國內政治的語境中,「愛國主義」的前提是對現有政治體制的認同;在國際政治的語境中,「愛國主義」往往具有鮮明的對外指向,激進的「愛國主義」常常被視為「民族主義」、「國家主義」的同義詞。在國際政治語境中,「百年國難文學」無疑是「愛國主義」的,因為它反對的是帝國主義列強;但從國內政治的語境中來看,「百年國難文學」常常並不是對當時政治體制的認同,更多的是反思、批判與否定。例如,對清政府、對北洋軍閥政府,「國難文學」都做過痛烈的批判。在今天完全超越的立場來看,批判腐敗政府無疑是「愛國」的表現,而在當時,這些批判者卻常常被政府當局視為「國賊」,因為「國難文學」家們並不認同統治者之「國」。的確,從政治學的角度看,「國」或「國家」並不只是指代國土、國民,也指統治國土、管理國民的國家政權,因為「國家」首先是以制度和暴力來維持的政權實體。這樣,「愛國主義」所愛者,不僅僅是國土、國民,也應包括統治國土與管理國民的國家政權。從這個角度看,「百年國難文學」不完全是現代意義上的「愛國主義文學」,「百年國難文學」的許多作品名稱中,常常帶有「痛」字、「恨」字、「難」字,因而與其說它們是「愛國主義」文學,不如說是「恨國」、「痛國」、「難國」的文學,更準確、更概括地的說,就是

「國難文學」。當然，「愛國主義文學」這一術語今後當然可以繼續使用，但「愛國主義文學」只能在一定意義上用作泛指，而「國難文學」或「百年國難文學」則是一個具有特定時序的歷史、文學史、學術的概念，「愛國主義文學」最多只能包括、但不能替代「國難文學」或「百年國難文學」。

總之，「百年國難文學」是中國文學發展史上特定歷史時期的文學現象，它是特定的社會時代的產物，是國難時代的產物。「百年國難文學」是那一百年的文學主流，最能概括體現那一時期中國文學的根本性質與特點。

二　「百年國難文學」研究的歷史與現狀

百年國難時代，每一次重大的國難事件都伴隨著大量相關的文學作品出現。圍繞著相關事件而產生的大量詩歌、政論、戰記、戲曲、小說等純文學作品及具有一定文學性的非純文學作品，真實反映了歷次國難事件的全過程，描寫了國家與民眾的苦難，發出了反抗的呼聲，並痛定思痛，對國家前途命運、國民性格等問題做出了反省與思考，有些作品還表現出鮮明的國家意識與自覺的世界意識，不僅具有重要的歷史文化價值，也具有不可忽視的文學價值。

回顧以往的學術史，學者們對百年國難文學進行研究，大致開始於「百年國難」時代即將結束、而「八年抗戰」時代全面展開之時。當人們把上一個時代作為一個「歷史時代」和「歷史現象」進行觀照與研究的時候，往往意味著被研究的那個時代與研究者所處的時代，已經形成了心理上的客觀距離，具備了研究的主觀心境與客觀條件。著名文學家、學者阿英先生最早著手對「國難文學」進行研究。一九三八年，阿英搜集整理、編輯出版了《近百年來國難文學大系》，其

中包括《鴉片戰爭文學集》、《中法戰爭文學集》、《甲午中日戰爭文學集》、《庚子事變文學集》共四種資料集，還編寫了《近代國難史籍錄》、《中英鴉片戰爭書錄》、《甲午中日戰爭書錄》、《庚子八國聯軍戰爭書錄》、《國難小說叢話》等一系列書目集。這些資料的編纂，為中國百年國難史及百年國難文學史的研究，開闢了道路，奠定了基礎，提供了可靠的第一手資料，示範了文史結合、以文證史、以史論文的研究方法。阿英先生為各卷撰寫的序言，將各次國難文學的來龍去脈、基本特點，提綱挈領地加以梳理和分析，可以說是研究該問題的高水準的系列論文。除了編訂多卷本的國難文學集外，阿英還根據自己多年搜集資料的基礎上，撰寫了《近百年中國國防文學史》[1]一書，論述了從鴉片戰爭到一九三五年日本增兵華北近一百年來的國難文學，可惜該書稿已經遺失，僅留下了《近百年中國國防文學史‧自序》。在這篇序言中，阿英回憶了一八三九年到一九三五年間的國難大事，分析了國難文學的形成，認為「一百年來我們有無數的作家，用著文學的各種各樣形式，在不斷地表現自己的憤怒，喊叫，促醒廣大民眾的覺悟，直接間接地傳達出強烈的反抗帝國主義的聲音。」並呼籲廣大讀者，特別是文學史家重視這種特殊的文學，稱這種文學「真正能代表中華民族的『魂』」。[2]然而，阿英先生以降，由於種種原因，「國難」一詞近於死詞，對百年國難文學的研究十分冷清，迄今為止，關於國難文學的專門的研究著作一本也沒有。對各次具體的國難事件及國難文學的研究也很不平衡，但也多多少少、陸陸續續有

---

1 阿英在該書中使用的「國防文學」一詞帶有時代印記，顯然與一九三四至一九三六年間左翼評論家周揚從蘇聯引進並加以提倡的「國防文學」有密切關聯，該詞當時在文學評論界曾引發爭議。後來阿英不再使用「國防文學」，而使用「國難文學」這一概念，兩個概念在涵義上基本相同。

2 原載一九三六年六月十七日上海大晚報副刊《火炬》上，後收入《阿英全集‧附卷》。

一些零星的研究成果出現，以下加以簡要回顧和評述。

首先，關於鴉片戰爭文學。

中國學術界對鴉片戰爭這一段歷史的整理與研究已取得了極其豐碩的成果，出現了許多有價值、有分量的著作，但相對而言，對於鴉片戰爭文學進行系統地搜集、整理和研究，尚是文學史研究中一個相當薄弱的環節。國內出版的中國文學史和中國近代文學史著作、教科書以及相關文章，大多止於對該時期重點詩人詩作加以評介，其他少有論及。最早對鴉片戰爭文學進行搜集整理的，當屬在鴉片戰爭結束不久後的兩位有心人——《射鷹樓詩話》的編者林昌彝和《詠梅軒雜記補遺》的編者謝蘭生。他們收集了不少反映這一重大事變的詩文、奏疏、書牘、傳誄，較為全面地反映了鴉片戰爭文學的面貌。在此基礎上，一九三〇年代阿英搜集整理編輯了《鴉片戰爭文學集》。此後相關研究寥若晨星。從一九七〇年代以後至今，研究文章增多，洪克夷、黃澄河、王飆、魏中林等先生陸續發表了從整體上論述鴉片戰爭詩歌的論文。進入一九九〇年代以後，研究的角度趨於多樣，如龔喜平在〈論鴉片戰爭詩潮的「詩史」特徵〉一文中，提出了「鴉片戰爭詩史」的概念。武衛華的〈詩的新變：鴉片戰爭對近代詩人心態的撞擊〉一文，採取的是心理學的視角。總體上說，關於鴉片戰爭文學研究取得了許多有價值的成果，但研究的對象大多集中在鴉片戰爭詩歌上，對反映鴉片戰爭的小說、戲劇、散文、戰記等鮮有涉及。研究的時段亦集中在鴉片戰爭的戰時文學，而對戰前和戰後相關的作品缺乏必要的觀照。可以說，對於鴉片戰爭文學這一誕生於特殊時期的特殊文學現象來說，研究的範圍和力度還很不夠。

第二，關於中法戰爭文學。

迄今為止，對中法戰爭文學進行整體研究的成果，只有阿英的〈關於中法戰爭的文學〉（《中法戰爭文學集》序言）一篇文章，是一

篇概述性的專文。直到一九八〇年代後，一些以近代「戰爭文學」、「愛國文學」為主題的個別文章中也提到中法戰爭文學中的相關詩人及其作品。如魏玉川的〈論中國近代詩歌的愛國主題〉（《唐都學刊》1998年第1期）提到了劉永福、馮子材這些中法戰爭詩歌中所塑造的「國魂」人物，方建春的〈中國近代詩歌中的憂患意識與尚武精神〉（《固原師專學報》2000年第4期）對中法戰爭結束後康有為所作的〈聞鄧鐵香鴻臚安南畫界撤還卻寄〉給予注意。在有關近代詩人及詩歌作品的研究文章中，對黃遵憲有關中法戰爭主題的詩歌論述稍多，但對其他詩人的論文很少。只有如張修齡、馬衛中的〈文字自有真，懸為萬人趨──試論劉光第《介白堂詩集》〉（《寧夏大學學報》1991年第2期）、方志欽的〈鄭觀應詩歌的愛國情懷〉（《嶺南文史》2002年第3期），李文初的〈如何評價鄭觀應的詩歌〉（《嶺南文史》2003年第1期），韋華雄、陸宏輝的〈淺析劉永福的長恨詩〉（《曲靖師專學報》1993年第4期）等有限的幾篇文章。在近代小說的整體研究中，對中法戰爭的小說涉及更少，其中陳穎的兩篇文章──〈二十世紀中國戰爭小說概觀〉（《福建師範大學學報》1994年第4期）、〈中國近代反侵略小說綜論〉（《福建師範大學學報》1997年第2期）──提到了《死中求活》等涉及中法戰爭的小說。總體看來，迄今為止對中法戰爭文學的研究嚴重不足。

第三，關於甲午戰爭文學。

阿英之後，對甲午戰爭文學進行專門研究的成果不多，沒有專門著作，論文數量有限，選題角度不豐富。其中，李侃的〈甲午衝擊在思想文學領域引起的變化〉（《近代史研究》，1984年第5期）是同類文章中較早的，但不屬於專門的文學研究。蔡國梁的〈甲午戰爭的重現──《中東大戰演義》〉（《河北大學學報》，1988年第2期）作為甲午戰爭文學的個案研究，對反映甲午戰爭的唯一的一部演義小說進行

了深入細緻的考證、考察和分析，但角度及結論較為陳舊。一九九四
至一九九五年紀念甲午戰爭一百週年之際，李生輝、孫燕京、裴效
維、張海珊等，發表了一系列研究文章，是甲午戰爭文學研究成果發
表密度最大的兩年，可以看出，這些成果絕大多數論述的是甲午詩
歌，而小說、散文、戰記等其他文體樣式被忽視。實際上，不同的文
體樣式構成了甲午國難文學的完整性與豐富性，對此應該做全面立體
的研究。此外，關於甲午戰爭，日本也有大量相關作品，親歷過戰爭
的英國人、俄國人、美國人等也留下了關於戰爭的紀錄和評論，研究
中國的甲午國難文學，如果能和其他國家有關甲午戰爭的作品加以參
照，必然會有助於呈現中國甲午戰爭文學的獨特價值和意義。

第四，關於庚子事變文學。

早在一九二五年鄭振鐸在《文學周報》上發表了題為〈敘拳亂的
兩部傳奇〉一文，向讀者推薦林紓的《蜀鵑啼》和陳季衡的《武陵
春》，此後一直未見有人做相關文章。阿英編選的《庚子事變文學
集》兩卷及〈關於庚子事變的文學〉一文，是庚子事變文學研究的起
點，但在阿英之後，從「國難文學」的角度出發對庚子事變文學加以
研究的很少。這與歷史學及宗教研究領域出現的大量相關成果形成了
對比。直到一九六〇年代，義和團運動時期民間流傳的歌謠、揭帖引
起了研究者的關注，報紙和期刊上相繼出現了專論義和團歌謠的文
章。進入一九八〇年代後，關於庚子事變的詩詞引起了研究者的興
趣。如一九八三年三月《學術論壇》上刊登了梁球的一則短文認為
《庚子國變彈詞》是「最早的長篇反帝文學作品」。一九八八年三月
《廣西師院學報》刊登了馬飆的文章〈試論王鵬運的《庚子秋詞》〉，
從內容和藝術特點兩個方面對《庚子秋詞》作了分析。一九九〇年代
以後，描寫庚子事變的小說受到研究者的注意，如陳穎的〈中國近代
反侵略小說綜論〉（《福建師範學院學報》1997年第2期）提到了《鄰

女語》、《京華碧血錄》。朱德慈發表於二〇〇三年《明清小說研究》第二期上的文章〈《鄰女語》新論〉，將小說《鄰女語》歸為譴責晚清政治的小說加以論述。綜合來看，與庚子事變文學作品的豐富性相比，相關研究還是零星的、不系統的，研究的範圍狹窄，角度也嫌單一。

第五，關於「二十一條」國難文學。

與上述各種國難文學的研究相比，「二十一條」國難文學的研究更為薄弱。阿英所編的《近代國難史叢鈔》中包括了「二十一條」方面的作品，但當年阿英並沒有編出獨立的「二十一條」文學資料集，使後來的研究更為缺乏基礎、缺乏參照。從阿英的〈《近百年中國國防文學史》自序〉一文中看，他的「國防文學史」應該包括「二十一條」國難文學的相關內容，但由於該書書稿遺失，無以窺知。阿英之後，「二十一條」國難文學的整理與研究一片空白。究其原因，主要是中日「二十一條」交涉基本上是作為一個外交事件進行的，青島之戰也只侷限在山東一省。雖然，作為「民國第一大外交事件」，中日「二十一條」交涉在當時的反響異常強烈，對中國人的心理衝擊極其巨大，朝野上下、布衣百姓無不感到亡國滅種的危險，讀一讀我們將要論述到的文學作品就會明顯感受到這一點。但與此前的鴉片戰爭、甲午戰爭相比，在歷史的縱深度上，「二十一條」國難對中國民眾與社會的衝擊的劇烈程度略遜一籌。特別是，中日由「二十一條」交涉而簽定的「民四條約」並未完全付諸實施，並於一九二三年最終廢除。這樣，在後來人們的心目中「二十一條」交涉在歷史上的影響似乎並不大。中日「二十一條」交涉之後，人們對這一歷史事件及其文學反響的歷史記憶逐漸淡薄下來。於是就形成了這樣的現象：「二十一條」國難文學很豐富，卻長期無人發掘整理，更不用說系統深入的研究了。

第六，關於「五卅」及一九二〇年代國難文學。

一九二〇年代，以「五卅慘案」、「濟南慘案」等具體的國難事件
為觸發點，以詩歌（包括白話新詩與舊體詩）、散文、小說、歌謠小
調和戲劇等文學體裁為形式載體，形成了以「五卅」國難為主的一九
二〇年代的獨具特色的國難文學。最早從「國難文學」的角度論及五
卅及一九二〇年代文學現象的還是阿英，他曾在〈一百年來的國難詩
歌〉（《阿英全集》卷5，安徽教育出版社，2003年）的部分章節中做
了一定論述，並將「五卅慘案」單列一節，分析了鄭振鐸、朱自清、
王統照、焦菊隱、蔣光慈等人的詩歌。但阿英的政治傾向的限制使他
的視野始終侷限在左翼作家陣營中，而忽略了其他方面包括來自對立
陣營的國難文學創作。一九八〇年代以來，相關研究成果陸續出現，
最突出的是許豪炯先生發表的一系列論文，特別是他在一九九七年出
版的專門著作《五卅時期文學史論》（上海社會科學院出版社），該書
以「五卅」時期為取材範圍，對當時反帝反軍閥的進步文學做了梳理
評述。但全書仍然承續此前主流文學史的視角，即以革命文學、無產
階級文學為絕對標準與最終旨歸，研究涉及的均是文學史上讀者耳熟
能詳的大作家，而沒有對更大視野中的五卅時期文學做出搜集與評
述，而作者所引以為自豪的「資料詳備」也未必盡然，大部分資料來
源於由上海社會科學院歷史研究所編的《五卅運動史料》（兩卷，上
海人民出版社，1986年），雖也收集了部分文學作品，但主要以紀實
類和當事人的回憶居多，在文學性上並不突出。此外，還有一些單篇
文章從微觀角度來賞析「五卅」時期出現的一些名家名作，但這些論
文只是中國現代文學的個案研究而已，並不具備「國難文學」的視
角。總之，以「五卅」國難為中心的一九二〇年代國難文學雖然量大
質佳，但對其研究卻相當不夠，從「國難文學」的角度加以研究者，
更是乏善可陳。

第七，關於「九‧一八」國難文學。

　　對「九‧一八」事變及「九‧一八」相關文學創作與文學現象的
研究，與上述歷次國難文學比較起來稍微多一些。關於「九‧一八」
國難對當時文壇與文學的影響，當時的文藝評論界就有論述。例如：
錢歌川著《現代文學評論》[3]，收〈九一八與日本文學〉等十一篇論
文；李何林編著《近二十年中國文藝思潮論》[4]的第三編收〈從「九
一八」到「八一三」的文藝思潮〉；蒲風著《現代中國詩壇》[5]其中一
章寫的就是〈九‧一八後的中國詩壇〉等等。後來的研究主要是將
「九‧一八」事件作為東北淪陷、日本侵華及整個中國抗戰文學史上
一個組成部分，在相關的著作如藍海的《中國抗戰文藝史》、馮為群
及李春燕的《東北淪陷區文學新論》、張毓茂的《東北現代文學史
論》、劉中樹的《鐐銬下的繆斯──東北淪陷區文學史綱》等中給予
或多或少的論述，但並沒有將「九‧一八」事件本身作為中心、從國
難文學的視角進行相對獨立的「九‧一八」國難文學的研究，因此研
究的規模、廣度和深度都頗受限制。從文獻的角度看，研究者很重視
名家名作，但對非名家名作卻有相當文史價值的作品收集不夠，對當
年刊載有關作品的相關報刊雜誌的收集尤其不足，因此，很需要將
「九‧一八」文學作為「百年國難文學史」的重要組成部分，進行相
對完整獨立的研究。

　　第八，關於「七七」事變文學。

　　「『七七』事變文學」是「百年國難文學」與「八年抗戰文學」
的交叉點，長期以來，研究者都將「『七七』事變文學」作為抗戰文
學的起點，給予了足夠的重視，相關的研究在抗戰期間已經廣泛展
開，戰火硝煙中誕生了像《救亡日報》、《文藝陣地》這樣的報刊，除

3　錢歌川：《現代文學評論》（上海市：中華書局，1935年）。

4　李何林：《近二十年中國文藝思潮論》（上海市：生活書店，1940年）。

5　蒲風：《現代中國詩壇》（廣州市：詩歌出版社，1938年）。

了刊載文學作品外，也就抗戰文學做了較多的理論研究，《抗戰期間
的文學》、《抗戰期間的戲劇》、《抗戰期間的報告文學》這樣的論著也
一本本地出版。但這一時期抗戰文學研究的一個重要特點就是為抗戰
服務，所以大多數的研究主要是為了鼓動民眾和文人抗戰，而無暇進
行細緻深入的研究。當年阿英編纂《近百年國難文學大系》，沒有將
「『七七』事變文學」編纂成集，而他已經遺失的《近百年中國國防
文學史》一書論述的下限是一九三五年日本增兵華北，而未及「『七
七』事變文學」。主要原因是當時事變剛剛爆發，有關作品尚待沉澱
而未能文獻化。抗戰結束後很快又爆發了內戰，戰事頻仍，相關研究
難以展開，唯一可道的相關成果是藍海的《中國抗戰文藝史》（現代
出版社，1947年），可以說是對抗戰文學比較完整的總結，全書主要
按體裁進行研究，特別將「通俗文學」單獨列為一章，體現了作者敏
銳的眼光。新中國成立後，抗戰文學的研究更加繁榮，不僅有專門期
刊、大量的研究專著，乃至研究叢書也開始相繼面世。其中，蘇文光
先生的研究最為突出。但另一方面，抗戰文學研究亟須新的視角、新
的切入點，正如秦弓先生在一篇文章中所提出的：「抗戰文學研究還
有許多工作值得去做，諸如一些事件（如南京大屠殺、日軍細菌戰毒
氣戰、重慶大轟炸、汪精衛投降等）在文學中怎樣表現的，文學表現
與歷史事實是否吻合，不同方面（敵我雙方、我方各派）的表現有何
差別。」[6]以具體的事變、事件為中心、以「百年國難」及「百年國
難文學」的視角，對「『七七』事變文學」——更確切地說是「『七
七』國難文學」——進行較為系統的資料發掘利用和再研究，對於相
關研究的進一步深化和豐富化，是十分必要的。

6　秦弓：〈抗戰文學研究的概括與問題〉，《抗日戰爭研究》2007年第4期。

三 「百年國難文學」研究的障礙困難與應有的思路方法

綜上所述，與「百年國難文學」相關的研究，雖有一定的基礎，但還很薄弱。改革開放三十多年來，學界對「中國近代文學」的研究相當重視，但對屬於「中國近代文學」範疇的「百年國難文學」研究，卻沒有在半個多世紀前阿英先生的已有研究的基礎上有所推進，蓋有種種主觀上的障礙與客觀上的困難。

首先是文學史研究的「視角滯定」問題。

所謂「視角滯定」，就是在學術研究及中國文學史研究中，使用某一兩種視角而不加改變，久之成為僵化模式。最為流行的「視角滯定」大概有三種。

一種是「通史視角」，即中國近代文學的研究，採用的是中國文學通史的視角。表現在文學史階段劃分上，就是將中國的改朝換代、中國的政權更迭甚至外國的政權更迭（如1917年俄國十月革命），作為劃分文學史各階段的基本依據，具體到一八四〇年後的百年中國文學史，則以俄國十月革命及「五四」運動為界，人為地割裂為「近代」與「現代」前後兩個部分，使百年文學在歷史敘述與邏輯鏈條上產生了阻隔與斷裂，弱化了其連貫性與聯繫性。另一方面，回歸到文學本體，則將語言與文體的演變與轉換作為文學史矛盾運動的基本動力，於是近代一百多年的文學史，被劃分成用文言及傳統文體寫作的「舊文學」，和使用白話文及新文體寫作的「新文學」兩個部分，並從這一角度展開論述。「通史視角」常常不得不將不同時代、不同性質的作品納入統一的模式中加以分析評價，最為流行的評價模式就是「思想內容」與「藝術特色」二分法。而對「思想內容」常根據既定的主流意識形態，作出「積極——消極」、「進步——反動」、或「革命性——局限性」等等判斷，具體就是指出某作家作品「歌頌」了什

麼、「批判」了什麼、「同情」了什麼、「表現」了什麼。「藝術特色」
一項則要說明某作品「故事情節」如何生動，「人物形象」如何鮮
明，「語言」如何優美之類。在這種話語模式中，不管什麼作家的什
麼作品，不管是什麼時代、什麼背景下產生的作品，都會被分析出大
同小異的「思想內容」，以及其實沒有什麼特色的「藝術特色」。每一
作家作品被分析出的彼此相同或相通的「思想內容」和「藝術特色」
越多，它越是經典之作。而以這種模式來評價「百年國難文學」，「思
想內容」上常常是灰色絕望的、消極的，政治上常常是對腐敗反動當
局、抱有幻想的，對洋人的認識常常是矛盾乃至糊塗的，民族意識常
常是狹隘的，文化立場與思想觀念常常是保守和落後的，階級意識常
常是不自覺和模糊不清的，結論自然是「價值不大」。而在「藝術特
色」方面，由於是在「國難」時代的特殊環境或心境下產生的作品，
大多並不是為純審美的目的而寫作，在藝術技巧上自然就缺乏「生
動」、「形象」、「優美」之類的藝術魅力。由於這樣的原因，在一般的
中國文學通史與近現代文學斷代史中，涉及歷次「國難」的作品，除
了一些名家的作品被提到之外，大量的一般作者的一般作品自然就會
被忽略。

　　第二種「滯定視角」是「審美至上主義」。「審美至上主義」是一
九八〇年代以後流行的一種觀念，是對一九三〇年代以來左翼文學及
文學理論所主張的「政治第一、藝術第二」的「思想傾向至上」的文
學價值觀的反抗。改革開放前，人們判斷一個作家作品的價值，主要
看他（它）的政治思想傾向；改革開放後，許多人的文學價值觀由
「思想傾向本位」轉向了「藝術性本位」，或者說，傾向於採取「純
文學」的價值觀，以「藝術」性和審美價值作為衡量作家作品的標
準。這樣做當然是有道理的，但堅持得太僵硬，就會出現矯枉過正的
情況，容易從一種狹隘走向另一種狹隘，對文學研究也會帶來一些消

極影響。具體到中國近現代文學的研究，大量的研究者都盯著那為數有限的名家、名作，而有些文學現象和作家作品，從純文學、純藝術的角度來看，價值不夠大，所以不被重視。「百年國難文學」的大多數作品，大多屬於「通俗文學」的範疇，在文體上也是新舊交叉，不夠經典，故而用「審美至上主義」的價值觀來衡量，有的或許不值得在文學史上加以書寫。但是另一方面，那些作品卻有著某些「純文學」的「純美」作品所不具備的歷史文獻學價值、社會心理學價值、文化學價值、比較文學與比較文化的價值。換言之，如果我們的文學價值觀更開放一些，站在文化學的角度看，則「百年國難文學」史上那些被一般研究者、被流行的文學史所忽略而按下不提的相關作品，卻有著那些純文學所不具備的特殊、豐富的文化內涵。

第三是單一學科視角，這主要是由學科劃分所造成的。近百年來，在外國學術體制、大學分科的影響下，中國的學術研究很大程度地拋卻了文史哲不分家的學術傳統，這固然是學術的進步，但過於僵硬，常常走向學科之間井水不犯河水的分工乃至分離，使學者的格局、心胸和氣魄受到限制，學術研究的深廣度受到制約，造成歷史、哲學、宗教研究者可以不問文學，文學研究者可以不問歷史、哲學、宗教等學科。早在一九三六年，阿英先生就在〈《近百年中國國防文學史》自序〉中說，我們的文學史家「一向只會評文章的優劣，爭辯誰是正統、誰是非正統，早都有『國家事，管他娘』的成見在胸」，因而對近代百年間豐富多彩的國難文學的研究不予重視。實際上，歷次「國難」形成都有著種種複雜的原因與背景，「百年國難文學」的研究本身，就是一個超越文史界限的跨學科研究。它屬於歷史學的研究，屬於中外關係史的研究、屬於軍事學與戰爭學、政治學、社會學的研究，更屬於文學史的研究。假如文學史研究者太過堅持「文學學科」本位，便不會涉足其他學科而研究「國難」文學；假如歷史學研

究、特別是中國近代史的研究太過堅持史學本位，那麼也就不會涉足文學並且去研究「國難文學」。

第四個原因是文獻學層面上的。

對「百年國難文學」的研究而言，資料的收集整理工作是一個篳路藍縷、披荊斬棘、披沙揀金的繁難工作。

相關文獻資料數量龐雜、散亂而缺乏整理，這和古代文學的文獻資料的狀況十分不同。古代文學由於研究歷史長，關注的人多，資料積累比較豐富，以「四庫全書」為主的各種叢書、全集、別集都有出版，也較容易找到。近代的情況則大不相同，許多作家的文集從未出版過，即使已經刊刻的，有些今天也已很難看到，而大量的小說、戲曲、詩歌、翻譯文學的文本又散布在數百種報刊雜誌上，查找、搜集、整理的難度是很大的。而且，在兵荒馬亂的年代，物質匱乏、紙價昂貴導致作品印數少，紙質差不利於保存導致資料大量遺失，許多作品分藏在各地（如上海、武漢、重慶等地），收集整理極為不便。蒙樹宏先生在〈雲南抗戰文學園圃漫步散記〉一文中，談到搜集抗戰時期的書籍和報刊時曾感慨說：「尋找這些出版物之所以困難，一是因為其印數少，流通面不廣；二是因為多為土紙本，紙質差，不易保存；三是因為編、著者生活動盪，或因政治運動的緣故，或因後代的興趣不同，所藏或被銷毀，或作為廢品加以處理；四是因為後人重藏不重用，讓它們沉睡書櫥，隔斷了和讀者見面的機會，或以為奇貨可居、秘藏不露，索要高價。」[7]此言甚是。

由於上述的種種原因，將「百年國難文學」作為一段相對獨立的文學史、作為特定歷史階段的獨特的文學現象、作為文史交叉的特殊

7　李建平、張中良：《抗戰文化研究》（桂林市：廣西師範大學出版社，2007年），第一輯，頁240。

文學類型，從比較文學的涉外文學及跨學科、「超文學」研究的角度進行系統、完整、深入的研究，至今還是一個空白。

為此，「百年國難文學」的研究不但要克服上述僵化的文學史觀念，解決文獻資料收集難的問題，還要擁有明確的研究性質、研究思路，使用恰切的研究方法。

在研究對象的性質上，《中國百年國難文學史》的研究是中國文學史的專題史研究、專門史研究。作為「專題史研究」，既要有「史」的意識，更要有強烈的「題」（問題）的意識。必須僅僅圍繞「國難」這一主題，收集資料、吸附資料、消化資料，明確意識到專題史與「通史」或一般斷代史的取材方法不同，文學通史及一般的文學斷代史，目的是以「文學性」為價值尺度，對歷史上的作家作品做出審美價值的判斷，並予以定性定位，而「百年國難文學史」的主要目的，是從文學作品，或具有文學性與文學色彩的相關文獻中看「國難」，因此在取材和立論方面都要具有「事件中心」的意識。凡是描寫「國難」題材與事件、反映「國難」主題的文學作品或具有文學色彩的文獻，都應納入研究的視野與範圍。而判斷「國難文學」價值高低的標準，不僅僅是文學的審美價值，而是文學價值與歷史文化價值的統一、當時影響力與後世生命力的統一。在國難文學的文本解讀與文本分析中，要看作家作品對某次國難事件反應的速度與敏銳度、觀察的角度與高度、思考的深刻度、描寫的全面度、情感表達的契合度與共鳴度、傳播過程的時效性與感召度，並依此評價他（它）們各自的文學史價值，進而對國難文學中所蘊含的國難意識、生存危機、心靈震盪、世界觀念、愛國情懷、民族情感、反省與批判精神等，加以分析闡發，這樣寫出來的「百年國難文學史」，既可以彌補一般近代史研究、國難史研究中重視一般史料，而忽視或不太顧及「文學」性文獻的不足，也可以彌補一般文學史著作過分注重審美價值而相對忽

略歷史文化價值的缺憾。換言之，「百年國難文學」的專題研究，應該採用許多學者已經成功運用的「以詩證史」即「文史互證」的方法，以歷史學印證文學，使文學文本獲得史料價值；以文學文本的形象性、細節性補充一般史書、史料的平實敘事方式之不足。「文史互證」的方法實際上也是一種跨學科的方法。

　　「百年國難文學史」的研究，從本體論的角度看，是中國文學史、特別是通常所說的「中國近現代文學史」中的重要組成部分；而從方法論的角度看，則是「比較文學」的重要組成部分，屬於比較文學的重要研究領域──「涉外文學」研究。我在《比較文學學科新論》一書中曾提出：在各國文學當中，凡涉及到「外國」的文學作品，都可以歸為「涉外文學」的範疇。由於「涉外文學」所具有的跨文化、跨國界的性質，我們把「涉外文學」作為比較文學研究的主要對象或課題之一。[8]中國的「百年國難」，特別是重大國難都是「涉外」的，而中國的百年國難文學史，也是「涉外文學」。「涉外文學」研究本質上屬於比較文學研究，因而研究百年國難文學史，應該採取「涉外文學」的研究理念與方法，注重「國難文學」中反映的一些跨文化現象、跨文化心理，注意揭示「國難文學」中的傳統文化成見與外來文化的衝突，注意「國難文學」作品中外國描寫、外國人形象描寫及涉外評論中的社會語境、感情趨向、時空視差、文化心理，以便盡可能準確地呈現中國人的感情與心態在中外政治、經濟、軍事、文化全面劇烈衝突時代、在災難頻仍時代的起伏、震盪、失衡、調試與變化。這樣，《中國百年國難文學史》也就成為跨文化、「超文學」、比較的文學史，成為特定時代、特定角度的中外關係史。

　　最後還要強調的是，雖然有阿英等前輩學者開闢了研究道路，但

8　王向遠：《比較文學學科新論》（南昌市：江西教育出版社，2002年），頁234。

進一步全面收集、整理原始資料並寫出系統的專題文學史，本書尚屬首次嘗試和草創。而且，文學史研究是文學研究的基礎科學，特別是「中國百年國難文學史」這樣的專題文學史，更是基礎中的基礎，因而本書不同於高深的思辨性理論著作，不必追求新名詞、新概念的大量使用和觀點上的標新立異，不必做過度抽象的理論闡發，而是將「百年國難文學」的相關知識加以發掘、整理、統合，使之系統化，為此就要重視文獻資料的豐富詳實，重視稀見文本段落的徵引，重視代表性作家作品的文本分析，而盡力使本書成為一部資料豐富、知識可靠、角度獨特、風格平實、面目新穎的專題文學史著作。

第一章
鴉片戰爭文學

　　鴉片戰爭以前，就世界範圍來看，英國是世界上最強大的西方資本主義工業國家，而中國則是具有悠久文化傳統的東方農業國家。以英國為代表的西方國家出於宗教狂熱和貪得無厭的物質欲望，很早就著手研究中國。與此形成對照的是，中國人對包括英國在內的外部世界所知甚少。直至清中葉，隨著西方諸國的殖民擴張以及中國沿海「海禁」的放鬆，中外之間的接觸日益增多，一些人有機會漫遊西洋，對歐洲及英國的情況有所了解，並寫下了不少遊記之類的作品，對歐洲資本主義社會的繁榮富足留下了深刻印象。然而，視野狹小、思想僵化的中國帝王及士大夫們，卻仍沉浸在「天朝上國」的自我陶醉之中，以聖武神威、懷柔遠人的神態睥睨世界，以西洋各國為「僻居荒遠」的蠻夷小國而予以輕視。因此，當傳教士帶來西方先進的科學技術時，康熙帝卻認為「令人可笑」；當英使馬戛爾尼來華要求開關通貿時，乾隆帝也想當然地認為他們是朝貢的。直到鴉片戰爭前，當時中國人對英國的工業及軍事實力普遍沒有足夠的認識，以消極態度對待即將到來的挑戰，對戰爭的到來缺乏充分的準備，從而在鴉片戰爭中處處被動，為最終慘敗埋下了隱患。

第一節　戰前煙毒氾濫在文學中的反映

　　在鴉片戰爭前，英國等西方國家在中國大規模走私鴉片，致使煙毒氾濫，給整個國家帶來了深重的災難，引發了社會經濟、政治、軍

事乃至精神上的連鎖性危機，引起了當時文壇的共同關注和憂慮。對
鴉片氾濫的憂慮和悲哀，在詩歌創作中得到了集中的反映；同時，以
煙毒危害為題材的小說戲曲也為數不少。有識之士的禁煙呼籲，終於
促使朝廷痛下決心，並催生了一批以禁煙為主題的詩文。

一　對煙毒氾濫的憂慮與悲哀

　　嘉、道年間，由於海外抵抗勢力已逐步被肅清，也出於增加財政
收入的考慮，清廷放寬了海禁，中外貿易尤其是對英貿易呈現出遞增
的趨勢。但是由於傳統農業社會的自給自足的經濟格局沒有變化，英
國的工業品很難進入中國市場，在中英貿易中英國始終處於入超地
位。為扭轉對華貿易逆差，以東印度公司為代表的英國商人，竟然不
顧道義，大量向中國走私鴉片，並大肆宣傳鴉片是長壽藥，以促其銷
量，致使鴉片從東南沿海迅速蔓延到全國各地，不僅在經濟上對中國
造成了嚴重的破壞，也毒害著中國人的身心，嚴重腐蝕著社會道德
風氣。

　　「鴉片」是英文 opium 的譯音，用罌粟的汁液提煉而成。罌粟原
產於南歐和小亞細亞等地，在西洋很早就用作藥材，醫治失眠、咳嗽
以及痢疾等疾病。鴉片大約在唐朝時傳入中國，在中原和西南各地漸
有種植。宋朝時，罌粟已編入醫學著作，當時人們是把罌粟當作補品
或藥品來食用的。鴉片雖然可以治病，但藥力過猛，麻醉性極大，早
在元朝就已引起醫學家的警惕。朱震亨曾指出：鴉片「殺人如劍，宜
深戒之」，不過他的告誡並未引起人們的重視。在明末以前，鴉片的
食用主要是「生食」，這種方法進入人體的毒素較少，危害較輕，且
不易成癮。菏屬爪哇土人為抵抗當地濕熱氣候帶來的疾病，發明了用
槍管灼火吸食鴉片的新方法。這種方法在明末以荷蘭人為媒介，由爪

哇傳入臺灣，再傳至東南沿海，從此中國不少人開始逐步染上了吸食鴉片的惡習。新的吸食方法不僅使鴉片的需要量激增，而且使鴉片由藥品變成了煙。它的毒性很大，使長期吸食者變得面黃肌瘦、精神萎靡、精枯骨立、無復人形。且鴉片易於傳播，易使人成癮而不能自拔。上癮之後，吸食者完全變成鴉片的俘虜，為了吸食鴉片，他們不惜將家產賣盡當絕，甚至流為盜賊。因此，鴉片流毒不僅使吸食者身心受到嚴重摧殘，而且對社會治安造成威脅。不過當時中國的罌粟產量較少，進口「洋煙」的規模也較小，為害亦較輕。

鴉片的危害性在當時的西方國家已引起了高度關注，為保存勞動力和財政收入，英國政府在中國和英屬印度嚴禁吸食鴉片，甚至對吸食者處以極刑以儆效尤。但卻往中國大量走私和傾銷鴉片。鴉片戰爭前，由於英國等西方國家大規模的鴉片走私，已使中華大地煙毒氾濫，並給整個民族帶來了深重的災難，引發了社會經濟、政治、軍事乃至精神上的連鎖性危機，引起了當時文壇的共同關注和憂慮。

「鴉片流毒，為中國三千年未有之禍。」[1]黃爵滋在其奏疏中疾呼：鴉片氾濫，「食者愈眾，幾遍天下」；「今天下興販者不知幾何，開設煙館者不知幾何」；鴉片「吸食既久，則食必應時，謂之『上癮』，廢時失業，相依為命。甚者氣弱中乾，面灰齒黑，明知其害而不能已」；吸食者一到「常吸之期，精神困頓……吸煙久，其人必畏葸庸瑣，激之亦不怒，尤其精華竭也」[2]林則徐在其奏稿中感慨：鴉片煙「由洋進口，潛易內地紋銀，此尤大弊之源，較之洋錢易紋銀，其害愈烈。蓋洋錢雖有折耗，尚不至成色全虧。而鴉片以土易銀，直可謂之謀財害命」，其危害「甚於洪水猛獸」[3]。雷瑨在其著述中悲

1　魏源：《海國圖志・籌海篇》（咸豐二年，古微堂刻本）。

2　《黃爵滋奏疏許乃濟奏議合刊》（北京市：中華書局，1959年）。

3　〈江蘇奏稿〉，《林文忠公政書》（北京市：中國書店，1991年），甲集，卷1。

嘆：由於鴉片無孔不入，一般人吸食鴉片，「即使身命自戕，要皆孽由自做，似亦不足計論。若兵丁者，歲費國家鉅萬帑金，厚其餉糈，原期悉成勁旅。……是兵丁關係甚重……乃敢沾染惡習，竟有吸食此物者……況兵可百年不用，不可一日不備。設一旦有事，行間以鳩形鵠面之徒，為執銳披堅之旅，又安冀其能折衝禦侮乎！」[4] 可見，鴉片蔓延已遠遠超越了貿易問題，成為關乎國家民族生死存亡的大事。

鴉片氾濫的憂慮和悲哀在詩歌中得到了更為廣泛的反映。張際亮、張維屏、魏源、黃霽青等詩壇老將痛感時事，紛紛寫詩描繪被煙毒侵蝕的病態社會。周樂在〈鴉片煙歌〉痛呼：「天地浩劫自何始，歷劫灰滿昆明里。劫灰發作罌粟花，毒遍千家與萬家」。素有「狂士」之稱的張際亮，早在道光九年，就作〈食肉嘆〉，憤恨鴉片煙造成「十戶九破形死灰」的可怕局面，並且指出隱伏的更為嚴重的危機：「鬼子番人總易叛，竭吾權貨貧斯亂。」華長卿的〈禁煙行〉則痛斥了鴉片對吸毒者個人身心的傷害：「瘴霧蠻煙蒸醉骨，黑甜初入晨雞鳴。珍饈果腹色如菜，鮮衣被體神似丐。」張維屏的〈越臺〉一詩直指鴉片殺人不見血的本質：「茗荈千甌水，芙蓉萬管煙。利都緣口腹，害遂徹中邊。烹淪泉兼品，吹噓火自煎。兩般閒草木，生殺竟操權。」

黃霽青在其〈罌粟瘴〉一詩中，更以觸目驚心的文字描繪了鴉片成癮後無法自拔、日趨貧困、虛弱、昏沉的悲慘形象：

> 罌粟瘴，難醫治，黃茅青草眾避之，中此毒者甘如飴。床頭熒熒一燈小，竹筒呼吸連昏曉，渴可代飲饑可飽。塊土價值數萬

　　錢，終歲但供一口煙，久之黧黑聳雙肩。眼垂淚，鼻出涕，一
　　息奄奄死相繼。

　　魏源的〈阿芙蓉〉則進一步描繪了煙毒氾濫下的社會暗無天日的
情形：

　　長夜國，莫愁湖，銷金鍋裡乾坤無。涸六合，迷九有，上朱
　　邸，下黔首，彼昏自瘤何足言，藩決膏殫付誰守？

　　舉國上下都沉浸在香風習習，煙霧繚繞的世界裡，醉生夢死，國
家和民族的命運是何等令人擔憂。
　　張履的〈煙販謠〉一詩，批判了貪官污吏才是導致鴉片肆虐的罪
魁禍首，字裡行間流露出對這些「貪狼」的憎惡和鄙視。詩前附小序
云：「煙者何，鴉片也，時名大煙，以別於淡巴菰；其未經熬煉者曰
土，販土者曰煙販子。」與時人對煙販子的極端痛恨不同，張履看到
了昏庸的吏治才是煙毒氾濫的根本原因，並在詩中予以大膽揭露：

　　煙販子，被人首，批頰百，又枷杻。煙販良有罪，長官尤嗜
　　煙：煙土一籃沒入官，官日取給不論錢。吁嗟民父母乃復爾，
　　冤哉煙販子。

　　反映鴉片流毒，為害中原的小說和戲曲亦為數不少。現能見到的
存本有竹西逸史的《雅觀樓》、觀我齋主人的《罌粟花》、我佛山人的
《黑籍冤魂》、吳中夢花居士的《芙蓉外史》及落難居士的傳奇劇
《招隱居》等等。
　　落難居士（鍾祖芬）的傳奇劇《招隱居》，選取了一個人因吸食

鴉片而傾家蕩產，妻離子散的悲劇故事，以辛酸的筆觸典型地再現了吸食鴉片給人的肌體和社會經濟帶來的嚴重危害。

作者鍾祖芬的遭遇極其坎坷，但他卻將個人的痛苦置之度外，念念不忘「四夷交哄，國家多事」，「酒酣以往，偶及時事，輒復脫帽嘩呼，捶胸大痛。已而理檀禮，敲綽板，唱大江流水之曲。聲淚俱下，恒驚過客，泣遊子。」因此作者選取了具有重大現實意義的題材，採取了「以諷作規」的形式，在離奇的情節中，在荒唐的嬉笑中勸誡鴉片，促人猛醒，警示世人。作者在自序中寫道：「洋煙之害，遂婦孺皆知，而癖之者至有增無減。則以此物柔情毒性，使人親、使人愛、使人貪、使人戀也。」故「撰此一劇，肖以生旦淨丑……窮諸醜態，寫諸惡狀，至於賣子嫁妾而後止，不取好收場，期以垂誡。」所謂招隱居，是煙神開創之煙館，目的在於使芸芸眾生同陷浩劫。時有一書生反對吸食鴉片最烈，煙神乃發動諸天神，以酒、色、財、氣一一誘之，彼均不為所惑。後試以煙，亦遭堅拒。最後乃以病困之，導其用煙治病，卒陷煙神之計，直至傾家蕩產，賣妻鬻女而後止。戲劇開篇即痛斥鴉片之害：「人人貪，個個愛，將一座好神州化作煙世界」。吸食鴉片後「女子變妖怪，男子變癡呆，未老身先死，已死身不埋。一盞燈，便是落魂臺，一盞燈，便是追魂棒」；「銅盤托將家業賣，鐵釺挑摘命根來，迷痰盒急將疾病催，刮腸刀估將年命宰，剛剩的一點靈苗，一具枯骸，氣懨懨，還是把煙來救解」。字裡行間透露出作者的傷痛和無奈。

在第一齣，堂倌一出場便敘開煙館之旨，再次強調了煙毒為害之劇：

〔八聲甘州〕芸芸多命，要勾他一點靈魂。一般靈性，盡儂火煆煙熏。青年早染懨懨病，白麵先成兀兀形。功成，我與你，同會煙雲。

〔白〕但凡入我煙館者，將他一槍挑下，用三昧真火，細細燒煉。令他將田土房廊，概行交出，擺在盤中。將小石慢慢地打，小朼慢慢地挑。一一縮進葫蘆，有勾取出來，將小盒接著，揉為齏粉。再與他個水火既濟，何愁他不捨財丟命？……

書中〔封館〕一出，寫書生最終難免入其彀中，賣妻鬻子，敗家喪命，淒慘悲涼，發人深省。

〔朝天子〕明晃晃銀河，亂慌慌打槳。別離船，東西向。一篙撥散鴛鴦舫，聽驪歌，淒慘唱，只為床上一燈，燈前一棒，棒一家妻離夫曠！一個羞慚，一個悲傷，這般情，真苦狀。

〔四邊靜〕霎時間車御百兩，便當走文君，遠嫁王嬙。一室情酸，大家是心頭著痛難搔癢。此後龐兒空留想像，夢魂裡，來相訪。

……

〔五煞〕子離娘，奴去主，女悲母，婦辭郎。一時哭泣聲悲壯，老天作事心何莽？浩劫催人禍不常，倚門空怨望。春風苦短，秋夜偏長。

漱六山房張春帆的小說《黑獄》，描寫了鴉片戰爭前夜，鴉片氾濫在廣州造成的惡果。作者寫道，大規模的鴉片輸入，使得廣州全境自官吏至小民終日吞雲吐霧，半睡半醒，因鴉片所引起的紛爭日趨嚴重，社會道德也日漸淪喪。作者預言：「此種事實必然引起大的激變，此激變即清醒之官民，必有一日起而拒鴉片之再輸入，而不惜種種犧牲以完成之。」

吳中夢花居士的《芙蓉外史》一書，以神話方式，敘英之征服印

度，印度之產煙，以及鴉片煙之流毒中國，足以破國亡家的故事，藉
以引起讀者戒心。書中寫道，黑國國主強索紅國公主為妃，紅國畏其
強盛，不得已而許之。公主阿芙蓉心有不甘，與其父約，彼到黑國
後，三年內絕不失身，盼其父在此期間整頓軍旅，剿滅黑國，迎其歸
返。三年既過，消息杳然。公主大慟，跳高臺自盡。不久，墓上即產
一種花草，即罌粟花，藉此毒害黑國人民。於是黑國上下，爭嗜此
物，衰弱不堪。其父聞訊，前來討伐，一鼓滅掉黑國，其仇遂雪。書
中對吸食鴉片的過程和吸食者的駭人形象，都有著及其生動細緻的描
寫，如下一節：

> ……便邀著文龍一同走進茅屋，只見有些鳩形鵠面、衣衫襤褸
> 的人，都是橫睡塌上，把一個竹筒對著如豆的一點火光，在那
> 裡呼吸。楚材確不懂是何緣故，惟與文龍檢一個乾淨臥榻，暫
> 且坐下歇息。舉眼四下一看，卻見中間居然也有一幅對聯貼
> 著。上面寫的是：
> 吐霧吞雲之地
> 俾晝作夜之鄉
> 楚材雖是看在眼裡，卻未曾留意。不多一會功夫，只見一個
> 人，一手拿著一根竹管子，一手拿著一隻小小匣兒，並一根鐵
> 扡子。擺在一個盤中，將本來在盤中的一個玻璃小燈燃起，說
> 道：「相公們請吸兩口，便知其中的奧妙。若然不夠，只須喝
> 一聲，我自添來。」說畢便走了開去。文龍見裡面臥榻上的一
> 班人，都是面目黃瘦，半人半鬼的樣兒，心中覺得有些不悅。
> 欲要出去，因見楚材氣喘吁吁，滿頭是汗，若然出去，怎能行
> 走？只得耐著性兒，也橫在榻上，略為歇息著。看著楚材，此
> 時已將扡子取在手裡，也學著人家，把那扡子往匣內挑了些黑
> 黝黝的延壽膏，在玻璃燈的口上燒。……

　　這種對吸煙者生活和心態的描寫，是極其細緻的。較之純粹的說理，則更有說服力，更能起到震撼人心的效果。

　　此外還有長洲彭養鷗的《黑籍冤魂》二十四回，和吳趼人的短篇〈黑藉冤魂〉，也都是敘述吸食鴉片之害，寫主人公因吸食鴉片，終至家破人亡事。不再一一贅述。

　　令人痛心的是，儘管有識之士大聲疾呼鴉片流毒戕害了個人身心，腐蝕社會的肌體，吞噬民族生機，但卻無力阻止人間黑霧的蔓延，無力喚醒渾渾噩噩的大眾。鴉片商人為了一己之利，更是不顧良知，利用民眾的無知大肆宣傳鴉片是忘憂多眠的靈藥，以致當時有人寫詩這樣讚美鴉片：「若到黑甜之鄉，喚彼為引睡之媒。倘逢紅粉樓中，藉爾作採花之使。」而且由於政治腐敗，人口增加等種種原因，平民生活日益困苦，鴉片的麻醉可以使他們暫且忘卻現實的痛苦，也成為鴉片流行的一大原因。可以說，是這個「懨懨無生氣」的衰世，使得鴉片有機可乘。這個泱泱大國，正在鴉片的迷霧中，在半睡半醒間走向末路。

二　對煙毒肆虐的憤怒與抗議

　　鴉片戰爭前夕，倡狂的鴉片走私貿易給整個中國社會帶來了越來越嚴重的後果。引起了包世臣、湯彝、龔自珍、方東樹、姚瑩等文壇精英的焦慮不安，他們紛紛撰文提出禁煙杜弊的主張，來抗爭鴉片對中華民族的摧殘。

　　早在鴉片戰爭前二十年，包世臣就在《齊民四術・庚辰雜著二》一文中沉痛地指出，由於英國殖民者的瘋狂販賣，鴉片由閩、粵擴大到內地，釀成「無處不有」的氾濫現象，已大大損害了中英間的正常貿易，使其成為有害無益之舉，令人深感不安。他還認為如此氾濫而

不採取禁止的措施，「夷以銀來，內地以銀往」，必將造成「虛中實外，所關匪細」的嚴重局面。因此，要剷除鴉片之害，「但絕夷舶，即自拔本塞源，一切洋貨皆非內地所必需，不過裁撤各海關，少收稅銀二百餘萬兩而已。國課雖歲減二百萬，而民財則歲增萬萬，藏富於民之政，莫大於是。」

道光三年，龔自珍通過英國在粵東的鴉片貿易，不僅看到了鴉片流毒的危害，而且進一步意識到了鴉片背後真正的敵人和危險所在。「近惟英夷，實乃巨詐，拒之則叩關，狎之則蠹國」，必須「備戒不虞，綢繆未雨」。（〈阮尚書年譜第一序〉）

方東樹的〈勸誡食鴉片文〉，著重從揭露英國殖民者販賣鴉片的險惡用心和勸誡中國民眾戒煙兩方面，坦誠地闡明了他的禁煙思想。一方面，他感到英國以鴉片毒害中國，「非獨歲靡中國金錢數十百萬而已」，而是「將使中國人類日就見滅也」；另一方面，他痛切陳詞，以蟲、豸、犬、豕「不知有是非」和中國人具有「聰明粹淑靈智之性」作比，插入一個反問句，帶著感慨的心情寫道：難道「我中土之人，以聰明粹淑靈智之性」，還不如「蟲豸犬豕本無明性」，為什麼時至今日，仍「弗醒、弗悟」，「甘受外夷之毒螫，以死殉之」？

道光十五年，好經世之學，曾入裕泰幕府的湖南人湯彝，作〈絕英吉利互市論〉一文，提出斷絕與英國的貿易以維持大局。文中認為：「中國之御四裔也，來則撫之，貳則絕之，此不易之道也。故明季因倭寇而專絕日本，國初因閩疆未靖專絕南洋，今英吉利數桀驁不循法度，又以鴆毒之雅片（按原文如此）病我華人，竭其重利，動恃堅舶大炮，扞觸法禁，是久貳於天朝，亦絕之以懾服諸番也。」他力排絕英國互市則稅課絀且易啟邊釁之論，認為：「英夷來舶雖多，皆專載雅片。其他貨物半屬粗窳，輸稅無多。即使捐百萬市舶之稅，不猶愈於漏千萬雅片之貲乎？」他還批駁了斷絕英國貿易易啟邊釁之

論，認為英船遊弋海上窺伺已久，無端突入內河，損我炮臺，又以武力抗拒禁煙，「是其狡焉思逞，正不待閉關之後也」。他堅決主張對英國「非戰無以服之」。[5]

可見在鴉片戰爭前相當一段時間，這些具有遠見卓識的愛國者已察覺到英國侵略者的險惡用心，提出戒煙、防範的正確主張。但由於這些文人多處於社會的中下層，人微言輕，他們的主張很難引起統治階級的重視和社會各界的注意，也無力阻止鴉片蔓延的趨勢。

道光十八年，鴻臚寺卿黃爵滋，針對道光十六年太常寺少卿許乃濟提出允許民間種罌粟以塞漏卮，致使鴉片明禁暗運愈演愈烈的現象，上〈嚴塞漏卮以培國本疏〉，極言禁煙。黃爵滋在文中痛切指陳鴉片禍害，列舉大量事實，說明銀兩外漏與吸食鴉片的關係，他指出：「耗銀之多，由於販煙之盛；販煙之盛，由於食煙之眾」，再加上官吏的貪贓枉法，致使禁煙難成，進而提出「重治吸食」的主張，無論官民，吸食者給予一年期限戒煙，不成者平民處以死罪，官吏加等治罪等，還有幾項具體的禁煙措施。這份奏疏言辭激烈，在當時就廣為流傳，是近代散文史上出色的政論文之一。道光帝贊其禁煙疏：「汝所奏嚴禁鴉片，看似駭人聽聞，實是寬猛相濟，所謂火烈民畏也。非痛發其端，誰肯如此說話。」林則徐當時在湖廣總督任內，對黃爵滋立即表示完全支持，並上書道光帝再次強調弛禁的大害和嚴禁的必要：「當鴉片未盛行之時，吸食者不過害及其身，故仗徒已足蔽辜；殆流毒於天下，則為害甚巨，法當從嚴。若猶泄泄視之，是使數十年後，中原幾無可以禦敵之兵，且無可以充餉之銀。興思及此，能無股栗！夫財者，億兆養命之原，自當為億兆惜之。果皆散在內地，

5　《柚村文》卷4，見胡秋原主編：《近代中國對西方列強的認識資料彙編》（臺北市：中央研究院近代史研究所編，1972年），第1輯，頁795。

何妨損上益下，藏富於民。無如漏向外洋，豈宜藉寇滋盜，不亟為計？」[6]當時道光帝正在為如何解決鴉片問題猶疑不決，黃、林二人的奏摺在清廷內部引起了一場禁煙問題的大辯論。經過這次辯論，嚴禁鴉片的論調基本確定，更加強了道光帝禁煙的信心，從而特選派林則徐為欽差大臣去廣東查禁鴉片，並節制廣東水師，在全國掀起了以廣東為中心的禁煙運動。

當林則徐踏上禁煙征途，為民族存亡和英國侵略者進行鬥爭的時候，龔自珍作文相送（〈送欽差大人侯官林公序〉），向他提出了必須執行的「決定議」、僅供參考的「旁議」和批駁反禁煙的「答難義」等一整套的禁煙抗敵的建議，表示他對禁煙運動的鼎力支持。梅曾亮雖不以詩名，然在得知林則徐赴廣州禁煙的消息之後，亦欣然命筆，以〈林公少穆以欽差大臣使廣東，作此呈送，時兩廣總督為鄧公嶰筠〉為題，賦詩一首，既表達了對林則徐禁煙的聲援，又為當時的廣東總督鄧廷楨必能和林則徐通力合作感到欣慰。方東樹聽聞林則徐赴粵，亦作文再陳禁煙之道以明心跡（《儀衛軒文集‧化民正俗對》）。在文中，方東樹進一步公開宣稱：「欲令鴉片之害永絕，則莫若嚴治食者」，如「欲嚴治食者，則莫若先治士大夫在上之人」，將禁煙鬥爭的矛頭直指有權有勢的達官貴人。更值得欽佩的是林則徐和姚瑩，他們親臨禁煙抗敵第一線，對禁煙的艱難、英夷的侵擾及投降派的阻撓有著更深切的體會，林則徐決心「置禍福榮辱於度外」，即使在獲罪謫戍伊犁途中，仍在詩中坦言「苟利國家生死以，豈因禍福趨避之」；而姚瑩亦在〈再與方植之書〉表現出了「為國家宣力分憂，保疆土而安黎庶，不在一身之榮辱」的浩然正氣。

可以說，鴉片戰爭前的禁煙詩文，表明了士階層中的精英分子為

6　〈湖廣奏稿〉，《林文忠公政書》（北京市：中國書店，1991年），乙集，卷5。

抵抗煙毒氾濫，救民族於水火之中所作出的不懈努力。儘管禁煙運動隨著中英戰事的爆發、林姚二人被革職流放而中途夭折，但這些詩文閃爍的對時局和國運的關切、對百姓困苦的憂慮，依然激勵著許多仁人志士，為挽救民族危亡而不斷抗爭。

第二節　鴉片戰爭對詩壇的劇烈衝擊

鴉片戰爭的爆發使舉國震驚。這場「乾坤之變」，把中國人從「眼前景象屬承平」的幻影中突然推到了腥風血雨、狼煙兵燹的現實。鴉片戰爭時期的許多詩人，作為中國文化精神的傳承者和社會中最敏感的階層，對這樣的風雲突變作出了強烈反應。和史學家以理性冷峻的筆觸有所不同，鴉片戰爭文學以銳敏的眼光、痛楚的感受、飽含憂患的情懷，見證並呈現了鴉片戰爭，反映了一個民族，從安於承平到憂國哀民，從封閉蒙昧到覺醒奮起的感情波瀾和精神歷程，形成了近代文學中獨特的「鴉片戰爭詩史」。

一　對山河淪落的震驚與憤懣

鴉片戰爭文學中，成就最高的是詩歌。[7]

鴉片戰爭的爆發對大多數中國人來說始料未及，張維屏的〈聲〉一詩，對這種變化的突然，表述得最為明瞭不過：「眼前景象屬承平，忽睹邊防憂患生。昨夜管絃今鼓角，一般城市兩般聲。」觸目是飛馳的戰馬，揚帆的戈船，令時人憂思紛沓：「憂來涉江樓，清淚臨

7　本節所引詩歌，沒有特殊標注的均來自阿英編《鴉片戰爭文學集》（北京市：中華書局，1957年）

風瀉。永望海軍門，戈船去如馬。」[8]但當時的人們對戰事還充滿信心，追思康熙盛世「緋隈波吞天」的獵獵聲威，認為只要中國軍積極防禦，況有山川險要可憑，禦敵於國門之外是不成問題的。徐州兵協防上海過淮安，魯一同作〈觀彭城兵赴吳淞防海〉詩激勵士氣：「楚兵氣精銳，彪彪千熊羆。百年養汝曹，安危安得辭。獵獵大旆旗，煌煌淮流馳。彎弓指東溟，不得中顧私。莫畏統帥嚴，中丞有母慈。行矣謝送徒，報國方在茲。」詩中充滿著昂揚的鬥志。

　　隨著戰事的展開，人們的心情越來越沉重。將驕兵惰，良將見棄，憂憤與痛心隨之而來。一八四〇年七月，英軍避開了防守嚴密的廣東沿海，北上襲擊舟山列島，中國方面卻毫無戒備，梁廷枏的《夷氛聞記》說，林則徐事前曾「移會閩海、江浙，使各刻意防其舍粵他犯。江浙大吏以事出過慮，未盡信也。」致使侵略者乘虛而入，襲取舟山島定海縣。英軍入城以後，對平民大肆屠殺掠奪。一個參加這次戰爭的英國軍官說：

> 軍隊登了岸，英國旗就展開。從這一分鐘起，可怕的搶劫光景就呈現在眼前。暴力地闖入每一所房子，劫掠每一隻箱子，街道上堆滿了圖畫、椅子、桌子、用具、穀粒……一切這些都被收拾去，除了死屍以及被我們無情的大炮弄殘廢了的受傷者。有的丟了一隻腳躺著，有的兩隻腳都沒有，許多被可怕地割裂，被霰彈射穿。只有當已經沒有什麼東西可拿的時候，才停止搶劫。[9]

　　定海之戰是英國侵略者第一次以武力侵占中國領土的戰爭，定海

8　魯一同：《金山寺》。
9　《殖民地附屬國新歷史》（北京市：三聯書店，1957年），上卷，頁261。

失守也打破了中國人相信中國軍可以一戰定輸贏的天真幻想：「八萬里遙海氛惡，天狼舐血旄頭落。一朝大樹疾風摧，昌國城墟委羶酪。」東南邊防的空虛也令有識之士倍感憂慮。姚燮在京城聞定海遭難，憂心如焚，作〈聞定海警感作三章〉中憤怒譴責統治者腐敗輕敵，釀成禍患的罪責：

> 邇年魚鹽荒，民力困多濘。
> 轉希意外危，鼠竄堪逃生。
> 戍漕兵數千，老稚充其名。
> 積習素遊惰，食粟貪太平。
> 偶遣戒備嚴，餒志中先萌。
> 示隙授其潰，安待來勢橫。
> 何況呼救難，絕島懸孤城。
> 凡理有緣始，禍災誰釀成。
> 俯讀天詔頌，我皇真聖明。
> 僅以失機責，減罪予之輕。

定海縣令姚懷祥，一介文官，在英軍兵臨城下時不為威武所屈，求援無應，倉促組織鄉勇抵抗，終因眾寡不敵，城陷敵手。姚懷祥於城陷時出北門，認為「守土之義，不可以不死」，行經普慈寺時，投梵宮池殉難。典吏全福被俘不屈，罵賊而死。張際亮聞之泣下：「我歌至此心腑摧，縣官典吏非庸才。為臣不易久紳佩，見危而授無疑猜。高墳古柏風吹折，下有清池凜寒雪。」孫義均亦賦詩哀之：「潰圍力竭更援窮，守土微臣氣轉雄。徼外久懸蛇鳥陣，海隅忽兢馬牛風。斷頭自古無降將，嚙指偏能共死忠。回首鼇峰荒壘在，成仁高節更誰同。」表現了詩人鮮明的愛憎觀念。

一八四一年初，戰爭進入了第二階段。二月，英軍進攻虎門。由於琦善裁兵撤防，虎門防守薄弱，士氣低落，守軍大部不戰而逃。關天培孤立無援，率親兵和英軍殊死作戰，壯烈殉國。虎門失陷。虎門要塞形勢壯觀、險要天成，被稱作「大自然曾經竭盡了全力來加強的地方」，「對於一個入侵之敵來說，它幾乎是堅不可摧的。」[10]這樣一個金城湯池，卻在一天之內被攻下，令人震驚至極。虎門要塞的失陷令詩人痛徹心扉，憂心如焚，許多不明琦善賣國真情的愛國人士驚呼：「連珠飛炮震春雷，一日驚聞陷六臺。」覺得虎門天險，一朝失守，極難理解，更擔心侵略者將「驅駕洪濤羽翼振，海門無計限飛輪」。在一些認識到琦善賣國投降政策的人看來，這是他引狼入室的結果，更是義憤填膺。趙函〈哀虎門〉一詩悲憤地追述了壯烈的虎門之戰，怒斥琦善投降賣國：

> 沙角已毀大角摧，陳安父子同飛灰。
> 紅衣大炮破浪來，獅子洋外聲如雷。
> 虎門將軍壯繆裔，報國丹心指天誓。
> 兵單乞援援不至，南八男兒空灑涕。
> 賊來蠔鏡窺虎門，海水沸騰焚飆輪。
> 揮刀赴敵惟親軍，一死無地招忠魂。
> 賊勢鴟張楚兵哭，烏甫東西等破竹。
> 吁嗟乎，督師議和議不成，召寇親至蓮花城。

更多的詩人則在詩文中表現了百粵大地痛失屏護，黎民百姓人心惶惶的無盡的悲哀：如無名氏的〈題虎門炮臺〉：

---

10 周斯林：《在華六月從軍記》（1841年英文版），頁138。

　　越臺夜氣鬱蘢蔥，立馬居然第一峰。
　　亂後民心如畏虎，鏊余山勢尚成龍。
　　三更風露沉金鐸，百粵山河落玉鍾。
　　料得枯楊春未醒，鶯啼燕語夢魂濃。

　　虎門的失守使廣州失去了屏障。當時赴粵調防的外省軍隊達四萬人，但這些軍隊品質惡劣，欺壓百姓，掠奪民財，給當地居民帶來了巨大的災難。孫鼎臣在〈官兵行〉中怒斥了這些「客兵」的斑斑劣跡：「北風蕭蕭腥滿衢，廣州城中人跡無，家家閉戶如閉逓，官兵橫行來呼叫。」這些本該擔任守疆衛土職責的官兵，卻終日遊走於大街小巷，「宰割雞犬牛羊豬，突入酒肆懸雙弧。搜索盆盎暨罌盂，飲食醉飽惟所需。」一遇反抗，則「殺人食人肉，挺刀莫敢相支吾」。八十老翁只能在路邊哭訴：「去年夷人到番禺，十家五家被賊俘。今年官兵望討賊，賊未及討民被屠。彼賊殺人兵得誅，官兵殺人胡為呼。」當地居民不堪忍受這種壓迫，組織起來大舉進攻軍隊。在英軍迫近廣東城外時，城外的外省兵和居民們卻在互相殘殺，實可謂「衛民仗兵力，其奈半貪狼。未解同仇義，先成反噬傷。」因此，英軍主力登陸後，幾乎沒有受到任何抵抗，「層雲堅壘須臾破，水驛山程次第封」，「可憐珠海繁華地，劍影刀光列幾重」。廣州城危在旦夕。靖逆將軍奕經無心抵抗，簽約投降。詩人聽聞，悲憤難名，一發於詩：

　　已將樂土變危江，大將原應一力扛。
　　空說韜鈐無膽識，不明寬猛豈心降。
　　妖氛圍繞如籠鳥，海岸荒涼絕犬尨。
　　踐土食毛同憤懣，萬人酸撇淚雙雙。

> 薪火燎原氣焰雄，驚心轉眼半年中。
> 拋家民以無生氣，定亂誰論斬將功。
> 已有先聲如鶴唳，終無奇策拯哀鴻。
> 庸人未必垂青史，邊釁徒聞勤帝衷。

山河淪亡的悲傷躍然紙上。

廣州和約非但沒能平息邊患，卻更加助長了侵略者的貪欲。戰事進入了更為慘烈的第三階段。一八四一年八月，英軍自廣東啟碇北上，一路占廈門、攻定海、陷鎮海、寧波，一路燒殺搶掠，極盡殘暴之事。消息傳來，舉國震驚。

定海城為浙東門戶，前度失守尚可視之為輕敵，而今在重兵把守下，卻再度淪於敵手，令中國人極度愕然；定海守軍與敵人鏖戰六晝夜、定海三公壯烈殉國的慘烈亦令時人聞之泣下。詩人們寫下了不少關於定海兩度淪陷的詩篇，抒發心中的震驚和哀痛之情。孫毅鈞〈前定海行〉、〈後定海行〉、張際亮的〈定海哀〉、吳兼山的〈海氛紀事〉、許正綬的〈聞定海再陷〉、周昇的〈聞定海夷警感賦四律〉、無名氏的〈定海失陷詩十首〉等等皆是感於此役而作。其中許正綬的〈聞定海再陷〉寫道：

> 虎門退，廈門復，魚腹遊魂欲逐逐。
> 舟山一線海中懸，六日六夜全軍覆。
> 艨艟巨艦駕長風，舢板火輪梭織同。
> 軒然大洋作橫截，蠢爾道頭肆進攻。
> 斯時於城氣壯哉，號令齊下歡如雷。
> ……
> 島鯨吐焰妖氛惡，櫪馬悲鳴大星落。

> 三總戎者實死之，丹心碧血黃泉約。
>
> 我聞鏖戰適中秋，淒風苦雨天為愁。
>
> ……
>
> 去年突如失定海，今茲戒備定海復何在。
>
> 定海定海失何辜，創深痛巨難追悔。

字字血淚，悲憤之情溢於言表。

英軍既據定海，大量掠奪定海兵器庫中的軍需和武器，進犯定海城對面的鎮海城。鎮海城以招寶、金雞兩山為門戶，清軍在此進行了激烈地抵抗，並多次和敵人短兵相接，終因敵我力量懸殊，被迫撤退。英軍占據山上的威遠城，以大炮俯轟鎮海城，殘暴地向鎮海平民進行了長達兩小時的炮擊。賓漢的〈英軍在華作戰記〉記錄了這一滅絕人性的暴行：

> ……激烈的轟擊，在這個人口稠密的近郊連續達兩小時，大家看見了許多慘景。……在一處，四個孩子被一顆炮彈打死了……他們的父親時時去擁抱他們的屍體……想在附近的一個水池裡自溺，他的朋友們強力阻止他這樣做。……[11]

清軍節節失利、百姓生靈塗炭的現實，令愛國志士痛徹心扉。他們遠眺山河、追古思今，不禁涕淚漣漣。招寶山要塞的失陷更給滿懷希望的中國人以沉重打擊。徐榮在歌行體長詩〈招寶山放歌〉中滿懷鬱憤，仰天歌哭。作者首先追述了古往今來豪傑英雄在招寶山的赫赫戰功：「君不見，浹江口，寄奴大艦牌旌幢。長生人潰水仙走，築城

---

11 賓漢：〈英軍對華作戰記〉，《鴉片戰爭》（上海人民出版社，1957年），第5冊，頁273。

置戍來句章。又不見，巾子山，行人斷舌懸高杆，越國樓船出東海，天上白虹翻紫瀾。朝潮夕汐改人世，豪傑相望異遭際。臨山破直亦論功，姑渡擒倭還就逮。雲中樓艫鬱參差，都護威名蛟鱷知。天險尚傳盧氏壘，海鋒爭避戚家旗。」招寶山險要天成，歷史上，劉裕、戚繼光等英雄人物都曾在此痛擊敵人，威名千古流傳。「英雄事去青山在」，詩人熱切期望中國軍能如前代英雄在招寶山大展雄風，逐退敵軍，再續英名。但時局的發展卻令人失望不已：「傳聞倏敗五羊盟，廈門險失全閩驚。瀚州血戰凡六日，絕眄竹山無救兵。救兵只在蛟門西，雲屯招寶與金雞。悲笳沸海風月湧，列帳連山霜雪低。早潮忽打攔江岸，火輪飛過蟲沙散。傷心地上走元戎，空有蘭筋無款段。」招寶山在這種情形下淪於敵手，怎能不令人悲憤難銘。「威遠城頭落照新，山花又報太平春。我來隻灑潮頭淚，此是古來征戰地。」彷彿能聽見詩人的唏噓哭泣之聲。

鎮海失陷，英軍立即溯甬江而上，進軍寧波，浙江提督餘步云「自鎮海逃回郡中，殆寢入郡城，又與寧波知府鄧廷彩、鄞縣知縣王鼎勳，同奔上虞。於是一郡之文武員弁及提鎮二營，潰散一空。八月之晦，夷兵泊郡城靈橋門下，登岸劫掠，城門洞開，直入無人之境」。[12]目睹時事如此，徐榮滿懷悲戚，賦詩志憤：

> 金峨山北大雷西，風雨如磐野望迷。
> 豈有石窗通日月，直愁入海臥鯨鯢。
> 經余戰伐春無賴，詢到遺聞語漸低。
> 回首潮頭堪痛哭，蛟門天險惜丸泥。[13]

---

12 夏燮：〈中西紀事〉，《鴉片戰爭》（上海人民出版社，1957年），第4冊，頁664。
13 徐榮：〈寧波城上作〉。

國運如此，怎能不令人肝膽俱裂，心痛如絞？

一八四二年五至八月，是鴉片戰爭的最後一個階段。這一年的春夏之交，英軍大舉進攻長江下游，詩人們敏銳地察覺到了危機所伏：「狂風特地起波瀾，鶴唳聲聲落膽寒。天上機槍時隱現，海邊城郭動摧殘。養成羽翼除非易，病在咽喉治更難。半壁東南財富地，危如累卵幸能完。」這種擔憂迅速成為了現實，英軍以風捲殘雲之勢，攻陷乍浦、吳淞，占領鎮江，直抵南京城下。南京守衛無心抵抗，屈膝乞降。最終締結了屈辱的城下之盟。

周沐潤感傷時事，作〈京口驛題壁〉志憤，詩中寫道：

> 事機一再誤庸臣，江海疏防失要津。
> 局外也知成破竹，夢中猶未覺燃薪。
> 元龍豪氣消多盡，越石忠肝鬱不伸。
> 天險重重如此易，傷心我國太無人！

該詩悲嘆淋漓，傳誦一時。

而陸嵩〈金陵〉一詩，更是滿紙傷心淚。詩云：「崔嵬雉堞尚前朝，形勝東南第一標。驚見羽書昨夜傳，忽聞和議出崇朝。秦淮花柳添憔悴，玄武旌旗空寂寥。往事何人更憤切，不堪嗚咽獨江潮。」金陵古城，不再是六朝金粉的消魂地，而是「憤切」的江潮日日夜夜拍打著堤岸，訴說著中國近代史上的傷心一頁。……

由此可見，鴉片戰爭時期，處於祖國危亡之秋的中國文人，將邊關烽火，家國興亡，皆繫之於詩，以豐富的形式再現了這一頁慘痛的歷史，體現了深廣的憂憤之情，形成了一部「鴉片戰爭詩史」。

二　對百姓受難的同情與哀憫

在戰爭中，侵略者鐵蹄所至，帶來的不僅僅是國土淪喪、陷城失地的屈辱，手無寸鐵的無辜百姓更是慘遭荼毒、流離失所。面對種種殘酷的現實，許多文人目擊傷心，聞聽怒起，特別是親歷了戰火的東南沿海作家群，甚至還和百姓一起倉皇避亂，深味國破家亡、顛沛流離之苦，切膚之痛使他們的創作充溢著為山河破碎、生靈塗炭的哀痛和呼號。

鴉片戰爭的戰火給東南沿海的居民帶來了巨大的災難。「可憐承平久，民不睹兵革。一朝起倉皇，骨肉痛狼藉」（〈禁煙嘆〉）；也使原本富庶的「江南禾黍地，半為蘆荻洲。穀價漸騰躍，坐使居民愁」（〈雨〉）。侵略者鐵蹄所至，燒殺搶掠，無所不為，曾經寧靜悠然的江南大地遽然變成了血雨腥風的人間地獄。在廣州，「徹夜紅焰燒民屋，遍地青磷動鬼愁」，「拖牛捕豕貪不足，掠人妻女赭人屋」；在廈門，「惡風十日火不滅，黑夷歌舞街市喧」；在舟山，「亂屍如敗葉，飄過吉祥門」，「紅顏忍辱思填海，白骨銜冤痛發丘」；在乍浦，「烈山一炬走春霆，野哭千家不忍聽」；在餘姚、慈谿，「家家逃兵挈妻孥，紛紛涕泣滿路隅」；在鎮江，「滿城炮火摧牆堨，積屍盈路骸不全」，「家家遇鬼嚇癡呆，門外提刀劈進來」……。鴉片戰爭文學中處處可見對令人髮指的侵略罪行的憤怒控訴及對百姓無辜受難的無限同情和哀憫。

在這裡，首先應提及的是生活在江浙一帶的張際亮、姚燮、陸嵩等詩人，他們在侵略者攻陷江浙諸城時，親歷了戰火，並曾與百姓一起逃難避禍，親見親聞英軍的暴行。可以說，他們的詩作是對侵略者滔天罪行的最真實有力的記錄。

一八四一年九月，寧波城破，張際亮倉皇逃出了寧波，由寧波而

奉化、由奉化而嵊縣、又由嵊縣而婺源，而東陽，而義烏，而蘭溪，而衢州，一直逃往江西，一路上與難民為伍，飽受流亡之苦，親睹侵略者的暴行，並親身感受到鴉片戰爭中民族的不幸。在〈鎮海哀〉、〈寧波哀〉、〈後寧波哀〉、〈奉化縣〉、〈自奉化至嵊縣口號八首〉、〈日鑄嶺〉、〈東陽縣〉、〈廣信府〉等詩作中，詩人哀痛地對侵略者的暴行、百姓的苦難作了血淚控訴。例如他的〈東陽縣〉一首：

> 荒塗苦雨風，夕就城中宿。
> 客從寧波來，為言堪痛哭。
> 八月廿九日，夷船大於屋。
> 直抵寧波城，雲梯走城角。
> 官兵各逃亡，市井雜憂辱。
> 請陳一二事，流涕已滿目。
> 孀婦近八十，處女未十六。
> 婦行扶拄杖，女病臥床褥。
> 夷來捉凶淫，十數輩未足。
> 不知今死生，當時氣僅屬。
> 日落夷歸船，日出夷成族。
> 笑歌街市中，飽掠牛羊肉。
> 庫中百萬錢，搜取盡以燭。
> 驅民負之去，行遲鞭撻速。
> 啾啾鼠雀語，聽者怒相逐。
> 百錢即強奪，千寶盡竄伏。
> 九月初三日，我逃幸未覺。
> 傳聞同逃者，白刃已加腹。
> 可憐繁華土，流血滿溝瀆。

> 吾聞起按劍，悲憤腸斷續。
> 萋萋籬菊黃，枝葉自交簇。
> 民苦不如花，離散背鄉井。
> 中霄籲呼天，彼滄一何酷？
> 哀歌戒諸將，戍鼓動朝旭。

　　張際亮〈東陽縣〉以驚心動魄的筆觸描繪了一幅慘不忍睹的戰後劫掠圖，昔日繁華的寧波城，瞬間變成了「流血滿溝渠」的血腥地獄。作者寫到此時，已是激憤地「吾聞起按劍，悲憤腸斷續」，直欲仗劍滅夷的豪情力透紙背。

　　一八四一年十月鎮海失陷，傾城逃難。姚燮攜全家同百姓一同倉皇逃難，饑餐露宿。兒子陷城，他冒死返覓，僕人又被英軍抓走。詩人出入干戈，備嘗艱苦，目睹百姓在流離中悲哭哀號，在〈驚風行〉、〈冒雨行〉、〈無米行〉等詩作中憤怒地記錄下了這一幅交織著屠殺、掠奪和搶劫的駭人畫面，控訴侵略者的血腥罪行。

　　姚燮描寫鎮海淪陷時，潰敗的官兵和成千上萬的逃難者「臂帶頸襴，衣襦不完，面焦身赤，行步蹣跚，誰辨其為兵與官。亦有雇夫，舁籠扶板，蒙被過頂，瀝血聲嘶酸可憐。翁嫗婦女幼稚，翹足延頸，當路叫喚，望爺、覓子、尋夫、呼哥、索弟，悲淚交丸瀾……」乃至爭渡落水，踏蹴致死，凍餒交加，屍骨枕藉，「使我一寸心，亦作千萬剐」。（〈速速去去五解〉）寧波陷落，傾城避難，「露宿同積屍，生機已頹靡。不復男女分，枕藉馬牛失。縱免刀兵傷，已鄰凍餒死。豈真無術生，斯民有廉恥。」（〈驚風行〉）。

　　作者還用新樂府詩寫了一些遭受苦難的典型人物，如〈北村婦〉、〈山陰兵〉等。〈北村婦〉描寫了普通村婦在戰亂中的慘痛遭遇：丈夫戰死沙場，傷心之餘，只渴望生子為夫續後，但是「生男未

一日，獐獷遍鄉里。云賊來虜村，跣足偕逃奔」。她懷抱嬰兒「一步
一顛撲，蓬髮面如灰」，萬般無奈，想投河自盡，但顧念新生兒，「折
衾手襁兒，河上行遲回」。但在這流離亂世中，這位母親唯一的希
望，也無情的破滅，路遇刁民，「眼見將妾兒，投棄亂流渡」。〈山陰
兵〉則記敘了一個傷兵的淒涼境地：「冪冪江雨淒，江灣少人過。亭
柱多漏痕，一兵藉草臥。覆領聞微呻，呼痛不呼餓。面目經火燒，血
肉土攙涴」。同伴憐他重傷，自願留下照顧，傷兵卻畏軍法嚴酷，「生
逃罪當殺」，唯恐牽累家人，懇請曾經照顧自己的同伴「遣其報歸
家，且免死同坐」，「但得屍還鄉，速亡轉堪賀」……如此悲慘的遭
遇，令人傷悲。對此，繆南鄉評說道：「〈北村婦〉、〈山陰兵〉等篇，
與工部〈新婚〉、〈石壕〉諸制，真摯飛動，如出一手。」

　　此外，姚燮在〈城上烏〉一詩中，用預言的形式，描繪了戰亂後
蕭條荒蕪、白骨如山、陰森可怕的景象：「城上烏，尾畢逋。將彈爾
肉臛爾膚，爾不遠飛胡為乎？城上烏，聲嗚哀。昔年城上有大樹，今
年城上無蒿萊，城上但有白骨堆，爾不遠飛將胡為？」以託物寄意的
形式抒發心中難言的憤怒和傷痛，和樂府詩可謂異曲同工。

　　〈太守門〉、〈兵巡街〉、〈毀神廟〉、〈捉夫謠〉等新樂府，展示了
殖民者入城後對當地居民的殘酷統治。〈太守門〉寫侵略者向受騙的
居民進行經濟掠奪和人身摧殘的事實；〈兵巡街〉寫侵略軍在城中挨
家挨戶搶劫的行徑；〈毀神廟〉寫侵略者破壞中國文化的罪行；最突
出的莫過於〈捉夫謠〉：

　　……

　　　城鬼捉夫如捉囚，手裂大布蒙夫頭。
　　　銀鐺鎖禁釘室幽，鐵釘插壁夫難逃。
　　　板床塵膩牛血腥，碧燈射隙聞鬼嘷。

當官當夫給錢粟，鬼來捉夫要錢贖。

朝出擔水三千斤，暮縛囚床一杯粥。

夫家無錢來贖夫，囚門頓首號妻孥。

陰風掠衣頭髮亂，飛蟲醫領刀割膚，

誰來憐爾喉涎枯！……

如此強盜行徑，令人慘不忍睹。

一八四二年五月，乍浦陷敵，全城被火。夏尚志的〈乍防火〉一詩，展示了乍浦城中人間地獄般的景象：

殺氣迷空火延屋，富者逃徙貧者哭，

屍骸枕藉血成川，老鴉飛來啄人肉。

愁雲黯慘風怒號，海波激雨聲如潮；

四郊壁壘盡虛設，忽報南門斬關人。

……

三日城中火光繞，雞犬無聲行蹤少。

金珠搜盡倉庫空，萬戶千門無寸草。

腥風帆轉鸞背開，賊船悉去援兵來。

一城久已人煙斷，深夜長聞鬼哭哀。

一八四二年七月，英軍攻陷鎮江，進行報復性地屠殺，焚燒民房，空中彌漫著塵煙，河水被鮮血染紅。越伊優亞生在〈鎮城慘劫〉中描繪了這一淒慘景象：

連天匝地盡妖氛，傳說京江玉石焚。

隔岸紫煙凝黑霧，沿河碧血漾紅雲。

深閨密密排經緯，稚子壘壘作井賾。

惱殺南風時不競，觸人鼻觀總腥聞。

戰爭最直接、最大的受害者莫過於戰地的老百姓，在侵略者的淫威下，手無寸鐵的無辜百姓只能發出「民苦不如花，離散背鄉曲。中霄呼籲天，彼蒼一何酷？」的悲哀啜泣。

第三節　作家詩人的譏諷與讚歎

戰事的慘烈，敗兵失地的屈辱，使得中國人不得不反思和探求戰敗的原因。戰爭伊始，中國人將此理解為歷朝歷代慣有的邊患。九龍之戰初戰告捷，更是增強了中國人必勝的信心。在愛國情懷激勵下的仁人志士在詩文中顯示了昂揚的鬥志。朱琦在〈感事〉詩中寫道：「我朝況全勝，幅員兩萬里，島夷至要麼，滄海渺粒米。廟堂肯用兵，終當掃糠秕。」即使在侵略軍沿海北上突襲舟山群島，定海失守後，黃燮清仍在詩中流露出對王師的殷殷期盼，例如〈聞浙撫督師海上〉一詩寫道：「及早揚兵氣，中流聽浩歌。敵氣猶未熾，先發莫蹉跎。」但隨著戰火的蔓延，當權者舉棋不定，致使忠臣遭讒，良將殉難，侵略者長驅直入，半壁江山橫遭踐踏，主和之議日盛，最終締結了屈辱的城下之盟。殘酷的現實沉重地打擊了中國人的自尊和熱情，批判之聲如潮水般湧來。激烈地諷斥、悲憤地嘲罵、濃重的失望成為鴉片戰爭文學中最強烈的主題。

一　對昏瞶誤國的譴責

鴉片戰爭失敗的原因是複雜的。當時處於衰落階段的滿清帝國和

發達資本主義英國，在實力上確實存在著較大差距，但戰爭的勝負要
受到多種因素的制約，更何況英國發動的是一場非正義的戰爭，而在
道義和地利方面中國占有一定的優勢，但戰爭的結局卻是大清王朝這
個龐然大物不堪一擊，敗得如此之快，如此之慘，這也令英國方面感
到很吃驚。之所以出現這種情形，除了中英雙方在實力上的差距外，
清政府的腐敗是根本原因。當權者的狂妄自大、顢頇無知、心胸狹隘
和嚴重的民族偏見也是導致戰爭失敗的重要原因。

　　身為最高統治者的道光皇帝，對急劇變化的時代茫然無知，依然
沉浸在天朝上國的千年夢幻裡。戰爭初期，由於未能知彼知己，導致
其盲目樂觀，認為對英戰爭穩操勝券，態度極其強硬。一旦受挫，則
由輕敵到畏敵，陷入尷尬矛盾的境地不能自拔，並對戰局產生了極其
惡劣的影響。魏源在《道光洋艘征撫記》中即憂憤地指出：「承平恬
嬉，不知修壤為何事，破一島一省震，騷一省各省震，抱頭鼠竄者膽
裂之不暇，馮河暴虎者虛驕而無責。」又說：「始既以中國之法令，
望諸外洋；繼又以豪傑猷為，望諸庸眾；其於救弊，不亦遼乎？馳峻
阪，則群儆善御之銜綏；犯駭濤，則群戒舵師之針向。」批評統治者
缺乏憂患意識和進取精神，虛驕自大，面對外來侵略措施失當，畏敵
如虎。並暗示清朝最高統治者道光皇帝對戰爭的結局負有主要責任：
「且其戰也，不戰於可戰之日。其款也，不款於可款之時，而專款於
必不可款之時。其守也，以又不守於可守之地，而皆守於不可守不必
守之地。」指責統治著在戰、和、守上的重大失誤是導致戰敗的重要
原因。魏源的〈寰海〉諸篇，亦頗多警句，痛斥當權者昏聵誤國。如
〈寰海〉篇云：「爭戰爭和各黨魁，忽盟忽叛若棋枚。浪攻浪款何如
守，籌餉籌兵貴用才」；「功罪三朝云變幻，戰和兩議鑿冰湯，安邦自
是諸劉事，絳灌何能贊塞防？」指斥道光帝對敵情蒙昧無知，舉棋不
定，以致一再貽誤戰機，句句挾雷裹電，極具衝擊力。

　　對於朝中重臣、封疆大吏為一己私利投降媚敵的行徑，時人亦給予了極其憤怒地譴責。夏燮在《中西紀事》尖銳地指出：「竊自夷匪範順，無識庸臣但求速和了事，國家苟安一日，彼即為一日之親王、宰相，而社稷隱憂不遑復顧。……以堂堂大一統之中國，為數千夷人所制，惟命是聽！」字裡行間蘊含著詩人難以壓抑的憤懣和悲痛。

　　為數眾多的詩歌更以激烈的語言嘲諷當權者誤國的可恥行徑，其中包括琦善「開門揖盜」、牛鑒「掣援而走」、奕山懦弱無能、劉韻珂首鼠兩端、譚廷襄「恇怯無能」……筆鋒犀利，直透紙背。如魏源〈寰海十章〉之十：

> 同仇敵愾士心齊，呼市俄聞十萬師。
> 幾獲雄狐來鄭慶，誰開柙兕禍周遺？
> 前時但說民通寇，此時翻看吏縱夷。
> 早用秦風修甲戟，條支海上哭鯨鯢。

又如張儀祖〈讀史有感〉之二之三：

> 血洗舟山浪作堆，羽書又報海南來。
> 英雄效死偏無地，上相籌邊別有才。
> 竟爾和戎曾地割，是誰揖盜把門開。
> 從今敢笑陳濤敗，房琯猶曾戰一回。

> 海風橫卷炮臺腥，鼓角荒涼不可聽。
> 狂寇稱兵猶跋扈，平章謀國是調停。
> 戎韜誰解駕鴛陣，相業難憑螈蜳經。
> 不信籌機諸大老，金人還守廟中銘。

　　反對和議，反對調停是當時舉國上下民眾的一致心聲，多少熱血男兒希望奔赴疆場殺敵報國。然而當權者昏聵無道，懦弱貪生，一腔報國志也只能化作「英雄效死偏無地，上相籌邊別有才」的悲嘆。於是作者憤怒地指斥當權者「當世有誰嫻將略，諸公自合享承平」，「萬姓脂膏由土代，百官氣骨為金銷」。其中痛詆得最激烈的，莫過於〈詠史〉第九首：

> 議和議和究誰差，聒耳官私兩部蛙。
> 閉戶豈能摧寇焰，揭竿猶恐起群譁。
> 衣冠皆盜斯奇變，科目無人況世家。
> 見說張皇須坐鎮，未妨宰相似棉花。

　　黃燮清，是當時文壇著名的劇作家和詩人，鴉片戰爭時曾攜家避亂，不僅目睹了戰亂給百姓帶來的深重苦難，對庸臣誤國，戰事一敗塗地也有著深切地感受。〈黃天蕩懷古〉一詩借古諷今，一吐悲鬱之氣：

> 八千勁旅走熊羆，曾斷金人十萬師。
> 驄馬宣威臨陣日，羯胡喪膽渡江時。
> 風鳴環佩軍中鼓，谷暗雲霞戰士旗。
> 從古庸臣好和議，寒潮嗚咽使人悲。

　　周沐潤在當時名不甚著，他在鴉片戰爭時期的詩歌卻值得重視。如這一時期所做的〈海上行〉、〈後海上行〉、〈即事感賦〉等皆慷慨激昂：「熱血噴肝膈，鼻舌殺鬼虜……不殺士不勇，不勇國不武。吾言豈狂謬，天地須一怒。」〈京口〉一詩寫道：

　　　　將軍原不為蒼生，一令倉皇忽閉門。
　　　　天塹枉分南北險，府兵空藉古今名。
　　　　風驅怒舶山無色，月墮荒江鬼有聲。
　　　　我本釣鼇滄海客，要將無義餌群鯨。

　　此詩詠英軍自長江進逼金陵事，「將軍原不為蒼生」，一語破的。
豈止將軍，整個朝廷都只為統治苟存不惜割地賠款，蒼生的命運是在
所不計的。詩人全不顧「怨而不怒」的詩教，發出「我本釣鼇滄海
客，要將無義餌群鯨」的憤怒呼聲，在當時無疑是振聾發聵的。
　　除了這些在文壇享有詩名的作者，鴉片戰爭時期產生了大批的感
事詩、竹枝詞，如戊戌感事十八首、粵東感事十八首、枯楊詞十八
首、京口夷亂竹枝詞、揚州竹枝詞及京口驛題壁等。這些詩詞的作者
已無從可考，但卻正面地、直率地表現了民眾對戰事的憤怒和悲哀，
如〈京口驛題壁〉中的兩首：

　　　　煙霞痼疾孰能回，一紙書成結禍胎。
　　　　魏絳和戎偏易土，弘羊富貴轉傷財。
　　　　噬臍未及終邊患，食肉無謀豈將才。
　　　　黎庶膏脂軍士血，染成丹頂位三臺。

　　　　胸無韜略伏人言，師漏多魚笑壯奔。
　　　　罪竟軍前寬馬謖，驕翻海上長孫恩。
　　　　死亡相藉隨三鎮，忠孝能兼萃一門。
　　　　聞道蜀兵雄似虎，長溪嶺下盡冤魂。

　　注目時事，詩人的「憂」、「憤」、「愁」幾乎達到了頂點，他們的

期望和呼號亦得不到任何回應，於是只能在詩中發洩對現實極端失望
之情：

> 東南鎖鑰竟何如？偏是儒生感慨多。
> 詩史即今功罪定，羽書當日見聞訛。
> 虛煩白簡彈房琯，又費黃金下尉佗。
> 戎馬場中經歷久，請纓壯士轉銷墨。
>
> 海氣沈山不放青，砲車聲捲怒飛霆。
> 荒村夜宿陰燐暗，廢壘春耕戰血腥。
> 幕府籌邊餘涕淚，封疆報國在調停。
> 從今收拾弓刀夢，且閉柴門讀武經。[14]

　　生逢亂世，報國無門，憂憤交加，只能化作「從今收拾弓刀夢，
且閉柴門讀武經」的悲哀長嘆。

二　對衰兵怯將的指斥

　　士兵是戰爭的主體，士兵整體素質的高低與戰爭的勝負有很大的
關係。其中軍紀是維持士兵素質的關鍵因素。軍隊的墮落腐敗，大多
是從軍紀廢弛開始的。清朝軍隊主要由八旗兵和綠營兵組成，這支軍
隊在清朝入關之初曾有過輝煌的戰績。然而，經過近三百年的太平無
戰，八旗兵和綠營兵已失去了往日的虎虎生氣。鴉片戰爭前夕，軍隊
比以前更加不成樣子，「遊手失業，恒多竄入其中。甚至吸食鴉片，

---

14 劉禧延：〈讀木居士咄咄吟題後〉。

煙癮難支[15]」。軍隊內部極度腐敗，已經到了無可救藥的程度，「將與將不相習，兵與兵不相知。勝則相妒，敗不相救，欽差疆帥，復相齟齬，號令歧出，偏裨各分畛域。」[16]「最堪痛哭者，莫大於敗不相救四字，……雖此軍大敗奔北，流血成淵，彼則袖手旁觀，哂口微笑。此種積習，深入膏肓，牢不可破。」[17]清兵很少操練，以致馬兵無馬，也多半不會騎馬，炮兵放炮無法準確擊中目標，水師平時缺乏訓練，又無嚴格紀律約束，有很多水兵上船即暈……軍紀廢弛、賞罰失度、士氣低落籠罩著整個軍隊。

　　軍隊素質低下的另一個表現，則是士兵軍風敗壞、軍民相防。鴉片戰爭期間，道光帝曾多次調遣內地兵士前往沿海抗英，幾乎所有調兵諭旨的最後一句話都是：「並嚴飭帶兵之員，沿途勿加滋擾」。可見，軍隊擾民已是朝野皆知的常識了。事實果如道光所言，這些官兵途中胡作非為，「有搶掠人財物者，有毆傷差役者」[18]，各種醜聞不絕於耳，給沿途的百姓帶來了無盡的災難，引起了民眾的強烈不滿，無形中就把民眾趕到了自己的對立面。這就在民眾心中形成了一種士兵不是衛民而是害民的心理定式。當時人們這樣評價這支「天朝軍隊」：「民不知兵，官不知兵，即其亦不自知其為兵矣。」[19]

　　這種軍隊素質的極端低下在鴉片戰爭期間暴露無疑：統帥消極抵抗，戰略失當，戰術庸劣；將官臨敵，或不事守備、消極抵抗，或未戰先逃，更有甚者約敵不戰，或賣國通敵，出賣軍事情報。上行下效，士兵亦皆群起效仿，貪生怕死、毫無鬥志，將官既逃亦隨之一哄

15　昭槤：《嘯亭雜錄》（北京市：中華書局，1980年），卷8，頁259-259。

16　王安定：《湘軍記・水陸營制篇》（北京市：中華書局，1988年），頁14-15。

17　王安定：《湘軍記・水陸營制篇》（北京市：中華書局，1988年），頁14-15。

18　夏燮：《中西紀事》（長沙市：嶽麓書社，1988年），頁97。

19　夏燮：《中西紀事》（長沙市：嶽麓書社，1988年），頁95-96。

而潰。更讓人不解的是，臨陣脫逃的將士，事後卻得不到懲罰，軍紀廢馳，法令形同虛設。本該擔任著守疆衛土重任的將領兵士，在大敵當前之際，或消極抵抗、或戰法拙劣，甚至貪生怕死，不戰而逃。在軍隊退卻的地方，大好河山備受蹂躪，無辜百姓慘遭荼毒。

這種情形在當時遭到了中國人強烈不滿和激烈抨擊，並在文學作品中得到了廣泛的反映。面對不戰而潰的軍隊，目睹陷城失地的屈辱，詩人悲憤地斥問：「東南半壁仰長城，誰料兵孱士不鳴」，「蒼生痛苦群夷笑，到處何曾有戰場」！籠罩在詩文中的是濃重的失望和憤慨。

無名氏的〈讀史二首〉之一以激烈的語言，諷斥軍隊素質低下，無端擾民，遇敵則聞風先潰的可恥行徑：

> 朔馬不變吳，南禽不逾代。
>
> 物性各有安，易之乃生敗。
>
> 長波起重溟，妖氛暗吳會。
>
> 徵兵秦與蜀，悠悠遠行邁。
>
> 戈船未嘗睹，風濤渺無際。
>
> 一聞鼙鼓聲，望風或至潰。
>
> 將校非其人，劫掠輒為害。
>
> 利器久已窺，患伏所備外。
>
> 徑原與南詔，可以為至戒。

而望風而遁，不戰而逃的士兵事後卻沒有任何懲戒，更令詩人怒不可遏：

> 穰苴斬莊賈，漢武誅王恢。

　　將敗伏斧質，國法不可回。

　　何況未見敵，棄甲先歸來。

　　必死有暴骨，偷生無後災。

　　時平養介胄，豢此奴隸才。

　　墮軍復長寇，豪傑為悲哀。

　　但須戮逃將，狂賊不足摧。

　　姚燮的〈軍宴詩五章〉尖銳地諷刺了不顧國難而飲酒作樂的將帥們：「爐帛連江擁甲游，胭脂滿地潑春愁。誰憐風雨屯軍苦，綠酒紅燈自畫樓。」繼而嘲諷這些妄自尊大的官員在侵略者面前卻威風掃地，卑躬屈膝：「聞有回鶻流，沐猴居然纓。掣袖肆甘語，潛來汨其靈。股掌玩闇權高級沖轅行。君僚畏如虎，側目相戒懲。貪狼非善宿，佐之天狗獰。」

　　被稱作「平民詩人」的金和曾寫下〈圍城紀事六詠〉，此詩包括〈守陴〉、〈避城〉、〈募兵〉、〈警奸〉、〈盟夷〉、〈說鬼〉六篇，真實反映了《南京條約》簽訂前後，將領官吏愚昧昏聵，張惶失措及百姓的顛沛流離。如〈守陴〉一詩諷刺守城官兵膽小懦弱、草木皆兵，以至平民百姓無端備受戕害的醜行——

　　將軍突遣追風騎，九城之門一時閉。

　　道有訛言江上傳，今夜三更夷大至。

　　此時行者猶未至，須臾聞說皆驚疑。

　　入城出城兩不得，道旁頗有露宿兒。

　　平明馳箭許暫開，沸如蠅集轟如雷。

　　土囊萬個左右堆，羊腸小徑通車才。

　　老翁腰間被劫財，腳下蹴死幾幼孩。

村婦往往踣墮胎，柳棺摧拉遺屍骸。

摩肩擁背步方趹，關吏一呼門又鎖。

繞郭聲聲痛哭歸，頭上時飛洗炮火。

　　軍隊膽怯無能至此，怎能擔任守疆衛土之責？

　　〈避城〉一詩，展現了百姓在戰前由於無人保護的驚惶和無奈；〈警奸〉一詩，嘲弄軍隊借捉漢奸引起城中內亂；而〈募兵〉一詩，則諷刺軍隊的混亂和腐敗。作者在詩中寫到：「城中舊兵不如額，分守城頭尚無策，何論城下詰暴客？」在這種情況下，只得到處拉丁湊數：「堂下群鴉立無隙，或舞大刀或礫石，取其壯健汰老瘠，九城壘壘保衛冊。」於是這些昨日還遊走於大街小巷的市井閒兒，「木梃竹鞭在腋肘，吠犬無聲都辟易，一人日給錢一百，勤則有犒惰則革。」作者禁不住哭笑不得地發問：「借問誰司鼓與鉦，居然高坐來談兵，百夫長是迂書生。」如此倉促而成的軍隊，連基本的素質都不具備，面對強敵的結果可想而知了。這樣的軍隊和士兵，怎能不望風而遁，一潰千里，獻城降敵？只能落的個「城頭野風吹白旗，十丈大書中堂尹，天潢宮保飛馬至，奉旨金陵句當事」（〈盟夷〉）的可恥下場。

　　〈京口駐防閤營將士祭都統海公文〉和〈浙江府廳州縣生祭黃冕文〉，用祭文的形式與諷刺的手法，對鎮守京口和鎮海的封疆大吏的不戰而逃的醜惡行徑，加以挖苦和嘲諷，很具有文學性。〈京口駐防閤營將士祭都統海公文〉寫坐鎮京口的清軍大將海齡，平時不訓練士兵，軍紀鬆弛，以致發生「守城搶掠」，亦未曾「示辱以蒲鞭」，反諷為性格「寬和」；又把他從不修築防禦工事，任英軍「長驅直入」，自己「閉壁以高眠」並且「靜如處女」，形容為遇事「鎮定」；還把英軍不費吹灰之力占領京口，形容為他施政的「仁讓」……作者正是用這種正話反說的方式，來發洩對這此等庸臣無能誤國的強烈憤慨。〈浙

江府廳州縣生祭黃冕文〉則用對比的手法，描繪了鎮守海口的黃冕上任時那種「車騎赫赫，意氣燏黃」的威武氣派，詩人以為這位將軍一定是「縱無奇策異謀，必有忠肝義膽」的了。豈不知在軍事重地金雞山危急的時刻，這位「海口軍民，重望所繫」的黃公，非但沒有做出「山存與存，山亡與亡」的壯舉，竟然置滿城百姓生死於不顧，「改裝輕舸，徑返胥臺」……。面對此情此景，作者憤怒地斥責黃冕「何以對同守金雞之謝鎮與定海殉難諸人？他日何面目見祖宗與地下？今歸何言語告老母於家中？」作者在文末辛辣地諷刺道：「諺云：『大難不死，必有後福』，願與黃公拭目俟之」。

貝青喬的《咄咄吟》，是鴉片戰爭文學中對當權者昏聵誤國、軍隊極端腐敗進行抨擊的最具有代表性的作品，在當時的諷刺詩中，堪稱翹楚。

貝青喬這位吳下書生，為人慷慨豪爽、好施仁義，具有熱切的入世情結。鴉片戰爭爆發後，貝青喬目睹侵略者的暴行，無比憤慨，並為自己報國無門感到萬分苦悶。聽聞奕經東征，奉旨開營納士，貝青喬激動萬分，抱著「要濺樓蘭頸血回」的壯志投筆從戎，並賦詩與親友告別：「仗劍出門去，行營力請纓。防邊無健將，殺敵有書生。」詩中激蕩著一種從征的豪壯情懷。

然而在奕經東征軍中一年多中，貝青喬耳聞目擊的卻是清軍腐敗不堪的咄咄怪事，憤激之餘，就親見親聞，寫成了這部由一百二十首七絕組成的大型組詩《咄咄吟》，前置自序，每首附自注，注以紀事，詩以諷誦，真實完整地記錄了「東征」途中的醜惡景象。

《咄咄吟》開篇就指出，道光帝騎牆兩端、戰和不定是戰爭失利的主要原因之一。儘管東征前痛感割地賠款有損於「大清國威」，天顏一怒，一度主張抗英。但始終猜忌賢臣，用人唯親，其決策的種種失誤最終導致了「宸翰紅題券一章，東南五路約通商。群公自有安邊

策，盡括軍糧補寇糧」的屈辱結局。

在貝青喬看來，以琦善、伊里布、劉韻珂為代表的投降派厚顏無恥，膽小怯弱，向侵略者主動示弱，求好賣乖，更加引發了外敵的貪欲和野心，實際上是縱敵玩火：「怪底籌幄勢恐艱，妖訛萬口不能閒。難將敵虜交歡意，移入雙旌六蠹間。」

而在東征軍中，令人萬分不解的咄咄怪事更是比比皆是。「相公推轂重朝班，一意長驅破蔡還」的揚威將軍奕經，在戰爭的關鍵時刻，竟然靠求神問卜定戰策，「颶風敢望神相助，一卦靈簽卜虎頭」。在關帝廟求得虎頭簽，便不顧敵情不明，準備不足，決定在「寅年、寅月、寅日、寅時」，同時反攻三城，結果一敗塗地，「眾心渙散，不復整齊之以圖再舉，而坐視英夷之大肆其毒」；前營總理臨陣前猶吸鴉片，「癮到材官定若僧，當前一任泰山崩。鉛丸如雨煙如墨，屍臥穹廬吸一燈」，煙癮大發，不能視事，甚至兵敗潰退，英軍追迫而來，還要「臥吸鴉片半時許」，才「望風股栗」，踉蹌而逃；參贊畏葸，聞風跣足而奔，貝青喬詩以諷之：「何人替覓長生藥，一劑神醫壯膽丸」；道臺愚昧，想靠紙面具嚇退敵人：「天魔群舞駭心魂，兒戲從人笑棘門」。前方大敗，卻誤傳為大勝，幕僚們紛紛遞紙條，要求在捷報中附上親友的名字，「帳外交綏半死生，帳中早賀大功成」。聚集在將軍周圍的隨員在東征期間卻徵歌逐舞、貪污受賄、冒功爭賞、嫖妓賭博。鄉勇捕殺英軍，本應論功行賞，反被誣為「擅殺夷商」，影響議和，被勒令「呈繳器械，逐回原籍」。擒敵者不賞反罰，以賞功之銀媚敵求和，又何怪哉！詩人不由憤怒地呼喊：「鐵錯何堪鑄六州，訛傳新令下江頭。早知殺敵翻加罪，誤報雄心赴國仇。」凡此種種，不一而足，誠所謂「咄咄怪事」，終於使他看清了「各大臣既甘心與犬羊之族為城下盟」的真面目。詩人滿腔鬱憤，以一種決絕的心態，賦詩言志：

渴亳狂吸墨池傾，灑遍蠻雲總不平。

蒿目陳濤多少恨，翻教詩史浪傳名。

蒿目時艱，報國無門，令詩人悲憤難銘，一句「多少恨」，道盡了天下拳拳赤子萬恨千愁。

三　對忠臣良將、勇士義民的讚歎

在鴉片戰爭的腥風血雨中，和庸臣力主和議、庸兵怯將不戰而逃的可恥局面形成最強烈對比的，莫過於少數愛國將士寧肯血濺邊關、絕不將寸土河山讓與胡虜的忠貞和沿海民眾保家衛土、奮勇殺敵的勇氣。從虎門之戰「鏖戰同燼灰」的關天培，到定海血戰中「縱橫意氣驅風雲」的定海三公；從「風人慷慨赴同仇」的三元里義民的如雷吶喊，到「金甌只仗黎民保」的江浙漁民乞兒的奮勇抗爭，無一不為中華民族的歷史書寫了一曲慷慨悲歌，令侵略者也不由地驚歎和膽寒。因此，描寫和歌詠愛國軍民的英勇抵抗的詩文無疑是鴉片戰爭文學中最富光輝的篇章。

1 對愛國將士的歌詠

鴉片戰爭中，在虎門之戰、定海之戰等最為慘烈的戰役中，由於長期的軍備廢弛和昏庸誤國的投降政策，軍隊士氣極為低下，防守的官員和守軍大多聞風而逃，但關天培、陳化成、葛雲飛、陳聯升、王錫朋等沙場名將，明知眾寡不敵、迴天無力且「藩籬既撤，孤立無援」，仍不惜率親兵進行了慘烈的白刃戰，「創痕遍體，血濡衣襟」，最終以死報國。他們的犧牲既令中國人備感痛心，又給幾盡絕望的仁人志士的心靈帶來了幾分安慰和希望，因此謳歌抗敵鬥爭及為國殉難

的將領的凜然大義，是鴉片戰爭文學的又一特色。

魯一同〈關忠節公家傳〉、徐珂的〈陳聯升血戰而死〉、王拯的〈葛壯節公墓誌銘〉、〈王剛節公家傳跋尾〉、袁翼〈江南提督陳忠愍公殉節記略〉、呂世宜〈記游擊張公死事略〉、郭柏蒼〈定海縣姚公傳〉等等都是刻畫英雄完整的英武形象及寧死不屈的剛烈性格的傳記文。

徐珂的〈陳連升血戰而死〉，以單刀直入的方式，傾注全力寫陳連升在守衛大角、沙角的戰鬥中的英勇表現。敵彈密集如雨，我軍勢單力薄，眼見守城無望，凶多吉少，陳連升依然堅守炮臺，並怒斥勸其退避的親兵：「今日，吾死日也，敢言退者斬！」直至胸部中彈，生死一線，陳連升仍堅定地認為死而無憾，只是悲嘆「吾死而二臺必陷，虎門且將不保」，從而展現了英雄對職責的忠貞和對壯麗山河的熱愛。據說連他騎過的戰馬，被英軍俘獲後，「飼之弗食，銜轡之則蹄齧不已」（《龍壁山房文集‧陳將軍義馬贊》），真令天地鬼神為之動容。

魯一同的〈關忠節公家傳〉寫關天培「口占應對悉中」，「習弓馬擊技，技絕精」，表現出他超乎常人的文才武略。寫他自任廣東水師提督後，「親歷崇洋，觀厄塞，建臺守，排鐵鎖」，顯示了較高的軍人素質。正因為他具有這樣的性格特點，所以在鎮守虎門的抗英鬥爭中處於敵眾我寡、求援無效的危難時刻，他以驚人的膽略和精湛的武藝，親率游擊登上靖遠炮臺與英軍拼搏，身創重傷，「血淋漓，衣甲盡濕」，終至效死戰場。關天培之死不僅令當時的愛國志士為之扼腕，亦使侵略者倍感欽佩，稱他為「最傑出的元帥」[20]。他的犧牲，完全是琦善的叛賣政策所致。林則徐在紀念關天培的輓聯中悲嘆：

---

20 柏納德：《「復仇神」號輪艦航行作戰記》（1844年英文版），卷1，頁121。

「六載固金湯，問何人忽壞長城，孤注空教躬盡瘁。雙忠同坎壈，聞異類亦欽偉節，歸魂相送面如生。」悲憤之情溢於言表。

描寫定海三總兵壯烈殉國的詩文在當時為數眾多。王拯寫葛雲飛鎮守定海戰鬥的〈葛壯節公墓誌銘〉，下筆著墨，就突出糧餉缺乏，「日給軍人僅飯三器，不得飽」的困難，以襯托葛雲飛「青布帕首」，身著「麻袍」，堅持每日在陰雨中與士兵相偕往來的共患難精神。接著寫其在敵人猛烈炮火的轟擊下，先是「手掇四千斤砲回擊之，」繼而「率所部二百餘卒，持刀械步鬥」，並將英軍首領舉刀砍殺，「刀折，復拔所佩刀二，沖賊隊中」拼殺。「至竹山門，方仰登，賊刀劈公面，去其半，血淋漓，徑登」，直至「有砲背擊公，洞胸，穴如碗。前後槍銃雨集，中傷數十卒」。城陷後暴雨傾盆，「雨霽，月微明，見公半面宛然立崖石下，兩手握刀不釋，左一目猶眈眈如生」。將葛雲飛「浩然淩虛而上」的英烈形象描繪得栩栩如生，渲染得淋漓盡致。朱琦的〈王剛節公家傳書後〉也描繪了定海三總兵與敵人短兵相接、奮戰守城的壯烈場面：「鄭帥斷右臂，裹創強撐栢，張目猶呼公（王錫朋），陽陽如平時。葛陷賊陣間，血肉塗膏泥，或雲沒入海，舉火欲設奇。一酋自後至，剚刀裂其臍，惟時海色昏，頹雲壓荒陂。公棄所乘馬，短兵奮突圍，前隊既淪亡，後隊勢漸微。相崎已七日，援兵無一來……。」場面驚心動魄，悲壯無以復加。張維屏的〈三將軍歌〉，也用飽含感情的筆墨，歌詠三將軍為國捐軀的英勇行為。

也許是由於老將陳化成為國殉節的忠魂太感人的緣故，〈陳忠愍小傳〉、〈陳將軍畫像記〉、〈江南提督陳忠愍公殉節記略〉、〈江南提督陳忠愍公殉節記〉都極盡筆墨，謳歌陳化成鎮守吳淞、為國犧牲的壯舉，詩歌中對他的歌詠更是不勝枚舉。相比較而言，袁翼的〈江南提督陳忠愍公殉節記略〉，是其中較為精彩的一篇。文章寫陳化成「枕

戈海上兩年，自備薪水，肩輿出入不用儀從」。雪後寒冷，他「晨起
遍閱部下單寒者，製棉衣給之。」深夜「颶風大作，暴雨傾注，潮溢
塘面」，部署勸其移帳，他卻說：「大帳一移，三軍驚擾，且我就高燥
而士卒湫溢，於心何安？」……這些日常生活的細節表現了陳化成潔
身自愛、廉潔奉公、與士兵同甘共苦的種種美德。正是這種人格美，
成為他年垂七十，且能身先士卒、勇敢殺敵以至為國而死的動力所
在。他鎮守吳淞口，孤軍奮戰，四面無援，形勢十分嚴峻。然而就在
這生死考驗的關頭，他義無反顧，一面嚴厲斥責周某勸其後退的怯懦
的「負國」思想；一面拼力「掬藥子炮」，炮擊敵人。不幸被敵炮擊
倒，鮮血淋漓，仍竭盡全力，拔出佩刀，衝入敵陣，與敵拼殺，直至
獻出生命。嚴紛的〈吳淞口弔陳忠愍公〉亦盛讚陳化成在大敵當前的
凜然正氣：「敵人畏公謂公虎，虎目視敵光眈眈。鯨魚拔浪滄溟湧，
壓陣環雲如墨重。時危戰苦天地臭，高坐層臺兀不動。援師已絕公掣
肘，公怒張髯作虎吼」，此等威儀和氣勢，足以光照人間。

　　朱琦的〈朱副將戰歿他鎮兵遂潰詩以哀之〉哀悼反攻鎮海失利後
退守慈谿大寶山的金華副將朱桂：

　　　　將軍名桂其姓朱，膽大如斗腰圍粗。
　　　　……
　　　　大兒善射身七尺，小兒英英頭虎額。
　　　　紅毛叫嘯總戎走，峨峨舟山棄不守。
　　　　槍急弓折萬人呼，裹瘡再戰血模糊。
　　　　公拔靴刀自刺死，大兒相繼斃一矢。
　　　　小兒創甚臥草中，賊斫不死留孤忠。
　　　　是時我兵鳥獸散，月黑漫漫天不旦。
　　　　中丞下令斷江臯，亂兵隔江不敢逃：「敢有渡者腥吾刀！」

面對四倍於己的英軍，朱桂身先士卒、血戰到底的感人事蹟，在與「大帥」（揚威將軍奕經）、「總戎」（浙江提督余步雲）、「中丞」（浙江巡撫劉韻珂）的對比中塑造了朱桂父子滿門忠烈的感人形象。

此外還有為數眾多的詩歌，以極大的熱情，悲悼和頌贊愛國兵士的英勇事蹟。陸嵩〈青州兵歎〉，歌頌了青州兵「大呼殺賊賊幾卻」，「洞胸穿腹尚不已」的英勇精神；貝青喬的〈軍中雜誄詩〉，其中一首是獻給來自大金川的少數民族士兵的：「膻碉腥堡鬱崔嵬，萬里迢迢赴敵來，奮取孟弧誇捷足，百萬身入一聲雷」。朱琦的〈狼兵收寧波失利書憤〉描繪清軍反攻寧波戰役中的激烈場景，熱情讚頌了四川大金川八角碉屯土司阿木穰所率領的少數民族部隊驍勇善戰、為國捐軀的崇高精神。皆聲情激越，格調高昂，勾畫出一幅幅悲壯無以復加的抗英烈士圖。

2 對勇士義民的讚歎

在中國人為王師潰不成軍和朝廷一再求和而悲憤失望時，東南沿海居民不堪忍受侵略軍的暴行，「激於義憤，竭力抵抗，一呼四起，遂令英夷膽落魄飛」，這些此伏彼起的鬥爭，允分展示了中國民眾在強敵面前的勇敢、無畏和機敏，令狂妄一時的侵略者也為之驚歎。

三元里之役是鴉片戰爭中著名的民眾自發抗英的鬥爭。這場戰役無疑給了入侵者當頭一棒，使侵略者認識到「廣州這個驕傲的城市」和它的「一百多萬激怒了的人民」[21]是不可輕侮的，「蓋逆夷自破虎門以來，未有如此之受創者也」。[22]三元里之役是鴉片戰爭中規模最大的民眾保家衛國的自發鬥爭，表現了中國民眾睥睨外敵的無畏勇氣和頑

---

21 馬士：《中華帝國對外關係史》（上海市：上海書店出版社，2000年），卷1，頁322。
22 夏燮：《中西紀事》（長沙市：嶽麓書店，1988年），卷6。

強精神。這次鬥爭給與侵略者沉重打擊，給當時的愛國志士帶來了極
大的信心和希望，因此在許多詩作中都熱情洋溢地記錄了這次「紛紛
義旅揭竿旄，氣滅鯨鯢已莫逃」的英勇鬥爭。梁信芳的〈牛欄岡〉和
張維屏〈三元里〉是其中最為出色的兩首長詩。二詩題目雖異，但內
容相同，都寫得酣暢淋漓、滿紙忠憤，可謂交相輝映。梁信芳的〈牛
欄岡〉起筆著重描寫了敵兵的殘暴和官兵的無能：「北門罷戰堅不
開，客兵塌翼咸歸來。野狐遁谷山鬼哀，震瓦動地聲如雷。紅旗閃閃
何神速，盤踞山頭擾山麓。拖牛捕豕貪不足，掠人妻女赭人屋。村人
回面不敢怨，碧眼深睛非我族。扶男攜幼老倚少，越澗捫崖但聞
哭。」繼而記敘了三元里民眾不甘受辱，萬眾一心，痛擊敵人的壯烈
場面。而張維屏的〈三元里〉一詩，開始即展現了三元里群英威武雄
壯的鬥爭場面：「三元里前聲若雷，千眾萬眾同時來，因義生憤憤生
勇，鄉民合力強徒摧。家室田廬需保衛，不待鼓聲群作氣。婦女齊心
亦健兒，犁鋤在手皆兵器。鄉分遠近旗斑斕，什隊百隊沿溪山。眾夷
相視忽變色，黑旗死仗難生還。」何等奮勇的精神，何等磅礡的氣
勢。然而這場令敵人聞風喪膽的戰鬥卻因廣州官員的輕易妥協、無能
縱敵而告終，不能不令人扼腕長嘆。「如何全盛金甌日，卻類金繒歲
幣謀？」一語道盡作者心中無限的失望和悲憤。

　　在浙東，一向被統治階級稱為「劇賊」的黑水黨，卻在清軍敗退
後，神出鬼沒地打擊侵略者，令占領軍倍感恐懼，苦不堪言，甚至不
得不退出寧波城以避其鋒芒。據《鄞縣志》記載：

　　　　寧波有「劇賊」曰黑水黨，逾越牆屋，矯捷如飛，而徐保、張
　　　　小火、錢大才等為之魁。葛雲飛、鄭國鴻殉定海，保竊其屍回
　　　　營，奉旨錄用。舒恭受言於大帥，令保等選其黨六十人，分伏
　　　　郡城，並於江中置八槳小艇，伺英人出狙擊之。……保等出奇

計，四散隱伏，兩月之中，擒斬數百……。英人大恐，遂棄寧
波，越二日並棄鎮海，留其將羅卜丹駐守招寶山，以數船舶浹
口。[23]

　　徐時棟在《煙嶼樓文集》中的〈偷頭記〉生動記錄了浙東三城
「黑水黨」在寧波、定海地區抵禦外侮、對暴行累累的英軍施以正義
懲罰的機智鬥爭。文中寫道：

> 洋人之據府城也，夜必循街巷，兩洋人先後行，方桀格語笑，
> 後者忽無聲，回視之，以失頭而僕。前者大駭，僵立若槁木，
> 俄頃又失其頭。偷兒或著夷衣冠，持竹杖，橐橐然曳烏皮屐以
> 來，洋人近與語，遽刺殺之。……洋人巡視城上，亦往來通
> 夕。群盜數十名，以長藤為環，暗默侯城外，聞城上巡者過，
> 為怪聲驚之。洋人偶一倚堞俯視，遽以藤環鉤其頭而墜，既墜
> 塞口中以物，而反縛之，而侯之如初。城上洋人謂墜者失足，
> 且聞其顛蹶，皆伸頭下視，思援之，又盡為偷所鉤致。乃始嘩
> 然擁所獲大笑以去，疾如風。……

　　這些令人防不勝防的機智鬥爭無疑給侵略者帶來了極大的困擾，
讓他們真切認識到了義民之勇不可輕視。在黑水黨接連不斷的襲擊
下，「洋官雖防護甚謹，不可得，而心常惕惕，每日夕觳觫自驚」，最
後只好棄城而去。
　　此外，梁信芳〈水勇行〉、〈捉漢奸〉、〈賣餅艇〉諸詩，描寫廣東

---

23 董沛：〈鴉片戰爭〉，《光緒鄞縣志》（上海市：上海人民出版社，1957年），第4冊，
　　頁407-408。

各處「鄉人聯絡猛如虎，準備深溝擂戰鼓。眾志成城志更堅，切骨之恨敢不前」。顧翰〈俞家莊歌〉，記敘浙江嵊縣漁民「胸懷義憤志昂揚」，突入敵船，手奪刀槍，勇敢機智地痛殲英軍的鬥爭。陸嵩〈江洲述感〉反映了江蘇百姓「久知不足畏，室家謀自保。因之聚鄰里，鳴鑼約驅討」的無畏勇氣。越伊優亞生〈萬民含忿〉表達鎮江民眾「百三十萬聚奇男，義啟謠傳江以南，氣忿椎牛雄趄趄，視同猛虎志眈眈」的抗敵決心。貝青喬《咄咄吟》、徐時棟的〈乞兒曲〉亦讚頌少林拳勇、買菜老人、鄉勇村婦，乃至街頭乞兒，「挺身赴國」的動人故事……無一不展示了中國民眾在強敵面前表現出無畏勇氣和超凡鬥志，使得歌詠勇士義民保家衛國鬥爭的詩文成為鴉片戰爭文學中最富光彩的篇章。

總之，鴉片戰爭是近代中國國難的開始，從此，古老的中國社會在血泊中呻吟著、蹣跚著、掙扎著進入近代。中國近代國難文學的第一章也就此揭開。一八五六年，英國又藉口「亞羅號事件」和「馬神甫事件」，挑起了第二次鴉片戰爭。侵略者得寸進尺，中華民族危機日益嚴重。前門來狼，後門進虎，英國人來了，法國人也來了，中國百年國難文學又揭開了沉重的下一頁。

第二章
中法戰爭文學

　　作為一個老牌殖民帝國，法國的對外擴張活動可以追溯到十六世紀中葉，到一八七〇年，法國擁有的殖民地面積已達九十多萬平方公里，成為當時世界上僅次於英國的第二大殖民帝國。此後，法國的對外擴張從非洲、中東地區繼續向東推進。侵吞越南，並以此為跳板進而染指中國西南地區，是法國新一輪殖民擴張活動的主要目標之一。越南阮氏王朝依靠駐紮在越南北部山區的中國農民起義軍劉永福「黑旗軍」的幫助，曾數次擊退法軍的進犯，但越方卻最終與法國妥協，陸續簽訂一系列不平等條約，使整個越南淪為法國的殖民地，終結了中越之間從北宋以來形成的近千年的宗藩關係。法國隨後要求清政府承認這一事實，並以條約為依據，準備以武力消滅或驅逐在越南境內的「黑旗軍」和清軍，進而侵犯中國的西南邊疆。一八八三年底，中法戰爭在越南爆發，中方失利。一八八四年五月，李鴻章與法國簽訂了《中法會議簡明條款》（又稱「李福協定」），被迫承認了法國與越南簽訂的不平等條約，並召回駐越南北圻的軍隊。一八八四年，法國又強迫阮氏王朝簽訂了第二次《順華條約》，最終確立了法國在越南的殖民統治。但此後法軍卻得寸進尺，圖謀進犯中國東南沿海，並把臺灣的基隆和福建的福州作為進攻的目標，在此情況下，清政府不得不應戰。

　　一八八四年八月，清軍在著名將領劉銘傳的指揮下，基隆保衛戰首戰告捷，法軍在基隆難以得手，便全力進攻閩江下游北岸的馬尾，並威脅福州。在馬尾戰役中，清軍失利，在馬江之戰中，福建水師又

遭到毀滅性打擊，幾乎全軍覆沒。在此後歷時十個月的臺灣保衛戰中，清軍取勝，接著，在浙江鎮海保衛戰中又取勝。在越南北圻戰場上，老將馮子材指揮的鎮南關──諒山戰役也取得了重大勝利。然而，就在戰場上捷報頻傳之時，清政府卻與法國政府達成了停戰撤兵的協議，光緒十一年四月（1885年6月9日），李鴻章與法方代表在天津簽訂了《中法會定越南條約》，條約內容包括中國承認越南是法國的保護國，在中越邊境開設通商口岸等內容，對中國的安全、領土完整都是明顯的損害。中國在這場戰爭中雖然局部戰役取勝，但從總體上和本質上看是失敗者，為此後列強侵略、要脅中國開了一個很壞的先例。歷史學家稱中法戰爭是一次「未敗而敗」的戰爭。

當時和此後的詩人作家們，關注了中法戰爭的整個過程，對歷次戰役都有描寫和反映，形成了中國「百年國難文學」中的重要篇章──「中法戰爭文學」。

第一節　中法戰爭戰記文學

在整個中法戰爭的過程中，出現了一批具有史料價值和相當文學性的戰記作品。這些戰記中，有的是前線軍官寫下的戰爭體驗，有的是在戰役結束以後，作者對前線官兵的口述所做的加工整理；有的則是經過多方採集，綜合而成。這些記錄都從不同的角度對中法戰爭進行了全方位的描繪。

一　中法戰事記

在中法戰爭文學中，作家和民眾均高度關注戰場上的情況，並出現了許多中法戰記作品。作者大多是戰爭的參與者或目擊者，對戰場

戰況的描寫具有很強的現場感。以今天的眼光來看，這些戰記作品不同於客觀冷靜的新聞報導，而是帶有強烈的參與意識和情感傾向，在文體上接近報告文學，具有相當的文學性。

在中法戰記作品中，整體上描述戰爭全過程的，有〈法蘭西據越南記〉、〈中法兵事本末〉等。

陳玉樹的〈法蘭西據越南記〉，對中法戰爭的每個事件都描述得很是簡潔明瞭，從介紹越南國家歷史開始入筆，一直到中法息戰、和約既成，雖然筆墨不多，但是整體觀照性強，讀者可看清戰爭全貌。作者寫到諒山大捷後，中國軍的氣勢高漲，正要趁此機會反攻法軍時，清政府卻下令不許進攻，欲藉此議和，表現了對當時軍民對雖然戰勝卻要撤兵的惋惜而又無奈之情：

> 越民苦法暴虐，簞食胡漿迎王師。越遺臣多聚保山谷，受馮軍旗幟，請為嚮導。海陽、河內、太原等處義兵蜂起，所在回應。北寧總督黃廷經立忠義五團營，共二萬餘人，自備糧械求助戰。法酋大懼，謀棄北寧遁去，而班師之詔忽至，諸將大驚。前湖南提督一等子鮑超，時亦奉命督師在越，麾下將士，拔刀斫石，流涕請戰。提督劉永福憤惋尤甚，請以所部獨進。總督岑毓英諭以大義，脅以危言，乃聽命。師既退，所復地仍為法有，越臣民之舉義旗者多為法人所戮。其得免者，惟興化巡撫阮光碧、陝西布政司阮文甲所部入居三猛而已。[1]

隨著清軍的撤退，剛剛看到希望的越南軍民又再次受到了法軍欺凌，在作品的最後，作者大發議論，對政府勝利卻求和的錯誤決策感

1　陳玉樹：〈法蘭西據越南記〉，收入阿英編：《中法戰爭文學集》（北京市：中華書局，1957年），頁274-275。

到惋惜，對由此造成的岌岌可危的國家形勢深切擔憂：

> 論曰：我聖祖仁皇帝嘗謂，中國馭夷無如一大創之之法。嗚
> 呼！此古今不宜之定論也。
> 自倭怒狂猘，薦食流虯，俘我藩王，降為氓隸，中山苗裔，不
> 祀忽諸。申胥之哭雖痛，秦伯之師不出，夷人自是益懷輕我之
> 心。前虎弗拒，後狼繼進，迎恩之亭，既墜於那壩，仰德之墓
> 復毀於日南，是可忍也，孰不可忍！奈當軸大臣首鼠兩端，和
> 戰之議久而不決，機昧先發，師遂興屍。我皇上天威赫怒，殺
> 伐用張，諸元戎不與戴天，喋血苦戰，大捷南關，斬馘無算。
> 彼精銳殲於外，臣民訌於內，號哭之聲，沸於巴黎，勢不能復
> 為困獸之鬥。而我矯矯虎臣，乘疾風掃葉之勢，有黃龍痛飲之
> 思，奪北寧、拔順化在指顧間耳。得此大創，非為法夷膽落，
> 凡異類旅居於華者皆將懾我聲威，不敢輕萌異志，海疆庶有豸
> 乎？計不出此，亟許行成……是猶肉投餒虎而求其不復旺人，
> 必不可得，且恐眈眈而視者之環而起也。彼由高平府之麗江順
> 流而下，……。又況緣邊數千里，徑路紛歧，防不勝防，邊備
> 稍疏，即虞侵軼，滇、粵自是無寧宇也。今者元勳宿將遍列嚴
> 疆，師武臣力足振華威，一旦老成凋喪，存者髀肉亦生，求如
> 今日之能為大創，何可得哉！一日縱敵，數世之患，記載至
> 此，不能不太息痛恨於謀國之不臧也。[2]

在中法戰記作品中，羅惇曧的〈中法兵事本末〉是最具整體性
的，把整個中法戰爭的前後「本末」巧妙地串在了一起，全方位地清

---

2 陳玉樹：〈法蘭西據越南記〉，收入阿英編：《中法戰爭文學集》（北京市：中華書局，1957年），頁276。

晰再現了中法戰爭的詳細情形，頗像是一部中法戰爭歷史演義，不僅每個事件敘述得當，而且經常把大臣重要的奏摺與朝廷的諭令穿插於事件中，以這種方式補敘事件，更客觀全面地再現中法戰爭的每個細節，這是其他戰記作品所共同缺乏的。比如寫隨著越南局勢的緊張，彭玉麟曾經上書朝廷提出對抗法國的方案，與朝廷還曾做過如此「對話」：

> 彭玉麟奏：「……據候補道王之春言，有鄭觀應者，幼從海舶，遍歷越南，暹羅。暹王粵人鄭姓，其掌兵政者，皆粵人，與觀應談法、越戰事，皆引為切膚之痛。伊國與越之西貢毗連，嘗欲出其不意，攻其不備，由暹羅潛師以襲西貢，先覆法酋之老巢。又英國屬地曰新嘉坡，極富庶，粵人居此者十餘萬。擬懸重賞，密約兩處義士，俟暹國兵到時，舉兵內應，先奪其兵船，焚其軍火。此二端較有把握，擬密飭鄭觀應前往結約。該國素稱忠順，，鄉誼素敦，倘另出奇軍，西貢必可潛師而得。擬再派王之春改裝易服，同往密籌，屆時密催在越各軍，同時並舉。西貢失，則河內海防無根，法人皆可驅除，越南可保。」
>
> 諭言：「暹羅國勢本弱，自新嘉坡、孟加拉等為英所據，受其挾制，朝貢不通，豈能更出偏師，自挑強敵？鄭觀應雖與其國君臣有鄉人之誼，恐難以口舌遊說，趣令興師。且西貢、新嘉坡皆貿易之場，商賈者流必無固志，懸賞募勇需款尤鉅，亦慮接濟難籌。法人於西貢經營二十餘年，根柢甚固。中國無堅船巨炮，未能渡海出師，搗其巢穴。即使暹羅用力，而無援兵以繼其後，法人回救，勢必不支。況英、法跡雖相忌，實則相資。彼見暹羅助我用兵，則猜刻之心益萌，併吞之計益急，恐

西貢未能集事，而越南已先危亡。……」[3]

　　這種情景，在其他戰記的敘述中是不容易看到的。

　　還有一些中法戰記的作者，本身就是親自參加援越抗法的軍官，對當時所在軍隊的情形瞭若指掌，他們根據自己的親身經歷，寫下了詳細的隨軍記錄。他們的戰記，不在於宏觀性，而是從微觀的角度以親身的體驗記下戰爭中的某些細節，揭露了軍中內情，具有相當強的臨場感。

　　其中，清軍將領唐景崧的〈請纓日記〉，記錄了他在越南抗戰的所見所聞。〈請纓日記〉特別記錄了在越清軍及劉永福的黑旗軍在前線苦苦作戰，卻得不到官方的有力援助的情形。唐景崧寫他當初躊躇滿志地來到越南，發現當時的局勢是：法軍占領河內不久，侵略戰爭的力量還不足，正在等待援軍；劉永福的黑旗軍駐保勝；越南統督北圻軍務黃佐炎和劉永福部將黃守忠、吳鳳典駐山西；清軍方面，粵軍駐守北寧、諒山，滇軍駐雲南邊界。從滇、粵、越、劉四方抗法總兵力來看，大大超過了法國侵略軍的力量。但四支軍隊卻互不統屬，矛盾重重，滇、粵兩軍音信不通；清軍、劉營水火不溶；尤其是劉永福與黃佐炎的矛盾最深。劉永福多次與法人開仗，所戰皆捷，黃佐炎不但不據實上報，反而每戰皆據為己功。因此，越南君臣對劉永福掣肘疑忌，劉永福也對黃佐炎極為不滿，「前後六調劉永福，不至」。[4]黃佐炎所率領的越軍戰鬥力極差，根本沒有抗法的勇氣和力量，使越北抗法處於僵持狀況。

3　羅惇曧：〈中法兵事本末〉，收入阿英編：《中法戰爭文學集》（北京市：中華書局，1957年），頁248-249。

4　唐景崧：〈請纓日記〉，收入阿英編：《中法戰爭文學集》（北京市：中華書局，1957年），頁317。

　　同時，清政府從唐景崧到山西的第二天起，就「接黃統領函，……稱唐景崧應迅往雲南，不得、在越留戀等語」，他明白其中的含義，「蓋法使有通商分界之議，總署恐余挑逗劉永福礙和議故也」。[5]之後，他多次上奏清廷，不要為法侵略者所迷惑，要加強前線防禦。可是清政府置若罔聞，還是不斷通過總理衙門或邊將轉告於他，命他迅速前往雲南聽從差遣。同年三月，「接岑彥帥函，勸早赴雲南，並謂挑劉召釁，禍誰當之」，他毅然答覆：「有禍惟自當之」[6]。直到五月那次上諭催他「著稟遵前旨，迅即前往雲南，聽候差遣，毋稍逗留」，並要他擇定起程日期時，他才勉強敷衍表示三天後起程，這時的他，想的是「此時性命功名，一概付之度外，惟盼黑旗與法人一決雌雄」。[7]後來經徐延旭、倪文蔚多次上奏苦留，清廷才勉強答應留於清營，但並不給他一兵一卒，這使得他哀嘆不已，「余是時不操寸柄，僅以虛言激勵劉團，庸有濟乎」。[8]

　　當時粵軍駐北寧距劉軍最近，滇軍也已進駐山西，如果中、越、劉三方力量聯合戰鬥，共同進擊，收復河內、驅逐法國侵略者在越南北圻的勢力是完全可能的。可是清政府口頭上不斷表示支持黑旗軍，而實際上卻不付諸行動。劉永福、唐景崧多次向駐越清軍求助，清滇軍根本無應，粵軍主帥徐延旭雖同意助劉四十人、槍二百支，分別由粵軍左、右統領廣西提督黃桂蘭、道員趙沃撥給，但實際上黃桂蘭僅

5　唐景崧：〈請纓日記〉，收入阿英編：《中法戰爭文學集》（北京市：中華書局，1957年），頁316。

6　唐景崧：〈請纓日記〉，收入阿英編：《中法戰爭文學集》（北京市：中華書局，1957年），頁322。

7　唐景崧：〈請纓日記〉，收入阿英編：《中法戰爭文學集》（北京市：中華書局，1957年），頁323。

8　唐景崧：〈請纓日記〉，收入阿英編：《中法戰爭文學集》（北京市：中華書局，1957年），頁317。

撥一百人讓唐景崧統領，趙沃讓其部將田福志募二百人暗入劉營，最終的結果卻是，「此我軍助劉團之始，而田福志二百人終未往也」，「前後濟劉洋槍五百杆，皆天津解粵之笨槍，藥彈多不著火」，致使劉營「軍中苦無攻具，僅恃手槍，且不精利，而粗笨者亦不可多得」，與法軍作戰的條件異常艱苦。[9]

佚名的〈關外隨營筆述〉，也從特定的視角揭示了援越官軍的內幕。作者所親身體驗到的，是援越清軍紀律渙散、強取豪奪的情況。這樣的烏合之眾，怎麼能抵抗強大的法軍呢？當時法兵只要攻勢兇猛，城中的婦女被炮聲嚇得魂飛膽散，守軍士卒就「各顧女眷，咸思衛以西避，人無固志」。[10]粵西防營「每勇月餉二兩四錢，糧米在內，始足照發，設派在諒山之北，只按七成發餉，每勇月餉一兩六錢八分」，那麼少的錢還來當兵，「所望攻村、掠物、搶女口而已」。那些全額發餉的兵士，都抱怨每月除了吃飯外剩不下多少錢，「豈真以性命付爾耶」。作者原以為「募勇餉廉費省」，其實「原甚便宜」，這樣的結果肯定是「臨敵一哄而散」。[11]而作者聽越南人說法軍招募越匪，每人另犒三十元，「其十金月餉，仍照常付與，彼以重金餌選凶徒，以當我二兩四錢餉之勇衝鋒，無異輕重懸殊」，嘆惜「何能免彼憤而我懈之患」。[12]很多這樣的兵士，都逢村便劫略，見逃商就搜身，而且

9　唐景崧：〈請纓日記〉，收入阿英編：《中法戰爭文學集》（北京市：中華書局，1957年），頁326-327。

10　佚名：〈關外隨營筆述〉，收入阿英編：《中法戰爭文學集》（北京市：中華書局，1957年），頁281。

11　佚名：〈關外隨營筆述〉，收入阿英編：《中法戰爭文學集》（北京市：中華書局，1957年），頁284。

12　佚名：〈關外隨營筆述〉，收入阿英編：《中法戰爭文學集》（北京市：中華書局，1957年），頁286。

「奸犯女口圖利」[13]，所以越南的民眾都非常憤恨援越的官軍。

兵士如此，都是由於將軍的領導無方。統帥徐延旭見到劉永福的黑旗軍連戰連捷，就產生了輕敵之心，「用兵不審精贏，務多為貴，只求成軍」，再加上手下兩位統領「復迎合之，侈談部下能戰」，讓他深信不疑。[14]其實兩位統領私下不睦，一位是「昏庸無識，有條陳兵事至計者，一概不肯」，另一位則「姬妾住龍州三寶柵，高張幕府，堂皇喬麗。自己身安北寧，雖行轅裝飾如粵東醮壇，而床笫無樂。乃令越官徵選土妓，每日三四十名，人供酣樂……此昭著於眾，靡不週知」，即使在他畏罪自殺時，諒山那邊竟然還養著十幾名土妓！[15]這樣的統領與其說是帶軍援越，還不如說是乘機尋歡作樂！作者眼裡的清軍，就是這般模樣：

> 防勇雖多，率皆烏合，倉卒添募，尤多乞丐遊民，不曉洋槍如何施放。各勇二月尤未領得去年冬月之餉；統領、營官、哨官、層遞延擱不肯；營官尚販冬衣，洋煙、銅錢，拆餉發給士卒，高價射利；勇丁糊口尤難，遑雲接仗？防營無不分住房，勇與越婦膠黏，皆成野匹。營哨大、小官，皆有越妾者，多放蕩成風。一聞警至，營官向住屋覓哨官，哨覓什長，轉覓勇丁，數時尚難成隊；事急各謀護眷先避。[16]

---

13 佚名：〈關外隨營筆述〉，收入阿英編：《中法戰爭文學集》（北京市：中華書局，1957年），頁286。

14 佚名：〈關外隨營筆述〉，收入阿英編：《中法戰爭文學集》（北京市：中華書局，1957年），頁282。

15 佚名：〈關外隨營筆述〉，收入阿英編：《中法戰爭文學集》（北京市：中華書局，1957年），頁283。

16 佚名：〈關外隨營筆述〉，收入阿英編：《中法戰爭文學集》（北京市：中華書局，1957年），頁284。

　　中法戰爭中，中國軍隊失敗最慘重的是福州馬江之戰。以馬江之戰為主要內容的戰記作品，主要有〈福州馬江戰事大略情形〉、《甲申戰事記》、《中法戰事記》等。

　　鄭炳炎的《福州馬江戰事大略情形》，主要詳細描述的是中國軍艦被法軍偷襲，各船將士奮力抵抗的具體戰鬥過程。剛開始，當法軍艦八艘都進入我港內已列成陣勢時，我船在港者竟然只有六艘，而且除了揚武、福星、福勝外，其餘的三艘都不是大戰船。「藝新」是艘小戰船，「琛航」是艘商船，「建勝」是蚊子船。法軍已經兵臨城下虎視眈眈地包圍了馬尾港口時，我們這邊的準備工作都沒做好，沒有形成戰鬥力，這樣的情況怎麼能抵抗住強大艦隊的襲擊呢？商船「無炮可以擊敵」，只能載幾百名戰士沖向敵船，等待靠近時讓兵士們跳上去和敵人短兵相接，這樣的情況只能是無奈之下的選擇。商船還未靠近敵艦時就已經被擊沉了，造成兵士們白白的犧牲。敵軍除了軍艦外，還有水雷快艇，並帶有「攻船利器」荷士基連珠炮。中國軍從被襲開始就一直處在被動挨打的局面，其他軍艦自顧不暇，無法過來救援。「振威」、「揚武」、「福星」等戰艦紛紛被毀，福建水師全軍覆滅。

　　作者對清兵將士誓死抵抗的描寫異常壯烈：「振威」的管駕（許壽山）「連中數彈，顛矣」；在危急時刻，「福星」管駕陳英的屬下建議他往上流開走時，他怒目呵斥，對眾人說，「男子漢食君之祿，當以死報，今日之事，有進無退，我船銳進為倡，當有繼者，安之不可望勝」。「福星管帶已中彈殞於望臺，三副王漣繼之開炮奮戰，亦被彈顛⋯⋯該船額配九十五員，名存者僅二十餘人可謂血戰矣」；「（福勝）管駕林森林即中彈殞⋯⋯督帶福勝、建勝呂游擊翰在其船，亦及於難⋯⋯管炮翁守正發數槍，殲敵二人，敵彈貫其胸而踣。管駕葉琛

槍彈貫頰，蹶而起，指揮裝炮，敵彈復集其脅而亡⋯⋯」。[17]作者感慨地寫道：「是役也，各船管駕力戰陣亡者四人，皆世家讀書子弟，惟其讀書明大義，故能見危授命如此。昔沈文肅公招考學生，必文理通達，方克入選，意深遠哉！」[18]而在周邊作後援的清兵，有人全力救援江中船，如「陸都司桂山督炮勇數人登山，以克鹿卜行營炮擊敵船，多命中，惜炮小未能痛懲之，然敵人已交口稱其能，以為僅見也」；[19]也有人隔岸觀火、趁火打劫，如陸勇，「聞炮聲則登山而匿，聲停則歸而搜刮各寓所之財物器具」，兩者形成了鮮明的對照。

　　池仲祐的〈甲申戰事記〉，也描寫了馬江海戰失敗的具體情形，但他主要是把馬江戰役放在對中法戰爭的總體敘述中，對之進行前後觀照，突出此役對整個中法戰爭所產生的作用。全文在看似冷靜的記述中，跳動著作者的情感脈搏。在〈甲申戰事記〉的開頭，作者就明確點明了馬江之戰在近代對外反侵略戰役中的特點，「我國自有汽輪軍艦以來，從未有與外邦開仗者。有之，自清光緒甲申與法人戰於馬江始」[20]。在洋務派加強海防的措施實施之後，中國海軍的作戰能力第一次受到了檢驗。在馬江之戰的敘述中，作者注意揭示決策者的失利對戰爭的嚴重影響。當時有人建議，按照萬國公法要求，法兵艦停泊不能超過兩艘，而且不能超過兩星期，否則就要以武力驅逐，而法國的十餘艘戰艦竟然在馬尾港停泊了四十天之久。當時將軍穆圖善認

17　鄭炳炎：〈福州馬江戰事大略情形〉，《中法戰爭》（北京市：中華書局，1995年），
　　第2冊，頁815。

18　鄭炳炎：〈福州馬江戰事大略情形〉，《中法戰爭》（北京市：中華書局，1995年），
　　第2冊，頁815。

19　鄭炳炎：〈福州馬江戰事大略情形〉，《中法戰爭》（北京市：中華書局，1995年），
　　第2冊，頁816。

20　池仲祐：〈甲申戰事記〉，《中法戰爭》（北京市：中華書局，1995年），第2冊，頁
　　806。

為對法國軍艦應照萬國公法處理，可是「總督何璟恐與法忤，致肇釁，不敢從」。當時英、美、俄、日各國兵船也都駛進港口觀看，戰爭一觸即發，「而當事者以遙制於朝，戒先起釁，必待敵炮來攻，方許還擊」，等於放棄了先發制人的戰爭主動權。不僅如此，而且有人指出法艦與我艦停泊的位置太近，要是敵軍搶先開炮的話，我們的軍艦就會頃刻間被毀滅，為了防止這樣的不利情況，「須與師船疏密相間，首尾數里，以資救應，若前船有失，後船尚可接戰」；「蓋將戰必先起碇，以便轉動」，可是管帶張成卻充耳不聞，仍然是「冥然罔覺，拋錨如故」。更令人氣憤的是，法國把宣戰照會告訴了英美兵艦，「英領事飛函督署，而軍中無聞也」，法國把照會交給何如璋後，他竟然「密而不發」，使全軍上下蒙在鼓裡，以至毫無戰鬥準備。清軍有這樣昏庸的統帥，難怪馬江之戰輸得一塌糊塗，招人笑話。[21]

　　林可遠所撰〈中法戰事記〉也有自己的特色，正如序中所說：「是役吳閩死事者尚多，雖曰敗績，仍足為梓理光，不憚為詳述。而於諸亡命劣跡，非甚彰聞，概從簡略，亦不非大夫例也，諒我這幸勿以偏袒罪焉。」[22]其對海戰的記錄是比較簡要的，但是，又兼有對海戰之後幾天情形的描述，從另一個角度補充了馬江戰役的記述。

　　〈中法戰事記〉描寫了穆圖善將軍守護長門的情況。法軍大勝之後，就開始妄圖攻取長門炮臺。而穆圖善將軍帶領眾將士防守住了法軍的進攻，保住了長門炮臺。究竟是如何擊退法軍的，作者沒有確切情報，做了幾種不同的解釋。一說是某將領帶領伏兵誘敵登岸，將其包圍住後殲滅；一說穆將軍把炮位移動，在法軍沒有察覺的情況下，只用了兩個炮手就擊退法艦；一說是中國軍分設了十幾個營帳都稱是

21 池仲祐：〈甲申戰事記〉，《中法戰爭》（北京市：中華書局，1995年），第2冊，頁807-808。

22 林可遠：〈中法戰事記〉，《中法戰爭》（北京市：中華書局，1995年），第2冊，頁801。

穆將軍，擾亂敵軍等等。這其中尤以大炮「缺嘴將軍」的記述最有傳
奇色彩：

> 或謂長門有炮名缺嘴將軍，世祖章皇帝南征時，實中此炮而沉
> 海，穆將軍親為致祭，曰破敵之策，在此一舉，將軍有靈，其
> 寵祐之。祭畢，炮有聲如沸，後用以擊法，竟一發而沉法船。[23]

　　同時，〈中法戰事記〉也描寫了戰敗後民眾的反應和動向。中國
軍潰敗之後，「城中聞信，莫不震駭，而初三晚街上尚是說勝，概大
吏欲安民心，故反言之也」。一聽到戰敗的真實消息，百姓四散奔
逃，「至是南臺居民遷徙殆盡，女眷入城者難以數計」。真是一片混
亂。再加上「聞有江西雞公船匪黨突來，幸為聯甲所阻，不得登岸。
而上流避亂被劫者恒有」。官軍戰敗使盜匪更加猖獗，引發了社會混
亂，就連有的普通百姓也借機會順手牽羊。當時有十餘人衝入督署，
揚言要殺何制軍，整條街上人聚得越來越多，百姓們「拆衙焚鼓」，直
到很晚才散。等到第二天又是如此，官兵「執鞭羅列兩旁，中有著紅
帽者多人，一面驅逐，一面勸退，偶一呼拏則狼狽蜂散。如是數次，
眾漸退盡。蓋鬧者不過數人，實欲乘機以劫掠，餘則皆閒人過客，故
可以一嚇而退」。[24]，結尾處，作者感嘆戰亂給民眾帶來的災難：

> 時有往鼓山問籤者，途遇一僧，與籤云：不成鄰里不成家，外
> 著癡人似落花；若問君恩難報答，到頭終見亂如麻。時客居邊

---

23 林可遠：〈中法戰事記〉，《中法戰爭》（北京市：中華書局，1995年），第2冊，頁
　　805。
24 林可遠：〈中法戰事記〉，《中法戰爭》（北京市：中華書局，1995年），第2冊，頁
　　804。

徙者多，即北門公館亦十室九空，或婦女先出城外躲避，簽首
句實包盡一時情景，餘則不敢問矣。[25]

二　為英雄人物立傳

除了上述從整體上描述中法戰爭的戰記作品外，還有一些作家注
重採錄奇聞軼事，創作了英勇抗法的越南志士與中國將領的人物傳記，
相比上述的戰記作品，帶有明顯的傳奇色彩，文學性也更突出。

在有關英雄人物描寫中，最突出的是寧裕明的形象。寧裕明作為
副將，在中法戰爭中跟隨過許多主帥，屢建奇功，受到多次嘉獎，自
然成為作家描寫的對象。

〈寧副將法日戰事略〉對寧裕明的成長與經歷做了生動描述，可
以說是寧裕明的文學傳記。作者寫寧裕明早在十五歲時，就「已長成
人，走及奔馬，舉百斤」，從戎後成為一個能征善戰的人才。在中法
戰爭中，作者對他的勇敢、耿直、火爆、講義氣的剛直不阿的性格刻
畫臻於圓滿。每當打了勝仗卻要和法人求和的時候，寧裕明都非常氣
憤。當蔣宗漢乘著他養傷的機會，用自己的親信奪去了他的領軍地位
時，他對蔣宗漢這種可恥的奪權行為非常憤怒，直言不諱：「而去年
十一月到營，戰不見而，而何功當統領？無我有廣軍耶？我即在傷，
我營中無人能領軍乎？必用而私人，吾無目視而統領」。他手下的軍
士也都願意跟著他，不肯回歸新營。結果他的兵士都沒有得到回鄉發
的餉銀，但沒有一個人有怨言。他的這種正直的性格經常導致「無人
為言功，不名一錢」。[26]

---

25 林可遠：〈中法戰事記〉，《中法戰爭》（北京市：中華書局，1995年），第2冊，頁
805。

26 吳光耀：《寧副將法日戰事略》，收入阿英編：《中法戰爭文學集》（北京市：中華書
局，1957年），頁450-451。

　　在〈甲申越南戰事雜記〉裡，作者通過兩件事記錄了寧裕明的英勇頑強。首先是他保護主將楊玉科殺出重圍。一次，中國軍中了法軍的埋伏，其他的將領率領著幾千人的大部隊倉皇逃走，只有寧裕明率領著小部隊三百人進行抵抗。手下將士勸他趕快逃跑，他回首看見四面都是法軍，沒有一名援軍，又看見主將楊玉科的中軍被團團圍住，不知是死是活，「乃慨然曰：『戰死槍，走亦死槍，寧戰死耳』」。而當聽到左右告訴他楊玉科仍活著時，他說，「即欲出，亦必殺人」。這時的他，不再與敵人繼續纏鬥，擺在他面前更重要的事情，是把主將救出重圍，一切以大局為重。那時天已經昏黑，寧裕明「口銜匕首，右手縱火彈，左手持馬刀，馳而斫，左右隨而馳，斫者二百餘人，法兵皆披靡，竟入中軍」。這時候楊玉科身邊只有數十人，仍在奮力抵抗，「裕明於是衛玉科出，士卒死者又五十人，傷四十餘人，存者只百人耳。玉科既出，左右僅三人，由是益親裕明。裕明亦樂為玉科用」。因此，寧裕明與楊玉科之間的感情愈加深厚。[27]寧裕明屯兵於鎮南關外，遭到法軍偷襲，手下部隊逃亡了一大半，在這危急時刻，楊玉科率中軍趕來援助，卻中了兩槍不幸犧牲。寧裕明放聲痛哭，「主帥死，我須性命何為？弟兄不能戰者請逃死，不懼死者請隨我為主帥報仇」！所有的屬下都被他激起了鬥志，隨他沖向法軍。那時的情景是：「炮聲如雷霆，子飛如風雨，槍連環如數萬爆竹齊發，如倒崖牆」，要不是寧裕明這樣的「忘生死者，不敢思須立也」。他已經中彈，「洞右頰而出，血流滿身」，自己竟然沒有察覺，仍然提刀率領眾將士向法軍沖去。眾將士發現他中了炮彈，急忙扶他撤回關內，可是他堅決不肯，「謂死亦當在關外」。大家謊說楊玉科沒有死，才勉強把他救回關

---

27 佚名：〈甲申越南戰事雜記〉，收入阿英編：《中法戰爭文學集》（北京市：中華書局，1957年），頁312-313。

內。王德榜曾經拊著他的背說：「人言我王老虎膽大，汝膽乃大過我耶。」[28]一個重義輕死、英勇無畏的寧裕明的形象躍然紙上。

在《張春發勝法人》中，作者塑造了清軍將領張春發的英雄形象，讚揚了張春發在越南北圻的鎮南關戰役中，面對敵軍大部隊有膽有識，機智巧妙地以少勝多。張春發在大戰鎮南關當日，率領三百人巡邏，突然發現敵軍的大部隊接近，馬上命令兵士躲進森林中。當他以為已經脫離危險，率領軍士要回營覆命時，卻突然遇到了法軍大部隊，進退兩難。在這千鈞一髮的時刻，他對眾人說，「今日戰死，不戰亦死，然力戰，或可不死！且敵人欲進而反止，是中餒也，不如因其餒而乘之」。於是眾將士破釜沉舟，一鼓作氣衝向敵軍，與之短兵相接。敵軍本來就「遇林而疑」，又見中國軍奮勇衝來，「猝不知多寡，大駭，以為果遇伏中計」，最終潰不成軍。[29]

《滕玉亭知有國》同樣以鎮南關戰役為背景，但塑造了另一個英雄人物藤玉亭，指出滕玉亭在鎮南關大捷中功勞巨大，「人皆謂提督馮子材之功，不知實滕玉亭之力也」。滕玉亭是一個孝子，母親死後投軍報國。馮子材與法軍戰於鎮南關時，由於法軍有個參贊足智多謀、勇敢善戰，頗為危險，就想找個人把他殺掉。滕玉亭接受了這個任務，「跛其足，敝其衣，日行乞於法營旁」，乘法軍招募做飯的伙夫之際，混入了法營。當他抓住機會殺死參贊爾後被俘時，正義凜然而毫無懼色，慷慨陳詞：「予華人也，與參贊本無隙，所以出此者，為祖國耳，爾軍雖屢勝，技畫悉出自參贊，今參贊死，軍氣不免稍殺。」法軍利誘他如供出秘密可以免去一死，他說，「我知有國，不

---

28 佚名：〈甲申越南戰事雜記〉，收入阿英編：《中法戰爭文學集》（北京市：中華書局，1957年），頁313-314。

29 徐珂：〈中法戰爭軼聞〉，收入阿英編：《中法戰爭文學集》（北京市：中華書局，1957年），頁460。

知有身,死非我懼」。臨刑前,他「面色如恒,向南點首者再,含笑而逝」,死得何其壯烈![30]

第二節 中法戰爭詩歌

中法戰爭在一定程度上刺激了近代詩歌創作的繁榮,詩歌成為中法戰爭文學中創作數量最多、藝術性最高的文學形式。因為散文戰記大多是出自與軍隊相關的人手中,作者範圍比較狹窄,而且其的創作過程比較慢,寫作起來比較複雜;小說在當時大多數中國文人眼中還是消閒小技,登不得大雅之堂;而激昂的抗戰情緒,最容易用詩歌來表達。這些詩歌,絕大部分是律詩,也有少量的詞與童謠。

一 憂患意識與批判精神

中法戰爭給與中國人民的,是深重的苦難與心靈上的巨大傷痛,面對戰爭,詩人流露出對國家命運的深切擔憂。陳玉樹在〈癸未冬有感〉一詩中,就表達了自己對法國人侵越南後「唇亡齒寒」的擔憂:

> 富良江上海風腥,萬里求援兩使星。
> 榻小豈容人安睡,唇亡終怕齒凋零!
> 迎恩亭畔雲初黯,仰德臺邊草不青。
> 交趾日南藩若撤,漢龍天馬豈能烏。[31]

---

30 徐珂:〈中法戰爭軼聞〉,收入阿英編:《中法戰爭文學集》(北京市:中華書局,1957年),頁463-464。

31 陳玉樹:〈癸未冬有感〉,收入阿英編:《中法戰爭文學集》(北京市:中華書局,1957年),頁18-19。

　　對於越南依靠劉永福帶領的黑旗軍抗法的情況，他已經有所了解。
對中國周邊危機重重，朝鮮正被日本發難的情形，他也有所警覺：

> 長纓忍擊越王頭，又繼中山作楚囚。
> 西伯當年曾救阮，南人此日半依劉。
> 莫將干羽求苗格，獨有宮庭抱杞憂。
> 窺我屏藩豺虎眾，滅韓難於薩摩洲。[32]

　　更多的詩人描寫了法國入侵越南後給越南及中國邊地人民帶來的
災難。王之春的〈困獸記〉中就有對法國侵略者占據越南海寧城的描
寫，「佛淘岡前聚豺虎，紛紛西來海寧城」，城內人民遭到了侵略軍的
殘害，被奪走了平靜生活的權利，「弱肉強食輕噬人，居民那復堪其
苦」。[33]倪在田的〈楚雄行〉描寫了他所聽聞的邊民的苦難，法軍為修
滇越鐵路，迫使中國楚雄邊民從各個村莊趕赴現場修築。其中有不願
意為法人效力的，就被強制納金數十兩或者用很多糧食找人代替，代
替的人卻得不到他人的十之二三，其餘的都被沒收了。法軍對邊民任
意驅使，鞭打虐待，有很多人不堪忍受，倒在路邊。法人對待邊民與
對待牲畜沒有什麼分別，「邊民賤牛馬，生口鬻校尉」。而當地官吏畏
懼法軍的殘暴，沒有力量、也不敢阻攔修路，「耳食內怔謀，撥本翻
無謂」。更可悲的是，有些官吏竟然順從法軍，威逼利誘村民參加修
築，「始語或嗟傷，再言虛眾慰」，竟然還有人藉此從中謀取利益，發
國難財，「豈知林壑內，火迫輸金錢」。修築鐵路條件異常艱苦，再加

---

32 陳玉樹：〈癸未冬有感〉，收入阿英編：《中法戰爭文學集》（北京市：中華書局，
　　1957年），頁19。

33 王之春：〈困獸記〉，收入阿英編：《中法戰爭文學集》（北京市：中華書局，1957
　　年），頁10。

上法軍的暴行，受迫害的民眾多有死傷，有的倒在水澤邊，有的死在大樹下，死亡者數以萬計，「道殣復何說，瀕危嗟喘延。橫臥不得起，呻吟樹林邊。不見蘇彝士，橫屍昔萬千」。[34]

倪在田還有一首〈越南行〉，對遭受法軍奴役的越南人民寄予了深刻的同情，並道破法國奴化統治的實質，「詩書愚殘黎，反用秦始術。古聖若有知，痛此威言述。尚工與任賢，何只山邱殊。富強獵閏運，作計使人愚。淺見反自譎，傾心禍所趨。效顰不衛足，毌乃非良圖」。詩人自注曰：「時法蘭西詫其諸說為富強地，其踞安南也，仍以時藝科目為試，將使文人不復識其術，有習之者則執而殺之」。法軍修築滇越鐵路，迫使越南人民為他們服務，如果遇有不願意去的人，強迫使其就範，稍微表露出怨言的人就會被砍去耳朵，更有甚者立即死於槍下。越南人民心驚膽戰，不敢反抗，不得不在法人的重壓下苟且偷生，度日如年，「逼迫赴長役，斯須不能留。一語或未畢，橫屍亂山阪。黑龍蕩中原，明都累卵危。由來否運世，受禍先蒙蚩。高高天聽卑，欲我陳此詞」。一首〈越南行〉，一片辛酸情。[35]

中法戰爭的過程中，中國軍多遭重創，幾次戰役失敗得很慘，比如對於臺灣基隆炮臺被毀之事，眾多詩人皆感憤而作。梁鼎芬的〈六月二十二日聞臺灣基隆嶼不守感憤〉中，基隆失守的慘痛刻骨銘心：

> 此地實天險，何人忘敵仇？
> 喪失無罪罰，乘亂更誅求。
> 已欠徐禧死，還防郭默謀。

---

34 倪在田：〈楚雄行〉，收入阿英編：《中法戰爭文學集》（北京市：中華書局，1957年），頁40-41。

35 倪在田：〈越南行〉，收入阿英編：《中法戰爭文學集》（北京市：中華書局，1957年），頁42。

精兵雖急渡，醜女任滋仇。[36]

張景祁也對基隆炮臺被毀，法船日日在港口耀武揚威無所顧忌的情況憤怒不已，寫下詩篇以「志憤」。當時的情勢危急，臺灣全島人民被困，孤立無援，「浩氣西來自，橫吹瘴海氛。蜃樓藏怪雨，鳥陣墜寒雲。窮島全家寄，哀笳徹夜聞。何時宣廟略，麟閣奏奇勳」。而本來的臺灣，原是一片安寧景象，要不是法軍的侵略，怎麼會硝煙四起，「東瀛真鎖鑰，七省恃藩屏。雞嶼高橫漢，獅球屹建瓴。蕃夷爭互市，草木染餘腥。坐使神州地，狼烽滿目青」。全軍上下人心惶惶，聽風便是雨，「峻阪懸軍久，戈船料敵輕。時危思大樹，地險失長城。驃騎忽開府，絛侯空掩營。近聞傳箭急，風鶴盡疑兵」。這時軍士們完全把解救全民於水火的希望寄託在了援軍身上：「星軺才入境，蕃舶已追蹤。絏馬濠環塹，飛書始射墉。軍心泣猿鶴，海氣舞魚龍。日盼援師急，滄溟隔萬重」。[37]

張景祁的憂憤悲哀之感，在他的兩首詞中也有鮮明體現。如〈基隆秋感〉：

盤島浮螺，痛萬里胡塵，海上吹落。鎖甲煙銷，大旗雲掩，燕巢自驚危幕。乍聞唳鶴，健兒晨唱從軍樂。念衛霍誰是？漢家圖畫壯麟閣。

遙望故壘，毳帳淩霄，月華當天，空想橫槊。卷西風寒鴉陣黑，青林凋盡怎棲詫？歸計未成情味惡。最斷魂處，暮山銜

---

36 梁鼎芬：〈六月二十二日聞臺灣基隆嶼不守感憤〉，收入阿英編：《中法戰爭文學集》（北京市：中華書局，1957年），頁83。

37 張景祁：〈志憤〉，收入阿英編：《中法戰爭文學集》（北京市：中華書局，1957年），頁16-17。

照，數聲哀角！[38]

再如〈馬江秋感〉：

> 寒潮怒激。看戰壘蕭蕭，都成沙磧。揮扇渡江，圍棋賭墅，論
> 綸巾標格。烽火照水驛。問誰洗，鯨波赤？指點鏖兵處，墟煙
> 暗生，更無漁笛。
> 嗟惜！平臺獻策。頓銷盡，樓船畫鷁。淒然猿鶴怨，旌旗何
> 在，血淚霑籌筆。回望一角天河，星輝高擁成槎客。算只有鷗
> 邊疏菰斷蓼，向人紅泣。[39]

馬尾一役，南洋水師幾乎全軍覆沒，近代中國的第一次海戰，就
失敗得極其慘烈，這樣的傷痛，深深烙印在中國人的心中。李光漢的
〈戰福州〉，認為馬尾海戰的失利，是連黃口小兒都知道的國家的奇
恥大辱：「閩嶠古嚴疆，濱海成天險。夫何鐵甲浮，草木皆血染？無
乃持節臣，重寄殊叨忝。至今馬江頭，黃口知國玷。」[40]而造成這一
奇恥大辱的主要責任人，是幾個昏庸官吏，包括欽差大臣張佩綸、船
政大臣何如璋、總督何璟、巡撫張兆棟，他們對馬尾之戰的失敗負有
主要責任，這「二張二何」的昏庸無能、治軍無方，招致福建水師的
覆滅。當時有一首流傳的童謠痛烈諷刺這幾個官吏，傳頌一時：

---

38 張景祁：〈基隆秋感〉，收入阿英編：《中法戰爭文學集》（北京市：中華書局，1957
　　年），頁94。

39 張景祁：〈馬江秋感〉，收入阿英編：《中法戰爭文學集》（北京市：中華書局，1957
　　年），頁94。

40 李光漢：〈戰福州〉，收入阿英編：《中法戰爭文學集》（北京市：中華書局，1957
　　年），頁78。

　　福州原無福，

　　法人本無法；

　　兩何沒奈何，

　　兩張沒主張。[41]

　　馬江海戰的失敗，讓眾多愛國志士痛心疾首，官吏的昏庸無能、
膽怯無為成為失敗最直接的原因。李慈銘在〈聞馬江之敗三首〉中，
對放任敵人進門的人嚴加責問：「誰揖開門盜？虛乘下瀨船。單身亡
節鉞，六鷁殉熛煙。露布猶馳景，鍾官曲齎錢。始知誅馬謖，流涕武
鄉賢」。[42]戴啟文的〈馬江戰〉，批評了在馬尾辦防務的幾個官吏，是
他們的錯誤指揮使軍隊喪失了作戰的先機，「馬江地扼閩疆口，特簡
重臣資鎮守。運籌惟幄燭先幾，豈容失著居人後」。在敵人已下戰書
的情況下，總督秘而不宣。全軍將士被蒙在鼓裡，還被下令不准開
炮，等到眾將發現情形不對，卻為時已晚，「敵船入，陣雲集；戰書
來，星火急。將士動色走相告，欲請詰朝已無及」。眾將士的性命，
都被白白地葬送掉，「彼軍突起環而攻，炮火轟擊雷霆沖；地崩山摧
戰士死，樓船化作飛灰紅」。將士們還在奮力抵抗，指揮者卻無計可
施，遠遠地逃離了戰場，魂飛膽喪，「事機已坐失，束手更無策；走
向鼓山頭，驚魂歸不得」。紙上談兵、講話頭頭是道的欽差大臣張佩
綸，在戰場上一聽槍炮聲就只知一味逃跑，朝廷派這個重臣來督辦防
務，實在是讓人譏笑，難怪詩人嗟嘆，「吁嗟乎！平時未習孫吳書，
書生安可持兵符？大言欺人實無補，隨陸應羞不能武」。[43]

---

41 轉引自阿英編《中法戰爭文學集》（北京市：中華書局，1957年），頁78。

42 李慈銘：〈聞馬江之敗三首〉，收入阿英編：《中法戰爭文學集》（北京市：中華書
　　局，1957年），頁49。

43 戴啟文：〈馬江戰〉，收入阿英編：《中法戰爭文學集》（北京市：中華書局，1957
　　年），頁22。

採樵夫山人的〈榕垣童謠〉，也對「閩省佞臣」進行了諷刺：

> 大清氣運未曾傾，閩省緣何出佞臣。
> 船政有心私法國，制臺素性愛夷人。
> 貪心巡撫圖自己，捨命將軍感鬼神。
> 可笑欽差無用輩，空懸聖詔誤朝廷。[44]

　　詩人只把戰敗歸咎於「佞臣」，認為是他們「空懸聖詔誤朝廷」，仍然寄希望於「大清氣運未曾傾」。這不是個別的例子，許多詩人都有如此的想法：「向使重臣齊戮力，誰聞野哭徧江村」[45]，「天子今神武，朝廷亟俊才」[46]，認為只要天子英明，眾朝臣齊心協力，必能使國家重振。

　　除了對法軍入侵、兵敗民傷的憂憤，對腐敗無能官吏的諷刺與批判，更有詩人將批判的矛頭首先指向清廷的妥協退讓、一味與侵略者議和、喪權辱國。在諒山、交趾大戰中，由於馮子材等將領與中國將士的英勇奮戰，我軍取得了久違的大捷，中國軍隊終於揚眉吐氣，準備繼續高歌猛進，乘勢擊潰法軍。可是就在此時，清政府藉此機會與法國講和，消息傳來，愛國文人紛紛下筆成詩，抒發胸中不平，表示對求和的惋惜與對清廷的失望。蔣澤沄的〈有感六首——聞中法和約而作〉，表達了對忽聞和議後壯志未酬的惆悵。本來戰爭勝局勢已偏

---

44 採樵山人：〈榕垣童謠〉，收入阿英編：《中法戰爭文學集》（北京市：中華書局，1957年），頁93。

45 張景祁：〈有感〉，收入阿英編：《中法戰爭文學集》（北京市：中華書局，1957年），頁18。

46 張百熙：〈感述二十首〉，收入阿英編：《中法戰爭文學集》（北京市：中華書局，1957年），頁47。

於我方，正是中國將士軍心大振的時刻，「無端卉服敢稱鋌，類犺興師尚儼然。將士枕戈明月夜，英雄拔劍白雲天」。可惜和議已成，撤軍的命令不得不服從，三軍將士一鼓作氣繼續追擊敵軍、收復失地的豪情壯志被一掃而光，「忽傳綸？來三殿，已許和戎靖九邊。補袞仲山誰實屬，空令壯志著先鞭」。詩人對和議後的形勢異常擔憂，「附庸已嘆東洋失，讓界聊紆北鄙憂。南越由來歸覆幬，諸軍曷弗借前籌？傷心虢社摧殘日，稽首秦庭痛哭秋。唇齒相依曾鑒否？莫徒容忍示懷柔」。[47]鄧輔綸聽聞和議已成，在〈白香亭詩〉中抒發了憤慨之情：

> 誰棄雞籠授敵地，澎湖失險疇能爭？
> 王師渡臺未及平，舟楫橫醫蛟涎腥。
> 諒山宣光雖再捷，班師旋詔宜休兵。
> 和戎卒用魏絳策，橫海徒列龍驤營。[48]

楊濬的〈聞津門和議成感作〉，也表達了對和議的嘆息：

> 桂山遙聽碧雞鳴，上將軍威草木驚。
> 誓斬樓蘭看舊劍，請從南粵系長纓。
> 千年銅柱無慚色，一夜金牌有哭聲。
> 多事書生愁厝火，漢廷心苦自分明。[49]

---

47 蔣澤沄：〈有感六首──聞中法和約而作〉，收入阿英編：《中法戰爭文學集》（北京市：中華書局，1957年），頁53。

48 鄧輔綸：〈白香亭詩〉，收入阿英編：《中法戰爭文學集》（北京市：中華書局，1957年），頁57。

49 楊濬：〈聞津門和議成感作〉，收入阿英編：《中法戰爭文學集》（北京市：中華書局，1957年），頁62。

　　在諒山大捷後還高聲為聖武作贊的陳景星，聽到了和議的消息，又痛又恨，遂寫下系列組詩——

　　柳州送春
　　九十韶光老，三千客路長。
　　吟因新病減，春比大軍忙。
　　戰事成和局，歸思切故鄉。
　　征途何濡滯，愁對亂山蒼。
　　送友人回黔
　　丈夫不得志，所值盡途窮。
　　豎子安成事，詩書混乃公。
　　韋皋甘槖筆，魏絳正和戎。
　　莫捐昂藏氣，時來自吐虹。
　　開化道中喜晤故人
　　奔馳滇粵三千里，飽看西南十萬峰。
　　報國敢辭行役苦，旋軍深喜故人逢。
　　雄關駐馬嚴烽堠，飛炮如蝗捍賊鋒。
　　只惜遲來和局定，未隨苦戰憤填胸。[50]

　　彭玉麟的〈羊城軍中有感〉二首，痛斥了只求和議的大臣的誤國，為不能給侵略者以教訓、振我中華神威而哀嘆——

　　一
　　日南荒徼陣雲開，喜得將軍破陣來。

---

50 轉引自曾慶全：〈近代土家族的愛國精神〉，《廣西師範大學學報》1991年第1期。

掃蕩妖氣摧敗葉，驚寒逆膽奪屯梅。

電飛宰相和戎慣，雷屬班師撤戰回。

不使黃龍成痛飲，古今一轍使人哀。

二

數憑天定理難伸，九仞功虧咎在人。

一旦休兵驕敵氣，千秋誤國恨庸臣。

屢容抗疏慚無狀，不罪奸諛許自新。

華夏最行寬大政，四夷犬性幾時馴。[51]

　　與這些詩歌非常類似的詞句，在許多題為「感事、書憤」的詩歌
中都會見到，其中「魏絳和戎」、「賈生痛哭」、「黃龍痛飲」、「十二金
牌」是運用最多的，這也說明了詩人們的憂憤、憂患意識是多麼的
強烈！

　　中法戰爭，使許多愛國知識分子對國際局勢更關心了，對各帝國
主義國家的侵略本質看得更清楚了，思考也更成熟了。這些都在有關
詩篇中被表現出來，例如許瓚的批評時政的新樂府系列，就很有代表
性。中法交戰，各個資本主義大國都來參與調停，〈美公使〉一詩，
寫馬江被襲的當天，美國公使仍在福建總督何璟署中言和，可是剛一
走出署來，就聽見炮聲陣陣，守江的中國船艦紛紛沉沒。這首詩，諷
刺了美國所謂調和的虛偽。雖然詩人沒有明確指出，但還是可以感到
現象底下的本質，美國等諸國根本不是因為戰爭會造成生靈塗炭所以
來進行調和，而純粹是出於己方資本主義擴張利益的考慮：

51 彭玉麟：〈羊城軍中有感〉，收入阿英編：《中法戰爭文學集》（北京市：中華書局，
　　1957年），頁68。

戎機頃刻變難悉，守禦隄防宜慎密。
兵交使者在其間，備之為善勿過暱。
周京東轍重平戎，瑕嘉請和因造膝。
楚兵鄢陵師敗北，秣馬厲兵還訓卒。
罪人左右墮其師，勁敵相逢奚自逸。
南風不時多死聲，師曠奏樂曾入律。
車中之血流於鞍，舟中之指掬於泌。
火炮轟聲天地驚，三軍倉卒皆股慄。
半渡不擊渡難當，要盟始悔墮其術。
公使猶未出轅門，海上舟師已盡失。[52]

許鑾的〈漢通事〉則諷刺了清廷不僅用人昏庸，而且不敢開罪於外國之事。「通事」即翻譯，與洋人打交道必須懂得其國語言，與法定合約時，馬顯忠參與「通事」，結果和約多處損害了國家的利益，朝廷這才叫他回京等候查辦。可由於他有美國作後盾，以不懂法文為由而免去了責任，繼續留在政府效命。實際上，他怎麼可能不會法文呢？清廷接受這種荒謬的理由都是由於美國的壓力：

登山識鳥音，臨水知魚性。
君子何能然，小人卻無行。
輾轉操利權，迴環執魁柄。
嗟哉世未平，此輩日以盛。
勾結人外援，干預國內政。

52 許鑾：〈美公使〉，收入阿英編：《中法戰爭文學集》（北京市：中華書局，1957年），頁28。

> 鷹鸇逐鳥雀，狗彘化梟獍。
> 浮雲蔽空起，天宇何時淨？
> 飄飄風色奇，炯炯日光映。
> 知著見於微，形端表以正。
> 雌伏敢雄飛，順流皆稟命。[53]

　　再如許鸞的〈鐵甲船〉，該詩序語中寫道：洋務派為了加強海防，向德國購買兩艘戰艦，兌銀一百六十萬兩。可是到了中法開戰，仍然是空聞製成卻不見其物，戰鬥中無法使用，德國以「公議」為藉口一直推託不能運送到中國。當德國教習被重金請來中國練兵時，其卻不再以「公議」阻撓為藉口，一旦定約，便欣欣然不遠萬里來到中國。「外洋愚我中國，可概見矣」——

> 重洋萬里浪接天，海中一霎起狼煙。
> 長鯨徹夜因風吼，道是西夷鐵甲船。
> 以火鼓輪輪鼓水，金城百雉遜其堅。
> 四面門如鐵甕守，檣桅炮有開花懸。
> 智巧真欲淩造物，順渡滄海裡逾千。
> 千里援兵不及救，目斷天上空飛鳶。
> 鬼工如此窮神妙，令人長羨心難捐。
> 立法均輸商賈貨，設計搜羅太府泉。
> 拋擲白金累鉅萬，結信密約相鉤連。
> 弱水既西不可渡，域中盼望空年年。

---

53 許鸞：〈漢通事〉，收入阿英編：《中法戰爭文學集》（北京市：中華書局，1957年），頁28。

李陵戰歿在異城，蘇卿奉使未敢前。

河源萬里尋可到，乘槎此際無張騫。

當年構造嗟何益，春秋代謝期屢愆。

海隅東南逞烽燧，戈船淪溺傷戎氈。

料得謀臣有奇策，草茅無識情徒牽。

愁生雪窖羊乳外，志存逆旅雞鳴先。

欲向君平問恍與，查客相遇斗牛邊。[54]

　　洋務派學習西方設立機器局專造軍器及子彈等，但是終究不如外國的精利，每年耗資巨大，而且很多要件仍不能生產，還是要出洋購買，致使國家財政緊張。還有設立的招商局、電報局等等，雖然是仿照西方而設，但是實質上遠不能與西方相比。許多官吏藉此機會虧空國庫，中飽私囊，外國又不真心幫助，賣給中國的軍器不甚精良，而且收了鉅資還多加拖延。對這種種現象，許鑾多有揭露。在許鑾這樣的敏銳的詩人眼裡，洋人不可靠，而且洋務運動也已經破綻百出了。

　　在憂患、批判與反思的基礎上，也有人借助詩歌形式表達自己對國家改革的主張，這個人就是鄭觀應。他在〈聞中法息戰感賦〉中就已經明確提出：「亡羊補牢尚未遲，農工商是富強基。」[55]他在〈與西客談時事〉中，把外國列強覬覦中國的險惡用心分析得極為透徹，認為國家如不改革而自強，必將被西洋諸國吞噬掉：

---

54 許鑾：〈鐵甲船〉，收入阿英編：《中法戰爭文學集》（北京市：中華書局，1957年），頁36。

55 鄭觀應：〈聞中法息戰感賦〉，收入阿英編：《中法戰爭文學集》（北京市：中華書局，1957年），頁14。

有客談中華，隱抱腹心疾。
厥弊誤因循，凡事守迂拙。
礦產富五金，匪獨旺煤鐵。
雖有採辦者，往往多牽掣。
刻舟以求劍，膠柱而鼓瑟。
粉飾每自欺，浮華難核實。
群雄各覷覦，利權暗侵奪。
俄德窺北轅，法日界南轍；
英圖揚子江，圍棋布子密。
或借港泊船，或租地築室；
或司總稅務，或代郵傳驛；
或為開礦謀，或為訓士卒；
鐵路或包工，國債或措撥。
借施靡不周，陰謀多詭譎。
欲取故先與，亡本翻逐末。
怪哉據要津，猶自耽安逸。
無復計變通，只用羈縻術。
厝薪臥其上，舉火同迅發。
其勢必燎原，其間不容髮。
虎視兼狼吞，海疆終決裂。
奮筆作此詩，字字含淚血。
危言宜深省，聊用告明哲。[56]

中法甲申戰事後，他提出了五點國家以自強的主張：

---

56 鄭觀應：〈與西客談時事〉，收入阿英編：《中法戰爭文學集》（北京市：中華書局，1957年），頁15。

微臣獨奮切，聞雞夜起舞。為獻治安策，條陳計有五。
其一設學校，士途宜寬取；肆業專一門，才藝不逾矩。
其二農工商，振興有法度；不但獎製造，礦商資鐵路。
其三練將才，兵強由將馭；巡捕兼民團，內地可安堵。
其四制軍器，工師慎選雇；弗受外人脅，腹省尤宜顧。
其五定憲法，律例無偏護；日報與議院，公論如秉炬。[57]

在中法戰爭詩歌中，像鄭觀應的詩歌這樣，從正面思考並提出國家改革方案的詩，還是個例，但唯其如此，顯得更為可貴。

二　抗法英雄的讚歌

中法戰爭中，湧現出了許多英雄人物。詩人們都拿起筆來，為抗法英雄引亢高歌。

劉永福及其領導的黑旗軍，作為民間武裝，在面臨種種困難、乃至孤立無援的情況下對法軍頑強抗擊，他的事蹟為許多詩人所詠歎。如楊濬的〈喜晤劉淵亭軍門〉二首，表達了詩人對於劉永福的深深崇敬：

一

丹青毛髮上雲臺，褒鄂威名震九垓。
甌脫潛師貙虎穴，昆明造劫犬羊來。
偃旗盡捲中天月，蜚石能轟大地雷。

57 鄭觀應：〈海禁大開利權外溢甲申以後事變日亟海上諸同志關心時局因賦長歌藉相質正〉，收入阿英編：《中法戰爭文學集》（北京市：中華書局，1957年），頁16。

深喜將軍今會面，輪囷懷抱一時開。

二

別開生面尉佗鄉，下拜車塵異姓王。

拓土自成陳北廟，思兒重見戚南塘。

千山布子棋枰定，萬戶留圖鬼魅禳。

一事慰公青史在，天心仁愛恕蜩螗。[58]

趙藩在〈越南三宣提督劉淵亭（永福）寄扇索詩〉中寫道：「黑雲陣陣鴉軍來，喋血斑斑戰袍紫。誓師傳檄氣噴薄，鬼膽先寒鬼魄褫」，對劉永福帶領黑旗軍的功績給與了肯定，他對從未謀面的劉永福充滿敬慕，「我不識君作何狀，心知自是奇男子。……君才傑出正有用，感恩況復懷桑梓」。最後，他對劉永福的將來寄予了深切的希望，「願君抑塞持定力，堅抱葵心貫終始。指揮白羽掃邊氣，他日書名壓青史」。[59]

許鑾在〈黑旗團〉一詩中，對黑旗軍的將士也大為讚頌，認為這些在越南抵禦法寇的義士是真正的英雄：

驚聞草澤起英雄，叱咤一聲膽盡裂。法將授首威利誅，鏖戰一時無寸鐵。泰西諸國兵傳開，先以人和後以計，偉略獨操何勇決？當年板蕩傷中原，義士淪陷隨草竊，揭竿轉徙棄故都，所至風雲生變滅。……忽逢強敵逞鯨吞，既覆曹滕又伐薛。將軍奮袂忽大呼，江水不流山雲截。群虜駢首受誅夷，肝腦所塗舌

58 楊潯：〈喜晤劉淵亭軍門〉，收入阿英編：《中法戰爭文學集》（北京市：中華書局，1957年），頁62。

59 趙藩：〈越南三宣提督劉淵亭寄扇索詩〉，收入阿英編：《中法戰爭文學集》（北京市：中華書局，1957年），頁56-57。

並抉，法人恐怖乞連和，大義責之望以絕。……泰西諸國兵傳開，黑旗之團真豪傑。[60]

　　被詩人歌頌最多的第二個英雄人物是鎮南關戰役的指揮者、清軍老將馮子材。當時年近古稀的的馮子材本已解甲歸田，受命後挺身而出，再上疆場，以出色的軍事才能和指揮能力，取得了鎮南關戰役的重大勝利。許多詩人一收到鎮南關大捷的消息，欣喜之情溢於言表，立即用詩歌來回應中國軍諒山的勝利。諒山之戰在中法戰爭中是中國軍隊的一場大勝利，一洗前恥，因此這類詩歌多帶有「喜聞」二字，表達了詩人對國家勝利的自豪之情與欣慰之感。流轉於嶺嶠南疆抗法前線的土家族詩人陳景星，作有〈喜聞官軍收復諒山〉：「捷音一夕遍蒼梧，積雨聲中病亦蘇。荒徼漸收唐郡縣，長繩橫貫鬼頭顱。喜看日月銷兵氣，想像風雲擁陣圖。不為開邊緣繼絕，聖朝神武古今無。」[61]此次大捷，清軍獲得了許多戰利品。王之春作有〈獲越象〉、〈獲法馬〉，對此捷予以詠歌，諒山一戰清軍繳獲了法國戰馬，其中有法國五畫兵官（高級軍官）所騎乘的，說明法國指揮官是倉皇逃竄。而在戰爭的初始階段法軍的氣焰還很囂張，「兵酋一畫至五畫，自誇戰陣亦知名。一到船頭步步進，舍舟而陸逞神駿」，可是在交戰以後，就發現他們只有敗北的選擇，「烏知勝負決須臾，望風敗北在一瞬。中國軍聲振法軍摧，執俘折馘得勝回」[62]。

　　這一勝利的取得，主要應歸功於馮子材老當益壯的出色指揮。

---

60 許鸞：〈黑旗團〉，收入阿英編：《中法戰爭文學集》（北京市：中華書局，1957年），頁26。

61 轉引自曾慶全：〈近代土家族的愛國精神〉，《廣西師範大學學報》1991年第1期。

62 王之春：〈獲法馬〉，收入阿英編：《中法戰爭文學集》（北京市：中華書局，1957年），頁9。

〈諒山大捷圖題辭〉的組詩，多是為他作贊。詩中描繪老將軍英雄不
減當年的精神面貌，多是用「矍鑠」二字，如「矍鑠登壇氣尚雄」、
「垂眊依然矍鑠顏」、「此翁矍鑠更如何」，或者說他「短衣殺賊氣縱
橫」、「短衣芒鞋雜行間」、「將軍不愧老元戎」。他被讚美成中國歷史
上赫赫有名的大將，有人將他比之馮異，「馮異威名本軼群」、「大樹
將軍此建牙」、「越人識得將軍樹」；或者把他和劉子熙共比為郭子
儀、李光弼：「中朝李郭本齊名」、「中興名將均無敵」、「郭李同稱善
用兵」。人民對他也充滿了感謝之情，「壺漿簞食餉軍前」、「一路壺漿
迎節旄」。[63]

倪在田在〈喜聞粵軍捷鎮南滇軍復宣光清化而南深入交趾〉一詩
中，對老將軍馮子材的老而彌堅如此讚美：

> 矍鑠西南將，樽罍節制才。
> 終須任老宿，不必苦氛埃。
> 鼙鼓喧喧度，軍符驛驛催。
> 明都帝堯宅，雲漢本昭回。[64]

在歌頌馮子材的詩篇中，黃遵憲的長詩〈馮將軍歌〉最有代表
性，詩人在詩中十六次迭呼「將軍」，塑造了馮子材身經百戰、英勇
頑強的老將形象：

> 馮將軍，英名天下聞。將軍少小能殺賊，一出旌旗雲變色。江

---

63 〈諒山大捷圖題辭〉十四首，收入阿英編《中法戰爭文學集》（北京市：中華書局，
　　1957年），頁89-93。

64 倪在田：〈喜聞粵軍捷鎮南滇軍復宣光清化而南深入交趾〉，收入阿英編：《中法戰
　　爭文學集》（北京市：中華書局，1957年），頁42。

南十載戰功高，黃褂色映花翎飄。中原蕩清更無事，每日摩挲
腰下刀。何物島夷橫割地，更索黃金要歲幣？北門管鑰賴將
軍，虎節重臣親拜疏。將軍劍光方出匣，將軍謗書忽盈篋。將
軍魯莽不好謀，小敵雖勇大敵怯。將軍氣湧高於山，看我長驅
出玉關。平生蓄養敢死士，不斬樓蘭今不還！手執蛇矛長丈
八，談笑欲吸匈奴血。左右橫排斷後刀，有進無退退則殺。奮
梃大呼從如雲，同拼一死隨將軍。將軍報國期死君，我輩忍孤
將軍恩？將軍威嚴若天神，將軍有命敢不遵？負將軍者誅及
身，將軍一叱人馬驚。從而往者五千人，五千人眾排牆進。綿
綿延延相擊應，轟雷巨炮欲發聲。既戰交胸刀在頸，敵軍披靡
鼓聲死。萬頭竄竄紛如蟻，十蕩十決無當前，一日橫馳三百
里。吁嗟乎！馬江一敗軍心懾，龍州壓地賊氛壓！閃閃龍旗天
上翻，道咸以來無此捷！得如將軍十數人，制梃能撻虎狼秦，
能興滅國柔強鄰，嗚呼安得如將軍！[65]

除劉永福、馮子材外，被詩人謳歌的還有領導清兵取得臺灣保衛
戰勝利的清軍將領劉銘傳。

在中法戰爭詩歌中，以臺灣保衛戰為題材的詩歌不少，而寫臺灣
保衛戰，必寫劉銘傳。當時法軍進攻基隆，基隆在臺灣北部，遙遙和
福州相望，法軍想以此威脅福州。這時湘系舊將劉銘傳正督辦臺灣防
務，急率精銳趕至臺北，抄襲到基隆背後打擊法軍。戴啟文的〈基隆
山〉一詩描寫了這場戰鬥，詩中先交代了臺灣所處的環境與基隆軍事
戰略位置的重要，「海上有重鎮，厥地為臺灣。袤延數千里，四望雲
水環。臺北遙對臺之南，險要爰有基隆山」。因此法國侵略者偷襲海

港，妄想占領基隆，達到牽制福州的目的，於是對臺灣發起了如潮水般的進攻，「強虜忽啟釁，稱兵乃犯順。輪舶勝星馳，炮聲作雷震。麾軍直上千仞岡，奪得崑崙思坐鎮」。當時情形十分危急，劉銘傳在敵眾我寡、基隆被敵軍團團圍住的情況下，巧妙地繞到了敵人的背後給法軍以打擊，迫使敵人放棄了進攻的計劃，「偉哉真將軍，孤立無援兵。出其設險能以少取勝，一戰而捷基隆平」。法軍遭受失敗後瘋狂逃竄，亂了陣腳，「敵鋒挫衄爭先逃，如鳥獸散驚呼號」。而劉銘傳將軍扭轉了戰局，卻不居功自傲，「功成未敢矜言勞，論功卻比茲山高」。[66]

　　許鑾的〈戰臺北〉也對劉銘傳的功績讚不絕口，「將軍本是漢公侯，十萬貔貅曾殺賊。雕戈指顧清中原，鐵騎縱橫安反側」。詩中對整個臺灣一戰描摹得十分細緻。當時「法人封禁海口，以鐵甲船梭巡。乞救無援，內外信息不通，朝命亦梗，部將孫開華力戰。沿海沙嶼，俗名大、小鯮身，形沒水中，有礙法輪」，臺北的戰鬥非常激烈，「天慘慘兮日無色，雲黯黯兮陣頭黑。狂飆起兮揚沙塵，猛士酣兮戰臺北」；然而當時的局面卻不利於清軍，能夠抵禦住法國的強大艦隊真不容易，「海上孤島久無援，危局能持誠傑特」。幸好全軍將士盡心竭力，依靠沿海的沙嶼這樣的有利地形，阻擋住了法輪的進犯，「疲兵再戰一當千，決命爭首知竭力。鯮身大小淺可深，羅淡縈紆曲難直。波濤洶湧勢如山，逆輪馳駛不敢逼」。在詩的最後，詩人抒發感嘆，對愛國保家的劉銘傳等將士做了充分的肯定：「晝夜嚴防軍未休，更有孫臏相輔翼。班超投筆且封侯，何況老成身報國」。[67]

---

66 戴啟文：〈基隆山〉，收入阿英編：《中法戰爭文學集》（北京市：中華書局，1957年），頁21-22。

67 許鑾：〈戰臺北〉，收入阿英編：《中法戰爭文學集》（北京市：中華書局，1957年），頁24。

除了上述名將之外，詩人們對歷次戰役中立下功勞的將領，都沒有忽略，如鎮海之戰的清軍將領歐陽利見、涼山之戰中戰死的將領楊玉科等，都受到了詩人的歌詠。另一方面，在中法戰爭詩歌中，詩人對普通戰士在戰爭中的作用，對普通百姓反抗侵略的鬥爭，卻極少關注，以今天的眼光來看，這不免是一個缺憾。

第三節　中法戰爭後相關題材的小說

中法戰爭以後直到二十世紀初，陸續出現了以中法戰爭為題材的歷史演義與小說。歷史演義是界乎於歷史與小說之間的文體樣式，在中國文學中有悠久的歷史傳統，但用歷史演義來描述剛剛過去二、三十年的中法戰爭，卻是近代文學中的新現象。小說在中國傳統文學中一直受到正統文人的鄙夷，至十九世紀末二十世紀初，在外國文學與翻譯文學的影響下，人們鄙視小說的傳統觀念已有明顯改變，再加上現代印刷出版業的逐步繁榮，小說創作隨之興盛起來。然而用小說來描述中外戰爭與國家危難，也是近代文學中的新現象，這樣的小說雖然數量極少，卻開了一個好頭。

一　小說《死中求活》

唯一一部完全以中法戰爭為題材的長篇小說，是署名「對鏡狂呼客」所作的《死中求活》，原載《雲南》雜誌，始於光緒三十二年（1906），終於宣統元年（1909），斷續刊登，至十三回止，未完。作者的本意是想描寫中法戰爭全過程，但是由於前十幾回的內容都是敘述越南如何被法國侵略，而中法直接開戰之後的內容沒有得以繼續刊載，所以可以把它看成為一部專門描寫中法戰爭起因的小說，其中對

於越南亡國的描寫，尤為詳細。

《死中求活》通過對眾多人物性格行為的刻畫，揭示了當時越南亡國的悲慘命運，講出了「國必自伐，而後人伐之」的道理。越南嗣德帝即位後，由於年幼，太后范氏垂簾聽政，而真正的當國者是大臣陳踐誠、阮文祥二人。他們二人都懷著虎狼之心，妄圖篡位，夢想有朝一日成為皇帝，再加上太后淫而貪，阮文祥與之私通，所以國政全被陳、阮二人把持。由此內政異常腐敗，賣官鬻爵、任用小人、賄賂成風，各種無道行為難以勝舉。法兵藉口教士被殺圍困越南，太后無計可施，向兩位大臣商討解救之策。他們雖懷有成為一國之主的「雄心壯志」，可是一見外敵入侵卻一下子就軟弱起來，骨子裡還是賣國求榮的「賤種」，一輪到自己陳述意見，二話不說就是「割地求和」。當太后盼望二人能前去與法人談判時，他們又擺出一國極品大臣的架子，說他們去交涉「未免自輕國體」，把責任推託給了其他朝臣，而後又內地裡給法軍通事修書一封，裡面盡是割地議和的內容。當眾朝臣還在思索退兵之策時，二人卻早已暗地將領土許給了侵略者。法人進攻河內，情勢危急之刻，二人一面隱瞞不報，一面將國家利權讓與法國，想借法人之手除去皇帝，坐上王者之位。在作者的筆下，他們是非常矛盾的人物，既不想受制於法人，又為了私欲而不得不依靠法人，其內心世界是比較複雜的，並不能以「甘受法人驅使」一言貫之。阮文祥一語道出了心裡話：「你想我們謀這大位，為著什麼呢？無非圖一場富貴受用，一來剝削些百姓的錢財，二來也得行專制的手段。若將利權許給洋人，還有什麼富貴之用？還有什麼錢財剝剝？不惟不得行專制，恐怕倒受洋人的專制呢。」[68]他們那時的真實想法，

68 對鏡狂呼客：《死中求活》，收入阿英編：《中法戰爭文學集》（北京市：中華書局，1957年），頁138。

並不是要當亡國奴，只是想多給法人幾個通商口岸以求私利，借刀殺人後，既不落得弒君的罪名，又能名正言順地成為越南的統治者。可是隨著事情的敗露，他們差點被皇帝殺掉，在無處容身之際，投靠了法軍。當法人迫於和議已成，正愁沒理由下手時，這二人為侵占中國領土絞盡腦汁、出謀劃策，「誓將全土奉上」，終於成為了徹頭徹尾的賣國賊。

　　其次，小說也刻畫了其他的一些官員形象。派去議和的兩位大臣，被阮文祥稱為博學多才，接了旨以後還把這件事當為恩賜，拿著阮文祥的信一路上耀武揚威，打著欽差大臣的旗號，「好像唱戲的猴兒，著了圈兒，還在那裡穿戴衣冠跳舞」。可一到了法軍陣營，看到人家軍容整齊，又被軍艦嚇了一大跳，不知是什麼對象，兩腿打軟得連走路都不會了。第二天，他們看到了完全不合理的條約也不假思索，「那怕才割六省，就是要求全國，他也依著畫押了」。鎮守西貢的阮富，沒有主見，性格軟弱膽小，當他收到法人賄賂要求通商時，心裡非常猶豫。他起初還有一些警覺，感覺到法人有意奪取西貢，不敢隨意允諾，但是又認為強龍不壓地頭蛇，法人只說了做生意而已，左思右想也沒有個準主意，經通事一再威逼利誘，最終勉強答應下來。等他和下屬商議了此事，又有人密情來報，終於明白到法人的陰險目的以後，阮富趕緊聽從眾議驅逐法人，不敢擔待賣國的罵名。而他的兒子阮紳，則是個十足的賣國賊。他不僅作為通事為法國效命，與政府官員交涉割地通商事宜，而且親身冒險做內應，殘害中國人，全心全意地做侵略者的幫兇，而沒有絲毫的內疚感。田高啟作為投降法軍的官員，很具有代表性。他原來仗著公衙的勢力，沒少搜刮百姓的膏血，通過賄賂與獻諂，坐上了知府的位置。他「平素最喜歡讀中國的史事，很欽佩範承勳、洪承疇之為人，又羨他二人的遭遇」，感慨自己生不逢時，空有一腹經綸無處施展。於是趁著法國侵略的機會，打

著「良禽擇木而棲」與「良臣擇主而仕」的幌子，他投降了法國，幫助外人奪取中國的天下，希望博得個「封妻蔭子」。在他的腦海中，也曾閃現過一絲會背罵名的念頭，可轉念一想，他又自啐道：「你不知中國你素所羨慕的範承勳、洪承疇麼？他兩個何嘗不是中國的臣子，因為天生大才，中國不能用他，使他經綸難展，他二人無法，才去投順他國，將己族的江山，捧送於人，做那應天順人之舉。如今中國的真正主人，哪裡敢說他一句賣國的話？還崇拜個不了呢。我如今扶助法人，又何嘗不是傚大朝前賢的榜樣嗎？又何嘗不是開國元勳，使後人也崇拜我嗎？」[69]這樣一席話，極盡作者諷刺之能事。還有一些前朝的老臣，無知無識，倒真是衷心愛國，屢屢進諫，說不要亂改祖宗成法，不宜興異學以鼓邪說，要效法中國取士的方式，「八股詩賦範圍其心」，「倫理孝經考察其行」。

除了決不投降而自殺殉國的黃總督等幾位忠臣外，相比那些賣國求榮的官員，下層的人民卻知道愛國保家。越南義士阮勳、阮高、高勝等人，在政府不抵抗的情況下，自結義黨抗擊法軍，被俘後大罵叛徒，英勇就義；義士潘廷逢僥倖逃脫，仍參加劉永福軍隊繼續抵抗侵略；更可貴的是越南女性，如一位姑娘，不滿朝廷懦弱，蒙面刺殺太后未遂後被抓住處死；就連一位下層的妓女，發現了法人的陰謀企圖後，都不顧個人安危迅速稟報給了政府。這樣的拳拳愛國之心，可昭日月！這些人的做法不一定很明智，刺殺統治者並不能解決「國之不爭」的問題，「殺幾個法人把他們嚇唬走」的想法也很幼稚，在國家官員紛紛賣國自保的情形下，這些平民百姓人的抗爭更具有悲劇色彩，也更加反襯出了諸大臣賣國求榮的可恥。同時，小說對法國人的

---

69 對鏡狂呼客：《死中求活》，收入阿英編：《中法戰爭文學集》（北京市：中華書局，1957年），頁152-153。

一些描寫也是對越南賣國賊的一種反襯，法國傳教士不顧性命也要先把地形圖轉交給軍隊，他至少是為了自己的國家，而越南那些賣國者的行徑，與侵略者都無法相比，連法軍將領都這樣嘆息，「唉，難怪安南要亡。你看盡出這種人！若論我們法國，真是連狗都知道愛國呢！」[70]

作者在小說中，經常也會跳出故事的敘述，徑直發表自己的看法，往往在對越南問題的評論中，兼及中國。如對當時越南舉朝上下所謂的「尊王攘夷」，作者點出了它的實質：

> 看官，你莫怪我編書的說這名詞的壞話。當時安南人那種腐敗，除了搖筆弄舌外，並不知道什麼。況且他們的攘法，也不過是科場考試中出幾個題目，作一篇八股罷了。他們只知在紙上攘夷，誰知那下流社會菽麥不辨的，就認真攘了起來。看官呵！你不看我中國庚子那年，又失國體，又失利權，幾乎也要亡國像安南一樣嗎？這名詞本來是不醜的，只要人格完全，學問程度，件件齊美，就講得了。講呢，也不是殺教士，燒教堂，像安南人那般野蠻法，不過驅除異種，恢復國仇，像合眾國一般的就是了。[71]

又如關於法國對越南的奴化教育，作者揭露了「文明國」教育的真面目：

---

70 對鏡狂呼客：《死中求活》，收入阿英編：《中法戰爭文學集》（北京市：中華書局，1957年），頁110。

71 對鏡狂呼客：《死中求活》，收入阿英編：《中法戰爭文學集》（北京市：中華書局，1957年），頁104。

咳！看官！你道文明國，都有奴隸教育嗎？不是這樣講。大凡
強國代屬地的規矩，只有享完全的孽罪，莫有享完全的幸福，
這教育更不消說了。譬如他既做你的奴隸，你再施高等教育與
他，把他的程度造高，豈不又要鬧出第二個美國來嗎？所以他
們自學堂設立，只不過教他會說些吃飯、穿衣、買對象，會說
過數目，見了洋人會叫個老爺、太太，便去當通事，……讀本
國文的，反一日一日的影子都沒有了。出來一個通事，便是一
個最馴的狗，見了自家人才去咬。[72]

《死中求活》對越南亡國的描寫，包含了作者對中國命運的思
考。越南的種種內憂外患，豈不就是中國自身的投影嗎？《死中求
和》的警示意義似乎就在於此。

二　幾部清史演義中的「中法戰爭演義」

清末民初的四部清史演義，包括王炳成的《清史演義》、蔡東藩
的《清史演義》、陸士諤的《清史演義》、程道一的《消閒演義》（即
《清史演義》），都有專門的章節敘述到中法戰爭，可以統稱之為「中
法戰爭演義」。這幾部演義小說，都把清朝幾百年歷史中所發生的重
要事件按照時間順序進行排列，以章回體演義的形式表現出來，「中
法戰爭演義」作為其中的一部分，占有一定的篇幅。其中，王炳成的
《清史演義》中關於中法戰爭的講史，相對比較簡單，基本上是少誇
張少議論，純粹以記事的方式來進行敘述，缺少對人物的刻畫，只是

---

72 對鏡狂呼客：《死中求活》，收入阿英編：《中法戰爭文學集》（北京市：中華書局，
　　1957年），頁114。

用簡潔的筆法平鋪直敘，史實性很強，小說性較差。程道一的《消閒演義》中有關中法戰爭的部分，內容並不是很豐富，但是對張佩綸形象的刻畫很有特色（詳見下文）。這裡主要分析蔡東藩和陸士諤的《清史演義》。

蔡東藩的《清史演義》有兩回敘述中法戰爭，把八十一回的下半回與八十二回的上半回合併在一起，就組成了「中法大戰演義」。他的「中法大戰演義」非常重視史實，「幾經搜討，幾經考證，巨證固期核實，瑣錄亦必求真」[73]。因此，演義中並無過多對人物性格的刻畫與故事情節的虛構，在這一點上與王炳成的敘述有些相似。但是，蔡東藩的這部小說有其獨到的特點，就是在敘述中隨時加入自己對事情的評點，直抒胸臆；又或者在每章回結束後加入一段自己的總結，表達個人的意見。作者在客觀的史實中加入了自己的主觀評論，借小說來傳達自己的聲音，「以之供普通社會之眼光，或亦國家思想之一助云爾」[74]。例如，在寫到法國派人與清朝和議時，作者這樣敘述：

> 法人倒也不敢暴動，差了艦長福祿諾等，直到天津，去訪直督李鴻章，無非說些願歸和好等語，但越南總要歸法保護。（咬定一樁宗旨，有何和議可說）……適粵關稅司美國人德璀林，願作毛遂，居間調停，竟與李鴻章訂定五條草約，准將東京讓法，清軍一律撤回。惟法越改約，不得插入傷中國體等語。（越南已去，還有什麼體面？）[75]

---

73 蔡東藩：《清史演義‧自序》，《清史演義》（上海市：上海文化出版社，1983年），頁17。

74 蔡東藩：《清史演義‧自序》，《清史演義》（上海市：上海文化出版社，1983年），頁17。

75 蔡東藩：《清史演義》（上海市：上海文化出版社，1983年），頁280。

在許多對這次談判的記載中，有關和約的內容都比較詳細，而作者把其他部分都省略，特意強調「越南總要歸法保護」這一要求，一針見血地加進了自己對法人所謂「和議」的揭露。在作者看來，越南都已經歸與法國，談判還要求「不得插入傷中國體等語」，這純粹是強撐面子的表現，而清廷實際上早已顏面掃盡。再如，馬尾之戰，朝廷派張佩綸督辦防務，看作者對這件事的評論：

> 佩綸是個白面書生，年少氣盛，恃才傲物，本在朝上任內閣學士官職，談鋒犀利，沒人賽得他過：講起文事來，周召不過如此，講起武備來，孫吳還要敬避三舍。（其言之不怍，則為之也難。）清廷大加賞識，特簡為福建船政大臣，會辦海疆事宜，（以言取人，失之宰予。）[76]

作者一語道破所謂「清流派」的致命弱點，他們對國家大事侃侃而談、見解獨到，可是往往不能夠付諸實踐，只能是紙上談兵。而清廷僅僅憑藉嘴上功夫取人，竟然把抗法大任全權委託給毫無實踐能力的他們，戰爭的失敗全在清廷。蔡東藩還批評了清政府外交上的重大失誤：

> 朝鮮、越南，皆中國藩屬，安能與日、法兩國私立條約？總理衙門人員，不聞則已，既已聞之，勢不能袖手旁觀，置諸不問。乃得過且過，坐聽藩屬之日削，一若秦越肥瘠，漠不相關者。……法、越之爭有年矣，中國不聞援據公法，與法交涉，法入越境，越南王再三乞和，清廷又不過問。迨越南請兵平

---

76 蔡東藩：《清史演義》（上海市：上海文化出版社，1983年），頁281。

亂，始由粵督劉長祐等，代為勘定，其誤與對待朝鮮，同出一
轍。天津和約，不與法爭宗主權，乃尚欲保存體面，掩耳盜
鈴，煞是可笑。曲突徙薪之不早，至於焦頭爛額晚矣！迨焦頭
爛額面仍無效，不且晚之又晚耶！諒山失守，馬江敗績，焦頭
爛額，尚且無成。誰司外交，一至於此。讀此令人痛惜不置！[77]

對於李鴻章被稱為秦檜、賈似道之流，作者也有自己的看法，把
他外交的失敗歸因於暮氣太深與外交寡識，認為戰爭最後和議的結局
對國家有很大影響：

肅毅伯李鴻章，非真秦檜、賈似道之流亞也，誤在暮氣之日
深，與外交之寡識，越南一役，中國先敗後勝，法政府又競爭
黨見，和戰莫決，彼心未固，我志從同，乘此規復全越，料非
難事。乃天津條約，將與法使議和，但求省事，不顧損失，暮
氣之深可知矣。[78]

二十世紀初風雲突變，一時帝制又復活起來，作者寫作此演義的
目的是「以清為鑒」，表達自己對中法戰爭的看法，藉此宣揚「易君
主為民主」，莫返「前清舊轍」的見解。

陸士諤的《清史演義》第五集第三卷，從十二回到十五回都是描
寫中法戰爭的。這部分「中法大戰演義」描寫詳細，刻畫人物生動，
語言非常口語化，使用說書人的口吻，將中法戰事的來龍去脈娓娓道
來。作者主要從負面來看待中法戰爭，敘述描寫帶有很強的調侃諷刺

---

77 蔡東藩：《清史演義》（上海市：上海文化出版社，1983年），頁285。
78 蔡東藩：《清史演義》（上海市：上海文化出版社，1983年），頁293。

性，就連對主戰的唐景崧與彭玉麟的一些描寫，也沒有褒揚之意。寫唐景崧去越南說服劉永福，「見了劉，擺出策士架子，那三寸不爛之舌，就滔滔滾滾唱起蘇張的舊曲子來」[79]；寫朝廷派彭玉麟去廣東督師，說他是個「中興老將，名重幽燕，勳跡由來偉甚，貌同褒鄂，容貌半值衰餘，沙場見慣長征，橫秋意氣，雲陣猶能酣戰，誓曰精忠」，請他前來本期望他能夠「大抒偉抱，特建奇勳，替天朝吐一口氣」，可沒想他一到任，就上了個奏摺，使朝廷大大失望，奏摺的內容「一派都是紙上談兵故套」。[80]作者對清朝那些求和大臣的諷刺，更是犀利透骨。山西、北寧失守，太后焦悶非常，樞府的那些大臣「都是太平宰相，撥亂反正，不很在行的」，「只會辦幾樁照例公事」，一旦有有關軍國要政的事情，「別說分勞分任，就當面諮詢他，也是十問九不答的，回過來，總是奴才愚昧」。[81]陸士諤對議和代表李鴻章的描寫，更充滿了譏諷。面對法國入侵，主戰呼聲很高，「不意舉朝敵愾之中，卻出了一個力主和議顧全大局的大忠臣，你道是誰，原來就是中興名臣合肥相國李伯爺」。談判時，福祿諾聲言要巡查越境、驅逐劉團，李鴻章「含糊答應了，並沒有奏明」。等到聽聞和議已成，眾人參劾李鴻章，把他比作秦檜、賈似道之類，虧得他「識量寬宏，毫不介意，這種無稽之談，不過置之一笑罷了」。[82]

在對諒山大捷的描寫之中，陸士諤並沒有僅僅把馮子材帶領眾將士奮勇殺敵的場面展現出來就了事，而是穿插了一些生動的情節，使眾多人物形象更加豐滿、鮮活，進而烘託出馮子材的愛國形象。如對王德榜這個人物，作者寫出了他的複雜性——

79 陸士諤：《清史演義》（上海市：民眾書局，1911年），第5集，卷3，頁18。

80 陸士諤：《清史演義》（上海市：民眾書局，1911年），第5集，卷3，頁19。

81 陸士諤：《清史演義》（上海市：民眾書局，1911年），第5集，卷3，頁21-22。

82 陸士諤：《清史演義》（上海市：民眾書局，1911年），第5集，卷3，頁24-25。

　　諸將裡頭有一位姓王名德榜的，原是湘中宿將，見鼎新誇讚元
春，便向幫辦馮子材不住冷笑，意思之間，很是藐視。一時退
出中軍帳，子材笑問德榜：「你聽督辦的話如何？」德榜道：
「督辦眼裡只有一個蘇元春，既是這麼，法兵殺來，咱們都不
要動手，讓蘇一個兒去抵敵了。」馮子材笑道：「那是國家事
情，督辦糊塗，咱們犯不著跟他一般見識。越是瞧咱們不起，
越要建一番事業給他瞧。」[83]

　　王德榜不服氣蘇元春被督辦誇獎，賭氣抱怨，而馮子材雖然也不
滿督辦對他的小瞧，但是和王德榜相比，他知道應以大局為重。在作
者的筆下，王德榜並不是一個隻知殺敵的勇將，他也放不開私人恩
怨，在大敵當前之際，竟意氣用事而沒有去援助友軍，致使友軍傷亡
慘重。由於他的失誤，王德榜被免去了官職，手下也盡歸蘇元春統
領，於是他又一氣之下離開了軍隊，把抗敵的大任拋了在腦後。直到
他得知馮子材率領兩個兒子一直堅持浴血奮戰時，才受了感染，重新
回到抗法前線。

　　作者對督辦潘鼎新形象的刻畫也很生動。潘鼎新工於心計，作為
統帥不能一心為公，對眾將不能一視同仁，與諸多將領不睦，這些偏
見使他不能知人善用。當接到彭玉麟想調用馮子材的書信時，潘鼎新
暗中欣喜，因為他與馮子材早就不合，想趁此機會趕走眼中釘。看看
他與馮子材的談話：

　　潘鼎新滿臉摧下笑來。當下子材看了公文，笑問鼎新：「大帥
鈞旨如何？」鼎新道：「兄弟看來，一般都是辦皇上家的事，

---

83 陸士諤：《清史演義》（上海市：民眾書局，1911年），第5集，卷3，頁36。

那邊這裡，都是一樣。彭帥既然專摺奏調裡，你老哥便不能不見。」子材道：「這裡也很要緊，我可不能輕易離掉。」鼎新道：「你老哥不去，彭帥臉上，如何過得去？再者彭帥也要怪兄弟呢！」馮子材道：「論大局，這裡比了那邊，似乎吃重點子。彭帥是很明白的人，決不會為此區區，會見怪大帥。」鼎新道：「老哥如此，我也不敢十分相強，但是彭帥那裡，須老哥自己行文去回覆。」[84]

　　馮子材也不願與潘鼎新共事，雖然有調離的機會，但他深知諒山這邊責任重大，不能為一己私欲而捨棄大義。潘鼎新一聽到馮子材要偷襲法營，「唬得三魂失兩六魄丟五」，急忙阻止。當他聽到勝利的消息時，又感到出乎意料，對此深表懷疑。直到確定勝利了以後，他才被馮子材的英氣所折服：

一時望見馮子材，跨著嘶風老馬，揚鞭得得而來。晨飆拂面，白鬢飄揚，愈顯得老氣橫秋，英姿颯爽，鼎新平素跟子材原是不大相得，這時光，自己不知道自己竟會心悅誠服的迎下關來，握手慰勞，說了許多好話。[85]

　　這個軟弱自私又膽小的統領被老將軍抗敵的精神所感動，一時受到愛國情感的激發而產生了共鳴。小說就是通過這些鮮活的人物襯托出了馮子材的愛國形象，正如作者所說，「有了他老人家，連我這部清史演義也會騰達出萬丈光焰來」[86]。

84 陸士諤：《清史演義》（上海市：民眾書局，1911年），第5集，卷3，頁38。

85 陸士諤：《清史演義》（上海市：民眾書局，1911年），第5集，卷3，頁39。

86 陸士諤：《清史演義》（上海市：民眾書局，1911年），第5集，卷3，頁41-42。

三　清史演義與譴責小說對張佩綸形象的塑造

　　中法戰爭小說刻畫得最多最用力的，是張佩綸的形象。在歷史上，他是所謂清流派的代表人物，不怕得罪權貴而敢於上諫，同時又積極主張抗戰，文章筆風犀利。可是馬尾海戰時他作為欽差大臣督辦福建海防，充滿書生意氣，根本沒有帶兵打仗的實際能力，在大敵當前之際仍然謹守李鴻章的命令不許開炮，結果貽誤了戰機致使中國軍慘敗，自己逃跑不說且推託責任，終被撤職查辦。由於馬尾一戰是中法戰爭里中國最為慘痛的失敗，所以負直接責任的張佩綸成為了眾矢之的，愛國文人的一腔憤怒主要發洩在了他的身上。在幾部清史演義中，他被小說家諷刺到了極致，完全是一副醜惡形象。

　　在程道一的《中法失和戰史》中，張佩綸未到到福建督辦防務前，其談兵說劍的能力，「孫吳兩子還要退避三舍」，滿朝文武無人不知，無人不曉。他被朝廷大加賞識，不過三十歲上下，就已經是文職二品大員，少年氣盛，目空一切，「內則朝廷大臣，外則各省督撫，他都看不上眼」。每次內閣傳抄奏摺，他都「指疵摘瑕，批評得一文不值」。等到朝廷派他為欽差督辦福建防務以後，中外官僚都以為「聖天子拔取真才」，對他更加崇敬，上任沿途的各州府衙也都是「望塵下拜」，而他根本就瞧不起這些小官。在福建總督何璟、張兆棟的眼裡，「初見他談吐風聲，莫明其妙」，一下子就被唬住了，心裡深深佩服，把防務的重任全權交給了他，他自己也「毫無推辭，坦然自任」。可是上任之後沒見過他發號施令、檢閱兵馬、籌措海防，而是整天歌舞昇平，「飲酒吟詩，圍棋挾妓」，有人說是「名將風流，大都這樣」，也有人說他「胸有才能，故作文人狂態」。[87]在法國軍艦已

87　程道一：《中法失和戰史》，收入阿英編：《中法戰爭文學集》（北京市：中華書局，1957年），頁185。

經步步逼近的時候，眾人都慌張起來，大驚失色，可是張佩綸卻依舊
談笑，好像一點關係都沒有，大家都佩服他，「張公真是神人，大敵
在前，視如無睹，要是差一點子的人，不知要慌到怎麼樣兒了」。何
璟把他與劉銘傳相比，說二人雖是「同膺特簡」，劉銘傳卻「一到臺
灣，封煤廠逐法人，張惶得什麼相似」，不是誰都能有「張公那麼鎮
定」。張兆棟也盛讚他：「輕裘緩帶，諸葛公羽扇綸巾，名將風度，自
異凡庸」。見他這麼鎮定，大家也都安下心來，繼續飲酒談笑。管帶
張德勝見到法軍兵艦已經沖到海口，急忙跑來要稟告欽差做好準備，
可是張佩綸根本不見，一點也無雅儒的風度，竟然破口大罵，「沒眼
珠子的忘八，什麼事也來混報，人家正喝酒呢！擾亂酒令，看軍
法！」[88]把海軍防務拋在了腦後。兵士連續幾次求見，說有重要軍情
稟報，他仍然毫不理會，直到他的好友勸他應該注意，他才叫手下張
成進來——

> 張佩綸笑道：「不要忙不要忙，三思而後行之。諸位要知，法
> 蘭西雖是外夷之國，尚曉得講究信義，他既未下戰書，決不會
> 猛然與我開仗。他也怕我事後以信義嚴責他，他沒話可答
> 呀！」……張佩綸冷笑道：「你們都是沒見過什麼，你看那戰
> 國殺伐時代，動輒興兵，干戈奮鬥，無時或已，要像你們這樣
> 毛騰騰的，還會安然食寢嗎？而今不過夷艦數艘突入海港，他
> 自投在我們的勢力範圍之下，我們還怕他們腋底下動干戈嗎？
> 況法人絕不會與我開仗，此來不過虛聲恫喝，繞著彎子，迫我
> 講和。真要決裂用兵，他又何必棄了雲南、臺灣，轉攻到這裡
> 來呢？這是他知道我是一員儒將，雅愛和平，且為朝廷所寵

---

88 陸士諤：《清史演義》（上海市：民眾書局，1911年），第5集，卷3，頁29。

眷，我替他奏上一本，他便得偌大益處。此係夷人一點小狡
獪，飛不出我手心去。你們不必理他，按兵不動，示以鎮定，
大家只管望安。他們見我相應不理，自然率艦退去。你回去傳
示全軍，就說我說的，所有官弁均要嚴飭兵卒水手不要妄動，
以免誤會。」[89]

看他把這一套理論說得頭頭是道，大家雖然疑慮，也不得不暫時
信以為真，猜測他說不定有什麼奇思妙計，「或用諸葛亮火攻之法，
也未可知」，怎知「他筆下雖有千言，胸中實無一策」。[90]

陸士諤的《清史演義》寫張佩綸一接到法軍的戰書，怯懦面目就
暴露無遺了，慌張失措，趕忙私下裡與何如璋商量退兵之策。沒想到
這退兵之策，竟然是如此荒唐幼稚：

如璋道：「別慌，吾兄筆仗，素來可以，不如做一篇檄文，傳
布開去，法人就此唬走，也說不定呢！」佩綸道：「不行。法
人認識漢文的很少。」如璋道：「這可沒有法子了。」兩個才
子商議了半天，依舊一籌莫展。究竟張佩綸是個兵家，深通戰
策，廣有權謀，竟被他思出一條天上妙計。只見他喜悅道：
「有了有了。」何如璋倒被嚇了一跳，忙問怎麼了。佩綸道：
「我想出一條妙計來了。外國人最喜歡的是誠實。索性開載布
公寫一封信，告訴他今兒萬萬來不及，請他寬限一日，明兒再

89 程道一：《中法失和戰史》，收入阿英編：《中法戰爭文學集》（北京市：中華書局，
　　1957年），頁186-187。
90 程道一：《中法失和戰史》，收入阿英編：《中法戰爭文學集》（北京市：中華書局，
　　1957年），頁187。

見高下。你看行嗎？」如璋拍手稱妙。[91]

　　法國人哪管這一套。一聽炮響，張佩綸就逃之夭夭，數天後才在破廟一類的地方找到了他，遂被朝廷革職查辦。清史演義描摹中法戰爭，必然會對最讓人記憶深刻的馬尾事件多加渲染，而此事件的主角張佩綸自然就成為了小說家痛斥的對象。現實中本來有著愛國熱情的清流書生張佩綸，在中法大戰演義中就成了這副模樣。

　　在清末民初盛行的有關譴責小說裡，也有寫到中法戰爭的，但多從側面描寫，篇幅很少，而且大都是與張佩綸這個形象有關。與清史演義中徹頭徹尾的可笑滑稽的丑角形象有所不同，在譴責小說家的筆下，他既有讓人譏笑的一面，同時又被寄予了一些肯定和同情。

　　吳沃堯的《二十年目睹之怪現狀》提到了張佩綸，他借繼之的話表達了自己的觀點，馬江失敗張佩綸固然難逃責任，可是真正的原因還是政府的用人昏瞶：

> 繼之道：「……其實這件事只有政府擔個不是……。」述農道：「怎麼是政府不是呢？」繼之道：「這位欽差年紀又輕，不過上了幾個條陳，究竟是個『紙上空談』，並未見他辦過實事，怎麼就好叫他獨當一面，去辦個大事呢？縱使他條陳中有可採之處，也應該叫一個老於軍務的去辦，給他去做個參謀、會辦之類，只怕他還可以有點建設，幫著那正辦的成功呢。像我們這班讀書人裏面，很有些聽見放鞭爆還嚇了一跳的，怎麼好叫他去看著大炮呢。……」[92]

---

91 陸士諤：《清史演義》（上海市：民眾書局，1911年），第5集，卷3，頁30。

92 吳沃堯：〈中法戰爭怪現狀〉，收入阿英編：《中法戰爭文學集》（北京市：中華書局，1957年），頁227。

　　曾樸的《孽海花》裡，描寫了上層社會種種瑣聞軼事，對清政府及其眾多高官的庸碌無能做了大膽的揭露諷刺。書中有個人物叫莊侖樵，就是以張佩綸為原型塑造出來的。曾樸筆下的莊侖樵是很清高的人，有著自己的志向。考取了功名以後，他不願再寄人籬下，謝絕了以前一直在經濟上資助他的堂兄，自立門戶。可是他的妻子不幸早故，缺少了丈人那邊的支持，再加上自己不善經濟，坐吃山空，又不願再吃堂兄的「回頭草」，他經常被人索債，卻一直強撐著門面，就是在這樣的情形下還請人吃飯，死要面子。這樣的困苦使得他開始思考解脫之路，上奏摺彈劾朝臣成為了他生活的轉捩點。他看到大部分官員，無論是京城還是外省的，都錦衣玉食，前呼後擁，而他得了一等第一名卻還是個窮翰林，天天被人追債，又不好在朋友面前說出來，苦悶都憋在心裡。正是因為那些官員「頭兒尖些，手兒長些，心兒黑些」，所以「便一個個高車大馬，鼎烹肉食起來」。而他覺得自己沒有哪裡不如人，卻落得個窮困潦倒，連飯都吃不飽，很是不平，情急之下，走上了彈劾朝臣之路。他一是為了發洩憤怒，不滿官場的黑暗，二是能顯得他「不畏強禦的膽力」，「那直聲震天下，就不怕沒人送飯來吃了」。沒想到憑藉他的文筆，莊侖樵竟然屢擊屢中，滿朝文武，都對他忌憚三分，生怕自己的醜事被他參奏上去，結果他從此不愁吃也不愁穿，天天車馬相隨，又住上了新房子。他見沒有人敢阻攔他，就越發地得意忘形，「朝一個封奏，晚一個密摺，鬧得雞犬不寧」。雖然他的意圖並不完全是為民請命，但是他「撥掉了多少紅頂兒」，惹得「人人側目，個個驚心」，「總算得言路打開，直臣遍地，好一派聖明景象」。正是這樣，所謂「清流派」才登上了歷史的舞臺。莊侖樵這個「方面大耳」有福相的文人，能受重用一是敢於直諫，因為官場腐敗，朝廷正缺乏清議之聲，更主要的是，他的彈劾符合了統治者的要求，統治者可藉此排除異己。中法戰爭中，莊侖樵被

委以軍事重任，一接觸到現實，卻醜態畢露。《孽海花》第六回這樣
寫莊侖樵的雨夜敗逃：

> ……只弄些小聰明，鬧些空意氣，那曉得法將孤拔倒老實不客
> 氣地乘他不備，在大風裡架著大炮打來。侖樵左思右想，筆管
> 兒雖尖，終抵不過槍桿兒的凶，崇論宏議雖多，總擋不住堅船
> 大炮的猛。只得冒了雨，赤了腳，也顧不得兵船沉了多少艘，
> 兵士死了多少人，暫時退了二十里，在廠後一禪寺裡躲避一
> 下。……

　　這就是平日裡侃侃而談、傲視一切的莊侖樵。《孽海花》中莊侖
樵形象的塑造，也表達了作者對中法戰爭時期清政府官吏中「清流
派」的看法。莊侖樵的盛衰代表了清流派的沉浮，也體現了朝廷腐敗
的一個側面。

　　綜上所述，中法戰爭作為中國百年國難史上的重要事件，在鴉片
戰爭後進一步打破了中國社會閉關鎖國的狀況，促進了洋務運動的進
一步發展，促使中國人進一步睜眼看世界，同時也再次暴露了清朝專
制政府的腐敗無能。中法戰爭對文學的影響則是進一步密切了文學與
社會現實的關係，進一步激發了詩人作家憂國憂民的情懷，激發了他
們的責任感與使命感，豐富了文學的主題與題材。詩人作家對中法文
學的描寫與表現，在當時起到了戰爭信息傳播與戰爭宣傳的效果，而
中法戰爭後出現的相關小說與演義作品，則又起到了沉思國難、反躬
自省的愛國教育功能，這些都促進了中國文學由傳統向近代的轉型。

第三章

甲午戰爭文學

　　明治維新後不久，日本在擺脫外侮的同時也模仿西方列強，實施對外侵略。先獲得琉球、臺灣，再占領朝鮮，並通過朝鮮打入中國，成為日本人對外擴張的基本目標。為此，日本不斷對朝鮮進行滲透，採用策劃政變、武裝干預等方式，以圖中止朝鮮與中國的藩屬關係，並不斷挑釁中國。一八九四年七月，日本海軍在朝鮮西海岸豐島水域突然襲擊中國軍艦，對中國不宣而戰。中國軍艦倉促應戰，八百多名士兵葬身大海。七月底，中日陸軍在朝鮮漢城以南的成歡首次交鋒，結果以清軍失敗告終。一八九四年八月一日，中日兩國互相宣戰，甲午中日戰爭由此全面爆發。

　　一八九四年九月十五日，日軍對駐紮平壤的兩萬多名清軍發起總攻，雖經左寶貴等官兵頑強抵抗，但由於清軍平壤總指揮葉志超畏敵如虎，指揮失誤，一些軍官貪生怕死，臨陣脫逃，致使平壤戰役慘敗。一八九四年九月十七日，也就是日軍占領平壤後的第三天，日本的聯合艦隊十二艘軍艦與中國的北洋海軍的十艘軍艦在黃海交鋒，中國近代史上最慘烈的海戰由此爆發。黃海大戰中中國慘敗，日軍基本控制了黃海制海權，為下一步實施花園口登陸進攻遼東半島創造了條件。此後，日本開始實施遼東半島的登陸作戰，旨在奪取旅順和大連。一八九四年十月底，日軍衝破清軍的鴨綠江防線，踏上遼東半島。金州、大連相繼失守。而此時紫禁城中正張燈結綵，慶祝慈禧六十壽辰，諸事擱延不辦。十一月二十二日，日軍攻陷旅順並製造了震驚中外的旅順大屠殺，連續四天屠殺兩萬多人，其中百分之九十是無

辜平民，其餘是放下武器的清軍士兵。十二月，日軍又攻陷海城、蓋平。清軍雖對海城日軍發動五次反攻，均告失敗。日軍又接連攻下牛莊、營口、田莊臺，清軍處處被動挨打，潰不成軍。此後清朝陸軍更是一蹶不振，也動搖了清政府抗擊日寇的信心。

在這種情況下，以慈禧、李鴻章為首的主和派更無意與日軍作戰，專事屈辱求和。先後通過德國人、美國人向日本乞和。但日本為了實現侵略中國的基本目標，無意談判，同時決定進攻山東半島，占領威海衛，封鎖直隸灣，徹底消滅北洋海軍。一八九五年一月，日軍在山東半島登陸，並占領了北洋海軍在山東半島沿海山崗上修築的所有炮臺，使北洋艦隊陷入絕境。在威海海戰中，由於北洋艦隊執行錯誤的「避戰保船」的方針，未能主動出擊，一開始就處於被動局面，愛國將領丁汝昌等北洋艦隊官兵英勇抵抗，但無力扭轉戰局，遂自殺殉國。中國近代建立的第一代新式海軍艦隊就這樣全軍覆沒。

甲午海戰結束後，李鴻章赴日本馬關與日本簽訂了《馬關條約》，條約規定：中國承認朝鮮完全獨立，中國與朝鮮之間的藩屬關係全部廢止；中國割讓遼東半島，臺灣全島及附屬各島嶼及澎湖列島給日本；向日本賠償軍費兩億兩百銀，並開放諸多城市為日本的通商口岸等。《馬關條約》是繼《南京條約》以來最嚴重的賣國屈辱條約，並為日本在此後全面侵華奠定了基礎。《馬關條約》將臺灣拱手相讓，激起了全中國人民的憤慨。各省精英分子均通過種種方式表達震驚與不滿。在清廷拋棄臺灣的情況下，一八九五年五月二十五日，全島民眾在邱逢甲等人的組織下，奮起自主護臺，在臺北宣布成立「臺灣民主國」。六月四日，日軍進入臺北，「臺灣民主國」旋即夭折。此後，臺灣民眾又在劉永福等人的帶領下，頑強展開了臺灣保衛戰，但終因孤立無援，在十月中旬宣告失敗，臺灣全島失陷於日本……

　　甲午戰爭牽動了全國民眾的神經，也對中國近代文壇產生了劇烈的衝擊與影響，並形成了以甲午戰爭為背景、以甲午戰事為主題的甲午戰爭文學，詩人作家們以詩歌、小說、散文等文學形式介入甲午戰爭，隨著戰爭的推進而一喜一憂，隨著戰爭的失敗而悲憤長嘆。對「僨事誤國者」的鞭撻，對英勇抗戰的將領的謳歌，褒貶之間，表現了強烈的愛國情感。

第一節　褒貶之聲

　　在甲午戰爭文學中，詩人作家們或記述戰爭進程、或評論戰爭時局，或表達勝利的喜悅，或反映失敗的悲哀，就散文與小說創作而言，主題則集中於兩點：對「僨事誤國者」的鞭撻，對抗戰將領的稱頌。

一　對「僨事誤國者」的鞭撻

　　甲午戰爭伊始，中國人懷著必勝的信心，所望者惟「當軸諸公」早行大計，痛剿日軍，以快人心。他們各抒己見，出謀劃策，進「芻蕘」之言，慷慨激昂。各種「攘日議」、「備日議」、「籌戰議」、「出奇製勝策」、「平倭芻議」等紛紛見諸報端，反映了中國民間對戰事是何等的關心，對國事的參與意識是何等的強烈。即使中國海軍在甲午戰爭的第一戰——豐島海戰中遭受日軍突然襲擊，損失操江、高升兩艘軍艦，陸軍也在牙山之戰中受挫，中國人民仍然對戰爭充滿信心。一八九四年八月一日的《申報》就登載了一篇文章〈勿以勝負易其氣論〉，希望中國能吸取失敗的教訓，勉勵軍隊「養其氣勿墮其志，持之久勿憚其難」，可謂矚望者深矣。但是，隨著戰事的發展，中國軍

隊越發暴露出的怯懦和無能，日軍所向披靡，中國敗軍失地，損失慘
重。中國人民的失望和憤怒之情愈來愈強烈。「百姓聞勝則喜，聞敗
則憂，聞有內外朋比，勾串外夷，及節制無方，望風驚潰，則無不怫
然怒、譁然罵曰：某某姦臣也，某某庸臣也……」[1]。舉國上下彌漫
著強烈的憤怒情緒。反映在文學作品中，也是鬱結著一股憤懣不平之
氣。從《普天忠憤集》的書名也可看出這一時期的群情民心，正如張
之洞在該書序言中所說：編者是「以其孤憤證諸當代公憤，且合薄海
內外羞憤、義憤、積而成忠憤一書，豈漫欲泄私憤於一旦哉！」文人
們把對戰爭失敗的憤慨之情以文學的形式表達出來，那就是塑造了大
量「僨事誤國者」的形象。在這些形象身上，也反映了作者對戰爭失
敗原因的思考，使得甲午戰爭文學具有了強烈的批判意識。

　　一位自稱「草莽小臣」的讀書人「憤不能宣」而發「狂瞽之
論」，文章的題目就叫〈憤言〉：

> 嗚呼噫嘻！我萬不料中國二十餘省之人民，數百千萬之貲財，
> 兩百餘萬之兵勇而不克削平蕞爾之倭奴，竟一任其暴戾恣睢，
> 橫行海上，逼我藩服，毀我師船。豈以我中國人民不及倭奴之
> 眾歟？貲財不及倭奴之多歟？抑兵勇不及倭奴之驍勇善戰歟？
> 夫亦當軸者未得其人耳。[2]

　　作者對中國軍隊的無所作為憤慨異常，將批評的矛頭直指「當軸
者」。戰事未起之時，由於清政府當局對日本心存幻想，而且相信英
俄等國會出面調停，日本不敢不從，因此，「無論在思想上還是軍事

1　孔廣德編：《普天忠憤集》，收入沈雲龍主編：《近代中國史料叢刊續集》（臺北市：
　　文海出版社，1974年），第23輯，頁6。

2　《申報》，1894年10月1日。

上始終缺乏必要的準備」[3]，以致貽誤戰機，讓日本招招占先，中國處於被動的地位。〈憤言〉的作者一開始就對此做出了批評：「奈何事機懦滯，坐令其反客為主，以致我軍竟無駐足之方耶？」後來的事實也證明了作者的擔憂：「先機已失，後患難彌」。時人將平壤之戰以來清軍的失敗歸咎於「此次之過於延緩」，但作者卻一針見血地指出，這是因為「平日泄泄沓沓以致於斯，積習相沿蓋非一朝一夕之故矣」。他對清政府上至「位重功高」的權臣，下至封疆大吏，陸、海軍官外強中乾、腐化墮落、怠忽職守的醜行進行了揭露和痛斥：

> 噫，我見今之當軸者矣！平日性成畏葸，倪倪佡佡若婦人孺子，然自以為位重功高，頤指氣使，一舉動即深恐開罪鄰國，以致外侮之來任令。承其下風者，文恬武嬉，得過且過，封疆大吏惟知故事奉行，苟不被人糾參，即已心滿意足，決不念綢繆未雨，先事豫防。至於握虎符、擁豹□者則日沉溺於銷金鍋裡、迷香洞中，□姬列於前，俊童侍於側，挏菗消遣，一擲千金。或則寄興梨園，徵歌選舞，餘桃斷袖，穢跡昭章，問以陣法而不知，叩以兵籍而罔曉，惟知逐加股削以厚私囊。統陸軍者無一夜身處營中，管海軍者更終年不在艦內，一至海疆警告，命將出師，則舉止張惶，畏首畏尾，兵不愛將，將不顧兵，甚至如方伯謙者臨陣潛逃，由一而再。當軸者自知瑕疵難掩，亦不敢督責逼嚴，致細小麼麼竟而肆行無忌，稱戈海上抗犯天兵。……[4]

3　戚其章：《甲午戰爭史》（北京市：人民出版社，1990年），頁40。

4　《申報》，1894年10月1日，□為缺字，由於報紙年代久遠，原文文字模糊難辨。

真乃「狂瞽之言」，作者對清政府的批判力透紙背。而整個清王朝的腐敗墮落正是甲午戰爭失敗的根本原因之一。作者的識見可謂深矣。

像這樣將戰爭失敗的原因歸結到清政府整個官僚集團的腐化和墮落的言論多不勝舉。如〈罪言〉一文指出：

> 此非倭奴之猖獗，亦非華軍之畏葸，實官場之惡習有以致之也。夫中國之為官者，非必通敵人也，非必為國蠹也，惟是居移氣養移體，平日高自位置，極聲色狗馬之娛。文則養尊處憂，愛財如命，不知國計，罔識外情，譏以伴食而不妨詡以素餐而不顧，直至兩軍交戰，炮火喧天，猶思忍辱偷生，甘以巨金償兵費，俾得戰事速了，苟免目前。武則粗鄙不文，語以行軍之地圖，炮火之準頭，駛船之通例，則昧焉罔識，充耳不聞，惟知挾妓看花，徵歌選舞，揮金如土，意氣自豪。亦知所揮之金何自而來，則固剝削軍民等於盜泉之類者也，而尚望其能殺敵致果戮力沙場乎？[5]

戰爭的失敗使人們逐漸認清了清政府的真面目，對日本侵華的憤怒和仇恨也逐漸轉向對清朝統治集團方方面面的揭露和批判。如旅順失守後，有人撰文揭露清朝軍隊的種種弊病：「今之為將……餉飽私囊，兵多虛額，將之視兵也如芻狗，兵之視將也如贅疣，情意不相聯，休戚不相顧，一有緩急，誰肯出死力以捍患？且所置槍炮，平時並不裝彈演放，則臨事亦豈能得心應手？而其受病之處尤在乎為將者

5　《申報》，1894年10月5日。

之望風膽落，未戰先逃，……人心之所共憤。」[6]還有人譏諷清朝的
文武官員是：「文官要命不要錢，武官要錢不要命。」[7]

　　人們發現，許多清軍將領由於怯懦、無能、失誤，給戰局造成嚴
重後果，真是「元戎甘割地，上將竟投戈」（鄒增祜〈聞和議訂約感
賦三首〉）；「太息群才皆豎子，何曾一個是男兒」！（張秉權〈哀臺
灣〉），令人扼腕切齒。甲午戰爭文學以文學特有的方式，鞭撻了這些
庸將、敗將、降將的形象。

　　首先，是「逃將」的形象。甲午戰爭中，有不少將領臨陣膽怯，
帶兵先逃。如平壤之戰中的葉志超，豐島海戰中的方伯謙，遼東之戰
中的吳大澄等，都是臭名昭著的逃將。甲午戰爭文學對其進行了辛辣
的嘲諷。

　　洪興全的《中東大戰演義》寫葉志超：

> 卻說葉志超年近古稀，雖稱宿將，亦不過是個貪生怕死之徒。
> 是晚勝了倭人，回寨悶悶不樂，細想：「倭人兵士之勇銳，槍
> 炮之尖利，自問未亦取勝，今日得勝倭人，實乃僥倖之事。釜
> 山諒亦難以持久，倘有疏虞，我老命休矣。」反覆思想，竟難
> 成寐。後心生一計，即刻傳令，謂牙山險阻，不宜駐紮大兵，
> 然其地亦為韓京咽喉，亦不可空手送與人。於是自統其軍，大
> 半退守牙山去訖，只留細半殘卒，把守釜山。由是軍士莫不暗
> 罵其貪生怕死，各有懶漫之心。[8]

　　葉志超退守牙山後，日軍乘勝追擊，又向牙山進攻——

6　〈再論旅順失守事〉，《申報》，1894年12月4日。

7　〈譎諫篇〉，《申報》，1894年12月21日。

8　阿英：《甲午中日戰爭文學集》（北京市：中華書局，1958年），頁145。

葉志超聞倭軍又到，不覺膽落，又思再退。……直至倭軍到
時，乃勉強點兵應敵，戰未數合，全軍奔潰，葉軍退去三十餘
里下寨，查點士卒，喪失大半。葉志超敗了一陣，心中憂悶，
暗想有一日從軍，必有一日喪於倭人之手，倒不如假言戰死，
遠遠逃去，豈不是反為不美，遂心思一計，申報朝廷，假傳牙
山大捷，連日逃出韓邦，走往別國。那時人皆以我牙山大捷，
誰疑我逃走，沿途定必無阻，庶幾可以脫身。……[9]

　　葉志超身為統帥，大敵當前，不謀退敵之策，惟思自保之計。小
說家將這位「貪生怕死」之徒的心理刻畫得惟妙惟肖。
　　程道一在《中東之戰》中寫到甲午戰爭，對葉志超的醜態表現得
更是淋漓盡致。小說首先「抖擻」出了葉志超的發家史：

本來葉志超並無統兵本能，只由李鴻章一手提拔。不過前在朝
陽縣剿匪，捏報了幾個勝仗，李鴻章代為遞折請獎，奉旨賞給
葉志超黃馬褂、花翎並小刀子、火鐮、搬指等件。後來他用錢
收復了幾個匪首，余匪四散，他遂奏報一律肅清，於是調補直
隸提督，直隸兵權雖歸其手。此人身量矮小，既不像個武人，
軍事學又不甚通曉，唯有殘忍嗜殺。記得光緒十六年間兩宮駕
赴東陵，直隸提督有地面之責，在後保駕，凡小偷、小絡、以
及貓子、狗子、小賊或盜馬之犯，論法論罪，均不至死，一被
軍士抓獲，全行栓起，一串跟著一串，都跪在空曠地方只等皇
駕過去，一刀一個，全行殺死，以表示他的軍威。只看他這殘
忍性成，就知這小子沒有好結果，歸齊一敗塗地，拿交刑部問

9　阿英：《甲午中日戰爭文學集》（北京市：中華書局，1958年），頁149。

罪，雖沒砍在市上，身首異處，可是死在獄裡。[10]

　　就是這樣一個對內殘忍異常的劊子手，到了對外御敵時，卻表現得非常無能、懦弱和膽怯。平壤之戰中，葉志超起初驕矜之態可掬：「這位葉統帥高坐城中，就彷彿諸葛武侯守新野，要打退強敵十萬兵似的，談笑自若，如同勝算在握。」日軍突然發起進攻，「志超從睡夢中驚醒，遙望東南方面，煙焰衝霄，殺聲震地，一時不知勝負如何，嚇得魂飛魄散」。聽到倭兵退去的消息，「如同一塊石頭落了地，心裡方覺舒坦，不禁得意洋洋……」[11]。及至平壤城四面受敵，左寶貴請求援兵，葉志超卻「心懷嫉妒，不顧國家大體」[12]，不發一兵，置左寶貴於死地。日軍來勢兇猛，平壤城岌岌可危，葉志超命令懸起白旗，「在帳中來回走溜，已顯出心慌意亂之狀」，並下達了「三十六著，只有走為上策」的逃跑令。「當時各隊將官，莫不垂頭喪氣，莫可如何，只好謹遵帥命，樂得離開危險」[13]。日軍進入平壤城，「方知葉志超故懸白旗詐騙，早已率軍逃走，留下一座平壤城，白白贈送」。敵軍追趕，葉志超僥倖逃脫。小說以厭惡、譏諷的筆調寫道：「幸而他自己留神小心，保住自己的性命，仍用開腿主意，馬上加鞭，又復跑將下去。」[14]

　　小說將葉志超在平壤之戰中的所作所為從頭到尾表現得形象生動，使其無所遁形。作者還借日本將領之口，說出了讓中國人感到恥辱和沉痛的話：

---

10 阿英：《甲午中日戰爭文學集》（北京市：中華書局，1958年），頁249-250。

11 阿英：《甲午中日戰爭文學集》（北京市：中華書局，1958年），頁250。

12 阿英：《甲午中日戰爭文學集》（北京市：中華書局，1958年），頁252。

13 阿英：《甲午中日戰爭文學集》（北京市：中華書局，1958年），頁254。

14 阿英：《甲午中日戰爭文學集》（北京市：中華書局，1958年），頁255。

日本中將野澤，見葉志超畏縮膽怯，毫無能為，遂對他手下將
佐說道：「先前清國的淮軍，名動各國，外國都知是李鴻章所
練，號稱勁旅。我軍自與清國開戰，對於淮軍十分注意。而今
看來，徒有虛名，毫無實際。淮軍如此，其餘各軍一定更無用
了。我軍可以放膽進攻，摧枯拉朽，絕無意外之虞。……[15]

　　作者對中國軍隊的憤怒之情蘊含其中，也藉此曲折地批評了淮軍
的締造者李鴻章。

　　除此之外，黃世仲的《宦海升沉錄》雖以袁世凱一生的宦海沉浮
為主，但寫到甲午戰爭時，也描畫了葉志超「圖功怕罪」的畏葸之
態。[16]

　　以葉志超這樣一位逃將擔任平壤戰場的統帥，難怪清軍會有如此
大的失敗。日本學者藤村道生在《日清戰爭》一書中就指出：「清兵
仍然有繼續戰鬥的可能性。但是，總指揮官的失敗主義招致了大潰
退，使日軍在第二天早晨幾乎是在沒有流血的情況下就占領了平
壤。」[17]

　　其次，是降將的形象。甲午戰爭中著名的「降將」是丁汝昌。據
史書記載，丁汝昌其實並未投降，而是困守在劉公島上的北洋艦隊中
的洋員和威海衛水陸營務處提調牛昶昞密謀投降。洋員勸降時，汝昌
謂：「我知事必出此，然我必先死，斷不能坐睹此事！」[18]最後，在援

15　阿英：《甲午中日戰爭文學集》（北京市：中華書局，1958年），頁255。

16　黃世仲：《宦海升沉錄》（長沙市：湖南文藝出版社，1988年），頁38。

17　〔日〕藤村道生著，米慶餘譯：《日清戰爭》（上海市：上海譯文出版社，1981年），
　　頁105。

18　姚錫光：《東方兵事紀略》，中國史學會主編：近代史資料叢刊《中日戰爭》（上海
　　市：上海人民出版社，2000年），第1冊，頁71。

兵無望的情況下，丁汝昌自殺殉國。但當時輿論不明真相，紛紛譴責
丁汝昌。一八九五年二月廿六日的《申報》刊登了一則報導〈死有餘
辜〉，嚴詆丁汝昌：

> 論者咸謂投降之與死節事屬兩歧，既以不能力戰，不顧辱國，
> 醜顏媚敵，將炮臺兵艦悉舉而屬諸他人，則何必死？既以畏罪
> 自戕，則又何必以保全軍士為名，俯首乞降，致被萬人唾
> 罵？……

　　反映在文學中，黃遵憲的〈降將軍歌〉為諷刺丁汝昌而作，其中
有「兩軍雨泣咸驚疑，已降復死死為誰」的詩句，對丁汝昌的先
「降」後死表示疑問。

　　《中東大戰演義》第十七回〈伊東氏上書勸降丁禹亭獻穿媚敵〉
寫丁汝昌投降事。日本海軍提督伊東右亨作書勸降，丁汝昌「啟書看
罷，不覺淒然淚下，心中無主，憂悶殊常。正在躊躇之間，又有西員
數名，異口同聲，勸其投降，以保眾人之命。丁提督益加無主，遂將
伊東手書之意，與各西人商酌。後」統領進退維谷，遂依眾西人之
意」，並「用諮文回覆倭帥」。諮文中有：「今為保全生靈起見，願停
戰事，所有劉公島現存船隻，及炮臺軍械，悉交貴營」等語。伊東覆
函，並饋送香檳等禮品。丁汝昌回信婉拒，並希望推遲軍械臺艦的交
接時間，以備兵勇卸繳軍裝，收拾行李。丁汝昌寫完信，命手下再往
倭營投遞。「即入帳內，服食洋煙斃命」。這一回的結尾，作者還引了
一首詩：[19]

---

19 阿英：《甲午中日戰爭文學集》（北京市：中華書局，1958年），頁175-176。

世窮力竭尚沉吟，仰藥捐軀謝古今。

獨惜獻船思媚敵，誰能略跡且原心？

可以說，《中東大戰演義》中的丁汝昌是一個懦弱無能的形象，他最後的投降和自盡也充滿了悲涼。

曾樸的《孽海花》中有一則掌故譏諷丁汝昌。威毅伯（即李鴻章）寄給丁雨汀（即丁汝昌）的電報云：

> 復丁提督：牙山並不在漢口內口，汝地圖未看明，大隊到彼，倭未必即開仗！夜間若不酣睡，彼未必即能暗算，所謂人有七分怕鬼也。言紫朝（即葉志超——筆者注）在牙，尚能自固，暫用不著汝大隊去；將來俄擬派兵船，屆時或令汝隨同觀戰，稍壯膽氣。

「韻高（小說中人物太史文韻高——筆者注）看罷，大笑道：『這必然是威毅伯檄調海軍，赴朝鮮海面為牙山接應，丁雨汀不敢出頭，凡飾詞慎防日軍暗襲，電商北洋，所以威毅伯有這覆電，也算得善戲謔兮的了！傳之千古，倒是一則絕好笑史。』」[20]同樣寫丁汝昌的無能和膽怯，《孽海花》卻用諷刺手法，充滿喜劇效果，讓人啼笑皆非。

再次，就是「賣國賊」的形象。在當時的中國人看來，李鴻章是中國的頭號賣國賊，「以一身為萬矢之的，幾於身無完膚，人皆欲殺」[21]。甲午戰爭文學以各種形式對其進行鞭笞和諷刺，抒發對割地賠款的賣國行為的憤怒之情。

---

20 曾樸：《孽海花》（上海市：上海古籍出版社，1980年），頁233。

21 梁啟超：《中國四十年來大事記》（又名《李鴻章》），《梁啟超全集》（北京出版社，1999年），第1冊，頁535。

　　早在戰爭之初，李鴻章主張避戰求和，受到主戰派的攻擊，「朝野益詆鴻章，謂鴻章二心於日本，其子經方久旅日本，曾納日婦，時論謂經方為日本駙馬，鴻章與日本姻婭，乃始終言和，及喪敗賠款，猶謂鴻章有意賣國也」[22]。

　　清政府內部主戰派的代表人物文廷式上〈聯銜糾參督臣植黨疏〉，對李鴻章大加鞭笞，言辭激烈。他將甲午戰爭中清軍的敗舉統統歸罪於李鴻章，「不能不太息痛恨於昏庸驕蹇喪心誤國之李鴻章也」[23]，並歷數李鴻章的罪狀：遷延坐誤；信任私人，不肯早設糧臺；真實洋情，不得上聞，奸欺蒙蔽；廣蓄私人，遍布爪牙，欺罔朝廷；與倭私通。此五者，皆「天下所太息痛恨者」。所以，「李鴻章一日不去」，「潰敗之局一日不能挽回」[24]；「李鴻章一人之去留，實有宗社安危、生民休戚之關係」，懇請光緒皇帝對其「迅賜罷斥」，則「天下幸甚，生民幸甚」[25]。一八九四年十月廿九日的《新聞報》全文登載了這篇奏疏，使之流傳民間，必然會產生一定的輿論效果。

　　甲午詩歌當中也有不少諷刺李鴻章的詩，如芳郭鈍叟的〈馬關四首〉中的一首：

　　　　蒼海胥濤為不平，郝君心術未分明。
　　　　有人夕賣盧龍塞，俄頃朝捐鹿耳城。
　　　　和璧難期秦柱返，鴻毛肯換太山輕。
　　　　阮公湛醉六十日，有女如何肯與兵？

22 羅惇曧：〈中日兵事本末〉，收入阿英編：《甲午中日戰爭文學集》（北京市：中華書局，1958年），頁343。

23 阿英：《甲午中日戰爭文學集》（北京市：中華書局，1958年），頁500。

24 阿英：《甲午中日戰爭文學集》（北京市：中華書局，1958年），頁502。

25 阿英：《甲午中日戰爭文學集》（北京市：中華書局，1958年），頁503。

指責李鴻章的賣國行徑。顧森書的〈馬關和方退廬作〉有「做翁原已癡聾久，怯敵彌教華裔羞」之句。曾經給李鴻章上書，奉勸李鴻章能「公而忘私，國而忘家，反其前日之所為」[26]的張羅澄也有「漫怪相公顏獨厚，創深痛巨苦尋盟」（〈感事〉）的詩句。

民間對李鴻章也深致不滿。《中東大戰演義》中提到民間的一幅對聯：「宰相合肥天下瘦，司農常熟世間荒。」[27]李鴻章乃合肥縣人，上聯便是譏諷他，下聯則譏諷戶部尚書翁同龢。小說還杜撰出一個情節：李鴻章一日在路途之上看到這幅對聯，「明知此聯是譏諷自己，因細想該聯之語，理應不謬，遂亦置之不問」[28]。張羅澄〈上李鴻章書〉中提到他在天津的所見所聞：「自卿大夫以至樵夫牧豎之儔……皆曰：「不怕倭寇來，只怕中堂反」[29]。當時，民間還有這樣一則傳說，北京伶界名醜楊三病故，有人把楊三和李鴻章連在一起做了一幅對聯：

　　　　楊三已死無蘇醜，李二先生是漢奸

據說此聯在當時傳誦甚廣，可見李鴻章被罵為漢奸，真乃萬口同聲。

從文學形象塑造的角度來看，甲午戰爭文學中李鴻章的「賣國賊」形象大多流於公式化、平面化，缺乏對人物行動、心理等的刻畫，沒有「逃將」、「降將」形像那樣鮮活生動。這不能不說是甲午戰

26　〈上李鴻章書〉，收入阿英：《甲午中日戰爭文學集》（北京市：中華書局，1958年），頁541。

27　阿英：《甲午中日戰爭文學集》（北京市：中華書局，1958年），頁179。

28　阿英：《甲午中日戰爭文學集》（北京市：中華書局，1958年），頁179。

29　阿英：《甲午中日戰爭文學集》（北京市：中華書局，1958年），頁539。

爭文學的一個缺憾。值得一提的是程道一《中東之戰》中有關李鴻章馬關議和的描寫。小說寫李鴻章在「朝野人士相率望和，又恨不得立時停戰」的局勢下，「明知兵敗乞和，日本必多方挾制，意外的要求，極難辦理」，但「欲救國家危急」，「不得不奮力前往」馬關議和。面對伊藤博文的譏諷，李鴻章「不禁羞憤交集，臉上一陣發燒，登時沒還出話來，心裡好不難過」。當對方提出先停戰後議和須以中國的三處要津為質時，李鴻章「不禁氣憤填胸」，當即表示「礙難應允」。日方進一步要脅，李鴻章知道對方厲害，「本國的武力已是不敵」，「既不得言戰，自不便反唇相譏，只有忍著氣兒」，「婉言」相對。談判不順，形勢緊迫，李鴻章「落了一肚子氣悶，弄得寢食皆廢」。日本一面談判，一面還在進兵不止，李鴻章更是「焦急異常」，「只是捶胸頓足，無法可施」。又不幸遇刺，最終「流血換得停戰」[30]。小說寫出了李鴻章委曲求和的艱難和內心的屈辱，形象生動。

而對李鴻章的普遍怨恨，實則表現了人們對甲午戰敗和清政府割地賠款的賣國行徑的痛恨。正像梁啟超所指出的：「吾人積憤於國恥，痛恨於和議，而以怨毒集於李之一身」[31]。李鴻章雖然對甲午戰敗負有不可推卸的重大責任，但他一人卻不能左右清王朝日薄西山的命運，不能改變當時的中國落後於世界的局面，而這才是甲午戰爭失敗的根本原因。專制政權統治下的普通老百姓不能也不敢直接去追究朝廷的責任，他們只能從一種樸素的愛國心出發，去聲討某個當事人的過錯。李鴻章這樣的賣國蟊賊，還有那些辱國敗將、降將，就成了人們發洩憤怒的對象。

---

30 阿英：《甲午中日戰爭文學集》（北京市：中華書局，1958年），頁271-275。
31 梁啟超：〈李鴻章〉，《梁啟超全集》（北京市出版社，1999年），第1冊。

二　對抗戰將領的讚美

　　辱國敗將、賣國孟賊讓人們憤怒失望，屈指可數的英勇抗戰的將領則多少給人們帶來一些安慰和希望。在對辱國敗將批判和譴責的同時，詩人與作家們也對英勇抗戰的將領熱情謳歌讚美，其中被稱頌最多的是平壤之戰中的左寶貴，黃海海戰中的鄧世昌和反割臺鬥爭中的劉永福等。

　　《中東大戰演義》於描畫葉志超貪生怕死、棄城逃跑的的醜態之外，極力渲染了左寶貴英勇抗敵、血染征袍的悲壯場面[32]：

> 左軍門聞倭軍兵到，乃即點兵應敵，親立於陣前，頭戴紅纓大帽，紅頂花翎，身穿黃馬褂，督令士卒，放炮助威，軍容甚盛。倭軍未戰之先，已有三分害怕。倭帥亦立於陣前，遙見有穿黃馬褂者，知是左寶貴。遂傳令洋槍隊，謂有能擊倒華軍之身穿黃馬褂者，當有重賞。眾槍手得令，遂各留心向定左軍門攻擊。……副將馬玉昆……陳於左軍門之前曰：「吾看倭人之槍，每每向大帥而擊，吾深為大帥憂。以末將愚見，請將黃馬褂脫下，使倭軍無從分別大帥，方保無虞。」左軍門曰：「吾之黃馬褂，係在疆場出生入死，得蒙御賜，今豈可畏死而去之。」遂不聽馬玉昆之諫，仍恃其勇，於陣前自晨至午，未嘗歇息。……直至午刻，倭人一槍射中左軍門手臂，左軍門恐軍心有慢，忍耐痛楚，仍立陣前，勇加百倍。各兵卒見左軍門帶傷迎敵，絕無退縮之心，不禁軍心憤激，倍加死戰，奮勇爭先，一時槍炮齊鳴，擊斃倭人無數。於是華軍大捷。因左軍門

---

32 阿英：《甲午中日戰爭文學集》（北京市：中華書局，1958年），頁154-155。

傷了左臂，不便追趕，遂即收軍。是晚左軍門之槍口，受毒入
心，及至半夜，溘然長逝。其忠其勇，後人有詩嘆之：
盡孝由來可盡忠，受傷猶欲建奇功。
眷念君恩思授命，後人何處哭英雄。

　　左寶貴的堅持抗戰與葉志超等逃將的所作所為形成強烈對照。
　　還有很多甲午詩歌歌頌左寶貴，如劉掄升的〈弔左鎮軍冠亭〉、
張錫鑾的〈甲午中秋前日左冠亭軍門戰歿平壤詩以弔之〉、王春瀛的
〈甲午三忠詩〉之一的〈左寶貴〉等等。
　　海軍將領鄧世昌也是甲午戰爭文學歌頌最多的甲午英雄之一。詩
歌有繆鍾渭的〈紀大東溝戰事弔鄧總兵世昌〉、王春瀛的〈甲午三忠
詩〉之〈鄧世昌〉、張其淦的〈挽鄧壯節公世昌〉等。一八九五年九
月二十八日的《新聞報》上，還有人作〈送神迎神之曲〉，悼念鄧世
昌的亡魂。

神之來兮，乘素車兮駕白馬。萬丈怒濤相傾瀉，手提長劍斬長
鯨，巨艦橫衝無全瓦。
神之去兮，云為車兮風為旗。耿耿丹忱不可移，再生申甫佐聖
清，為國虎臣滅四夷。

　　歌頌最多的人物應屬劉永福。劉永福，字淵亭。甲午割臺後，劉
永福率黑旗軍堅守臺南，與徐襄等義軍配合，屢挫日軍，終因彈盡援
絕、寡不敵眾，無奈逃回大陸。憤怒於甲午戰爭中清軍將領的無能和
膽怯、蒙受了巨大恥辱的中國民眾將希望寄託在了劉永福身上，對其
進行了熱情的歌頌。有關他的文章、戰記、詩歌、小說等不勝枚舉。
總起來看，甲午戰爭文學所稱頌的劉永福具有以下幾個特點：

首先，他是反對割臺、堅持抗戰的忠義之士。甲午戰敗，臺灣被割與日本，惟劉永福一人能自始至終不棄臺民，「孤身撐日月，隻手挽波瀾」（曹潤堂〈露布傳來夜不能寐因作小詩以志狂喜〉），堅持抗敵，「忠義貫天」，正所謂「主和之相古誠有，將軍忠義今則無」（楊毓秀〈將軍永福歌〉）。

其次，他是百戰百勝、屢建奇功的神異將軍。劉永福鎮守臺南之時，「滬上坊賈，影射小說演義所載牛鬼蛇神之事以相附會，作為劉大將軍平倭記，圖畫其形狀戰績，風行海內。」[33]其中有管可壽齋刊印的《黑旗劉大將軍事實》，記劉永福中法戰爭事。蔡床舊主管斯駿編著的《劉大將軍平倭百戰百勝圖說》、寰宇義民校印的《劉大將軍平倭戰記》以及《劉淵亭大帥大事記》等[34]，記劉永福抗倭事。尤以《劉大將軍平倭百戰百勝圖說》和《劉大將軍平倭戰記》最有代表性。前者圖文並茂，演繹劉永福屢出奇兵，智勝倭兵事。雖為「圖說」，但和章回小說的體例相仿。每兩個「圖說」為一回，講述一個完整的故事。標題採用對仗句式，如：第一、第二圖說：立虎旗臺灣自立，創洪基劉義誓師。第二十一、二十二圖說：倭輪慘遭炮臺炮，漁舟詭設計中計，等等，共三十二圖說，相當於十六回。後者為戰記類作品，分為六卷，「細詳劉大將軍剿倭事蹟」。六卷內容沒有明確說明戰事發生的時間，而且前後重複、矛盾之處很多，散漫無稽，不能算嚴格意義上的戰記。相較之下，《劉大將軍平倭百戰百勝圖說》的藝術價值要高一些。這些「圖說」、「戰記」類作品一個最大的特點就是將劉永福「神異化」，使他「誠偉人也，誠神也，誠亙古未有之異

---

33 易順鼎撰：《盾墨拾餘》，收入中國史學會主編：《中日戰爭》（上海市：上海人民出版社，2000年），第1冊，頁149。

34 這些書是甲午戰爭時期流傳於民間的小冊子，印刷粗劣，不編頁碼，出版地、出版者等皆不可考，中國國家圖書館古籍部有藏。

人也」。[35]記劉永福的相貌：「身中、面赤、微須、虎頭、豹眼，聲音響激」，[36]寫劉永福打仗，「屢次勝倭者，不與交戰，只用計謀」。(《劉大將軍平倭百戰百勝圖說》第十一圖說)如巧用棺材傷敵無數，智設「夜壺陣」燒毀倭艦，更有詐敗、詐降等等，奇計百出，神鬼莫測。只舉第十六圖說〈黃狗逐隊火藥燒營〉，就可見一斑：

> 劉軍奇策層出不窮，有訪田單火牛陣而略變其體者，用黃狗八百隻使人訓練馴熟，知進知退。一日，因倭兵進逼，紮營七座，每座五百人，劉軍乃放出黃狗四百隻，每只頭頂火藥包一個，上置火線，督陣者叱吒一聲，眾狗齊奔倭營，逢人即便亂咬，四處狂奔，狗頭觸處火藥亂噴，所有七營中營帳什物無不被燒，各倭兵驚慌異常，各自逃生間入火藥房中，但聞轟然一聲，喊聲震天，樹石什物衝入霄漢，倭兵之被轟無影者不可數計。一場狗戰，倭兵死剩三百二十一人，且半皆腿上被咬矣。劉軍諸士卒無一出戰者，惟在山巔擂鼓搖旗歡呼拍手而已。鳴金收陣只傷戰狗三隻。

戰爭場面極為精彩，但誇張揚厲隨處可見。除此之外，還寫到種種奇能異事。如某英人謁拜見劉永福，見五個（也有說九個）神態舉止穿戴一模一樣的人都自稱劉永福。有知情者還說像這樣貌似劉永福的人約有二十餘人，且大都勇略兼憂。像這樣浮誇揚厲、荒誕無稽的描寫，給劉永福蒙上了一層神異的色彩。

最後，他是含恨內渡、壯志未酬的末路英雄。劉永福堅守臺南一隅，終因孤立無援、大勢已去而內渡，人們對此表示了深切的理解和

---

35 〈劉大將軍客述孤忠獨立情形〉，引自《劉淵亭大帥大事記》。

36 〈劉淵亭大帥事實〉，引自《劉大將軍平倭百戰百勝圖說》。

同情。如「鯤深瀨淺聲援絕，鹿耳門孤血戰空。十倍才原高將帥，千秋氣竟短英雄」（陳寅〈感劉淵亭軍門永福〉），「畢竟天亡非戰罪，幾回擊楫淚滂沱」（楊文萃〈聞劉淵亭臺南內渡〉），「難鳴孤掌奮，風雨弔臺南」（楊文藻〈聞劉淵亭軍門臺南內渡〉），「孤城無援計終窮，拔隊歸來氣亦雄。猶領殘兵三百騎，勝他夜半走江東」（符天祐〈寄懷劉淵亭軍門〉）。劉永福在人們的心目中依然是英雄，他的內渡是不得已，和那些逃將、降將、賣國賊們的行徑有著本質的區別。

甲午戰爭文學所塑造的劉永福的形象帶有較強的主觀情感色彩，可以說在一定程度上有所神化。之所以如此，原因是從抗法戰爭，到甲午中日戰爭，劉永福一直都是中國人心目中一桿不倒的旗幟，然而像劉永福那樣的智勇雙全的抗戰將領太少了。一八九五年九月十七日的《申報》發表了一篇題為〈答客問劉大將軍事〉，在與諸將比較中，看到了劉永福堅這樣的將領是多可寶貴：

> 夫中國自與日本用兵而後，攻則敗，守則退，凡平時之自命為興朝名將者，一望見日本之旌旗壁壘，無一不戰戰兢兢，面容死灰，奔避唯恐不速。甚至如丁汝昌者，平白地將兵艦十餘號，子藥槍炮無數，拱手而獻之日人。復有徒託空言，封章入奏，洋洋灑灑，慷慨請行，及甫一交綏，而士卒星散，隻身遠遁，依然生入玉門者。而衛汝貴、衛汝成、葉志超、龔照璵、黃仕林之徒，居恒剋扣軍糧，日揮霍於花天酒地。一至用軍之際，生死攸關，仍貪利忘身，多方漁獵。直至上幹天譴，身受嚴懲者，更不足齒於人類矣。獨劉大將軍忠肝義膽，誓不以尺寸之土輕讓敵人，以彈丸黑子之臺南，既乏糧，又無軍械，而能與部下黑旗兵士，戮力固守，累月經年。雖大事無成，終歸退讓，而其皭然不污之志，則固可昭然大白於世間。

人們在劉永福身上寄託了深切的期望。「普天下人民引領跂望我劉大將軍剿平倭寇，戰無不勝，攻無不克，奪還我基隆臺北，長驅直搗倭京，擒俘倭王雪我中朝之恥，償還戰費數百兆，是天下食毛踐土之人民日夜禱告者也。」(《劉大將軍平倭戰記》初集)所以，不管事之有無，道聽塗說，凡能彰顯劉永福戰功者，都附加到他的身上。正如楊毓秀在〈劉將軍歌〉的敘言中指出的那樣：「時局之難，可深浩嘆！區夏可人，實為此公耳。姑從輿人之頌，聊作快心之談，正不必問其事之有無也。」

第二節　悲憤之詩

甲午戰爭失利乃至失敗，不僅對中國社會造成了強烈衝擊，更引起了中國人感情世界的劇烈震顫。甲午戰爭詩歌作為這一時期比重最大、藝術成就最高的文學樣式，發出了最深沉最強烈的悲憤之音。

一　詩人的哀嘆

甲午戰爭期間，舉國上下彌漫著強烈的憤怒情緒。反映在文學作品中，也是鬱結著一股憤懣不平之氣。從《普天忠憤集》的書名也可看出這一時期的群情民心，正如張之洞在該書序言中所說：編者是「以其孤憤證諸當代公憤，且合薄海內外羞憤、義憤、積而成忠憤一書，豈漫欲洩私憤於一旦哉！」文人們把對戰爭失敗的憤慨之情以文學的形式表達出來，那就是塑造了大量「僨事誤國者」的形象。在這些形象身上，也反映了作者對戰爭失敗原因的思考，使得甲午戰爭文學具有了強烈的批判意識。

這種悲憤之情主要表現於甲午戰爭題材的詩歌[37]中。

從甲午詩歌的題目來看，大多以「悲」、「哀」、「感」等直接表達詩人悲愴心情的字眼入題，奠定了全詩的感情基調。如黃遵憲的〈悲平壤〉、〈哀旅順〉、〈哭威海〉、陳玉樹的〈感事悲歌〉、芳郭鈍叟的〈哀旅順口〉、〈哀威海衛〉、曹潤唐的〈感事痛心〉、周錫恩的〈悲田莊〉、李大防的〈哀韓篇〉、成本璞的〈遼東哀〉、張秉權的〈哀臺灣〉、杜德輿的〈哀遼東賦〉等等，還有很多以「感」入題的詩，這「感」也是悲痛之感、悲哀之感。其他詩歌雖沒有直接以這些字眼入題，但表達的內容是一樣的。他們「東望神州涕淚清」（張景祁〈感事〉），「九重南望淚滂沱」（陳玉書〈甲午冬擬李義山重有感〉），「望神州那不傷憔悴」（王鵬運〈鶯啼序〉），「憂時淚苦多」（宋育仁〈感事二首〉）。共同譜寫了一曲曲甲午悲歌。

1 敗兵失地之悲

甲午戰爭帶來的最大悲愴莫過於敗兵失地、國土淪喪。從朝鮮風雲初起一直到馬關簽約戰爭結束，整個戰事牽動人心，每一次兵敗城陷都讓詩人們唏噓不已。即使到了戰後，詩人們追憶往事，心情依舊不能平靜，寫下了一首首沉痛的詩篇。

一八九四年「八月二十日聞平壤之敗」，王樹枏痛感「撤戍銷兵孕禍胎，當年鑄錯事堪哀」。平壤戰役後，清軍全部退至鴨綠江邊，日軍完全控制了朝鮮。曹允源「聞官軍退渡鴨綠江」，憂心忡忡，對戰爭的前途充滿擔憂：「東海何日重清澄，我書軍事徒拊膺。」一八九四年十月二十四日，一路日軍從花園口登陸，十一月六日攻陷金

---

37 本節所引詩歌除有特殊標注的外，均出自阿英編：《甲午中日戰爭文學集》（北京市：中華書局，1958年）。

州。「聞金州陷」，芳郭鈍叟憤恨難平，「只嫌無補是書生」。金州城為
旅順口門戶，金州淪陷，危及旅順。旅順口與威海衛隔海相望，共扼
渤海的門戶，是清政府花費數年心血所建，靡資巨大。詩人黃遵憲曾
有詩贊旅順口之險要：「海水一泓煙九點，壯哉此地實天險！炮臺屹
立如虎闞，紅衣大將威望儼。」可就是這「一夫當關，萬夫莫開」的
天險之地，卻被日軍一朝攻破。詩人們寫下了不少關於旅順的詩篇，
來抒發雄關失守的悲痛之情。王樹枏「十月十七日聞旅順失守」，極
為震撼：

> 忽報雄關坼，羈臣淚滿腮。
> 煙輪東海沸，鐵輪北門開。
> 數載經營力，中興將帥才。
> 如何垂手失，烽火徹光萊。

芳郭鈍叟的〈哀旅順口〉：

> 金州鎖鑰東地維，三面特海背負巇。
> 戈船作鄔軍器監，九攻九距輸墨機。
> 漆城蕩蕩無不有，一旦雷轟資虜守。
> 虜嗤主者先遁逃，利器盡入倭奴手。
> 嗚呼海沸神怒號，奔軍應伏杜郵刀。
> 蛇盤鳥矓天險失，奪還何日犂腥臊？

李葆恂的〈聞旅順炮臺失守感賦〉：

> 賢王海上有高臺，屹立滄波亦壯哉！

　　　　豈謂金蛇銜浪舞，翻令鐵鷗駕天來。

　　　　輪飛苦恨楊麼點，舋渡終思韓信才。

　　　　六郡良家同日死，怒濤卷雪使人哀。

　　還有陳霞章的〈旅順〉，抒發了詩人對「相臣昔日經營地」的旅順如今「又在扶桑樹影中」的無限惋惜之情。

　　日軍侵占旅順後，便對威海衛展開了攻擊。威海衛之戰對北洋海軍造成了毀滅性打擊，「威海各島艦俱陷於倭，北洋海軍盡失」[38]，芳郭鈍叟同樣寫下了哀威海衛的詩句，詩人不明白這樣一個「形勝天然鬼工造」的堅固炮臺，「如何黑雲朝壓壘，壯士夕化蟲沙並！」不禁沉痛地發問：「幾時鞭石駕黿梁，義旗東指王師渡？」渴望收復失地，一雪國恥。還有汪鍾霖的《威海衛》。詩人重遊故地，遠望威海衛，「無端眼底橫山翠」，卻「濁酒船頭意不平」，「怕向漁夫談舊市，愁看鷗鳥下危堤」。一個「怕」，一個「愁」字，道出了詩人的心聲。

　　日軍占領朝鮮後，集結重兵，突破鴨綠江防線，攻入中國本土，在遼東與清軍展開逐城爭奪戰。遼東大地硝煙彌漫，戰爭之慘烈，損失之慘重撼動人心。杜德輿模仿南北朝詩人庾信的〈哀江南〉寫下了長詩〈哀遼東賦〉。賦前有作者的自序文，表明此賦「聊以抒懷，不無感憤之辭，唯以告哀為主」。他「哀」的是中國兵敗之速：「萬眾東征，一朝北潰，風吹電掃，如枯葉焉」；他「哀」的是中國疏於防禦，任敵寇橫行：「遼海無一簣之防，榆關無重籬之備。嶙頭鐵額者，興暴皇年；封豕修蛇者，行災華域」；他「哀」的是中國厄運當頭，兵連禍結，卻挽救無人，回天乏術：「陽爻構運，嗟耿、鄧之不存」，「水府填星，有勳、華而莫救」。真是「天磄地黷，可以流涕太

38 中國近代史料叢刊《中日戰爭》（新知識出版社，1956年），第1冊，頁118。

息者矣！」種種悲哀不能自抑，發而為詩，便有了這篇長賦〈哀遼東賦〉。

作者先追述了「大清」的「煌煌偉業」，繼而筆鋒一轉，「豈知東海潛虬，南山隱豹，高歡以貲財結客，陳勝以旗杆號召」，清王朝外患內憂，一時迸起。日本亦來尋釁，「天假強胡，連兵構禍」。清政府雖選將布兵，但「彼獧獝之成性，正雕鷙之摩秋」，兇狠異常，氣焰正盛。自此到終章，作者極賦體文鋪張之能事，巧用典故、比喻、對仗等修辭手法，聲情並茂地敘述了中日構釁的全過程，可當一部甲午戰爭小史來讀。詩中寫戰爭之激烈，文臣無策、武將無功，清軍之敗狀：

> 師敗鵝軍，陣摧魚麗，燧象狂奔，火牛飆逝。地則沙走塵飛，天則雷轟電掣。華元棄甲而馳，簡子中肩而斃。箕子遺封，一朝授戎。包胥哭於庭上，黎臣痛於泥中。充國無御邊之策，劉錡鮮破虜之功。趙括何知堅壁，周瑜未便乘風。遂乃握炭流湯，沃焦覆甕。怨賦朱儒，悲深子仲。血濺水流，屍填土甕。鎮惡之艨艟不飛，劉晏之船場無用。子反為後殿而奔，馬超為流矢所中。擊鼓遺桴，藏軍覓洞，電彩交馳，風聲亂哄。退師何止三舍，坑卒至於萬眾。……於是賊焰紛騰，陣雲莽蕩。敗則卷霧先逃，退則聞風四望。……將敗兵窮，山崩瓦列。火焚其旗，車亂其轍。……摧勁弩之三千，棄連營之七百。……

中國軍隊傷亡慘重，「談虎變色」，遂避戰不出，「閉壁有餘，破竹無勢。」戰事不堪至此，作者不禁感慨：「墨子顧而生悲，君山感而流涕」。不得已中國與日本議和，賠款割地，作者更是悲憤交加：「一敗至此，云胡不戚！」但作者沒有灰心失望，他呼籲「袞袞諸

公」，「同寅協恭，」「興利除弊，補漏彌縫。」渴望有朝一日能「與君痛飲，直抵黃龍。支持大廈，以御群凶。」

甲午戰敗，中國向日本屈辱求和，將臺灣全島及所有附屬島嶼讓與日本。《馬關條約》簽字的當天，割臺的消息便傳到了臺灣。「臺人驟聞之，若午夜暴聞轟雷，驚駭無人色，奔相走告，聚哭於市中，夜以繼日，哭聲達於四野。」[39]臺灣無端遭棄，詩人們對此也是悲憤交加。張秉銓寫下了〈哀臺灣〉的詩句：

> 無端劫海起波瀾，絕好金甌竟不完。
> 陰雨誰為桑土計！憂天徒作杞人看。
> 皮如已失毛焉附？唇若先亡齒必寒。
> 我是賈生真痛哭，三更捫枕淚闌干。

悲痛之情溢於言表。

中日甲午戰爭期間，曾赴臺灣任布政使，積極投身反割臺鬥爭，參與組建臺灣民主國，起草《臺灣民主國宣言》的陳季同，在鬥爭失敗，含恨離臺內渡之後寫下了〈弔臺灣四律〉的詩篇。詩人對他曾經生活和鬥爭過的地方飽含深情，割臺之痛更深。其中第四首詩云：

> 臺陽非復舊衣冠，從此威儀失漢官。
> 壺嶠居然成弱水，海天何計挽狂瀾？
> 誰雲名下無虛士，不信軍中有一韓。
> 絕好湖山今已矣，故鄉遙望淚闌干。

---

39 江山淵：〈徐驤傳〉，《小說日報》第9卷第3號。

詩中「絕好湖山今已矣，故鄉遙望淚闌干」的詩句，可謂痛徹心扉，至今讀之，猶讓人震撼。

甲午戰爭讓中國人記住了馬關這個日本地名，因為正是在這裡，李鴻章代表清政府簽訂了承認戰敗的《馬關條約》，條約中規定的割地、賠款諸項，史無前例，將中國推向了近乎亡國的邊緣。於是馬關成為中國人最大的「傷心地」，它勾起的是中國人最慘痛的回憶。啟明的〈過馬關〉就是這種心情的生動寫照：

> 碧水無情萬古流，當年會此媾合謀。
> 傷心又見傷心地，怕過馬關東渡頭。

吳汝綸一連寫下了兩首詠馬關的詩，第一首〈馬關〉：

> 萬頃雲濤玄海灘，天風浩蕩白鷗閒。
> 舟人那識傷心地，為指前程是馬關。

和啟明的詩抒發的感情是一致的。第二首〈過馬關〉：

> 願君在莒幸無忘，法國摧殘畫滿牆。
> 聞道和親有深刻，欲移此碣豎遼陽。

表明要銘記馬關之恥。

甲午戰爭給中國帶來的災難絕不止於開啟了日本的侵略野心，正所謂「肉投饑虎虎愈驕，一虎得肉群虎嗥。」（陳玉樹〈感事悲歌〉）甲午戰後，英法俄等各國列強在中國掀起了瓜分狂潮，中華大地處處遭受侵吞。詩人們在甲午戰爭之時已經預感到了這場浩劫，「東夷未

靖憂西戎」（同前）。倪在田《枯生松齋集》裡的一組詩，均以「望」
字加一地名為題，如〈望旅順〉、〈望吉林〉、〈望秦島〉、〈望威海〉、
〈望九龍〉等十八首詩歌，詩人從北到南，從東到西，從被日軍侵占
的旅順、吉林等地一直「望」向南方被英國控制的九龍、廣州灣，再
到西南部被法國納入勢力範圍的雲南蒙自、海南瓊州，最後到被英國
侵略的西藏，被俄國覬覦的新疆。在每首詩裡，詩人或追述該地悠久
的歷史文化，或描繪該地雄偉壯闊的地理環境，可惜就是這「撫我育
我」、「鬻我衛我」（〈望吉林〉）的國土卻要淪入侵略者之手，詩人怎
能不悲、不痛？如〈望威海〉：

> 猛士按劍熊津道，汗血名駒齕秋草。
> 都護高車四十王，扶桑花落東瀛早。
> 倭奴金甲盡痕穿，撲地歌鍾趵突泉。
> 風塵覿面邱山起，愁讀臨江節士篇。

詩人追憶了西元六六三年中國和日本在朝鮮半島進行的中日歷史
上的第一次軍事對抗。在這場戰爭中，日軍慘敗，唐朝大將劉仁軌
「遇倭兵於白江之口，四戰捷，焚其舟四百艘，煙焰漲天，海水皆
赤，賊眾大潰」[40]，立下大功。一千多年後的今天，「倭奴」再次來
犯，卻輕易地攻城掠地，侵我河山，撫今追昔，詩人不覺愁思滿懷。
再如〈望閶門〉中有「寶帶橋，倭逍遙」兩句，寫出了《馬關條約》
簽訂後，蘇州被迫向日本人開放，而蘇州的閶門自古以來就以熱鬧繁
華著稱，這裡橋似寶帶，如詩如畫，如今卻只能任日人自在「逍
遙」。在〈望九龍〉一詩中，發出了「東莫輕寧古塔」、「南莫棄九龍

---

40 《舊唐書‧卷八十四‧列傳第三十四‧劉仁軌傳》（北京市：中華書局，1975年）。

山」的悲號。這也許就是甲午戰後中國人共同的心聲。

2 百姓罹難之悲

戰爭最直接、最大的受害者莫過於戰地的平民百姓,「世亂惟民苦,流離道路難。」(趙濬〈邊外雜詠〉)「共欽右相丹青筆,難寫流民水火圖。」(諸可寶〈擬少陵體諸將詩〉)這些飽受戰爭之苦的人們也讓詩人們為之悲憫。

旅順屠城是甲午戰爭中最聳人聽聞的一幕,有毛乃庸的〈赤嵌城〉為證:

> 赤嵌城頭鬼夜哭,白骨如山壓城麓。炮雷一陣城門開,長須蝦夷海上來。馬前酋長發新令,文物衣冠更舊政。峨峨大島懸南天,狂榛一啟三百年。詩書禮樂慕王化,奈何從此污腥膻?蝦夷得意肆荼毒,日日括金還括粟。姬姜憔悴執盤匜,王謝流離虎廝僕。橫行淫掠復何堪,輕乃拘囚重誅戮。城中碧血化青磷,城外狐狸飽殘肉。天寒日暮哀遺民,北望神州淚盈掬。淚盈掬,鬼夜哭。不恨蝦夷不訴苦,但恨生不得為中國民,死不得葬中國土。

在這首長詩中,作者懷著沉痛的心情斥責了日本的暴行,日本軍人在中國的領土上如虎廝僕、大加殺戮,讓「詩書禮樂」的國度從此「王謝流離」、「污腥膻」,製造了「城中碧血化青磷,城外狐狸飽殘肉」的慘景。雖然不是正面的細節描寫,但是對人心的震撼力量卻毫不遜色。在〈叢氏抄存・祭乙未殉難諸公文〉中,作者也描述到:

> 吾想夫大難之方興也,官軍鼠竄,倭寇鴟張,兵馬紛擾,突圍

村莊，操戈入室，持刀登堂，折毀我屋房，搜取我衣裳，糟蹋
我黍稷稻粱，屠殺我雞犬牛羊；一至昏黃，四起火光。奈何變
生不測，事出倉皇，欲救禍反遭奇禍，欲消殃而竟罹凶殃！當
其時，或以子救父而首犯鋒芒，或以弟救兄而身被旗槍，或被
髮纓冠以救鄉鄰不轉瞬而僕屍道旁。是以孝子悌弟仁人義士之
骨肉而供吞噬於熊虎豺狼，能不令人痛心疾首而嘆天道之茫
茫，⋯⋯[41]

作者憤怒地揭露侵略軍的禽獸行徑：操戈入室、搶劫殺人，無惡
不作。

周錫恩記錄下了甲午戰爭中普通人的悲慘遭遇。臺莊之失，清軍
慘敗而退，「老嫗哭兒妻哭夫，淚痕斑盡湘江竹」（〈悲田莊〉）。戰爭
陰雲籠罩下的遼東一帶的山村，更是一派荒涼，山民求生無路：

山村雨暗姜花落，溪流幽幽如轉索。
田荒秧槁耕者稀，惟見逃牛出林薄。
傳聞倭夷寇遼海，擬買洋槍出燕、朔。
將軍喜和不喜戰，縱有頭顱無處斲。
山民住山多賣薪，一束廿錢供飲啄。
去年蟲吃松樹死，萬仞蒼岩皆濯濯。
欲挑北鹽取腳值，官禁私梟遭捕捉。
謀生無術斯揭竿，此理皦然群不覺。
民胥及溺沒能援，溫飽我曹真汗怍。
歸歟吾士信不惡，誓把長攙劚山藥。

---

41 戚其章主編：《中國近代史資料叢刊續編‧中日戰爭》（北京市：中華書局，1994
年），第6冊，頁250。

詩人滿腔同情卻愛莫能助。

日軍占領臺灣後，對臺灣人民實行血腥統治，「蒼生蹂躪傷盈野，紅女伶丁禁閉門」（張秉銓〈哀臺灣〉），其殘酷程度令人髮指。毛乃庸的〈赤嵌城〉，副標題「哀臺民也」，就是日軍統治下臺民非人生活的真實寫照：

> 赤嵌城頭鬼夜哭，白骨如山壓城麓。
> 炮雷一震城門開，長須蝦夷海上來。
> 馬前酋長發新令，文物衣冠更舊政。
> 峨峨大島懸南天，狂榛一起三百年。
> 詩書禮樂沐王化，奈何從此污腥膻！
> 蝦夷得意肆荼毒，日日括金還括粟。
> 姬姜憔悴執盤匜，王、謝流離涮廝僕。
> 橫行淫掠復何堪！輕乃拘囚重誅戮。
> 城中碧血化青磷，城外狐狸飽殘肉。
> 天寒日暮哀遺民，北望神州淚盈掬。
> 淚盈掬，鬼夜哭。不恨蝦夷不訴苦，
> 但恨生不得為中國民，死不得葬中國土。

日軍侵占下的臺灣就是一座人間地獄，臺民身遭荼毒，心念祖國，可惜腐敗懦弱的清政府已無力拯臺民於水火。詩人滿腔悲憤，詩歌字字血淚，撼人心魄。

李葆恂有一首詩〈捉人行〉，記敘了詩人親眼所見的官兵抓丁的慘劇，和杜甫的〈石壕吏〉堪稱異曲同工。詩人坐船，見一縴夫被官兵捉住，縴夫「身有老母七十餘，望兒歸養長倚閭」，但官兵毫無同情之意，威脅他「爾行不速將爾屠！」縴夫只好「行行不敢稍踟

躪。」詩人一旁見之，雖然同情，卻也無能為力：「嗟我落寞猶窮途，無力不得緩尔驅」，只能安慰他「行矣勉之為後圖」。詩人的船沒有縴夫牽引，只好棄舟登岸，又「行逢老翁泣路隅」，老翁哭訴自己的悲慘遭遇：「兵過田為墟，捉人雞鴨牛羊豬，一男捉去身羈孤，殘年向盡生何辜？」悲悲切切，讓人不忍卒聽。詩人發出了這樣的感慨：

> 我聞此語重唏噓，蒼天何忍生狼貙！
> 何時異種俱誅鋤？倔息兵革戶免租，
> 人爵一級賜大酺，村村擊壞樽四衢？
> 黃童白叟相嬉娛，坐令四海歌唐、虞。

「誅鋤異種」，驅逐侵略者，還老百姓一個太平盛世，是詩人的希望，也是飽受戰亂的人們最痛切的期望。

二 黃遵憲的甲午組詩和丘逢甲的「失臺」之痛

在所有甲午詩歌當中，最具代表性的是黃遵憲和丘逢甲的詩作。歷來的研究者都稱黃遵憲的詩為「詩史」，可以說這是抓住了黃詩的最大特點。黃遵憲按照戰爭的發展進程，依次以詩歌的形式呈現了甲午戰爭中每一次帶有決定性意義的戰役。如〈悲平壤〉寫「甲午戰爭期間中日兩國陸軍的一次決戰」平壤之戰[42]。〈東溝行〉記「規模之巨大，戰鬥之激烈，時間之持久，在世界近代海戰史上罕見的」大東溝外的黃海海戰[43]。〈哀旅順〉和〈哭威海〉分別記「東洋第一堅壘」的

---

42 戚其章：《甲午戰爭史》（北京市：人民出版社，1990年），頁92。

43 戚其章：《甲午戰爭史》（北京市：人民出版社，1990年），頁165。

旅順之失和致使北洋海軍全軍覆滅的威海之戰。〈馬關記事〉由五首詩構成，抒寫詩人對馬關議和的強烈憤慨。〈臺灣行〉記敘了臺灣被割、臺民鬥爭和最終失敗的全過程。黃遵憲的甲午詩歌不但有對歷史事件的敘述，也有對歷史人物的臧否，〈降將軍歌〉、〈度遼將軍歌〉就分別表明了詩人對丁汝昌和吳大澂這兩位甲午戰爭中頗受爭議的人物的態度。這正是詩人所提倡的「詩之外有事，詩之中有人」[44]。同時，在每首詩歌中詩人都融注了自己的情感，「上感國變，中傷種族，下哀生民」。[45]他的甲午詩歌作為「詩史」並不是對歷史事件的平淡、客觀的記錄，而是經過詩人的感情過濾，滲透著詩人對歷史的評價，是甲午戰爭的情感化的顯現。王遽常在《國恥詩話》裡就說「黃公度按察於牙山外，皆有長歌當哭」，這些詩飽含著詩人的眼淚和悲痛。需要指出的是，黃遵憲的這一組甲午詩歌並非寫於甲午戰爭之時，而是作於戰爭結束三年後的一八九八年年末。正因為此，詩人才能對甲午戰爭有一個宏觀的把握，所抒發的感情才凝聚著理性的力量。

看詩人筆下的平壤之戰[46]：

黑雲草山山突兀，俯瞰一城炮齊發。

火光所到雷轟隆，肉雨騰飛飛血紅。

翠翎鶴頂城頭墮，一將倉皇馬革裹。

天跳地踔哭聲悲，南城早已懸降旗。

三十六計莫如走，人馬奔騰相踐踩。

---

44 黃遵憲：〈人境廬詩草自序〉，收入黃遵憲著，錢仲聯箋注：《人境廬詩草箋注》（上海市：上海古籍出版社，1981年）。

45 康有為：〈人境廬詩草序〉，收入黃遵憲著，錢仲聯箋注：《人境廬詩草箋注》（上海市：上海古籍出版社，1981年）。

46 黃遵憲著，黃遵楷編：《人境廬詩草》（清宣統三年（辛亥1911年），鉛印本，抄刻地不詳）。本文所引黃遵憲詩歌均選自此書。

驅之驅之速出城，尾追翻聞餓鷗聲。

大東喜舞小東怨，每每倒戈飛暗箭。

長矛短劍磨鐵槍，不堪狼藉委道旁。

一夕狂馳三百里，敵軍便渡鴨綠水。

一將囚拘一將誅，萬五千人作降奴。

　　戰爭的激烈場面和清軍將領倉皇潰逃的情形躍然紙上。詩人的悲憤之情就隱藏在對戰爭敘述的字裡行間。「翠翎鶴頂城頭墮，一將倉皇馬革裹」寫平壤之戰中堅持抵抗終因寡不敵眾而殉難的左寶貴，「三十六計莫如走，人馬奔騰相踐踩。驅之驅之速出城，尾追翻聞餓鷗聲」寫撤兵敗逃的葉志超，詩人的愛憎之情在這種對比中清楚地表現出來。這是陸戰，再看〈東溝行〉一詩寫海戰：

濛濛北來黑煙起，將臺傳令敵來矣，神龍飛行尾銜尾。

倭來倭來漸趨前，綿綿翼翼一字連，倏忽旋轉成渾圓。

我軍瞭敵遽飛炮，一彈轟雷百人掃，一彈星流藥不爆。

敵軍四面來環攻，使船使馬旋如風，萬彈如錐爭鑿空。

地爐煮海海波湧，海鳥絕飛伏蛟恐，人聲鼓聲噤不動。

漫漫昏黑飛劫灰，兩軍各挾攻船雷，模糊不辨莫敢來。

此船桅折彼釜破，萬億金錢紛兩墮，入水化水火化火。

水光激水水能飛，紅日西斜無還時，兩軍各唱鐃歌歸。

從此華船匿不出，人言船堅不如疾，有器無人終委敵。

　　中日海軍之間這場歷時四個多小時的激烈異常的交鋒，被凝聚在一首詩裡，得到了集中、形象的展現。詩人在描述戰爭經過的同時，還指出了中國海軍的弊端：「一彈星流藥不爆」，彈藥品質太差；「人

言船堅不如疾」，艦速遲緩；而決定戰爭成敗最關鍵的因素還是人，「有器無人終委敵」，反映了詩人對戰爭的深層思考。

〈哀旅順〉一詩，作者先用大量文字描寫旅順的天險之勢，牢不可破之狀，最後一句筆鋒突轉：「一朝瓦解成劫灰，聞道敵軍蹈背來！」反差之大，對比之強烈，撼人心魄，也可以想見詩人聞旅順失守時的震驚之情。

〈哭威海〉全詩採用三字句的形式，音節急促。「敵未來，路已窮；敵之來，又夾攻。敵大來，先拊背；榮城摧，齊師潰。南門開，犬不犬；金作臺，須臾廢。萬鈞炮，棄則那；炮擊船，我奈何；船資敵，力猶可；炮資敵，我殺我！……」詩人彷彿就在戰爭現場，眼看著城池陷落，船炮資敵，焦灼悲痛，泣不成聲。黃遵憲的詩歌達到了形式與內容的完美統一。

〈降將軍歌〉寫丁汝昌死後，劉公島上的清軍向日軍投降，這標誌著北洋艦隊全軍覆滅。「艦隊十一艘及劉公島各炮臺軍資、器械盡納於倭，我海軍遂掃地盡矣。」[47]「日軍既受降，乃以康濟艦載汝昌櫬送於煙臺……」[48]詩人對此事的敘述更加感傷：

> 可憐將軍歸骨時，白幡飄飄丹旐垂，中一丁字懸高桅。
> 回視龍旗無子遺，海波索索悲風悲。悲復悲！噫噫噫！

〈臺灣行〉「詠臺灣之亡，其辭甚痛」[49]。詩一開始，作者就掩抑

---

47 姚錫光：《東方兵事紀略》，收入中國史學會主編：中國近代史資料叢書《中日戰爭》（上海市：上海人民出版社，2000年），第1冊，頁72。

48 羅惇融：〈中日兵事本末〉，收入阿英編：《甲午中日戰爭文學集》（北京市：中華書局，1958年），頁351。

49 王遽常：《國恥詩話》，收入沈雲龍主編：《近代中國史料叢刊》（臺北市：文海出版社，1967年），第4輯。

不住自己的悲痛之情：「城頭逢逢雷大鼓，蒼天蒼天淚如雨，倭人竟
割臺灣去。」「天胡棄我天何怒，取我脂膏供仇虜」，清政府棄臺灣於
日本，既是「我高我曾我祖父」世代生活在臺灣的臺民所不解也是詩
人的困惑。「眈眈無厭彼碩鼠，民則何辜罹此苦？」詩人代臺民發出
了沉痛的控訴。雖然臺灣人民進行了頑強的抵抗，「人人效死誓死
拒，萬眾一心誰敢侮？」但最終還是被日軍殘酷鎮壓，「我輩生死將
軍操，敢不歸依明聖朝？」臺民在無奈之下只有「歸順」。「噫嚱吁！
悲乎哉！汝全臺，昨何忠勇今何怯，萬事反覆隨轉睫。平時戰守無豫
備，曰忠曰義何所恃！」詩人悲憤難當，批評臺灣的當政者失職。可
惜，已經於事無補，詩人心中的悲痛可想而知！

　　另一位具有代表性的詩人丘逢甲，生於臺灣，長於臺灣，並親身
經歷了故土被割、臺民鬥爭、鬥爭失敗的全過程。如果說黃遵憲的詩
歌是從整個甲午戰爭的宏觀的角度反映了中國知識分子受到的心靈衝
擊，那麼，丘逢甲的詩歌就是從一個具體的角度表達了被戰爭奪去家
園的中國人巨大的悲痛之情。

　　邱逢甲內渡後，「自署為臺灣之遺民，日以賦詩為事。而故國之
思以及鬱悒無聊之氣盡託於詩。」[50]他最為人熟知的一首詩是著名的
〈春愁〉[51]：

　　　　春愁難遣強看山，往事驚心淚欲潸。
　　　　四百萬人同一哭，去年今日割臺灣。

---

50 江瑔：〈丘倉海傳〉，收入沈雲龍主編：《近代中國史料叢刊》（臺北市：文海出版
　　社，1970年），第55輯，頁761。

51 丘逢甲：〈嶺雲海日樓詩抄〉，收入沈雲龍主編：《中國近代史料叢刊》（臺北市：文
　　海出版社，1970年），第55輯。本文所引邱逢甲詩歌均出自此書。

　　臺灣淪陷，詩人內渡已經一年，回首「去年今日」臺灣被割事，歷歷在目，詩人心如刀絞，想要掩藏心中的悲痛卻掩飾不住。這首詩集中體現了丘逢甲的「失臺之痛」。

　　對臺灣故土的思念時刻縈繞心間，不曾一日忘懷。就連做夢，夢見的也是臺灣：「不知成異域，夜夜夢臺灣。」（〈往事〉）元夕佳節，詩人由鼇形彩燈想到寶島的淪陷，潸然淚下：「看到六鼇仙有淚，神山淪沒已三年」（〈元夕無月〉五首其一）。他無心賞月，不禁發出了「明月多應在故鄉」的感嘆，表達了一個有家不能歸的遊子對故鄉最深的眷戀。

　　臺灣被日軍占領，丘逢甲含恨內渡以後，一切都恢復了平靜，「更無人說奪崑崙」（〈元夕無月〉五首其一）。時人不復有收臺之心，惟有詩人心念故土。身處內地缺少知音的孤獨感，雖有「百年如未死，捲土定重來」（〈送頌臣之臺灣〉）的壯志卻不得伸的失落感，歸臺無望的沉重感以及對故鄉深切的思念之情交織在一起，融注到丘逢甲的詩歌當中，悽愴悲涼，哀婉動人。〈秋懷八首〉便是這種種複雜感受的結晶，堪與杜工部的〈秋興八首〉媲美。節取其中幾首來看：

> 如此乾坤付越吟，剩將詩卷遣光陰。
> 鏡中白髮愁來早，衣上緇塵劫後深。
> 半壁河山沉海氣，滿城風雨入秋心。
> 留侯博浪椎無用，笑撫殘書酒獨斟。
>
> 古戍斜陽斷角哀，望鄉何處築高臺。
> 沒蕃親故無消息，失路英雄有酒杯。
> 入海江聲流夢去，抱城山色送秋來。
> 天涯自灑看花淚，叢菊於今已兩開。

（中略三首）

連天衰草悵蕭辰，憔悴秋風淚滿巾。
果下近游思賈馬，蘆中小隱任呼人。
渡江早慮胡分晉，蹈海終撓趙帝秦。
收拾鈐韜付兒輩，乾坤潦倒腐儒身。

莫笑談瀛膽氣粗，眼前時局古來無。
未容樊噲誇功狗，終遣林宗嘆屋烏。
浮海已憐吾道廢，移山誰憫此公愚。
江湖且作扁舟計，滿地秋容雪點蘆。

菊恨蘭悲閟眾芬，天南牢落悵離群。
客愁竟夕憐江月，鄉夢千重隔嶺雲。
長笛且吹新道調，短衣誰識故將軍。
雄心消盡閒情在，四海無家獨賣文。

　　可以說這八首詩是詩人的自畫像，描繪了一位「失路英雄」、「潦
倒腐儒」的形象。這既是詩人的自嘲，其中也蘊藏著難以言說的辛酸。
正像詩歌的最後一句所寫的那樣：「雄心消盡閒情在，四海無家獨賣
文。」詩人抗擊侵略者保衛故鄉的「雄心」在清政府的碌碌無為中一
點點地消耗著，只落得一個四海無家賣文為生的下場。可悲可嘆！
　　總之，以黃遵憲的甲午組詩和丘逢甲的「思臺」詩為代表的甲午
詩歌像一幅風雲壯闊的甲午戰爭的歷史畫卷，集中展現了戰爭的全
貌，反映了中國知識分子在戰爭中受到的心靈衝擊。他們時刻關注著
戰爭的進程，心繫兩軍的勝負。中國軍隊的慘敗讓他們心痛；中國老

百姓在戰爭中的悲慘遭遇讓他們同情；國土淪喪，家園淪為異域的殘酷現實讓他們悲泣。一首首慷慨悲壯的甲午詩歌沾染著戰爭的烽煙，飽含著詩人的血淚。它們共同的感情主題就是「悲愴」，這悲愴發自每一個經受甲午國難的中國人的心底。

第三節　幻滅與反思

甲午戰爭對中國人的感情衝擊不管是範圍還是強度都是前所未有的。正如葛兆光先生在〈一八九五年的中國：思想史上的象徵意義〉一文所指出的那樣：「『心情』只是一個描述感性的詞語，但『心情』如果成了社會上一種普遍彌漫的情緒，卻是促成理性思索的背景，思想史不能不注意心情的轉化。正是在這種普遍激憤和痛苦的心情中，再保守的人也都希望變化自強。」[52]正因為如此，人們在悲痛和憤怒之餘，痛定思痛，深刻反省。探索戰爭失敗的原因、反思自身文化的缺陷，成為戰後中國社會的主要思潮。正是甲午戰爭的失敗，才使得中國人「天朝上國」的迷夢徹底破滅，促使中國人重新認識日本、認識世界、認識自我。這一點在甲午文學中有著生動的反映。

一　對日觀念的形成與幻滅

經過兩次鴉片戰爭和中法戰爭之後，中國人不得不接受西方國家比自己強大的事實，在西洋人面前甘拜下風，而在東亞卻依然保持著「天朝上國」的憂越感，視東鄰日本為「蕞爾小國」，根本想不到小小的日本會有「犯上」之舉。甲午戰爭時期（尤其是戰爭前期），中

---

52 《開放時代》2001年第1期。

國人也很少用「日本」來稱呼對方。「倭」、「倭人」幾乎是日本和日本人的代稱，使用頻率極高，同時，還把「蕞爾」、「麼麼」、「蠢」等等特徵性的詞語附加於前，甚至直接指稱日本，「蠢彼日本」、「蕞爾小國」的叫法比比皆是。如「以堂堂大國，見蔑於蕞爾麼麼[53]，此恥未雪，則不可和者一也」；[54]「今既有倭事，相衡而後，知平日因循苟且，不知訓練兵卒，修整器械，養育人才，購置巨艦之所誤實多，致天戈所指，雖蕞爾之倭，猶不能盡殲醜類，以掩其平日所為」[55]等等議論，皆反映了時人的日本觀。配合這種「蕞爾」、「麼麼」、「蠢」的形象性稱呼的，是從地理與國家實力上對日本的蔑視：

> 今夫倭奴，一東瀛島國耳。其土地彈丸蕞爾，尚不及於暹羅；其風俗駁雜澆漓，又遠遜於中國。獨性情堅忍，不辭勞瘁。[56]倭人以島國為國，土地不及中國之大，人民不及中國之眾，財賦不及中國之豐，一旦與中國失和，宜其兵敗成擒，貽天下笑！……不知倭之幸勝者，實天欲益其驕盈，速其滅亡，將假手中國擣而平之也。[57]

為了說明日本可輕，時人還經常地把日本和西人進行對比。光緒

---

53 著重號為筆者所加，下同。

54 〈決戰策〉，收入戚其章編：《中國近代史資料叢刊續編‧中日戰爭》（北京市：中華書局，1994年），第12冊，頁321。

55 〈論倭事為中國之福〉，收入戚其章編：《中國近代史資料叢刊續編‧中日戰爭》（北京市：中華書局，1994年），第12冊，頁284。

56 〈縱論中倭大勢〉，收入阿英編：《甲午中日戰爭文學集》（北京市：中華書局，1958年），頁488。

57 〈論中國宜結英制倭〉，收入戚其章主編：《中國近代史資料叢刊續編‧中日戰爭》（北京市：中華書局，1994年），第12冊，頁310。

二十年（1894）六月十七日，安維峻上〈請明詔討倭片〉，其中對中日開戰的趨勢作了預測：「臣知日本必不戰而遁矣。萬一不退，彼曲我直，戰士之志必奮。以法國之強，前此尚為我曲。況日本兵力遠遜法人，勝負之數不待著龜！」[58]黃慶蘭的〈論倭事為中國之福〉，也把日本和俄國進行了對比：

> 嗟乎！日本一弱小國耳，土地不及俄廣，國家不及俄富，兵甲不及俄強，器械不及俄精。日本與俄，猶泰山與卵也。而今日者，兵釁已起數月，中國所發兵卒糧糈，至精至多，乃猶未見破滅倭人，恢復韓京，兵連禍結，不知何底？況以富強狡黠如俄者，顧乃可與倭人同語而不加之意歟？此愚所謂以今日之事為中國之福也……使過今日見綑絀於弱小之倭，則我君臣上下知倭之不可輕，愈知我之不可敵，斯有以見暮鼓晨鐘，發人深省，而為之革故鼎新，轉禍為福矣。[59]

當時持類似觀點的，並非個別現象。人們把土地、經濟、兵甲、器械作為參數，將日本與俄國、法國，甚至其他西方強國相比，論證日本實力之不如。

對日本的輕視，進而表現在戰爭策略的選擇上。甲午戰爭伊始，除了少數主和派之外，最大的呼聲是主戰。仔細閱讀主戰人士的時論和奏摺，我們會發現到處充滿大清王朝的自負和對日本的蔑視。主張速戰的言論認為：日本夜郎自大，不過是外強中乾，不堪一擊。在

---

58 〈請明詔討倭片〉，收入戚其章主編：《中國近代史資料叢刊續編‧中日戰爭》（北京市：中華書局，1994年），第6冊，頁515。

59 黃慶蘭：〈論倭事為中國之福〉，收入戚其章主編《中國近代史資料叢刊續編‧中日戰爭》（北京市：中華書局，1994年），第12冊，頁283。

〈論中與日戰宜出奇兵以乘之〉一文中，作者從攻琉球、「堅以守」、
「『和』字誤國」、日本內患等幾個方面論證中國軍應出奇兵的理由。
談及琉球，作者認為「琉球蕞爾偏隅，庶無炮臺握守，三兩兵輪，唾
手可得。雖此地易得難守，而地近東洋，即可由此長驅直進東洋長崎
各口岸。日本雖經憷然戒備，然彼以全力專注朝鮮，即云戒備，亦皆
外強中乾，大非華軍敵手。」並總結說：「區區日本，其何以戰？」
在論及清國大軍一半「守我隘口，一半擾彼邊疆」之策之後又說：
「區區日本，更何以戰？」作者為了強調自己的觀點，還云「知己知
彼，百戰不殆」，以「日本一聞我國大兵跌至，有萎縮者，有膽怯
者，有終夜不遑者無論矣」來激發中國人鬥志。作者的意圖顯然是激
勵中國人的戰鬥信心，但是也不可否認，其意識深處還仍然把日本看
作弱小之國而不堪一擊。對日本的貿然向中國興兵，沒有警惕其背後
的政治意圖和軍事實力，而是輕蔑地以為，「日本矜誇自大，挾驕
詐，逞詭謀，誦相鼠之詩，不死何俟？」這些都說明了對日輕視的觀
念在中國人頭腦中的堅固性與普遍性。這種觀念在戰時尤其是戰爭初
期一再被強化，人們普遍相信，中國作為天朝上國，對日本仍然具有
不可懷疑的震懾威力；蕞爾日本，發動戰爭實乃不自量力的可笑行
為。以下幾例議論便可以看出當時社會的輿論走向：

> 以我堂堂天朝幅順之廣，人民之多，財賦之厚，兵卒之精，十
> 倍於爾（指日本），爾乃不自量力，輕啟兵端，是不明乎大小
> 之勢矣。[60]
> 中國各省兵額不下百萬，日本兵額不下十餘萬，即使開戰之後
> 小有挫衄，中國可以源源徵發層出不窮，而日本則後難為繼。[61]

---

60 《申報》，1894年6月21日。

61 《申報》，1894年7月28日。

竊聞倭人國勢兵力，不能與西洋各國同年而語：國債重而民力
困，則根本未堅也；有快船而無戰陣之勢，通達夷情之人，莫
不以為螳臂當車，應時立碎，雖西人亦言之。[62]

國威久替，外侮叢生，我到常怕英、俄、法、德各大國，不論
那一國來嘗試嘗試，都是了不的。不料如今首先發難的，倒是
區區島國。雖說幾年來變法自強，蒸蒸日上，到底幅員不廣，
財力無多。他既要來螳臂當車，我何妨去全獅搏兔？給他一個
下馬威，也可發表我國的兵力，叫別國從此不敢正視。[63]

當時知識分子中普遍存在的對日輕視觀念，主要來自幾千年以來
中日之間的外交關係和實力對比，中國人並不真正了解近代日本。近
代日本維新開國以後，雖然曾有一些官員、商人等陸續到過日本，也
寫過一些關於日本的見聞、遊記，但因傳播手段等因素的制約，這些
書刊並沒有為大眾所普遍了解，甚至到甲午戰爭之時，許多人仍然認
為日本的國土只有長崎、薩摩、對馬三島：曾樸的小說《孽海花》中
有一段話很有代表性：

何物倭奴，敢忘輔車相依，唇亡齒寒之戒，而肆所欲為
哉？……考日本之為國，不過三島，浮沉東海，尤之一粟之
地，軍力俱不及中國十分之一，其得與之相抗者，唯大小兵輪
四十餘艘，數有同爾。然數雖同，而堅大不及也，炮彈不夥
也。加之人手無多，水陸不相護，戰事未及十次，國中人財俱
竭。……倭中國於此不日本之勝，而誰勝乎？唯是中國果勝

---

62 〈聊銜糾參督臣植黨疏〉，收入阿英編：《甲午中日戰爭文學集》（北京市：中華書
　　局，1958年），頁499。

63 曾樸著：《孽海花》（瀋陽市：春風文藝出版社，1994年），頁289。

矣！朝鮮果勝矣！倭番果服矣！[64]

　　在這種輕日思想的支配下，甲午戰爭爆發後，當時的一般社會輿論都認為中國「戰必勝」，「中國之兵可勝日本」，「日本與中國戰斷不能持久」。理由不外乎兩點：一、中國有雄厚的國力。中國地大物博，日本乃彈丸小國，「黑子彈丸其能禁雄獅之蹂躪乎？」[65]二、中國有強大的軍事力量。中國兵多，日本兵少，而且中國之兵「身經百戰，所向無前」，「以堂堂中國久經戰陣之兵與日本之素未見仗者一旦相見於槍林炮雨中，此誠何異小巫之見大巫，有不搏顙投地長跽乞降也哉？」[66]因此，日本與中國戰，「無異螳臂當車」，中國與日本戰，「穩操勝券」。甚至有人提出「直搗扶桑」，使日本「立城下之盟」，「永絕其覬覦朝鮮和中國之心」。這些言論無疑更加助長了中國人的驕矜心理。而隨著戰爭的展開與推進，清軍在節海陸兩個戰場接連敗北，日本不但完全占領了朝鮮，還渡過鴨綠江，一連攻下了中國東部和東北部的大片土地，殲滅北洋艦隊，直接威脅到清王朝京畿重地的安全，無奈之下，清政府只好簽訂喪權辱國的《馬關條約》，賠償巨額軍費，割讓臺灣、彭湖列島……這一個個讓人難以置信的事實傳來，舉國上下一片驚愕，從前被小覷的日本竟然將老大帝國置於如此不堪的地步，大國顏面喪盡，「天朝上國的」的迷夢在殘酷的現實面前幻滅了。

　　迷夢的破滅使甲午戰爭文學籠罩上了一層悲涼的幻滅感。高太癡的文言短篇小說《夢平倭奴記》最能表現這種大起大落的情感反應。

---

64 黃慶蘭：〈論倭事為中國之福〉，收入戚其章主編：《中國近代史資料叢刊續編‧中日戰爭》（北京市：中華書局，1994年），第12冊，頁282。

65 《申報》，1894年7月11日。

66 《申報》，1894年7月23日。

小說寫一書生對清政府不繼續作戰極其憤慨：

> 謂堂堂中國，見窘蹙於倭奴如此，致君父不安，臣公束手，時
> 復痛哭流涕，憤不欲生。舉杯狂呼，拔劍斫地，自是其狂益甚。

將一個「大國子民」見辱於「蕞爾小國」時的激烈反應描寫得淋漓盡致。正是因為羞憤至極，雪恥心切，這位書生才會夢見自己「以布衣蒙昭，入覲天顏」，向皇帝慷慨陳詞，許下「不滅倭寇，請斬臣頭」的誓言，奉命東征，直達三島，執倭主，收失地，復朝鮮，終至日本仍繼續朝奉清廷。在他率領的清朝大軍抵達東京後發放的曉諭倭民的告示中，有這樣的話：

> 汝主窮兵黷武，不知以小事大，犯我上國，……但我上國興仁
> 義之師，意在使汝等悔罪投誠，……惟汝國向有稱為津士者，
> 輕口薄舌，見我上國之人，輒敢造作污言，肆行辱罵，情殊可
> 恨……

正是出於這種處處以「上國」自居的心態才會有書生夢中一系列「大快人心」的舉動。但是，夢終歸是夢，夢中的「喜景」只能更加襯托出現實中的「悲情」。可想而知，夢醒之後的幻滅感會更深。然而，小說中的書生驚醒之後卻陷入了迷狂：

> 生推枕而起曰：「快哉此夢！奇哉此夢！然而我願足矣！」自
> 是其狂若失。

讓人更感沉痛。

　　如果說《夢平倭奴記》對「天朝上國」的遭受淩辱還心懷不甘、憤懣難平的話，那麼，到了洪興全的《中東大戰演義》，這種不甘已經化為無可奈何的傷感。作者懷著「為中國遮羞」的沉痛心情[67]，虛虛實實，敘寫了甲午戰爭的整個過程。小說的最後寫劉永福見大勢無可挽回，在夫人的勸說下決定退隱，回到了故鄉：

> 家人相見之下，樂敘天倫，共飲團圓之酒，不覺陶陶大樂。忽聞後園槍響聲，與喝彩聲相間，極形鬧熱。劉帥便問何故。家人稟報，四公子在院內習練洋槍步驟，連中數響，旁觀一時高聲喝彩。劉大帥即著家人，傳四公子到來。公子聞父召，立即趨步進前，劉大將軍曉以宦海風濤，升沉無定，自後不必再習武事，以求仕進，凡有餘力，可講求西學，以為立身之基。公子唯唯而退。劉將軍從此種竹栽花，讀書教子，大有自得之樂，有詩為證：
> 半世英雄遍九州，宦途厭倦去難留。
> 林下課兒資笑傲，山間花鳥僅堪儔。

　　這樣的結束透露出小說家複雜傷感的情緒。劉永福不再有當年「神異大將軍」的威風，叫自己的兒子「不必再習武事，以求仕進」，而要轉求西學，「以為立身之基」。小說家借劉永福之口傳達了

---

67 《中東大戰演義》序中寫到：「至於中日之戰，天妝臺畏敵之羞，劉公島獻船之醜，馬關訂約，臺、澎割地，種種實事，不能為諱。中如劉大帥之威，鄧管帶之忠，唐宮保之勇，生番主之橫，及其餘所載劉永福以智取勝，樺山氏遣使詐降等事，餘亦不保必無齊東野人之言。……然事既聞於前，凡有一點能為中國遮羞者，無論事之是否出於虛，猶欲刊載；留存於後，此我國臣民之常情也。故事有時雖出於虛，亦不容不載。」收入阿英編《甲午中日戰爭文學集》（北京市：中華書局，1958年），頁135。

對傳統中國的「仕進」、「功名」無益於家國的清醒認識，而求西學以立身更是對「天朝上國」憂越性的否定。從沉迷了幾千年的舊夢中驚醒、幻滅，從一向自視甚高的大國一下子淪落到對自我的懷疑和否定，其中的不適、無奈、傷感、悲涼可想而知，同時也透露出反思求新的時代氣息。

二　文學的反思

幻滅之後就要反思。

甲午戰爭文學的反思首先表現在日本觀的轉變上。例如《蟄叟七篇》通過問答的方式對甲午戰爭進行了反省式的評論，其中涉及對日的評價和認識，頗為客觀和中肯。文中在評價中日兩國人與器械的關係時說「中國船強於將，日本將強於船」。[68]並且用英人納披遊的總結寫到：「中國之敗，非敗於器械，敗於道德也。英之水師提督彭朋迎美亨曰：『器，末也；人，本也；眾器有末而無本者乎？』先生曰：『二子者，可謂直言一。』」[69]總之，日本是「氣盛於我，謀裕於我，器利於我，兵練於我」[70]。其在探討日本對中國決戰的動力時，是這樣認為的：「我之驕惰，非一日矣。日本修國政，討軍實，瘁心積謀以思一逞，若決千里之堤而注一下也，其能御乎？」[71]文中不但評價甲午戰爭之前和戰爭過程中日本的表現，還對日本的戰後狀況給予了關注：

68　〈蟄叟七篇·甲午篇〉，收入阿英編：《甲午中日戰爭文學集》（北京市：中華書局，1958年），頁434。

69　阿英：《甲午中日戰爭文學集》（北京市：中華書局，1958年），頁436。

70　〈兵事蠡測〉，《申報》，1895年1月4日。

71　〈蟄叟七篇·甲午篇〉，收入阿英編：《甲午中日戰爭文學集》（北京市：中華書局，1958年），頁434。

　　中東罷戰之後，履於朝，泄沓如故也；行於野，讓如故也。日
　　本則益戰艦矣，增鐵路矣，開商埠矣，查物利矣。有功不敢
　　伐，有所不足不敢不勉，瞿瞿然若有所恤也，勿勿然若有所失
　　也。嗚呼！此其所以興乎！[72]

　　這樣的描述，使人們看到了一個「修國政」、不斷進步的日本。
日本的改變，遠遠超過了死水微瀾的大清朝，也遠遠超出了中國人的
想像。同時，所有的進步都在戰場上發揮得淋漓盡致。這是有眼光的
知識分子不得不正視的。

　　與此同時，一部分有識之士已經開始積極地思考致敗之由和自強
之策。他們認為，戰敗不見得就是壞事，「今日之難，正天之所以大
牖中國耳」[73]，如果中國能痛定思痛，力除舊弊，當大有可為。所
以，他們首先對中國的方方面面進行了深刻的反思，在此基礎上提出
了很多救時除弊的辦法。如上所述，鴉片戰爭以來，中國的先進知識
分子就在思索和探尋著中華民族御侮自強的途徑。從林則徐、魏源的
「師夷長技以制夷」到「中學為體，西學為用」的「洋務運動」，中
國的自強運動主要集中在物質層面的改革和創新。甲午戰爭之前，只
有少數人在政治、文化層面有所反思，對中國幾千年的政治體制和傳
統文化提出了質疑，如王韜早在一八七三至一八八三年間就提出要變
法自強，主張學習歐美，建立君主立憲制度。鄭觀應於甲午戰爭的前
一年即一八九三年作《盛世危言》，也極力鼓吹君主立憲的議會政
治，以圖擺脫清王朝的專制統治。即使洋務派的李鴻章，也意識到傳

---

72 〈蟄叟七篇‧甲午篇〉，收入阿英編：《甲午中日戰爭文學集》（北京市：中華書局，
　　1958年），頁438。

73 養吾氏：〈榴龕醉語〉，收入阿英編：《甲午中日戰爭文學集》（北京市：中華書局，
　　1958年），頁443。。

統倫理的缺陷，並在私下指出自古相傳的君臣、父子、夫妻、兄弟、朋友的五常倫理，已不適於「大地交通，國家種族之競爭激烈」的時代，「吾之古倫理，愈不適應於世，而吾人猶溺之。此地方之所以不發達，邦國之所以日受人侮也。」[74]但是，以上反思還是個別性的。對政治、文化層面的深入反思，卻是在甲午戰爭之後。甲午戰爭的慘敗，使得先進的知識分子徹底摒棄了「天朝上國」的觀念，他們在中日兩國的對比中進一步思考中國落後和失敗的原因，探索挽救民族危亡的道路，在社會上形成一股維新變法的思潮，「有志之士，競言救時」[75]，為「戊戌變法」作了一定的思想和輿論準備。

　　知識分子的這種反思在甲午戰爭文學中有比較集中的反映。如養吾氏的〈榴觴醉語〉、黃慶澄的〈湖上答問〉，以多人問答的形式反映了知識分子對時事的不同見解。這兩部作品在文體布局上獨出心裁，多人上場相互問答與討論，兼具議論散文、戲劇、小說各體，非常適合於不同人物不同觀點的展示與交鋒。

　　其中，〈流觴醉語〉寫一位知識分子「覺覺子」和同輩談論甲午戰爭事，「覺覺子」痛陳清政府的種種弊端，指出甲午戰敗有「平日」和「今日」兩方面的原因，「平日之政事，一負字壞之；今日之軍務，一和字敗之」[76]。兩弊相加，導致了戰爭的必然失敗。中國的戰後重建和自強之策是「覺覺子」一群人討論的重點。有客認為「中國欲自強，必講西學，欲講西學，必先立議院」[77]。可以說，立議院，實行君主立憲制是當時維新派的共同主張，覺覺子對此卻有自

---

74 〔清〕李鴻章著，鄧曙光編著：《李鴻章家書》（北京市：中國華僑出版公司，1994年），頁27。

75 黃慶澄：《湖上答問》，收入阿英編：《甲午中日戰爭文學集》（北京市：中華書局，1958年），頁458。

76 阿英：《甲午中日戰爭文學集》（北京市：中華書局，1958年），頁448。

77 阿英：《甲午中日戰爭文學集》（北京市：中華書局，1958年），頁449。

己的看法。他認為議院是西方的事物，與中國古代的某些政治手段有相通之處，可以學習，但不能操之過急，這是因為：

> 中國人心風俗，不如西人之質樸，試思果設議院，入上議院者，即今之軍機大臣、翰詹科道也；入下議院者，即今之督撫司道守令紳士也。肉食者可無論，今之所謂紳士，迂者八股外無所知，譎者把持公事，唯利是圖，甚至包糧唆訟，庇娼窩賭，無所不為，以若人而與議，不更敗國家事哉！且華人識見未充，狃於積習，今瀕海之士，尚有不知地球體圓，無所謂東西南北者，若腹地諸省之人，莫不以文物自命，鄙外國為非族，一旦創行西法，必起而爭之，是議院不足以議事，是足以擾事。[78]

　　中國人並非不如西人質樸，覺覺子主要針對的是那些清王朝的舊體制下「薰陶」出來的人。在當時的社會條件下，如果實行議會制，把持政治的還會是這些人，國事不但不會有起色，反而會更加混亂不堪。中國的普通老百姓也是蒙昧無知，以這樣的官和民，實行議會制度，「不足以議事，是足以擾事」。所以，中國的問題最根本的是人的問題。覺覺子注意到了這一點，當有客人提出「急則治標」，應該「置船練兵」時，覺覺子說：「船之駕馭，兵之訓練，必恃人以為之，不遇其人，其不蹈故轍也幾稀。」又有客人提出應該開源節流，「大興礦務」時，覺覺子也認為中國無人，「未可遽行也」。

　　覺覺子的言下之意是中國的改革必須以「有人」為前提，人是社會發展的動力，具備了先進的思想意識的人無疑是社會前進的最大推

---

78 阿英：《甲午中日戰爭文學集》（北京市：中華書局，1958年），頁449-450。

動力，任何社會的改革與發展都不能忽視對人的改造與培養，這兩個方面是相輔相成的。覺覺子認識到了這一點，是難能可貴的。同時，他還提出了「得人」的辦法，即「改試規、杜捐例」。他批評了八股取士扼殺人才的弊端，提出「今欲御外侮，必先導民智」，「求賢為亟務」，而具體的措施就是「改試規」，即改變考試的內容。將「西學之綱領」的算學、化學和天學、地學、電學、礦學、氣學、力學、聲學、光學、史學等「切於用者」列為考試內容。而且對於後者要「分為數科，各獻所長，不許兼試」。策論考試也要「因時命題，務求實用」。武試要「易弓矢以槍炮，分水路為兩科」。以上種種是在不廢除科舉制的前提下對科舉考試進行的改造。同時，要「得人」，還需「杜捐例」，即杜絕賣官鬻爵，使得市民工商之子和世家、富賈子弟都能受到教育，公平競爭。「而後議院可設，商務可興；而後，軍可練，礦可開；而後築鐵路，造戰船，製軍器，煤鐵取諸宇中，巧變不隨人後。又如是而十年，可以御侮，可以爭強。又如是而十年，五洲諸大國莫我與京矣！將來大一統者，非中國而誰？」由此，覺覺子描繪出了一幅光輝奪目的中國未來圖。

覺覺子的救國方案顯示出對教育和人才的重視，這一點固然重要，但是，在不觸動整個落後的舊制度的前提下，僅僅對某一具體體製作些修改，顯然達不到覺覺子所希望達到的目標。覺覺子對中國社會的期許也顯然過於簡單化、理想化了。

正當覺覺子一群人歡欣鼓舞之時，從外面進來一「白髮老叟」。文中對其描寫極富諷刺意味。

> 服儒服，冠儒冠，手持墨卷一冊，眼蒙雙鏡，偏覷座客，卒然問曰：「適之高談雄辯者為誰？」眾以某某對。叟乃釋書去鏡，就覺覺子而熟視之，髭刺於面，酸穢之氣，觸鼻欲嘔，皺

眉而言曰：「我以為誰，乃汝也耶？汝將更張祖制乎？聖王不
勤遠略，汝弗聞乎？庶人不議，汝弗知乎？方今堯、舜垂拱，
臯、夔拜颺，後生小子，敢居下訕上，是謂非聖無法！」[79]

活畫出一個頑固、保守的腐儒形象。而這樣的人及其所代表的思
想在當時的中國卻有極大的權力和勢力。中國除舊布新之艱難可想而
知，也難怪覺覺子最後落荒而逃。

黃慶澄的〈湖上答問〉也提出了人的素質問題，認為「有救時之
人，乃有救時之策」。他對當時的中國士大夫進行了尖銳的批評：「今
中國士大夫，不肖者無論已，即以賢者論，其恪遵儒訓，大節凜凜
者，輒謂周驅夷狄，孔攻異端，株守經義，牢不可破，而報國之心愈
堅，誤國之禍愈烈。其稍明時局者，則向慕西法，肆意更張，不知中
國當積重之餘，實多窒礙之處，貿貿然行之，利未興弊先至已。」[80]
他指斥泥古的士大夫冥頑不化，但對施行西法也持審慎態度。他認為
中國急宜倣行西法的是「培才」，而具體培育人才的方法和上面提到
的覺覺子的大同小異。

總之，甲午中日戰爭，是對中國人衝擊最劇烈、創痛最巨大、影
響最深刻的國難事件。長期受恩於中華文化、被視為「蕞爾小國」的
「倭奴」日本，竟能打敗中國，並在中國土地上橫衝直撞、割地索
賠，其強悍兇殘程度與西方列強相比有過之而無不及，這使中國朝野
上下驚愕不已，經歷了巨大的心理失衡與精神震盪。幾千年來形成的
「華夷」觀念也趨於崩潰，許多有識之士在對日本刮目相看之餘，開

---

79 養吾氏：〈榴龕醉語〉，收入阿英編：《甲午中日戰爭文學集》（北京市：中華書局，
　　1958年），頁457-458。
80 黃慶澄：〈湖上答問〉，收入阿英編：《甲午中日戰爭文學集》（北京市：中華書局，
　　1958年），頁458-459。

始深刻反省自身的傳統文化、現實社會乃至民族性格。與此相應，甲午戰爭文學的「國難」意識已經不單單是受害意識、苦難意識，而更多的是國難中的危機意識與反省精神，這一點與此前的鴉片戰爭文學、中法戰爭文學比較起來，乃至與此後的歷次國難文學比較起來，都顯得更加自覺、更加明顯、更加深刻。甲午戰爭文學的有關作品，還注意到了人的素質因素在歷史活動中的重要作用，比之洋務運動以來單純對物質因素的重視，也有所進步。這些，都使得甲午戰爭文學在中國百年國難文學中，以其巨大的情感烈度、空前的思想深度，而獨具特色。

第四章
庚子事變文學

　　在中日「甲午戰爭」失敗後，清政府更加腐敗無能，經濟崩潰、軍事落伍，積貧積弱之狀暴露無遺，更加勾起了外國列強貪婪的侵略欲望，中日《馬關條約》簽定後，日本獲取了臺灣澎湖列島，而俄、德、法三國為了與日本爭奪在華利益，反對日本對遼東的侵占，在三國的干預下，清政府以三千萬兩銀子贖回了遼東半島，史稱「三國干涉還遼」。此後，三國以「還遼有功」自居，通過借款、在中國境內修築鐵路等方式，逐步蠶食、控制中國。一八九八年，俄國以租借的名義，獨占遼東半島，並將東北三省劃為勢力範圍，並通過《中俄密約》等一系列不平等條約，將中國東北大片土地據為己有。與此同時，德國強租膠州灣，英國強租威海衛、香港，法國強租廣州灣。所占之處，外國人反客為主，耀武揚威，中國人淪為奴僕，苦不堪言。

　　在政治脅迫、經濟控制的同時，西方列強積極利用大主教傳教活動向中國滲透。本來，在清康熙之前外國傳教士可以在中國自由傳教，不受影響。雍正以後，清政府嚴禁傳教。鴉片戰爭後，外國列強在強迫清政府簽定不平等條約時總是強調保障傳教自由，傳教活動遂受到官府保護。由於外國教堂多建於人口密集區，傳教士的傳教活動也多在中國民間進行，信教的教民與不信教的普通百姓，在思想觀念、生活習俗等方面常常發生衝突，而衝突中教會總是袒護教民，借官府勢力欺壓百姓的事情時有發生，於是民眾對外國人、外國教會越加反感，搗毀教堂、殺害外國傳教士的鹵莽舉動（所謂「教案」）不斷發生。一八九八年，以閻書勤和朱紅燈為首的義和團民聚眾燒毀了

紅桃園教堂，揭開了轟轟烈烈的義和團運動的序幕，矛頭直指在華外
國人。而此時的慈禧太后對列強干預她廢立皇帝之事極為不滿，於是
決定借刀殺人，公開承認義和團為合法，並下令清軍與義和團聯合攻
打列強領事館。一九○○年（農曆庚子年），英、法、俄等八國以保
護僑民為由，組織聯軍入侵中國。六月十日八國聯軍兩千餘人從天津
直撲北京。慈禧太后頒詔「宣戰」，義和團和清軍聯手抵抗，但無法
抵禦聯軍攻勢。八國聯軍所到之處，亂殺無辜、放火搶劫，華北民眾
深受其害。八月十四日北京失陷。慈禧太后、光緒帝於次日清晨倉皇
出逃。慈禧為了自保又轉而討好八國聯軍，在流亡途中頒布「剿匪」
諭旨，將此前倚重的義和團稱為「拳匪」，通令各路官兵剿辦，斬盡
殺絕。義和團運動在八國聯軍與清政府的剿滅下遂告失敗。十二月二
十四日，列強強迫清政府接受包括懲凶、賠款、駐軍北京、拆毀大沽
炮臺等多項不平等條件。在此基礎上，一九○一年，八國與清政府正
式簽訂了不平等的《辛丑合約》。自此，整個中國完全陷入了外國列
強的半殖民地，清政府作為中央政府的職能逐漸喪失，各地動亂不
止，國家近於崩潰狀態。

　　庚子事變前後，出現了大量以庚子事變為背景、為題材的作品，
我們可統稱為「庚子事變文學」。

第一節　庚子事變文學中危機四伏的晚清社會

　　庚子事變作為一次空前的國難，與以往歷次國難事件有所不同，
那就是中外民族矛盾中還夾雜著錯綜複雜的國內矛盾，可以說是外憂
內患的綜合產物。庚子事變文學的一大特色，就在於對庚子事變前後
晚清社會、中外關係的方方面面，都有生動具體的描述。其中包括晚
清「教案」的迭發、宮廷黨爭的險惡、「北戰南和」局面的形成、民

眾愚昧的現狀等，都有具體描寫。作者們運用不同的文學形式記錄了
自己的所見、所聞、所感。由於作者個人的立場角度有所差異，描寫
也有所不同，但它們都從不同的側面將庚子事變前後的晚清社會危機
四伏的亂象呈現了出來。

一　晚清「教案」與義和團

　　從作品寫作的時間看，進入研究視野的庚子事變詩詞多做於事變
發生的當時，散文作品多是當時報章文以及親歷歷史的人寫的日記，
而小說彈詞等長篇敘事作品成書時間也時隔不遠，即時反應難免打上
時代的烙印。當時的有關庚子事變的文學作品中，絕大多數對義和拳
都充滿著「傲慢與偏見」。作家們鄙視義和團所宣揚的神靈崇拜、諸
神附體、刀槍不入、畫符吞咒，反對義和團的籠統排外思想，卻又無
力抗拒這場群眾性運動中逐漸失控的燒殺暴力行為。高高在上的文化
心態和現實世界中的恐慌讓他們對掀起這場運動的農民階層「怒其不
爭」，卻缺乏「哀其不幸」的同情。

　　庚子事變剛爆發時，一部分作者難掩其驚詫之感，感覺事出「無
端」：「無端逆焰滿皇州，落葉初傳禁苑秋」；「無端三月咸陽火，燒破
塗山玉帛圖」；「中外無端啟戰爭，橫飛巨彈朔方城」。黃遵憲在〈初
聞京師義和團事感賦〉中也說：「無端桴鼓擾京師，猶記昌陵鼎盛
時」。[1]《中外日報》上刊登的〈論東南安宴之非〉一文也有「北方無
故肇禍」這樣的言辭，字裡行間透露出當時很多人對「義和團之亂」
毫無心理準備，也表現出身居城市、處於社會上層的許多文人作家，
對底層民眾的情況缺乏切實的了解。林紓在其小說《京華碧血錄》

1　以上詩句引自阿英編：《庚子事變文學集》（上下冊）（北京市：中華書局，1959年）。

中，寫仲光聽到路邊老人言之鑿鑿地向他大力推崇義和團所尊之神鴻
鈞老祖時，其反應是「既憫其愚，又不敢縱聲大笑」。儘管作者的主
觀意圖是要樹立一個清醒理智的主人公形象，但這個細節反而暴露了
主人公在面對義和團拳民時的那種高高在上的心態。他們以憐憫的目
光打量、譴責這群愚昧的亂民，卻又無可奈何。也有作家對義和團的
形成壯大有所描寫。例如李伯元所做《庚子國變彈詞》第一回〈清平
縣武舉尋仇，義和團妖言惑眾〉追溯義和團的「起根發跡」。東昌府
清平縣有王左「兩家稱大族，資財富有勢豪橫。由來吃教欺官長，拖
欠錢糧莫敢徵，魚肉鄉愚壓鄰里，出升入鬥昧良心。」湊巧，左家與
同村的「白蓮教中一個小小頭目」張武舉「偶因小事起紛爭」，張武
舉被左家聚眾打傷。武舉起初告官以討回公道，但是縣官偏袒教民，
於是張武舉「越思越想氣難平，號召生徒一眾人」展開了復仇行動，
將「左家一門都殺盡」。出於斬草除根的考慮，他又將王家滅門，肇
禍之後乾脆率領生徒，聯絡大師兄朱紅燈「共謀大事」。可見構成義
和團的，不僅是貧苦農民，也有張武舉這樣的地方鄉紳階層的推波助
瀾。然而大部分作者都忽視了官紳階層在義和團運動背後的推力，只
是嚴厲抨擊義和拳。

　　隨著事態的發展，最初的驚詫過後，許多作者意識到義和團「紅
巾一片起山東」，「揭竿未必事無因」。作家詩人們開始追溯事變發生
的原因。有相當多的作者認為是「拳匪」和教民、傳教士之間的衝突
引發了庚子國難。詩人延清在〈庚子都門紀事詩〉中有一首詩這樣寫
道：「庚子夏五月，民教仇相攻。十七日逾午，喧傳街市中。團民糾
黨羽，闖入都城動。」在他們筆下，發起義和團運動的華北農民都是
「拳匪」、「亂民」、「刁民」。甚至相當一部分人在作品中認定義和團
應該為這次戰爭負責。無名氏的〈庚子時事雜詠二十二首〉第一首就
以「拳匪發難」為題寫道：「運極時危出怪民，荒唐說部演封神。」

有詠義和團的樂府詩寫「白蓮餘孽死灰然，山東乃有義和團。仇教滅洋好題目，焚符誦咒誇神權」，強調義和團和長期在民間流傳的秘密組織之間的關係，而對教士欺壓隻字不提。為生存而戰的義和團提出的「仇教滅洋」口號也被視為是義和團掩人耳目的「好題目」。文學作品中類似的言論還有很多，如林紓在《京華碧血錄》中開篇著筆就已然定調：「亂天下者，義和團也。」吳趼人在《恨海》中也明確寫：「卻說光緒庚子那年，拳匪擾亂北方，後來鬧到聯軍入京，兩宮西狩，大小官員被辱的，也不知凡幾。」吳永口述的《庚子西狩叢談》的序言中寫：「庚子之役，國家以亂民肇釁。外國連衡而入京師。」言下之意，沒有義和團，就沒有列強的侵略。聯軍破城，慈禧太后西逃到太原時，發布上諭宣稱：「此案初起，義和團實為肇禍之由。今欲拔本塞源，非痛加剷除不可」，完全忘了自己不久以前還稱其為「義民」。

　　但是，這些描寫與看法顯然是表面的和片面的。也有作家作品的見識更深一層，他們指出，腐敗而又無能的官吏是釀成事變的原因。如陳季衡在說唱文學《武陵春傳奇》中所說：「小小民教交涉案件，地方官照會教士，原可辦理兩平，不惟不可仇，亦不必仇。」作家連夢青在小說《鄰女語》中也寫道：「大凡地方上教案，起手都是有激而成。地方官果能平時盡地主之誼，結納外國教士，約束中國教民，自然相安無事。即或遇著有事之時，力能據理力爭，延聘西國律師，代辯是非，剖斷曲直，也還可補救一二。」可是事實並非如此，不肖官吏竟「沒有一個有人心的，都是一班蠢蟲。平日即漫無處置，臨事又極為倉皇。只好拿著百姓出氣，殺些不安分的地棍，賠些銀兩，就此含糊了事。究竟殺的人又不是鬧事的，連死了做鬼，自己也不明

白。」[2]陳季衡《武陵春傳奇》寫那些守舊而又腐敗的地方官員「提約章，如唐宋詩文，罕見稀聞，神呆目昏；見教士，如牛鬼蛇神，心慌意亂，言語無倫。」為了讓洋人滿意，保住自己的烏紗帽，原本應該為民做主的「父母官」卻成了「洋人」欺壓百姓的幫兇。文學作品中反映的這一切，清廷上層個別人早就有所了解。恭親王奕訢早在一八六一年，就注意到地方官膽小怕事，遇到平民和教民之間的訴訟總是遷就偏袒教民，而這種偏袒助長了奉教者欺辱良民的風氣。此後，教案更是層出不窮。一八九六年八月三日李秉衡給總理衙門的一個奏摺中分析「教案」之所以連連發生，是因為「平日教民欺壓平民，教士祖護教民，積怨太深，遂至一發而不可制」。他進一步分析事情的根源說：「凡遇民教控案到官，教士必為間說，甚已多方恫喝；地方官恐以開釁取戾，每多遷就了結，曲直未能胥得其平，平民飲恨吞聲，教民愈志得意滿。久之，民氣遏抑太甚，積不能忍，以為官府不足恃，惟私鬥尚可泄深忿。於是有聚眾尋釁，焚拆教堂之事，雖至身罹法網，罪應駢誅，而不暇恤。」他向清政府提出：「嗣後遇有民教案件，由地方官秉公訊斷，教士毋許干預」。[3]袁世凱儘管極端仇視義和團運動，然對於民教相爭一節，仍不得不坦陳「東省民教積不相能，推究本源，實由地方州縣各官，平時為傳教洋人挾制……往往抑制良民……而教民轉得借官吏之勢力，肆其欺凌，良民上訴亦難伸理。積怨成仇，有由然也。」[4]即使到趙舒翹赴涿州安撫義和團之前，也不得不承認那是「小民之冤無處申訴，釀而為義和拳會矣」[5]。這

2　憂患餘生（連夢青）：《鄰女語》，收入董文成、李學勤《中國近代珍稀本小說》（長春市：春風文藝出版社，1997年），第8冊，頁313-314。

3　〈奏民教相仇情形請旨飭議預弭後患片〉，1896年8月3日，引自戚其章輯：《李秉衡集》（濟南市：齊魯書社，1993年），頁373-374。

4　李文海等：《義和團運動史事要錄》（濟南市：齊魯書社，1986年），頁76。

5　《義和團檔案史料》（北京市：中華書局出版，1959年），上冊，頁109-110。

些官員都認識到民教糾紛通常起源於「教民欺壓平民，教士袒護教民」，然而致使積怨深到一發而不可收拾的原因，則在於地方官員唯恐開罪教士，每每不能秉公處理。久而久之，教民越來越無法無天，而民眾則意識到官府是不能依靠的，只有靠聚眾私鬥才能為自己找回「公道」。所以想要平息民教衝突，地方官在處理民教糾紛時必須「兩相持平」。也就是說，雖然中西文化之間存在著難以避免的衝突，教士、教民和普通民眾之間也有許多現實利益的糾紛，但如果地方官能恪盡職守，傳教士和民眾「未始不可以和平方式為主，由逐漸的相互了解，而達於彼此交流與融合」[6]。

　　但是，那些「科甲出身、毫無膽識」的地方官員既缺乏與外國人來往的常識，也不具備秉公處理教案的能力。直接承受著列強侵略帶來苦痛的中國農民，因為無法從正常的管道維護自身的利益，找不到有效的力量制裁西人的欺壓，最終不得不採用暴力的方式來爭取自己生存的空間和權利。一宗宗教案的「涓涓細流」最終彙集成了聲勢浩大的「滔天洪水」。可見，基於義憤而起的義和團排外活動，固然與西方列強用政治武力推動在華傳教以及部分教士、教民的貪婪有關，也與清廷各級官僚的腐敗、失職密不可分。

　　官吏、教士、教民對普通百姓的欺壓導致了民眾自發的反抗。但這一事實在大多數作家筆下中未能被充分描述，反而是在義和團所發布的告白以及流傳甚廣的一些民謠揭帖（可以稱之為「義和團文學」）中有比較清晰地揭示。一八九八年三月底傳自山東冠縣梨園屯的一張揭帖號召：「各省愛國志士，……西人無法無天之行為，已決於四月十五日集合，屠戮西人，焚毀其居……。」[7]流轉很廣的〈神

6　呂實強：《中國官紳反教的原因：1860-1874》（臺北市：中央研究院近代史研究所，1985年），頁201。

7　陳振江、程歗：《義和團文獻輯注與研究》（天津市：天津人民出版社，1986年），頁5。

助拳〉民謠揭帖宣稱：

> 神助拳，義和團，
> 只因鬼子鬧中原；
> 勸奉教，乃霸天，
> 不敬神佛忘祖先。……

　　義和團的「屠戮」、「焚毀」顯然是基於「西人無法無天」的行為，由於最初其成員多是基於義憤而起的貧苦農民和破產的手工業者，他們對西方傳教士以及造成自身處境的原因不可能有很明晰的認識。隨著義和團運動的發展，更多上層人士懷著各自的目的參與進來。於是，在運動高峰時期出現的一些宣傳告示，對義和團興起原因的表述就顯得較為理智和清晰了。一九○○年六月在北京流傳的一張義和團告白聲稱：

> 中原各省集市村莊人等知悉；茲因天主教並耶穌堂譭謗神聖，上欺中華君臣，下壓中華黎民，神人共怒，人皆緘默。以致吾等俱練習義和神拳，保護中原，驅逐洋寇，截殺教民，以免生靈塗炭……[8]

　　義和團領袖於棟成發布的一個布告寫道：

> 若輩洋人，借通商與傳教以掠奪國人之土地、糧食與衣服，不僅污蔑我們的聖教，尚以鴉片毒害我們，以淫邪污辱我們。自

8　陳振江、程歗：《義和團文獻輯注與研究》（天津市：天津人民出版社，1986年），頁21。

> 道光以來，奪取我們的土地，騙取我們的金錢；蠶食我們的子
> 女如食物，築我們的債臺如高山；焚燒我們的宮殿，消滅我們
> 的屬國；占據上海，蹂躪臺灣，強迫開放膠州，而現在又想來
> 瓜分中國。[9]

　　這樣的布告有理有據，文辭兼備，很明確地指出了義和團鬥爭的
對象以及原因：義和團運動最重要的鬥爭目標是「洋人」；他們排外
的理由有二，一是不滿教堂教士傳教，二是反抗洋人對中國的欺壓。

二　宮廷黨爭與「北戰南和」

1 宮廷黨爭

　　歸根到底，義和團運動由一般的農民暴動，發展為一場令中華民
族損失慘重的「國難」，主要責任在清廷，在於把持朝政的昏庸蠻橫
的慈禧太后，在於以慈禧太后為首的頑固守舊派對義和團先打壓、再
教唆利用。對此，作家詩人們也不乏認識清醒者。如胡思敬在詩文集
《驢背集》中，曾評論清政府對義和團的態度：

> 朝廷辦義和拳詔書，前後反覆，不類一人一時所為。始曰「亂
> 民」，令中外發兵捕之。已聞諸匪勢盛，陰以權術籠絡，練為
> 鄉團，又曰「團民」，曰「拳民」。繼而載漪用事，倡議主招
> 撫，直以「義民」呼之。……及北都淪陷，乘輿播遷，太后恨
> 義和團刺骨……於是指義民曰「拳匪」[10]。

9　歐弗萊區、郭家麟：《列強對華財政控制》（上海市：上海人民出版社，1959年），
　　頁35。
10　阿英：《庚子事變文學集》（北京市：中華書局，1959年），頁99。

　　慈禧翻手為雲，覆手為雨，將義和團玩弄於股掌之上，時剿時撫，政策不同目的一樣，都是為了維護自己的權力。

　　慈禧起初視義和團為亂民，稱其「邪術不可信」，指令地方大員「以彈壓解散為第一要義」，告誡他們不要「一意剿擊，致令鋌而走險，激成大禍」。[11]然而，戊戌政變後，慈禧太后立端王載漪之子為「大阿哥」，意圖廢掉光緒，繼續掌控政權，外國公使拒絕進宮祝賀。慈禧素來惱恨洋人支持維新，藏匿康梁，此次廢立之謀又遭公使干涉，新仇舊恨，不報不快，但長期以來忌憚洋人勢大，又不敢輕舉妄動。隨著朝廷上黨派鬥爭的加劇，在載漪、剛毅之流的極力鼓動下，慈禧太后決定利用發展勢頭如火如荼、以「仇教」、「滅洋」為宗旨的義和團來鉗制「洋人」，於是對義和團改「剿」為「撫」，承認了義和團的合法地位。義和團原本是農民為了自衛而「聚眾私鬥」的非法組織，在得到清政府的承認後，更多的投機分子加入到這場運動中來，其成分也越來越複雜。[12]在朝廷的縱容下，原本就缺乏嚴密組織的運動也逐漸變得失控。《庚子事變演義》中記載：「始初隻與教堂為難，尚不敢公然放火。……一般匪徒見撫臺格外重視，且發給銀錢獎勵，拳匪大肆猖獗，奸民地痞全都入團訓練。……這時匪勢愈形張大，山東地面磕頭碰腦皆是拳壇，成群大夥的義和團，到處殺人放火，官兵稍有阻止，他便拒捕傷官。便是撫臺毓賢，亦不能禁止了。」到慈禧下旨派莊王等為義和團統帥，「拳匪已成奉旨殺人，愈無忌憚。」

---

11 光緒二十五年十一月二十七日諭令，故宮博物院明清檔案部：《義和團檔案史料》（北京市：中華書局，1979年），上冊，頁46。

12 參見周錫瑞在《義和團運動的起源》一書中分析，「從各方面看，朝廷的支持將一大批不良的投機者吸引到義和團事業中：城市的無業遊民只不過是來混一頓現成的飯吃，城中富戶參加的目的是想保住他們的特權地位。原本十分嚴格的義和團團規變得鬆弛起來。」見周錫瑞：《義和團運動的起源》（南京市：江蘇人民出版社，1994年），頁301。

　　清政府對義和拳態度的改變對局勢的發展影響至大。狄平子在
《庚子紀事》中記載，雖然從庚子年春天起，義和團的發展日甚一
日，但「尚未聞其滋事」。在慈禧決定招撫義和團後，庚子年五月
份，義和拳有數萬人到達京城，其後相繼而來者「日以千計」，他們
在京城隨處設立拳廠壇場，達到「一街三四壇」之多。最初設壇的
「惟匪徒為之」，繼而「身家殷實者依然。上自王公卿相，下自倡優
隸卒，幾乎無人不團」，於是義和團「滔天之勢成矣」。

　　對於慈禧等人借義和拳的力量來實現自己廢立的意圖，時人洞若
觀火，「內訌外患勢交掀，政變分明是禍源」。從當時的詩文看，基本
上作者都洞察到了頑固派借義和拳來實現自己廢立圖謀的用心。羅惇
曧在《庚子國變記》記載：「及立端郡王載漪子溥儁為大阿哥，天下
譁然，經元善等連名上書至二千人。」對當時大部分思想保守深受儒
家傳統浸染的士人而言，「君臣之義已定」，立儲和抗擊排外或許可以
接受，但廢掉光緒，另立新帝，是他們強烈反對的。龍顧山人在《庚
子詩鑒》中寫道：

　　　宮廷廢立事非常，傳示官衙幾禁方。
　　　兩字滅洋騰異幟，只緣中外口難防。[13]

　　庚子事變文學作品中雖多有攻擊義和團的言論，以慈禧為首的頑
固守舊的朝臣也難逃作者的口誅筆伐。礙於「君臣之份」，大多數作
者在當時沒有對慈禧太后提出直接批評，留下的多為影射之詞，但是
各體文學作品中對於端王載漪、剛毅等大臣的頑固守舊以及利用義和

---

13 龍顧山人：〈庚子詩鑒〉，收入阿英編：《庚子事變文學》（北京市：中華書局，1959
　　年），頁101。

團來謀取一己之私利都有很深刻地揭露，紛紛稱他們為「姦臣」、「禍胎」。高樹在《金鑾瑣記》有詩云：「佩符詛咒羽林郎，紅錦纏腰入未央。誰把干戈做兒戲，六街都唱小秦王。」更指斥「非端王不至大亂至此」。林紓在《蜀鵑啼傳奇》中有言：「立儲何嘗非是，但不應有廢立之心，天祚國家，或無此事。」他認為，「端癡剛怪……陰存廢立奸謀，爭計較朝綱斁敗。是天生禍胎。」民廬居士在時政小說《救劫傳》中分析端王因為擔心自己的兒子做皇帝會遭到外國勢力的反對，就想借助義和團的力量來「掃滅洋人」。歸根結底，其排外之心源自維護一己的私利。在有關庚子事變的演義、傳奇以及《庚子國變彈詞》等文學作品中對於端王載漪、剛毅以及太監李蓮英等「後黨」的頑固守舊，只知謀取個人私利而置國家利益不顧的行為都有詳細地刻畫。

　　後黨的廢立圖謀不僅促成了義和團運動的燎原之勢，也激化了滿漢之間的民族矛盾。《中外日報》登載〈原近時守舊之禍〉一文譴責戊戌政變後慈禧訓政期間「重用滿人、疑忌漢人」。[14]程道一在《庚子事變演義》中寫慈禧太后急於廢掉光緒皇帝的意圖遭到朝臣的阻撓後，惱羞成怒地對大臣孫家鼐發怒道：「這本是我們一家人會意之事，今特召集大臣加入，不過為漢臣體面起見，是以一律召進。……漢大臣不必多言。」[15]景善在《庚子日記》中寫庚子國難「其原皆由於端邸有排漢之意，小不忍，亂大謀」。掌握朝政大權的滿清貴族對漢臣充滿疑忌，而地方官員也是同樣心思。杭州小官吏聽聞上諭要「用天仙之力，與洋人決一大戰」，馬上稱讚「端王有膽」，「剛毅多能」，但又擔心滿城文武只有一人贊成，而「其餘漢官，正自難信」。

14 阿英：《庚子事變文學集》（北京市：中華書局，1959年），頁1012。
15 阿英：《庚子事變文學集》（北京市：中華書局，1959年），頁345。

滿洲貴族的「排漢」相應地也激發了漢族的「排滿」之心。西安縣吳德繡在聽說清政府縱容義和團，「這一班旗人，目不知書，崇信邪說，倒也不怪。怎漢員頗懂些書，下至此間紳士，亦全然不曉，一味胡鬧」。[16]在時人看來，崇信義和團是因為「旗人」的無知，而漢人飽讀詩書理應明辨事理。漢族知識分子在文化上的心理優越感和他們在政治地位上的失意之間的落差，加重了其對滿清政權的不滿。忠於清政府的人將矛頭指向外國列強和頑固派，而持反清立場的人則號召「排滿」。署名「黃帝魂」者在〈義和團與中國之關係〉一文中寫道：「吾國人日言為外人奴隸之恥矣，而不知為滿洲奴隸之恥。日言排外種矣，而不知排滿洲之外種。滿洲人之盜我中原也，二百餘年於茲矣。」作者多方引證，以期激起漢族同仇敵愾之心：「……考其種類，乃居吾國之東北，種原韃靼，國號滿洲，地極苦寒，不利五穀，烈鳥獸之皮而衣之，肉而食之，極其野蠻之俗，雖今日非洲之黑奴，臺澎之生番，或未之逮。無教化，無禮儀，如生理學家所謂『原人之起居食息，舍衣食男女之外，無餘思想』……聚則如蟻如蜂，散則鳥飛獸走。發則剔去其半……」。[17]革命派甚至試圖勸說李鴻章「做中國的華盛頓」。[18]清政府在處理義和團問題時的縱容態度以及引發的災難性後果，使得這種宣傳更易於為廣大的民眾所接受。

2 「北戰南和」之奇局

一九○○年六月二十一日，農曆五月廿五，慈禧決定向八國聯軍

---

16 林紓：《蜀鵑啼傳奇》，收入阿英編：《庚子事變文學集》（北京市：中華書局，1959年），頁873。

17 〈義和拳與中國之關係〉，收入阿英編：《庚子事變文學集》（北京市：中華書局，1959年），頁1007。

18 阿英：《庚子事變文學集》（北京市：中華書局，1959年），頁491。

開戰。慈禧在宣戰《詔書》中說：「與其苟且圖存，貽羞萬古；孰若
大張撻伐，一決雌雄。」同時，慈禧電諭各省督撫將當地「義民」招
集成團，抵禦外侮。但是這卻遭到了東南督撫的聯合抵制。時任兩廣
總督的李鴻章在給盛宣懷的電報裡說：「廿五矯詔，粵斷不奉，所謂
亂命也。」兩江總督劉坤一、兩廣總督李鴻章、兩湖總督張之洞以及
山東撫臺袁世凱等封疆大吏原本就主張鎮壓義和團，反對與列強開
戰。他們雖然收到了籌兵籌餉、出兵勤王的命令卻沒有依令而行，反
而積極鎮壓當地出現的義和團。於是「九門樓櫓已全摧，不見勤王勁
旅來（〈庚子都門紀事詩〉）」。當中國北方陷入戰亂時，地方大臣與各
國領事定下「各不相犯」的合約，保得了東南一方平安。

　　作家們對這一事件有褒有貶，其中肯定、支持的意見是主流。
《都門紀變百詠》中有一首詩寫道：「巨艦飛來瞬息中，未從江海鼓
腥風。全虧諸老能調護，半壁東南保障功。」無名氏的《庚子時事雜
詠》有〈東南立約〉一首，云：「北海鯨鯢跋怒潮，奔騰殺氣直衝
霄。聯盟豈第全商務，抗命方能報聖朝。半壁河山資保障，滿天風雨
幾飄搖。盡教協力支殘局，雞犬無驚靜鬥刁。」對「半壁江山資保
障」表示欣慰，黃遵憲寫詩稱讚：「聯盟守約連名奏，賴有維持半壁
才」。時調唱歌中也有稱讚之詞：「九月裡，菊花黃，劉張二帥保長
江，半壁山河沒有亂」。程道一在《庚子事變演義》中對「東南互
保」局面也給予了積極的評價，認為此舉使大江以南免遭兵劫，得以
保存，並為逃到西安的清朝政府提供了經濟上的支持。讚頌「東南互
保」的論斷多出自維新派，他們認為這一舉動使在風雨中飄搖的中國
避免了被瓜分的危險，為國家後來的復興保存了力量。

　　當時的社會輿論對積極促成「東南互保」局面的各地督撫也提出
了一些質疑。《中外日報》上刊登了題為〈論東南安宴之非〉一文肯
定其「保境寧人，未為不是」，但又指出：「為一方計可也，為全域計

不可也；為一時計可也，為長久計不可也」。作者認為，如果地方督
撫能夠齊心協力，對外共同禦敵，對內掃除奸黨，那麼國家決不至於
遭到後來那樣大的恥辱。一些詩歌作品也表達了對東南督撫自保而不
保國行為的憤慨：

> 殉國諸忠原凜凜，勤王各鎮自遲遲。
> 南和北戰開奇局，青史他年費論思。
> 一樣中華患寇夷，南連和約北交綏。
> 疆臣坐鎮畿臣殉，時局於今太覺奇。[19]

　　東南互保局面的形成反映出晚清地方權力的膨脹，清政府的上下
分裂。它雖然是由地方督撫和列強共同策劃，但也擁有廣泛的社會基
礎，並非「違背民意」。在一定程度上，「北戰南和」的「奇局」是中
國社會南北之間文化和經濟不平衡發展的必然結果。這種不平衡在庚
子文學作品中有兩種表現模式。其一，南方對北方文化上的優勢心態
以及南方士紳對北方受戰亂之苦的人的救助；其二，北方對南方也存
在一定程度的誤解和偏見。[20]
　　連夢清（憂患餘生）的小說《鄰女語》寫家在江蘇鎮江的主人公
金堅（字不磨）變賣家產，北上賑災，一路行來時時感受到南北習
俗、文化差異，其中南方人面對北方時的優勢心態若隱若現。初到山
東地界，與南方迥異的地理環境已經給主人公一種全然陌生的體驗，
「不覺已離了王家營，漸入山東境界。只見平蕪一片，風沙茫茫，比
到江南地面，迥乎不同，滿目中皆現一種淒涼之色……心中不覺動了

---

19 劉學照：〈庚子史詩中的義和團和清政府〉，《華東師大學報》1981年第3期。
20 喬以鋼、林晨：〈清末小說中的南北之辨和南北之旅〉，《清華大學學報》（哲社版）
　　2006年第2期。

憫惜之意。」[21]隨著旅程的繼續，風俗上的差異也體現得越發明顯，作者在第五回寫飲食習慣的差異，「金利這奴才是在南方生長的，偏偏不善麥食。又以逐日親見各旅店燒的是馬糞，那店中人抓糞的手，就去和麵，因而時時作嘔。不磨亦恐於養生之道有礙，乃命金利自調麵粉，雜以牛肉，作一大餅。馬上行程，即賴此充饑。」飲食不適之外，主僕二人一路想要尋個棲身之地也是「尋來尋去，都是骯髒齷齪，不堪駐足，卻沒有清靜房屋可以容身」，最後好容易才找到一家稍微滿意的。當不磨在投宿的旅店聽到幾個「粉頭」咿咿呀呀「唱些山東不像山東，山西不像山西的梆子腔」，不磨的反應是「腦筋脹裂，幾欲暈去，忙叫店家代為止住」。無獨有偶，林紓在紀事散文〈被難始末記〉[22]中寫她從北往南的逃難旅程時，在住宿方面也寫道：「北道旅中，尤為齷齪，塵積若泥，而皆臥土炕，求一如南方之床若藤棕之可安身者亦不得。」在飲食方面則寫道，「舟中斷炊已兩日，從者皆食料麥。料麥者，喂馬者也，舟中饑則食此。南人獨不善食，因是疾病交作⋯⋯」。

通過南方人的眼睛來看，中國北方毫無生氣，北方人民生活極為困苦。這固然與戰亂有很大關係，但也反映出了南北方客觀存在的差異。相對而言，南方經濟發展水準比北方高，而且與外國人通商較早，這一方面增強了南方抵禦外來經濟侵略的能力，另一方面有利於人們接觸到更為開放的思想。反觀北方，氣候乾燥，生產相對落後，自然經濟一直占統治地位，缺乏抵禦災害和列強經濟侵略的能力。環境的閉塞導致守舊觀念更有力地植根於人們的心中。於是，以排外滅洋為宗旨的義和團運動在北方「傳單一發，應者雲集」，而在南方義

---

21 憂患餘生：《鄰女語》，收入董文成、李學勤：《中國近代珍稀本小說》（瀋陽市：春風文藝出版社，1997年），第8冊，頁264。

22 阿英：《庚子事變文學集》（北京市：中華書局，1959年），頁1083。

和團運動就沒有那麼廣泛的支持。

另一方面，北方對南方也存在著一定程度的怨恨心理，史書載：「團匪又恨南人入骨，意為南人在該處者均受役於洋人，以及在電報局、鐵路車站等處與洋人聲氣相通，故亦欲害之，呼南人曰『二毛子』，南人遂被害，出逃者無幾」。[23]這在義和團運動中表現得尤為突出。在《鄰女語》中，南方主人公金不磨，立志北上救國救民，但卻在路上碰上陳大人、張大人的潰勇。他們一見不磨是個南方打扮的，便指著他向同夥說道：「你看，你看，他那個殺不盡的二毛子，他又來了。」繼而他們竟動了殺心，好在不磨機智躲過。在吳趼人的小說《恨海》中，忠誠守責的京官陳戟臨只是因為「南人」的身份，就遭義和團的屠戮。因為義和團認為廣東人全是「二毛子」。

南北方經濟和文化上存在的客觀差異，導致了他們在政治理念上的分裂。「南拳北革」正是這種分裂的顯現，這兩種力量互相敵視，在朝堂上的較量互有勝負。光緒新政時重用維新派，而慈禧訓政後頑固勢力一時風光無限。庚子事變中，多位主和的大臣被賜死。但聯軍進京後，支持義和團的頑固派王公大臣又成為被懲辦的「禍首」，被押上斷頭臺。朝廷內部新與舊的鬥爭如何激烈而殘酷，可見一斑。

正如詩中所言：「南和北戰開奇局，青史他年費論思」。如何評價東南互保一直是中國近代史研究所關注的一個問題。關於庚子事變的文學文本隱隱約約向我們展現了這種差異的客觀存在，展示了當時社會對這一事件的思考。

---

23 中國社會科學院近代史研究所編：《義和團史料》（北京市：中國社會科學出版社，1982年），上冊。

第二節　庚子事變文學中的末世官僚群相

　　庚子事變文學均圍繞「庚子國難」展開敘述，追尋造成國難的「禍首」。從清政府中持不同立場的各級滿漢官僚到義和團、八國聯軍以及無辜受難的平民，作家們對事變中涉及的各方人物都有所刻畫，譴責以慈禧太后為首的頑固守舊派，塑造了清朝末世的「群醜圖」。

一　慈禧太后的形象

　　程道一的《庚子事變演義》突出地表現了慈禧驕奢淫逸的一面。作者寫她在朝政大事上獨斷獨行，任人唯親，朝臣對她的決定稍有異議，立刻怒斥甚至殺頭，只關心自己的權力，絲毫不顧國家民族大義。慈禧欲立端王之子溥俊為儲君，慶王奕劻考慮到溥俊「毫無君人之度」而「懇請擇立幼君」，慈禧「已然大怒，當時把臉子一沉」斥責道：「我意已定，誰敢阻撓？」大阿哥在宮內設立拳壇，扮成「團匪」模樣，打算裝瘋賣傻充做「神仙附體」，謀害早已失去實權被義和拳稱為「一龍」的光緒帝，以便自己能早日登基。慈禧目睹此景，認為自己的權威受到挑戰，當下大聲斥責大阿哥橫行無忌，叫囂：「當今皇帝是我所立，只有我一人能批評他不好。」在決定是否對外宣戰問題上，起初慈禧畏懼洋人勢大，多次召開會議商討妥善解決之策，也難下定論。然而當端王呈上自己偽造的外國公使要求慈禧歸政的照會後，慈禧看了立刻勃然大怒，「氣得渾身亂抖，憤然說道：『他們干涉我的大權，非只一次了，任情挾制，是可忍孰不可忍？』說著將一紙照會向榮祿擲去，憤氣說道：『你看看：外人這等無理，你總說是理應保護使臣，不應宣戰。他們索我大沽炮臺，紫竹林洋兵也出

擊我軍，我總以寬大為懷，不肯和他們決裂，而今找尋到我的頭上來了。若再不同他們較量較量，還不把我驅逐嗎？』」國家主權可以受到威脅、侵占，但絕不能容忍對自己權力的質疑，以個人利益得失決定關乎國家存亡之大事，這就是慈禧太后的原則。一九〇〇年八月二十日晚上聯軍攻城的槍炮聲越來越大，天下大雨，此時的慈禧太后「追悔不及，只剩落淚，但還未知道各國聯軍已經入城」。等到半夜，「老太后孤坐深宮，沒有一個可靠的臣工，代為運籌畫策。到了此時，才想起母子孤苦零丁，被一班庸臣所欺，落到這步田地。越想越難過，不禁痛哭起來。」李蓮英獻策西巡，「西太后至此，也別無他法」，依計而行，召見大臣，王文韶、趙舒翹、剛毅三人入宮，她帶淚言道：「只有你們三人前來，他們皆上那裡去了？噯！到了這步田地，拋下我母子不管，真好良心！」說著淚珠滾滾，流個不止。此刻的慈禧就像一個普通的老婦人，當大難臨頭之時，六神無主，舉止失措。當決定逃難之後，慈禧又因珍妃建議光緒皇帝留在京城主持大局，惱恨異常，竟令太監將其推入井中。作者評論：「可憐一位知書達理忠心事主的貞烈妃子，落在井中而死，悲哉！」

　　逃到西安的慈禧太后似乎完全忘了國難當頭，「戲院飯館大加興起，諸臣娛樂有過北京，居然如太平景象一般。」慈禧甚至打算在西安為自己的生日舉行慶典，後因「大臣多不贊成」而作罷。此時，慈禧看到「內患紛起，革命聲浪一天高似一天……遂想了個收拾人心的法子，下了一道冠冕堂皇的諭旨」宣稱變法。作者譏諷道：「諭旨上雖是這等說法，內幕中依然娛樂。」從西安回北京的路上，「所有一切啟蹕事宜，並沿途的行宮，及各該地面官當辦的供應，全都預先傳知，統要力求完美。……八月二十四日，兩宮自西安啟鑾，千乘萬騎，同時東行，所有一切供應，較諸上年出走的時，真有天壤之別」。國難當頭，民不聊生，而慈禧奢華依舊。《庚子事變演義》對宮

廷官僚之間勾心鬥角爭權奪利的形狀著筆較多，尊重歷史大事，在細
節上增加了更多的藝術虛構和誇張，將歷史文學化。書中所刻畫的慈
禧形象比較符合民間想像，貼合民間趣味，同時也體現了民眾對慈禧
的鄙夷和憎惡的感情傾向。

　　但另一方面，在庚子事變文學中，也有對慈禧太后加以肯定讚美
者。李伯元的《庚子國變彈詞》就對慈禧、光緒有諸多讚頌之詞。對
慈禧「旬日之內，連殺五大臣，詔辭忸怩，無佐證」[24]的倒行逆施，
他在文中也設法多方美化掩飾。當時敢於直言諫阻宣戰的官員只有許
景澄、袁昶等少數幾人，一九〇〇年七月二十八日，慈禧為了「令後
無妄言者」，將二人斬首。一九〇〇年八月十一日慈禧殺徐用儀、立
山、聯元，不僅因為這些大臣反對進攻使館，而且在廢立問題上主張
「皇帝當保全」。懾於慈禧權威，其餘大臣雖明知慈禧依靠義和團，
攻打使館的政策後患無窮，但又怕惹禍上身便都選擇了三緘其口。於
是整個朝政便由一班守舊排外的大臣所把持。作者對此的解釋是：

　　　逆邸公然殺大臣，聖君其實未知聞。
　　　只因上下多蒙蔽，魁柄於今不屬君。

　　　……
　　　深宮聖母本慈仁，那肯無辜殺大臣。
　　　無奈端、剛悖逆甚，煌煌懿旨不遵行。

　　　在決定西逃的問題上，說光緒：

────────────

24 李希聖：《庚子國變記》，據翦伯贊《義和團》（上海市：上海人民出版社，2000年），
　第1冊，頁22。

吾皇孝德古無倫，深恐慈躬受震驚。

因此再三來泣請，鑾輿暫請去西征。

《庚子國變彈詞》寫人民對兩宮極為崇敬，滿紙對慈禧的溢美之詞。同樣的描述也散見於時人所做的部分詩歌中。洪壽山作《時事志略》中有〈閉塞賢路〉一首：

總由姦臣當道，賢路閉塞不通。

並非太后不聖明，此乃天命所定。[25]

曹潤堂的〈仿杜工部秋興八首〉寫慈禧西狩途中——

傳聞聖駕駐懷來，父老歡呼儼似雷。

但願至尊安社稷，行看餘孽滿塵埃。

……

一路旌旗抵晉陽，齊呼萬壽祝無疆。

百官露立衣冠肅，夾道風吹劍佩香。

……

桐封駐驛又西行，百二官河繞帝城。

只有恩膏憐赤子，不教差費累蒼生。[26]

從這些詩歌看，好像百姓熱情歡迎慈禧一行，百姓也頗為受惠，但事實並非如此。據《庚子西狩叢談》記載慈禧西行，一路上——

---

25 阿英：《庚子事變文學集》（北京市：中華書局，1959年），頁683。

26 阿英：《庚子事變文學集》（北京市：中華書局，1959年），頁66。

扈從兵士，為神機、虎神兩營，其餘尚有武衛軍，顧皆零落散
漫無統紀，蹩躠而行，餒憊不支，惟肆強掠，道遇車馬，即摔
其人於路旁，牽其車馬以去，雖京外官吏亦鮮有幸免。以此，
凡沿官道各村莊，居人皆逃徙一空。兵卒搜括財物，雞犬不
留；主將雖三令五申，迄無法可以禁止。[27]

　　以現在的政治觀念和情感立場而言，這些作者對慈禧太后似乎溫
情脈脈、太過寬厚，太過糊塗。但是作為一直接受傳統「忠君」思想
的晚清文人，這是他們很難擺脫的。雖然對慈禧及清政府抱有幻想的
文人作家依然存在，但這在反映庚子事變的詩歌作品中並不占主流。
更多的作品中是影射、鞭撻慈禧太后弄權禍國。如，邵孟在《寶天彝
齋清史樂府・義和拳》中嚴厲斥責慈禧縱容義和拳：「屍之者誰西太
后，王公大臣相左右。堂堂中國倚匪徒，明詔褒嘉殊可醜。」他還在
一首樂府詩中寫慈禧與列強簽訂和約後回京後仍把持朝政，寵信姦
臣，國難之後仍絲毫不知悔改，並為光緒鳴不平：

乘輿播遷倏一載，東望燕雲家何在？
天旋帝轉鑾馭回，母后戀權終不悔。
向使即時歸政枋，英明天子再當陽。
任用賢良變新法，猶可轉弱而為強。
吁嗟乎！
牝雞司晨為家索，鎩羽西歸啼自若。
雄雞斷尾不能飛，不使為犧心不樂。

---

27 吳永口述、劉治襄記：《庚子西狩叢談》（長沙市：嶽麓書社，1985年）。本章所引
　　該書文字，均出自該版本。

可憐瀛臺長寂寞，瀛臺胡為長寂寞？[28]

李崇瑞有首一詩嘲諷慈禧西巡，偏安一隅：

破碎河山淚滴殘，小朝廷已就偏安。
虛糜繒帛輸回鶻，枉費金錢賂契丹。
兆庶可憐罹浩劫，百僚無計挽狂瀾。
廟堂袞袞從亡客，屏息都從壁上觀。[29]

丘逢甲亦有詩云：

滄海塵蒙境殿光，公卿同哭牝朝亡。
河陰兵問充華罪，樂府歌殘斌媚章。
往事數錢憐姹女，異邦傳檄過賓王。
枉崇聖母無生法，難遣神兵御列強。[30]

　　用武則天影射慈禧「牝雞司晨」，竊權禍國，更為直接和激憤。更加肆無忌憚地攻擊慈禧的當屬流亡南洋的康有為，他的〈聞菽園居士欲為政變說部詩以速之〉一詩從慈禧政變奪權、陰謀廢立到宮廷淫亂以及頑固守舊派的諂媚都有揭露。[31]庚子事變詩詞中有相當多的專

---

28 邵孟：《寶天彝齋清史樂府・鑾輿返》，收入阿英編：《庚子事變文學集》（北京市：中華書局，1959年），頁147。

29 李崇瑞：〈庚子初秋拳匪之亂京師淪陷兩宮西幸除夕挑燈孤座憶懷有作〉，收入阿英編：《庚子事變文學集》（北京市：中華書局，1959年），頁180。

30 丘逢甲：〈四用前韻奉答人境廬主見和之作〉，《嶺雲海日樓詩抄》（合肥市：安徽人民出版社，1984年），頁185。

31 劉學昭：〈庚子史詩中的義和團和清政府〉，《華東師範大學學報》1981年第3期。

詠珍妃之死的〈落葉詞〉、〈宮井詞〉。珍妃「致死之由，只為諫阻西巡一事」。許多作者通過哀悼珍妃枉死，讚揚其忠貞，委婉地表達了對慈禧的不滿。又有人做《枯井淚雜劇》、《燕支井》借為珍妃喊冤，澆胸中塊壘。

二　文武官僚群像

　　戊戌政變宣告了維新派的失敗，隨後慈禧「訓政」，於是朝堂之上守舊一派氣焰薰天。文武官僚上行下效，閉目塞聽，妄自尊大，醉生夢死。正如小說家所言：「甲午到今，過了幾個年頭，做官的仍舊這樣做官，辦事的仍舊這樣辦事」。[32]有這樣的當權者，中國社會自然毫無改革的希望。在庚子事變中，這股守舊勢力發展到頂峰，諸位王公大臣醜態畢露，展現出一幅末世狂歡、群魔亂舞的奇景。

　　端王載漪，還有諸朝臣徐桐、剛毅、啟秀等人，其極端守舊、排外的反面形象都在庚子事變文學中被一一曝光。他們閉目塞聽、仇洋排外，恨不得永遠把自己「裝在套子裡」。「徐桐之每見西人，以扇掩面；剛毅之目學堂為養漢奸；崇綺之一生未嘗見報；趙舒翹之約同鄉，使其本省永無開礦之事」。[33]這些人惟慈禧馬首是瞻，見慈禧欲利用義和團，便對義和團的種種「神術」推崇備至；知道慈禧有廢立的意圖，徐桐、崇綺、啟秀馬上策劃聯絡，想「邀定策的頭功」。利令智昏，誤國害民，留下了千古罵名。

　　庚子事變文學中描寫較多的人物，第一個要數端王載漪。程道一《庚子事變演義》中描寫端王載漪「本是毫無知識的人」，當聽到毓

---

32 艮廬居士：《救劫傳》，收入阿英編：《庚子事變文學集》（北京市：中華書局，1959年），頁217。

33 〈原近時守舊之禍〉，《中外日報》，1900年9月20、21日。

賢向他稟報義和團的「神技」立刻「歡欣異常」地在府邸設壇早晚參
拜，企圖利用義和團的力量擺脫洋人的挾制，讓自己的兒子順利登上
皇位。另一方面他還打算藉此與慈禧分庭抗禮，想著：「這義和團要
是由我提倡起來，將來事成之後，大功是由我作成，便是皇太后，亦
須聽得我調度一二。」當他的兒子立儲之後，端王「儼然太上皇」，
態度蠻橫。在朝堂上，對反對攻打使館、持和平主張的大臣，他一概
誣衊其為漢奸。時人有詩「殿上咆哮起立愆，端王氣焰已薰天」。[34]其
粗暴的態度連慈禧也不得不加以申斥，以正視聽。主和派大臣再三痛
陳國衰兵弱，一旦開戰，必敗無疑。但是載漪無知自大，說：「彼尚
詐謀，我恃天理，彼憑悍力，我恃人心……」，力主開戰。一九○○
年六月十九日，載漪所管轄的「虎神營」（得名自「虎食羊而神治
鬼」）在德國公使克林德去總理衙門的路上將其射殺，等到戰爭開始
後，聯軍節節進攻威逼京師時，外強中乾的載漪開始惶惶不安，就詢
問剛毅怎麼抵擋洋兵前進，剛毅沒有辦法，轉而向徐桐求救，徐桐也
無可奈何，再問趙舒翹、啟秀，他們更是束手無策……儘管如此，當
慈禧質問他義和團所鼓吹神術是真是假時，他還是冥頑不靈，強辯
「神術卻有」，不見效是因為團民良莠不齊，練習不虔誠再加上洋人
用婦女穢物破壞了法術。當聯軍打到北京開始攻城時，載漪「見勢不
佳，垂頭喪氣，一語不發。」隨著事態發展，「消息愈行險惡。端王
此時盛氣全消，坐在凳子上，彷彿成了一灘泥似的，兩眼呆邪，頹敗
的不堪入目……」[35]。

　　李伯元《庚子國變彈詞》第七回〈容留匪首逆邸設謀　焚掠京師

---

34 高樹：《金鑾瑣記》，收入阿英編：《庚子事變文學集》（北京市：中華書局，1959
　　年），頁142。

35 程道一：《庚子事變演義》，收入阿英編：《庚子事變文學集》（北京市：中華書局，
　　1959年），頁454。

大臣受辱〉，第十二回〈中外同心劉張訂約　忠良斬首袁徐蒙冤〉，第十三回〈端王二次害忠良　毓賢一心滅洋教〉著力描繪了端王載漪種種禍國殃民之舉。艮廬居士的小說《救劫傳》對載漪借義和團謀權的用心也作了很清楚地揭露。不同作品關於載漪的描寫出入不大，都是集中抨擊他既無知又無能：陷害忠良，謀權奪利；盲目排外，迷信義和團所謂的神術，是造成庚子國難的罪魁禍首。

　　另一個被眾多作家大加嘲諷鞭笞是剛毅。林紓在《京華碧血錄》諷其無知，「生平所崇信者，《封神傳》、《濟公傳》、《七俠五義》諸書，猶必待人講論始悉」。高樹在《金鑾瑣記》寫剛毅向李蓮英行賄而得到慈禧的寵信，稱「其人不學無術，語多可笑」，並以詩諷刺云：「禍國殃民喚奈何，闔門納賄進鸞坡。他年編輯姦臣傳，開卷惟君笑柄多。」「識字不多」的剛毅「日言仇洋，見談洋務者，皆斥為漢奸」，[36]他獻媚於端王，與端王沆瀣一氣，被合稱為「端剛」，剛毅隨端王盲目崇信義和團，極力稱讚其「萬年不遇，因為繼統有了聖君，方有百靈相助，扶清滅洋，在此一舉。」聯軍攻打大沽炮臺的消息傳來，剛毅依然沉浸在義和團刀槍不入的神話中，認為，「夷人所靠的是快槍快炮，現在義和團能避此物，自不必管夷眾兵多兵少，便是百萬之中，也是無能為力」。剛毅素來疑忌漢人，手握重權，氣焰囂張，趙舒翹、裕祿等人忌憚其權勢，於是在義和團問題上違心附和，「以訖於敗」。無名氏《庚子時事雜詠》中有〈端剛縱匪〉一首譏諷二人：

　　　甘為禍首實離奇，大局奚堪快爾私？
　　　舉國若狂稱義勇，設壇無恥拜仙師。

---

36 羅惇曧：《拳變餘聞》，《庚子國變記》（上海市：神州國光出版社，1951年），頁35。

　　　前明已事茲流寇，東漢何曾護赤眉？

　　　剿撫兩難誰任咎？蘆溝烽火不勝悲。[37]

　　剛毅不僅大事昏聵，而且視人命為草芥，毫不顧忌民眾的利益。義和團焚燒老德記藥房，火勢蔓延，焚毀面積極大。《庚子事變演義》中寫他的反應是：「看著火光衝天，反讚歎說是天意，這一來，東交民巷洋人可以燒盡。」因此，社會輿論對剛毅種種「足以亡國」的倒行逆施深惡痛絕。《中外日報》刊登專文[38]歷數其「構煽帝後」、「分別滿漢」和「擾亂中外」的三大罪狀。

　　端剛之輩對義和團刀槍不入、天兵天將的神話信以為真，尚可以說是無知所致。而被慈禧選為大阿哥老師的大學士徐桐、尚書崇綺，對於義和團「信仰尤篤」，這令時人猶為痛恨。他們認定，「徐、崇之罪，浮於剛啟」。鄒崖遁者在一詩中寫這樣寫徐桐：

　　軍中鈔《大學》，賊前誦《孝經》。

　　　尊攘尚惇惇，妖孽寧冥冥。

　　　信盜事容有，交鄰理無徵。

　　　五洲誇誕耳，鄒衍無稽聽。[39]

　　嘲諷其迂腐守舊的荒誕行為。〈戊巳間訓政諸王大臣論略〉中寫徐桐，「以漢軍起家翰林，平流進取，得至公卿。平日以講章為學

37　無名氏：《庚子時事雜詠‧端剛縱匪》，收入阿英編：《庚子事變文學集》（北京市：中華書局，1959年），頁148。

38　〈論剛毅三大罪〉，《中外日報》，1900年10月21、22日。

39　鄒崖遁者：〈庚子圍城中雜感〉，收入阿英編：《庚子事變文學集》（北京市：中華書局，1959年），頁170。

問，以制藝為詞章，晚年學道，惟日手〈太上感應篇〉，以此坐煽庸人，頗致時譽。然以詩禮發家，道德欺世，晚節不甚……」[40]義和團所信奉的太上老君之類與其平日所學相合，因而徐桐極力推崇義和團，幾可謂走火入魔。徐桐及其子徐承煜依附端、剛，「竭力護匪」。徐桐贈送「大師兄」對聯，稱讚義和團「創千古未有奇聞，非左非邪，攻異端而正人心，忠孝節廉，只此精減未泯；為斯世少留佳話，一驚一喜，仗神威以寒夷膽，農工商賈，於今怨憤能消。」[41]雖然平日裡叫囂反洋、殺洋，當八國聯軍攻破北京之後，徐桐父子馬上起了投降之心。其子徐承煜說，「洋兵既然打了勝仗，自然是天意已有所屬，我輩焉敢逆天行事？若是降順了他們，當不失我富貴。不如我父子降了吧。」[42]徐桐則擔心言語不通，枉送性命，最後父子倆商定掛上白旗，表示願為「順民」。

連夢青在《鄰女語》中分析徐桐的心理成因，說徐桐「窮翰林出身」，「極勢利極熱中」，「做官做了二三十年，不得一個好差使。他這一口怨氣，無處發洩，積之愈久，發之愈烈。遂將這股毒氣，一一移到同寅身上。久思藉此報復，一消心頭之恨」。這種解釋雖不乏小說家臆測的成分，也在一定程度上觸摸到徐桐之類官僚的內心奧秘。對於徐桐荒唐可恨的行為，庚子事變的詩歌中多有涉及。如，高樹在《金鑾瑣記》中寫道：

八十高齡徐太師，傖言俚語信偏癡。

40 《中外日報》，1900年11月23、24日。

41 程道一：《庚子事變演義》，收入阿英編：《庚子事變文學集》（北京市：中華書局，1959年），頁359。

42 憂患餘生：《鄰女語》，收入董文成、李學勤：《中國近代珍稀本小說》（瀋陽市：春風文藝出版社，1997年），第8冊，頁340-341。

誰言避炮猩紅染，瞽說無根豫席之。

（瞎叟豫師言，樊教主以婦女猩紅染額，炮不能中，徐相信之。豫師，字
席之）

八卦由來屬太陰，肉屏風下陣雲深。

何時玄女傳兵法？預防青州張翰林。

（……山東張翰林曰：「東郊民巷及西什庫，洋人使婦女赤體圍繞以御槍
炮。」聞者匿笑，蔭老信之）

……

學守程朱數十年，正容莊論坐經筵。

退朝演說陰門陣，四座生徒亦粲然。

（徐相素講程朱理學，在經筵教大阿哥，退朝召各翰林，演說陰門陣。蓋
聞豫瞎子言，樊主教割教民婦陰，列陰門陣，以御槍炮雲。樊實無其事）[43]

如此翰林，如此帝師！

庚子事變中另一個關鍵人物是山東巡撫毓賢。《庚子國變彈詞》
中寫毓賢「秉性陰鷙，果毅敢為……一以誅戮為事」。對於義和團，
他起初並無「縱匪戕教之心」，只因辦理不善，以致境內「拳匪一天
猖獗一天」，後教士進京抗議，朝廷責其「開缺回京」。此時的毓賢既
想文過飾非，又想保住自己的功名利祿，「不免漸漸的將初心改變
了」，投靠了端剛，極力支持利用義和團來「同心報國，攻打外人」。
毓賢被放山西巡撫後「心恨洋人不放鬆，血海冤仇深入骨，一朝在手
展威風，山西教士都遭殺，作盡威權一載中」。一九○○年七月十九
日毓賢在山西設法「將省中洋人誘令遷居一處」，親自帶兵擒拿，在

---

43 高樹：《金鑾瑣記》，收入阿英編：《庚子事變文學集》（北京市：中華書局，1959
年），頁141-142。

撫院西轅門一次殺害洋人五十一名和教民十七名。[44]其後不久，又遣
巡捕執令箭一次殺害教民四十餘人，其中年齡最大者八十一歲，年齡
十歲以下者約占四分之一，甚至有三四歲和未滿周歲者。[45]後人評
論，「清季之酷吏當以毓賢為舉首」。[46]在《庚子事變演義》、《救劫
傳》等作品中對毓賢的殘忍嗜殺都有真切的揭示。

上有王宮權臣極力煽動，下有各級官吏跟風。《鄰女語》中形容
清政府下級官僚的心態是：「要做朝廷的官，只好順從朝廷意見。既
是端王、剛毅相信這義和團，自然依著他做，要如何便是如何。」於
是，一時之間清政府內部「上書言神怪者以百數」，一片烏煙瘴氣。
詩人黃遵憲對此痛心疾首：

> 舉國成病狂，群官作賊曹。
> 驢王兼狗相，踊躍喜同袍！[47]

清廷內政昏瞶之狀躍然紙上。

武將之中，強烈主戰的當屬董福祥，其人自稱：「無他能，惟能
殺洋人耳。」[48]一九〇〇年六月九日慈禧由頤和園回城，董福祥率領
「甘軍」隨扈。當時在英國使館中的普特南‧威爾在當日日記中寫
道，「見彼頑固兇橫之董福祥，騎馬後隨，旗幟飄揚於道中，以顯董
軍之威，其號手力揚其聲，似挾有殺伐之音者，觀此情狀，殊不能使

---

44 國家檔案局明清檔案館：《義和團檔案史料》（北京市：中華書局，1959年），上
  冊，頁281。

45 翦伯贊：《義和團》（上海市：上海人民出版社，2000年），第1冊，頁512-513。

46 《義和團史料》（北京市：中國社會科學出版社，1982年），下冊，頁758。

47 阿英：《庚子事變文學集》（北京市：中華書局，1959年），頁7。

48 羅惇曧：《拳變餘聞》，《庚子國變記》（上海市：神州國光出版社，1951年），頁37。

人安心也」。[49]董福祥向慈禧保證,「如准其攻使館,於五日之內,將洋夷滅盡」。[50]然而,事實是使館被圍攻五十六天,始終未破。雖然未能「滅夷」,在這期間,董福祥及其所率領的甘軍在京城始終異常活躍。六月十一日,日使館書記生杉山彬出永定門迎候西摩爾聯軍,在永定門外為董福祥部甘軍所戕。六月二十三日董福祥為了易於進攻使館,放火燒毀了翰林院。時人有〈翰林院〉絕句詠此事:

> 不料文場作戰場,毛錐無用用洋槍。
> 他年若續詞林譜,董帥曾經到玉堂。[51]

當時在英國使館的普特南·威爾和莫理循目睹了中國人燒了北京「最神聖的建築物」和學術中心,他們分別寫下了自己的觀感:

> ……中國讀書人最崇敬者厥維翰林。院中排積成行,皆前人苦心之文字,均手抄本,凡數千萬卷,所有著作為累代之傳貽,不悉其年。又有未上漆之木架,一望無盡,皆堆置刻字之木板,置身於院中之翰林,雖未夢見西方之學術,而在此國中則自矜博涉,處於讀書人最高之位,上自王公、下至乞丐無不尊敬者。如謂此地可放火,吾歐人聞之,度未有不笑其妄者。然今竟何如,在槍聲極猛之中,以火具拋入,人尚未知,而此神聖之地已煙焰上騰矣。[52]

49　〔英〕威爾著,冷汰、陳詒先譯:《庚子使館被圍記》(上海市:上海書店出版社,2000年),頁13。

50　景善:《景善日記》,據翦伯贊:《義和團》(上海市:上海人民出版社,2000年),第1冊,頁37。

51　阿英:《庚子事變文學集》(北京市:中華書局,1959年),頁134。

52　〔英〕威爾著,冷汰、陳詒先譯:《庚子使館被圍記》(上海書店出版社,2000年),頁59。

……大捆大捆大清帝國最珍貴的圖書被扔進了避暑別墅四周的池塘裡。這座中國最大的圖書館變成一堆廢墟，飄散著撕毀的書頁和木灰。世界上其他大圖書館，如羅馬的亞歷山大圖書館曾毀於征服者之手，但是我們難以想像一個國家，為了報復外國人，竟然犧牲了自己最神聖的建築、國家的驕傲和光榮，以及數百年來有學之士的智慧結晶。這是一場可怕的大火，是駭人聽聞的褻瀆神聖的罪行[53]。

《庚子日記》中記載，許、袁二人將此事向慈禧上奏，只是「慈顏頗怒，將董嚴加申斥」。甘軍攻打使館無功，搶劫百姓卻不落後。〈庚子國變彈詞〉寫起初只是「匪徒縱火」，不久則「董軍門所帶來的甘軍，亦漸漸的肆行搶劫了」——

兵即是匪匪即兵，兵匪合一亂胡行。
排槍好似連珠炮，哭喊之聲不忍聞。
巨富豪商都被劫，大家小戶不安寧。

六月二十二日這一天，「匪徒甘軍搶順了手」，一直搶到了吏部尚書孫家鼎的住宅。此時連榮祿也無法控制。因為榮祿自己所轄「吃糧不能打仗」的武衛軍也加入了搶劫的隊伍。對此《都門紀變百詠》中寫道：

中堂令箭滿街飛，武衛軍中脫號衣。

---

53 〔澳大利亞〕西瑞爾‧珀爾著，檀東鍟、竇坤譯：《北京的莫理循》（福州市：福建教育出版社，2003年），頁173。

只要錢財不要命，馬馱車載幾群歸？[54]

　　表達了詩人的憤慨和譴責。同類作品還有〈兵勇如狼鼠〉、〈兵將逃散〉等時調。兵匪一家，搶得京城中「民居市舍，數里內焚掠皆空」[55]。本應保家衛國的軍隊卻成了禍害百姓的罪魁，有兵如此，腐朽的清政府只會自取滅亡。

　　《庚子事變演義》中寫統領武衛軍的榮祿雖然不主戰，也清楚一旦開戰後果不堪設想，但看到慈禧連連誅殺主和的諸大臣，端王剛毅等人氣焰囂張，他採取了明哲保身的態度。雖然他奉命攻打使館，卻並不盡力，只是拖延塞責。時人怒斥：「晝夜炮打洋樓，一月有餘無功。奸臣用計不實行，可惜國幣枉用。」同時他又私下暗渡陳倉，與外國公使暗通款曲，表白自己身不由己。他還電告東南疆臣六月二十日之後的詔書是偽詔不必遵守。因為有了這些事先安排，戰敗後各國要求處置禍首的名單上有董福祥卻沒有榮祿。《庚子事變演義》中寫，當聯軍破城之時，端王垂頭喪氣，慶王急得手足無措；獨有榮祿，「坦坦然然，盤腿坐在大方凳子上，忽然想吃西瓜。當時命令糧餉處差役去買，如飛似箭，從東華門大街果局買來，切了一大盤呈上。榮祿自吃西瓜，也不管交戰勝負。」只要自己有後路可走，便絲毫不顧國家安危，其老謀深算、奸猾狡詐之性，可見一斑。

　　有了這般武將，難怪慈禧下詔宣戰，誓與洋人「一決雌雄」，然而京城內使館久攻不下，京城外清軍也是「一戰即潰」。清政府的軍隊雖然也配備了新式的槍炮，奈何將領、兵士沒有幾個真心為國、奮勇殺敵的人，從上到下腐敗成風。他們對付手無寸鐵的百姓尚可以威

---

54 復儂、杞廬：《都門紀變百詠》，收入阿英編：《庚子事變文學集》（北京市：中華書局，1959年），頁130。

55 羅惇曧：《庚子國變記》（上海市：神州國光出版社，1951年），頁9。

風凜凜，肆意劫掠，到了戰場上面對裝備精良的八國聯軍便毫無還手之力，甚至望風而逃。小說《救劫傳》中寫大沽炮臺在很短的時間內就被攻破時，作者指出這是由於國家太平日久，兵士多來自無路可走的無業遊民。這些兵士既沒有忠君報國的愛國之心，也缺乏正規而有效的訓練，因而與訓練純熟、裝備精良的聯軍交鋒時，一戰即潰。《庚子事變演義》形容當時的練兵狀況：

> 清末時候，練兵四起……一班統練大臣，多是貴冑、王孫、貝勒、貝子公。自全營翼長以至翼長、管帶、幫操，人人羨慕，位位都想謀得一席。於是你也謀，我也謀，把國家整軍經武之意，當作了大家的高樂誇張場。[56]

昏瞶頑固、盲目排外、聽信所謂神術以至誤國害民的文臣武將在作者筆下醜態畢露，遭到毫不留情的口誅筆伐。與此同時，對那些在「舉國若狂」的大環境下尚能保持氣節和清醒的大臣，許多作者也大加讚頌。

在庚子事變文學中，晚清諸多將領中時任武衛前軍的聶士成得到眾口一詞的稱頌。小說《救劫傳》的作者贊其「忠勇是古來的張睢陽、岳武穆，也差不多」。[57]聶士成「本是淮軍老將，身經百戰，赤膽忠心」。義和拳初起時被調到豐臺保衛京津之間鐵路，「只因聶軍全學洋操，西式打扮，愈觸團匪之怒」，雙方多次衝突。後來清政府對義和拳的政策由剿改撫，聶士成因「剿匪」被嚴加申斥，退守蘆臺。大

---

56 程道一：《庚子事變演義》，阿英編：《庚子事變文學集》（北京市：中華書局，1959年），頁452。

57 艮廬居士：《救劫傳》，收入阿英編：《庚子事變文學集》（北京市：中華書局，1959年），頁227。

沽失守之後聶士成又奉命攻打天津租界，「圍攻甚力」。《庚子國變彈詞》中描寫當時情景，聶士成「與西兵惡戰十餘次，相持八日，炮聲不絕，後來糧盡援絕，身受重傷，乃退至津城左近」。《庚子事變演義》中寫他處境的艱難，「士成此時內困於權臣，外受制於總督，勁敵在前，惡匪在後，四面楚歌，環境險惡已極」。「上不見諒於朝廷，下見逼於拳匪」的聶士成「非一死無以自明，每戰必親陷陣」。演義描寫八里臺一戰中，「聶軍遂與聯軍交手奮戰。士成親自督隊，與聯軍拼死，真是一當十，十當百，任他血肉橫飛，人頭亂滾，只是相持不退。洋人已暗暗佩服聶軍敢戰……士成身受三彈，裂腸而死。親兵全行陣亡。」詩人黃遵憲聽到聶士成為保衛天津英勇犧牲的消息後，抑制不住內心的激動，遂奮筆疾書，寫下了近千言的長詩〈聶將軍歌〉。詩人開篇即稱讚：「聶將軍，名高天下聞，虯髯虎眉面色赭，河朔將帥無人不愛君」。詩人對八國聯軍攻陷大沽口，聶士成受命反擊一段的描寫充滿激情與感染力，讀來令人振奮不已：

> 大沽昨報炮臺失，詔令前軍作前敵。
> 不聞他軍來，但見「聶」字軍旗入復出。
> 雷聲耽耽起，起處無處覓。
> 一炮空中來，敵人對案不能食；
> 一炮足底轟，敵人繞床不得息。
>
> 朝飛彈雨紅，暮卷槍雲黑。
> 百馬橫衝刀雪色，周旋進退來夾擊。
> 黃龍旗下有此軍，西人東人驚動色。

繪聲繪影，使人彷彿目睹當日激戰的場面。詩中描寫聶士成戰死

時的場景如下：

> 天蒼蒼，野茫茫，八里臺，作戰場。
>
> 赤日行空塵沙黃，今日被髮歸太荒。
>
> 左右攙扶出裏瘡，一彈掠肩血滂滂，
>
> 一彈洞胸胸流腸，將軍危坐死不僵。[58]

　　對於聶士成悲壯戰死，詩人的讚歎和惋惜之情溢於筆端。千言敘事長詩〈聶將軍歌〉長短參差，語調鏗鏘，詩人將真摯的情感孕育其中，塑造出一個悲劇性的英雄將領形象，堪稱同題詩歌中的佳作。《庚子詩鑒》對聶士成死後不能得到清政府的公正評價而深抱不平；

> 破陣龍鑲舊著名，忠骸收得凜如生。
>
> 堂堂戰死猶蒙垢，潮咽蘆臺有恨聲。[59]

　　蔣蘭佘所作〈挽聶宮亭軍門〉：

> 海氛四動事全非，落日旌旗尚指揮。
>
> 誓仗殘兵終一決，恥同諸將困重圍。
>
> 白頭陷陣當飛炮，碧血埋沙裏戰衣。
>
> 自識疆場勝西市，男兒報國死猶歸。[60]

---

58 黃遵憲：《人境廬詩草‧聶將軍歌》，收入阿英編：《庚子事變文學集》（北京市：中華書局，1959年），頁8-9。

59 龍顧山人：《庚子詩鑒》，收入阿英編：《庚子事變文學集》（北京市：中華書局，1959年），頁110。

60 蔣蘭佘：《壽雲堂集》，收入阿英編：《庚子事變文學集》（北京市：中華書局，1959年），頁64。

　　熱情謳歌了聶士成的忠勇。聶士成的勇敢還贏得了敵軍的尊重，普南特・威爾曾在日記中稱讚聶士成是「一明達之人，其部下皆用新法操練之兵」。[61]這令時人平添自豪。〈庚子國變彈詞〉中寫聶士成「忠心赤膽賢提督，總制師幹不憚勤。逼得洋人時挫敗，望風頗覺怕三分。聲言匪類無憂懼，只怕軍門一個人」。時人大多強烈希望抵制外敵的入侵，但也不滿義和團胡亂搶劫殺戮。在庚子事變時期，聶士成對外英勇抗擊八國聯軍的侵略，對內沒有隨波逐流附和權臣支持義和團，這正符合了時人的價值判斷。當時清政府吏治腐朽，毫無生氣可言。聶士成這樣的罕見的忠臣良將可以鼓舞士氣，振奮民心，於是得到了詩人和小說家不吝筆墨的熱情讚美。

　　許景澄、袁昶、徐用儀等五位大臣因為主張鎮壓義和團，反對進攻使館而被端、剛等頑固派誅殺。哀悼五大臣的詩歌作品也不少。如黃遵憲的〈哀袁爽秋京卿〉、陳寶琛的〈三哀詩〉、陳懋鼎的〈屍三卿〉、張謇的〈袁許慘禍〉等。作者大力讚頌他們「不恤性命」，拼死力諫的忠義，又為他們的無辜慘死悲憤不已。「大節懷千古，慷慨能捐軀。三忠同斃命，天象慘不舒。（章鍾亮〈哀京官〉）」「忠肝義膽嘆無餘，自笑書生恨莫攄。臣節不虧甘受死，九州痛哭許袁徐（周子炎〈和烏目山僧題庚子紀念圖〉）。」趙炳麟的〈哭許袁詩〉讚其忠烈，怨其冤屈致死，對隨波逐流、助紂為虐的大臣發出怒吼：

　　　　君何不學袞袞諸公長結舌，貂裘鼎食藏頑拙？
　　　　君何不看泚泚小子慣貪功，上書保賊媚王公？
　　　　人愛湖山君愛國，可憐七尺埋燕北。

---

61 〔英〕威爾著，冷汰、陳詒先譯：《庚子使館被圍記》（上海市：上海書店出版社，2000年），頁12。

人無言，君大言，可憐千古頌奇冤。[62]

　　庚子事變中另一個風雲人物袁世凱也是作為正面形象出現在庚子事變文學中的。艮廬居士的小說《救劫傳》中力贊袁世凱「才幹過人，能夠通達變通」。「文韜武略、樣樣精通」的袁世凱之所以在庚子年間贏得美譽，關鍵在於他堅決主張鎮壓義和團，並且身體力行。在被授為山東巡撫後，他對義和團「一意主剿，直殺得山東境內，匪徒不能容身」。[63]彼時社會中將義和團視為肇禍之由的觀點很流行，人們普遍憎恨擾亂社會秩序的「拳匪」，袁世凱鎮壓義和團符合了社會期待。《都門紀變百詠》中有詩稱讚袁世凱：

乍聞三晉釁端開，又見遼陽釀禍胎。
惟有山東袁巡撫，清風千里淨塵埃。[64]

　　袁世凱博得時譽的另一原因在於他還是「熟悉兵事的大行家」，其所轄部隊有一定的戰鬥力。《鄰女語》中借主人公金不磨之眼寫袁世凱練兵時的威武：「……將官擁著山東巡撫袁世凱，坐在馬上。身著行裝，頭戴紅頂，赫赫威風，果然是一員大將的形式。……等到袁世凱到了操場官廳之時，那邊預備的兵將，大家望地下一齊跪倒，口稱迎接大帥，眾聲如雷，隆然震耳。袁世凱下馬入座。座上公案，紅綠相間，儼然一衙門舊式……」繼而寫其操練行軍的「盛舉」，字裡

62 《伯岩詩存》卷1，見劉學照：〈庚子史詩中的義和團和清政府〉，《華東師範大學學報》1981年第3期。

63 李伯元：《庚子國變彈詞》，收入董文成、李學勤：《中國近代珍稀本小說》，第3冊，頁332。

64 阿英：《庚子事變文學集》（北京市：中華書局，1959年），頁127。

行間充滿讚賞。面對作亂的「拳匪」，袁世凱毫不手軟，殺得個「十里方圓的樹林，無處不是人頭」。

　　值得一提的是，中日甲午戰爭後舉國上下千夫所指的李鴻章，在庚子事變文學的某些作品中，其賣國賊的形象有所改變。庚子事變時期，李鴻章堅決反對依靠義和團，對外開戰；隨後力促「東南互保」；戰後又受命與列強周旋議和。國內輿論對李鴻章的評價發生了一些轉變，有作者讚揚其「老成碩望」，又到過國外，「各國也都相信他」，認為談判議和的重任只有他能勝任。〈李相奉調〉（《庚子時事雜詠》）一詩體現了這樣的想法：

> 戎馬倉皇仗我公，頹然八十已衰翁。
> 九州鑄鐵難為錯，三輔登壇舊掛弓。
> 宋起李綱重定國，晉勞魏絳在和戎。
> 黃花晚節由來重，免濟時艱且效忠。[65]

　　對李鴻章在庚子事變中的作為持支持理解的態度。也有作者意識到時局複雜多變，並不能簡單地以愛國或賣國來評定李鴻章，只能將這一工作留給後人。如，胡思敬《驢背集》中有一首詩寫道：

> 還朝賊幾傷裴度，免胄人皆望葉公。
> 留得中興元老在，一生功過在和戎。[66]

　　鄒崖遯者在聽到李鴻章到達上海的消息後懷著複雜的心情詠嘆：

---

65 阿英：《庚子事變文學集》（北京市：中華書局，1959年），頁151。
66 阿英：《庚子事變文學集》（北京市：中華書局，1959年），頁100。

> 三百年天下，安危在此行。
>
> 有懷唯國難，未敢惜身名。
>
> 倉促開邊釁，艱虞屬老成。
>
> 一生和戰事，功罪後人評。[67]

　　時人對李鴻章評價的轉變，表明一方面是李鴻章在庚子事變中的立場較為符合社會普遍期待，一方面，當時人自身思想認識也隨著事變進展發生了變化。面對外敵進犯，清政府屢戰屢敗的現實使得人們不再盲目自大。絕大多數中國人意識到國家的落後狀況不是短時間內可以改善的，主和並不意味著投降賣國，中國需要安定的環境自強圖存。迅速停戰，重返和平是時人的強烈願望，「乾坤如此轉旋難，惟視和戎彌禍端」，與列強艱辛談和的李鴻章背負著眾多期望。然而，後來的事實進一步表明，這樣的期待還是落空了。

　　縱觀庚子事變文學中所描寫的清廷官僚群像，從大權獨攬的慈禧，到各色文臣武將，大多昏庸無能，誤國利己，極少數像聶士成那樣的忠臣良將，或被誅殺，或難有作為，均是亂臣賊子當道的末世圖景。魯迅在《中國小說史略》中所說：「時正庚子，政令倒行，海內失望，多索禍患之由，責其罪人以自快。」此言極是。

第三節　庚子事變文學中的眾生世相

　　庚子事變文學除了描寫清廷上層人物外，也著力描寫下層眾生。其中，對處在庚子事變風頭浪尖上的義和團及紅燈照的來龍去脈、仇洋排外、狂熱抗爭等所作所為，都做了生動描寫；對普通百姓在事變

---

67 阿英：《庚子事變文學集》（北京市：中華書局，1959年），頁171。

中的悲慘遭遇及不幸、不爭的精神狀態，都做了具體反映，並由此呈現出了庚子時期中國下層社會的種種現狀，也表現出作家對時代新人的期待。

一　狂熱抗爭的義和團

1 義和團及紅燈照

　　庚子事變文學的作者對義和團多持貶斥態度。團民自稱「義和拳」或「義和團」；清政府改剿為撫後，稱其為「拳民」或「義民」；後來因為義和團許多過激的暴力行為和不加區別的盲目排外，時人通常稱其為「拳匪」。《庚子西狩叢談》說「拳匪多屬市井無賴，及被脅誘之鄉里農民」，《庚子日記》中提到義和團語氣稍緩，以真偽辨之，承認「真正義和團係安分良民」，但也認為「其中匪類，固不乏人；伊等依附其間，實為偽團，無惡不作，頗於真團之名聲有妨礙」。

　　具體來看，練拳的人以少年人居多。《庚子紀事》中寫義和團「專收幼孩為徒，教以咒語，云能召請先朝名將護身」[68]；小說《救劫傳》也有類似記述，寫「拳匪」到處設團「哄騙那些年輕子弟，去習練拳術」；[69]林黻在天津看到的義和團也是「皆青年，無老者」；《武陵春傳奇》中〈拳恨〉一出寫到義和團「亦不過三五少年，學習拳棒……」；包天笑創作的雜劇《燕支井》提到載瀾時寫道：「他家裡有義和拳，有五六個小孩子，嘴裡噴沫，亂跳亂舞……」，這些少年人是「拳匪之中最勇敢的人」。[70]

68　阿英：《庚子事變文學集》（北京市：中華書局，1959年），頁986。

69　阿英：《庚子事變文學集》（北京市：中華書局，1959年），頁216。

70　〔英〕威爾著，冷汰、陳詒先譯：《庚子使館被圍記》（上海市：上海書店，2000年），頁105。

　　義和團的首領大師兄張德成是白溝河人。《庚子事變演義》寫他
「素以操舟為業，好習種種邪術，往來玉溪河間，以畫符念咒自
鳴」；「只因曾習拳和棒，慣走江湖不怕人」。他於靜海獨流鎮設壇，
號稱「天下第一壇」。二師兄曹福田是天津靜海縣人，「本遊勇，嗜鴉
片，無以自存，乘亂煽惑。」《庚子事變演義》寫他們豎起「扶清滅
洋」的大旗，宣稱有「神術」，影響逐漸擴大。直隸總督裕祿「一心
一意」求助於義和團，將其迎入天津。張德成到天津後怕洋兵多，不
敢攻擊租界，就先將各處教堂，一律焚燒，殺戮教民，顯示威風，宣
稱「指日便滅洋人」。於是，裕祿大喜，「德成藉勢生風，白天縱情焚
燒，夜間擇紅燈照中的妙齡女子侍寢，快樂非常」。曹福田得知張過
得如此逍遙，也來到天津。兩人在天津「肆意橫行」，發展到焚燒鐵
路、破壞電線，與奉命保護鐵路的聶士成產生衝突，後煽動聶士成所
統率部隊產生嘩變，致使聶部在八里臺一役中敗北。在天津被聯軍攻
破時，張德成「令群匪足搶一氣，抓了十幾輛大車，足運金銀財寶，
他仍舊戴著紅頂花翎，穿著黃馬褂，帶領一幫拳匪，到了王家
口……」。此時的張德成還打算作威作福，但被王家口的村民聚眾
「亂刀殺死」。曹福田也攜寶潛逃，後被仇家發現，送官處死。

　　小說和演義的作者雖然力稱求實，但敷衍史實成文，免不了虛
構。再加上小說家本身也有自己的情感和政治立場，他們自然對「拳
匪」諸多醜化。但這正是當時社會對義和團認知的一種體現。

　　《庚子事變演義》也寫到了義和團的所謂「降神」儀式，「降
神」是他們號召民眾的主要方式。傳習時，焚符誦咒，讓人咬緊牙
關，用鼻子呼吸，然後就會口吐白沫，高呼「神降矣」。附在義和團
身上的神多是山東民間文化中的人物。從其傳習的咒語中可略窺一
二：

天靈靈，地靈靈，奉請祖師來顯靈。

一請唐僧豬八戒，二請沙僧孫悟空，

三請二郎來顯聖，四請馬超黃漢升，

五請濟顛我佛祖，六請江湖柳樹精，

七請飛鏢黃三太，八請前朝冷於冰，

九請華佗來治病，十請託塔天王顯神靈。

金吒木吒哪吒都來到，帶領天上十萬兵。

滅了洋人民安樂，大清江山永太平。[71]

　　各個神壇所供奉的神並不相同，如姜太公，諸葛武侯，趙子龍，梨山老母，西楚霸王，梅山七弟兄，九天玄女等。他們主要來自白話小說《西遊記》、《封神傳》、《三國演義》、《綠牡丹》、《七俠五義》等，這些小說改編的戲劇，在北方經常演出，故民眾耳熟能詳。

　　義和團的組織比較鬆散，一般是十個人為一隊有一個頭目，或者十多個人一隊，頭目被稱作大師兄。據林蘗〈被難始末記〉中寫，大師兄「善邪術」，可以神靈附體，「做法時眼做紅色，口中嗚嗚，若睡夢中中魔然」。在裝扮上，大師兄「腕間脛間皆有紅布，以示區別」。作者評論：「大師兄多黠者為之，未必果有邪術也。」《庚子西狩叢談》中也形容大師兄通常聲勢赫耀，頤指氣使，「凡隸該團本域住民，無論富貴貧賤，生死禍福舉出於其一言之下。此職率由地方豪猾充任，其威力直遠出郡縣長官之上」。

　　庚子事變文學中也留下了不少關於在天津「與拳壇並峙」的紅燈照的紀錄。

---

71 程道一：《庚子事變演義》，收入阿英編：《庚子事變文學集》（北京市：中華書局，1959年），頁356。

據羅惇曧《拳變餘聞》記載，紅燈照起於庚子四五月間，「津民深信之」。夜裡，家家懸紅燈，迎「紅燈照」仙姑。其成員多為青年婦女，「挽雙丫髻，稍長者盤高髻」，從頭到腳，一律穿紅色，「左手持紅燈，右手持紅巾，及朱色折疊扇，扇股皆朱㯳」。至於「仙姑」的具體來源，傳說較多。《庚子事變演義》中寫黃連聖母在天津設壇，練習紅燈照法術，召集「無賴下流婦女入壇……當時婊子窰姐一般土娼，全都入壇練習」。《驢背集》中則寫「紅燈照，皆選室女未嫁者為之」。此外還有青年寡婦組成的「黑燈照」。詩歌小說中描寫大抵不出此範圍。紅燈照標榜練者「能於空中擲火焚西人之居，呼風助火，焚無餘」（《庚子國變記》），紅燈照的附體之神有酈山老母、樊梨花、穆桂英、張桂蘭、劉金定等，奉「黃連聖母」為首領，下有三仙姑、九仙姑之類。《庚子事變演義》中寫「黃連聖母」由大師兄張德成力薦給總督裕祿，裕祿崇信異常：「如花小隊擁蓮臺，聖母初臨蹕道開。迎入射堂催下拜，北門節度捧香來」（《庚子詩鑒》）。關於紅燈照黃連聖母最後的下落，大抵有兩種說法。《庚子事變演義》寫聯軍入城之後，「九仙姑投河身死，黃連聖母及三仙姑均被洋兵所擒，……洋兵審訊完了，遂將聖母、仙姑綁出，在十字街頭前梟首示眾。」另有傳說，兩人被擄往外國。[72]

2 義和團的「排外」

對於處於社會底層的一般老百姓而言，傳教士從外貌、行為到思想都是一種讓他們難以理解和接受的異端。義和團流傳很廣的揭帖中聲言傳教士「勸奉教，乃欺天，不敬神佛忘祖先」。「洋教」所宣揚的

---

[72] 管鶴：《拳匪聞見錄》，收入翦伯贊：《義和團》（上海市：上海人民出版社，2000年），第1冊，頁487。

思想和長久以來民眾所接受的觀念之間存在著激烈的衝突，這種衝突在安定的環境中一般不會導致大規模的暴動。不幸的是，一八九九年黃河流域六省的旱災加劇了民眾對於「洋教」的憂懼。人們把乾旱與教士傳教聯繫起來，認為「天久不雨，皆由上天震怒洋教所致，因其勸人勿拜鬼神也」，只有討伐洋人洋教，平息「神人煩，仙爺怒」才能普降甘霖。中西人種的差異也成為義和團將反洋行為合理化的依據。「男無倫，女鮮節，鬼子不是人所生。如不信，仔細看，鬼子眼睛都發藍⋯⋯」。同時，洋人「男女混雜」的行為也被認定為「白日宣淫」。[73]代表了西洋文明的鐵路也被認為會破壞風水、毀壞周遭的田地莊稼而遭到強烈的抵制。從光緒六年（1880）李鴻章和劉銘傳奏請建築鐵路，到光緒二十年只在天津附近建造了一小段。此外，民間尚流傳著種種關於洋人挖取中國人的心眼煉丹，教士竊取嬰孩腦髓、盜取室女紅丸等謠言。義和團對洋人的這種指控不僅在一般百姓間傳播，而且相當多的飽學之士也信以為真。他們鄙夷西方的「奇巧淫技」，堅持「遵行王道」，即使是庚子事變這樣血淋淋的現實也改變不了這些人既有的觀念。從劉大棚在庚辛年間所寫的日記中，讀者可以窺一斑而見全豹。他在光緒二十七年二月（1901）的一篇日記中寫道：「洋夷⋯⋯路經邵城等村。一群童子或七八歲，或十一、二歲，見洋夷在路行走，群呼曰洋鬼子。⋯⋯洋夷之士亦橫矣，官長之畏洋夷亦甚大矣，百姓之恨洋夷官長亦甚深矣。戾氣鬱結，上干天怒，此雨之所以難也。」在該年十一月的一篇日記中他憂心忡忡地表示：

> 當此之時，泰西各國競尚機巧，富強其國，而於孝悌忠信禮儀廉恥，並置不講。此大亂之道也，立國焉能久遠。臣弒其君，

---

73 廉立之、王首中：《山東教案史料》（濟南市，齊魯書社，1980年），頁223。

子弒其父，外洋各國必難免矣。雖現在富強，橫行海上，凌辱
中國，肆其毒害。而再閱數年彼皆內亂不暇自保，何暇航海梯
山擾亂中國乎。中國之人不思遵行王道，以固國本而培國脈。
乃競效西洋之機巧，求國之富強，是舍其田而芸人之田……若
仍竟效西法，不思挽回我王道，實事求是，則天下大壞，必然
日甚一日矣。[74]

　　當時社會秉持這樣信念的人當不在少數。

　　另一股強烈排外的力量來自於清政府中掌握著領導權的頑固保守
派。正如伍廷芳於一九○○年七月在美國作的一次演講中所言：「北
京的大部分高級官員，論其出身和教養，都是守舊派的中國人。所有
的親王和幾乎一切大臣，大部分時間都是在京城度過的。他們甚至從
未去過帝國的其他地方，更不用說去過國外了。除自己的語言外，他
們也不會說其他任何國家的語言。除總理衙門的大臣外，他們都絕對
沒有有關外國人和外國習尚的知識和經驗，這些人的經驗只限於與外
國駐京代表的官方交往。」[75]而像徐桐、剛毅等人更是恨不得把自己
裝在套子裡，主動斷絕一切與外國人接觸的可能。這群人堅持「華夷
之辨」，不知道有國家與國家之間平等的外交，仍然以「懷柔遠人」
的心態看待與西方列強的交往，只知道「剿夷」和「撫夷」。「海疆顯
要地，久矣居九夷。通商四十載，事事甘受欺。我朝尚寬大，不復計
較之。」聯軍進攻京津也被理解為「周室衰微，四夷交侵」。他們泥
古而不知今，死守孔孟聖教，視洋教為異端，擔心洋人「借傳教為
名，實欲用夷變夏，暗奪天下」，強烈希望「攻異端而正人心」。《庚

---

74 劉大鵬：《退想齋日記》，據《義和團史料》（北京市：中國社會科學出版社，1982
　　年），下冊，頁787、808。
75 丁賢俊、喻作鳳：《伍廷芳集》（北京市：中華書局，1993年），上冊，頁89。

子日記》中記載，頑固派本擬將被殺的「洋夷」戮屍並梟首示眾，被袁昶勸阻並將屍體入棺收斂，這卻被載瀾等人認為是「怪事」。在他們眼裡，「見孺子將入於井，皆有怵惕惻隱之心」是可以理解的，而「此等漢奸」竟然敢「憐憫洋夷」，一定是準備「變夏於夷也」。在他們的觀念中「無父無君」的洋人是禽獸，不是人，對待禽獸不用講禮儀道德。當時報紙輿論將這樣的人歸類為「閉關派」，並語帶嘲弄地分析道：

> 此派之人仇視西人，時時有殺盡之想。夫渠之仇視西人，並非真知西人之將割裂我版圖，奴隸我子弟，朘削我膏脂而惡之也。不過怪其所不習耳。與狗之吠生人，一理也。[76]

對洋人的這種認識是義和團得以形成的思想基礎之一，而「仇洋」，也是義和團發動群眾的一種手段。

義和團樹起仇教滅洋的旗幟，燒教堂、殺教士、懲教民，最初是出自一種樸素的反抗壓迫的需求。隨著事態的發展鬥爭逐漸失控，演變成「滅盡洋人教民」，追求「洋氣需教一例除」的極端排外主義和盲目的仇殺，殃及平民無數。而且，義和團採取了極為落後的鬥爭方式。「挑鐵道，把線砍，旋再毀壞大輪船」，再加上裝神弄鬼，縱情焚燒，這些都體現了義和團運動的極端性。

巴里客延清在〈庚子都門紀事詩〉中描述義和團進入京城後的情形：「……義和揭旗幟，拂拂飄薰風。赤帕裹其首，紛如兵交訌。軍刃各在手，外觀真英雄。跳舞假神道，咄咄頻書空。天方萬千廈，一炬騰煙虹。化城滅俄頃，搜捕男女童。殺人竟如草，血染刀光紅」。

---

76 〈論義和拳與新舊兩黨之相關〉，《中外日報》（光緒26年6月19日（1900年7月15日））。

「附會無非出稗官」，出自通俗小說和戲劇中的神不僅是義和團所崇信力量的來源，更貫穿於其所有行動中。他們從裝束到行為方式都頗具戲劇色彩。據稱「義和團裝束最奇，其貴者以黃洋布做馬褂，實則號衣中有圓，大書孫悟空、豬八戒、沙和尚諸名目……」；「土花衣上曳紅巾，兜肚當心鏡護身。懷裡青蚨飛不斷，錯疑大帝是錢神。」（《庚子詩鑒》）。義和團的行為模式充滿儀式感，具有舞臺般的效果。《都門紀變百詠》中寫義和團上陣殺敵時：

> 閉目揮拳咒有靈，洋人槍炮噤無聲。
> 陣前只作婆婆舞，殺敵原來不用兵。
>
> 八戒、沙僧與悟空，不教口角透微風。
> 東南三叩喃喃語，瞥見封神姜太公。
>
> 結束登場咒語同，鐵眉鐵眼鐵肩胸。
> 羽林龍武虓如虎，輸與鄉村五尺童。[77]

　　義和團甚至宣稱可夢中殺敵，《庚子詩鑒》有詩云：

> 楊黃近侍盡英雄，要使蠻夷拜下風。
> 夢踏鯨濤飛殺賊，曉來十指血花紅。
> （拳首自謂有楊宗保、黃天霸、高君保等為之近侍。凌晨睡起，輒日夜至
> 外域殺人三百餘或五百餘，指手上血跡為證。其於外域但知有紅毛國，不
> 知英、俄、德、法也。）[78]

---

77 阿英：《庚子事變文學集》（北京市：中華書局，1959年），頁120-133。
78 阿英：《庚子事變文學集》（北京市：中華書局，1959年），頁104。

　　義和團稱外國人為「毛子」，教民被歸為「二毛子」。抗擊洋人有神鬼可以驅使相助，對二毛子的打擊也同時進行。「二毛擒取非無辨，十字摩西額上明」。當抓到疑為二毛子的人時，處理方式是「先使焚香上黃表」，如果該人奉教額頭上就會出現十字，「其表不上升，香亦不熱」，其實是「香表各有乾濕，聽其宰制而已」。蔣楷有〈哀天津〉一詩詠當時義和拳捕殺「教民」時的狀況：「天津城內民無辜，數十萬命償賈胡。賈胡亦是無辜死，狂童奮拳殺聲起。」流傳下來的多種書刊中都描寫了當日普通百姓遭義和團燒殺情狀之淒慘和殘酷：

> 城中日焚刼，火光連日夜，煙焰漲天，紅巾左握千百人，橫行都市，莫敢正視之者。夙所不快者，即指為教民，全家皆盡，死者十數萬人。其殺人則刀矛並下，肌體分裂，嬰兒生未匝月者，亦殺之，慘酷無復人理，而太后方日召見其黨，所謂大師兄者，慰勞有加焉。[79]

　　義和團在北京打擊「教民」的情形比之天津也不遑多讓。同樣是「夙所不快者，即指為教民」，甚至連與載漪向來親厚的神機營副都統慶恒也因為平日作惡多端，樹敵太多而遭到滅門之災。義和拳攻打西什庫教堂「屢有殺傷，志不得逞」，教民也團結起來自保求生，於是義和拳「日於城外掠村民，謂之白蓮教」，交給載勳。載勳完全不加審查就交給刑部將這些人斬首示眾，前後因此而死的有上百人，「號呼就戮，哀不忍聞，皆愕然不知何以至此也。」清政府將義和拳招撫後命令載勳、剛毅為統領，可是「拳匪專殺自如」，載勳、剛毅

79　李希聖：《庚子國變記》，據翦伯贊《義和團》（上海市：上海人民出版社，2000年），第1冊，頁14。

完全不敢過問。[80]

在降神附體之外，義和拳另一種常用的鬥爭方式是「火攻」，燒教堂，燒洋貨。最著名的一場大火燃起於一九〇〇年六月十六日。該日，有團民發現大柵欄老德記藥房裡出售洋貨，「即縱火焚之」，命令「四鄰焚香叩首，不可驚亂」；火勢蔓延開後，仍然不許撲救，「令各家焚香，可保無虞，切勿自生慌擾」；等到火勢大發，無可挽回時「放火之團民，已趁亂逃遁矣」。[81]據《庚子國變記》記載，這一場大火「火光燭天，三日不滅」；「焚正陽門外四千餘家，京師富商所集也，數百年精華盡矣」。上奏朝廷後，「太后哭」。這場大火之後市面蕭條「九城同日閉市」，「商賈盡行閉歇失業」，人心惶惶。起初居民為義和團所宣傳的種種神術所蠱惑，對義和團「咸以為神」，見此巨災後，也對他們能發不能收的「神術」產生懷疑。「於是愚民失望，錢米之奉絕」。[82]引致如此「未有之奇災」的「拳匪」自己也「實懼罪，有相率潛遁出都者」。[83]但是官府並沒有從這件事中清醒，繼續支持義和團。記載這件事的詩歌作品很多，如《都門紀變百詠》中寫：

> 大柵欄前熱鬧場，無端一炬燼咸陽。
> 問渠閉火多奇術，為底神靈誤主張？

> 祝融虐焰上干霄，金店銀爐一例燒。

80 李希聖：《庚子國變記》，據翦伯贊《義和團》（上海市：上海人民出版社，2000年），第1冊，頁15。

81 《庚子記事》（北京市：中華書局，1978年），頁14。

82 憂患餘生：《鄰女語》，收入董文成、李學勤《中國近代珍稀本小說》（瀋陽市：春風文藝出版社，1997年），第8冊，頁524。

83 李超瓊：《庚子傳信錄》，《義和團史料》（北京市：中國社會科學出版社，1982年），上冊，頁210。

百萬商民齊束手，市廛景象太蕭條。[84]

義和團運動高峰期，「團民焰日熾，都中諱言洋字」，京城中盛行一陣改名風。洪壽山詩文集《時事志略》中寫道：「洋藥改稱土藥，逢洋匾額不用。洋貨改為廣貨名，恐怕焚燒廢命」[85]；《都門紀變百詠》中有詩云：「輝煌金碧店懸牌，洋字洋名一律揩。歐墨新書千百種，滿投溝井自沉埋。」[86]

在對義和團的野蠻魯莽行徑加以描述的同時，作家們對義和團運動也並非完全否定。有肯定其抵禦外侮、保家衛國一面的，例如《庚子西狩叢談》認為「拳匪雖陋，尚知憤外侮之侵迫，同心以衛國家，特苦其智不足耳」；也有歌頌其以弱敵強，視死如歸精神的，如常濟生〈雜感〉詩云：「千秋燕趙悲歌壯，一夕耰鋤殺氣高。方顧同袍哀蟻命，忍從撼樹笑蚍蜉。天民在世誰先覺？畏死於今視此曹」[87]後來，隨著時間的推移，由於種種原因，對義和團運動肯定的越來越多。但那已經和「庚子事變文學」沒有什麼關係了。

二　不幸不爭的老百姓

庚子事變中，生活在北方戰亂中的黎民百姓就像大海中的孤舟，完全沒有任何可以靠岸的地方。他們的生命和財產得不到絲毫保障。

84　復農、杞廬：《都門紀變百詠》，阿英編：《庚子事變文學集》（北京市：中華書局，1959年），頁132。

85　洪壽山：《時事志略》，收入阿英編：《庚子事變文學集》（北京市：中華書局，1959年），頁681。

86　阿英：《庚子事變文學集》（北京市：中華書局，1959年），頁132。

87　常濟生：〈雜感〉，收入阿英編：《庚子事變文學集》（北京市：中華書局，1959年），頁179。

本應是百姓保護者的清兵，本是同根生的義和團，更有為「復仇」而來的八國聯軍，都使得百姓流離失所，走投無路，破財丟命。近距離接觸到這場戰亂的文人作家為山河破碎、生靈塗炭而悲傷，記錄下了民眾百姓的苦苦掙扎和生命凋落的哀號。〈庚子國變彈詞〉描寫天津城破之後的場景，很有代表性：

> 故使生靈遭劫運，破家亡產蕩無存，
> 拋男撇女齊逃命，露宿風餐不像人。
> 遇到官兵恣擄掠，若逢匪類即姦淫。
> 洋兵蓄忿將仇報，碰著之時命亦傾。
> 棘地荊天無路走，每從溝壑了殘生。
> 死屍拋棄如山積，血水成河舟不行。
> 殘酷情形寫不盡，這書中，十分只有兩三分。[88]

　　章鍾亮的〈哀黎民〉詩云：「妖固由人興，孽豈自天作？天孽德可消，人妖禍尤虐。……一旦歐兵來，疾風掃陰霾。白骨積邱山，碧血填溝壑。京垓化煨燼，千里無墟落。哀哉孑遺民，償費鉅萬索。糞土不變金，鑄鐵不成錯！」該詩寫無辜平民連續遭「人禍」，逢「歐兵」，最後還要償賠款，悲憤之情，感人至深。作者對戰亂中遭受種種非人折磨，輾轉求生而不得的百姓，給予了普遍的同情。在國難當頭的時代，小人物的生命價值顯得格外輕廉，「逃人回首泣向空，斷衣露肘漬血紅，中間老婦更淒切，自言失女夷軍中！」（〈悲楊村〉）。當時北方民生凋敝，難民死後還被活著的人剝掉身上的衣衫。連夢青

---

88 李伯元：《庚子國變彈詞》，收入董文成、李學勤《中國近代珍稀本小說》（瀋陽市：春風文藝出版社，1997年），第3冊，頁380。

在《鄰女語》中透過主人公金不磨的眼睛記載下了那一具具無人收斂、散布在路旁令人觸目驚心的裸屍。〈恨海〉、〈禽海石〉中男女主人公因戰爭而突變的人生軌跡……這一個個鮮活的場景可使讀者真切地體會到「國難」之「難」。

　　儘管作者對無辜受難的百姓給予了最真切的同情，但對這場國難的民眾的麻木愚昧也予以了毫不留情的痛斥批判。批判在三個側面上展開：愚昧——附和義和團；無恥——附和洋人；麻木——醉生夢死。例如，〈燕市吟〉一詩寫愚昧的民眾：「庚子多民豪，滿街大呼擒二毛。壬寅多譯提，庸奴上口挨皮西。有子安患貧，但願能事洋大人。有時頭上猛著鞭，歸來亦足誇四鄰。」[89]〈題庚子紀念圖〉一詩云：「四百兆人多，昏昏大夢過。天王方草莽，兒女只笙歌」。[90]詩人滿腔憤懣、字字血淚，以期能「寄語同胞須夢醒」。甚至一個孤身弱女子也不禁發問：「無計能醒我國民，絲絲情淚搵紅巾。甘心異族欺凌慣，可有男兒憤不平（〈救濟日記〉）？」[91]

　　小說家則刻畫出一個個具體的形象或場景，讓讀者看到民眾在事變中的種種表現。《鄰女語》中寫主人公金不磨觀看袁世凱練兵時發現，同來觀看的村民市人「甚少」，百姓對此毫無興趣，「如此盛舉，竟不如看戲人多」，不禁感慨：「中國人竟無尚武精神！」《庚子事變演義》描寫彼時北京城居民的生活圖景：庚子年間因為朝廷拿出大量金錢賞賜一干人等，「市面居民還是特別豐富」，「生計既十分充足，

89 公之瘦：〈燕市圖〉，收入阿英編：《庚子事變文學集》（北京市：中華書局，1959年），頁167。

90 倚紅橋主：〈題庚子紀念圖〉，收入阿英編：《庚子事變文學集》（北京市：中華書局，1959年），頁161。

91 陸樹藩：〈救濟日記〉，收入阿英編：《庚子事變文學集》（北京市：中華書局，1959年），頁1004。

可就都忘了眼前的禍亂了。所以印度兵都進了永定門，在天壇裡駕炮，人民還說是左寶貴大人帶來的回兵。日本兵都進了安定門，到了北新橋，好造謠言的人，硬說是白團。醉生夢死……」。[92]《庚子國變彈詞》中寫王文韶追尋慈禧的路上，在離京城並不很遠的地方遇到一個老叟，其人自稱「久隱山中，不問世事」，絲毫不知「洋兵入京，鑾輿出狩，已鬧到這步田地。」《武陵春》主人公是個隱居在武陵源上釣魚度日的隱士，一日釣到一尾鱖魚進城去賣，才知道去年七月兩宮西狩的消息……。這固然是那時信息傳遞不暢的客觀條件所限，但更是「百姓」自身的閉目塞聽、眼界狹隘、不明國事所致。正如《救劫傳》中所說：「做百姓的，顧得一身一家」，至於與自己毫不相干的「國家朝廷的事」又何必在意！作者憤然言道：更有甚者「不但國家的事，他不肯去留心，連自己所做的事業，也是糊裡糊塗過去。」[93]就連刺死克林德的「兇手」在克林德被刺的大街（極為繁盛之街）被執行死刑的事件，也激不起民眾的半點「微瀾」。據瓦德西《拳亂筆記》記載：

> ……距此不及五十步遠之街頭攤子，仍復照舊營業不歇，在彼飲食之人，殊不願放其杯箸。一位說書之人，繼續演述荒唐故事不絕，其吸引號召多數聽眾之力，實遠勝於執行死刑一事。[94]

---

92 程道一：〈庚子事變演義〉，收入阿英編：《庚子事變文學集》（北京市：中華書局，1959年），頁381。

93 艮廬居士：《救劫傳》，收入阿英編：《庚子事變文學集》（北京市：中華書局，1959年），頁207。

94 〔德〕瓦德西著，王光祈譯：《瓦德西拳亂筆記》（上海市，上海書店出版社，2000年），頁92。

大禍臨頭仍不自知，依然歌舞昇平；大禍鑄成之後，也毫不自省只怨憤入侵者。這樣的中國人，列強看在眼裡也頗覺不可思議。普南特・威爾曾寫道：

> 有人報告，言予等苟稍有追擊之狀，則兩宮必愈行愈遠也。以予視之，果真追擊，使中國朝廷奔至邊境，忘卻其本部各地，亦殊可笑。但現在中國朝廷之出奔，於中國實無損害，自中國人眼光觀之，並不覺其朝廷之播越為可笑，但以為國運之屯，唯當致其悲痛之懷，而不當有怨望之意也。彼等覺此事自始至終均受洋人之害，並非其朝廷之失德，禍患之根出於洋人，百姓之心均如此也。[95]

當時的報紙輿論對中國人麻木不仁、不思進取的情狀也大加鞭笞。《中外日報》上刊登〈砭俗〉[96]一文，指出京師重地為洋兵所破，而中國人竟毫無痛苦之狀。認為就其狀態而言，這些人可分三類。其一是「和議派」，他們「惟望和議之成，謂無論敗至何狀，退至何地，其了局必歸之於和。和則北京朝廷依然不改，我輩富貴無損分毫」；其二是「無知派」，他們對津沽淪陷「不識不知」，他們不知道有「歐亞米非之洲」，但稱之為「外國」，不分「白棕紅黑之種」，只視其為「異端」，國家內政他們懵然不懂，無知無識而又冥頑不靈、麻木不仁；其三是「謠言派」。他們「以謠傳為掌故，以訛言為實錄，怪誕支離不可究詰」，造謠生事，煽風點火唯恐天下不亂。這三類人在中國「數百兆人之中居其八九」。作者悲嘆：民眾如此愚昧，

95　〔英〕威爾著，冷汰、陳詒先譯：《庚子使館被圍記》（上海市：上海書店出版社，
　　2000年），頁192。
96　《中外日報》，1900年9月25、26日。

國家怎麼可能不亡，軍隊又怎麼可能不敗？

溯本求源，是封建社會長期的愚民政策，清政府政治上的高壓，使得百姓無力也無心去關心國家大事。正如普南特·威爾所觀察到的：「此龐大放任之國都，頗惡人談論國事，故平日凡公共場所皆黏有『莫談國事』四字之紙條於壁間，人人皆莫敢輕犯，蓋犯之者，常被執至附近官廳打板子也。」[97]這樣環境中生長的民眾，自然只能顧自己的身家性命，不敢輕易觸碰官府的禁忌。

雖然庚子事變文學中大多數作者對民眾愚昧的現狀十分失望，但也有作家在自己的想像範圍內塑造出了那時的的「時代新人形象」，並向「四百兆民」發出急切的呼籲：「割地求和無足恥，只要同仇共賦。望此後痛除頑固」（〈金縷曲〉），寄變革的希望於廣大民眾的覺醒。庚子事變文學中最光彩的「新人」當屬連夢青的中篇小說《鄰女語》的主人公金不磨。其人生於江蘇鎮江府，自幼喪父，寡母「教以讀書識字。十三歲時，經義粗畢，乃令出就外傳，學西國文字。又在武備學堂，練習炮線槍靶、行軍戰陣之法」。不磨「生性慈善」，胸懷「掃除奸黨、澄清宇內的大志願」，在庚子北方大亂，官民一路向南逃的情況下，變賣家產逆流北上「設法救護」。該書第七回、第八回和第九回中，還塑造了另一個富有生機與活力的人物形象──沈道臺。出過洋、懂德國話的沈道臺遇到「令中國兵將駭亂」、「吵得直隸、山西、山東一帶人民雞犬不寧」的德國兵，三次交鋒中智勇機變，不卑不亢，維護了國家的尊嚴。作者評論道「書生自有擒王計，將士原無殺賊功」。[98]讀沈道臺的故事，讀者很容易發現，書生的擒王

---

97 〔英〕威爾著，冷汰、陳詒先譯：《庚子使館被圍記》（上海市：上海書店出版社，2000年），頁14。

98 憂患餘生：《鄰女語》，收入董文成，李學勤：《中國近代珍稀本小說》（瀋陽市：春風文藝出版社，1997年），第8冊，頁308。

妙計沒有「西學」為底，根本無濟於事。「賽金花」傅採芸更是憑藉其西方遊歷的背景，懂德國話的優勢，在庚子事變中以「一點菩提心，操縱夷獠在纖手」，勸瓦德西「稍止淫掠」，做到了留守王公大臣做不到的事。虛構的故事中所展開的想像在現實中得到呼應。在庚子事變中，極力反對圍攻使館、反對與各國開戰的袁昶，浙江人，由戶部主事轉總理衙門章京，辦外交事務多年。許景澄本身就是「外交官」，曾多次出使外國，任通知時事至吏部侍郎並在總署行走。

　　然而，此時的理想人物仍然屬於孤獨的「英雄」。金不磨的大志，身邊沒有人能理解；沈道臺早被剛毅等人貶職，與德國人的交涉也遭到同僚的猜忌，被指為「漢奸」；袁、許等更早早地被朝廷砍頭；賽金花、傅採芸被認為是「蜂狂蝶浪亂官儀，妖孽天生此夏姬」。……

第四節　庚子事變文學中的八國聯軍及洋人

　　近代中國人對自強之路的探索歷經了一個漫長而又痛苦的階段，先知先覺者的每一步變革在國內都遭到多方掣肘。鴉片戰爭後的「洋務運動」、中日甲午戰爭後的「百日維新」既不徹底，也沒有能使中國走上自強的道路。大多數士大夫對於西方列強以及他們的宗教和文化缺乏直接的接觸和了解，也沒有認識到改革的必要性和緊迫性，還在高唱「禮儀、人心」的陳腐論調，依然以「華夷之辨」來認識中國和外國的交往。普通民眾則更加不可能超越自身和歷史的局限去正確認識西方列強及其文化。因而，時至庚子，社會中從上到下守舊力量仍舊很頑強。八國聯軍攻破京津，兩宮棄都西逃，議和懲凶，標誌著頑固派在政治上的徹底破產。在這場國難中，守舊勢力及其思想的愚妄徹底地被曝露出來。「守舊」對國家和人民帶來的慘痛災難也促使

更多的人開始覺醒，開始反思，意識到西方文化的優越性。綜合考察描寫庚子事變的文學作品，從時人對外國人及八國聯軍的描述中，我們可以清晰地看到這種變化。

一　八國聯軍的暴行

前文曾經提過，那時作家們普遍視「拳匪肇亂」為因，聯軍侵華為果。聯軍因為師出有名而令提筆記錄歷史的人想要聲討也無法理直氣壯，於是便將這一股怒氣統統集中到「拳匪」、「奸臣」身上，也因而對奸黨、拳匪的刻畫細緻、生動得多。演義和小說在涉及慈禧宣戰緣由時，都強調端王偽造照會所起的作用。然而歷史畢竟不是演義和小說，可以如此的戲劇化。聯軍以保護使館為名的出兵也並不像他們自稱的那樣正義。

義和團運動興起以後，列強為維護在華的殖民利益，一再要脅清政府對其嚴厲鎮壓。一九〇〇年三月，列強海軍就在渤海向中國示威；四月，各國公使聯合決定入侵北京「代為剿平」。在八國聯軍組成前，已有數千洋兵未經允許進入京津。[99]聯軍從五月二十八日正式開始調兵遣將，採取軍事行動。一九〇〇年六月十六日聯軍要求大沽守軍投降，守軍拒絕。於是聯軍六月十七日攻占大沽炮臺。六月十八日，慈禧正式下令進攻使館。六月二十一日，清政府下詔動員全國抵

---

[99] 五月二十日，各國公使團會議提出調兵來京。五月三十一日，英、俄等六國軍隊四百餘人到北京，其公使具有「完全不受約束」的「處理事務的自由」。六月五日，帝國主義侵略軍六百餘名入衛天津租界。六月七日，英政府授予駐華公使竇納樂以便宜行事之大權，其餘各國政府也先後授予各國使節同樣權力。六月九日，竇納樂致電大沽口英國東亞艦隊總司令海軍中將西摩爾率軍進京。六月十日，西摩爾率八國聯軍共兩千餘人分批乘火車自津赴京。

抗列強的入侵。此時聯軍開火攻占大沽炮臺已有四天，武裝入侵中國也已一個半月了。五六月間聯軍的步步緊逼對清政府的政策選擇產生了極大的影響。清政府放鬆對義和團的圍剿，拳民大批湧入京城正是發生在這段時間。

列強多次聲稱此次出兵是為了保護使館，對京津的劫掠是為了報復。然而這樣的說辭經不起檢驗。普南特・威爾在一九〇〇年五月二十四日的日記中記載了英國使館為祝賀維多利亞女王「萬壽之期」，大肆鋪張設宴慶祝，「人皆開懷暢飲」，沒有什麼可掛心的事。到五月二十八日，各國公使都還認為「北京必安全無患」。可見在六月之前，在北京的公使並不認為義和團有多大的威脅。德國公使克林德被殺是在六月十九日，而據瓦德西的追述，一九〇〇年八月間，德國遠征隊成立和出發後，「現在社會方面，對於中國亂事」，才「漸漸注意討論起來」。[100]清政府剿匪不利，要出兵保護使館在很大程度上只是列強武裝行動的一個藉口。對於戰爭的目的，瓦德西開始聽德皇說：「吾國對華政策，除了懲罰華人之外，未有特別目的。」[101]事實呢？在隨後的記錄中，瓦德西透露，為了「在世界政治舞臺占一席地」，其皇上常有「瓜分中國」之心。

> 皇上對於此次遠征之役，懷有一種發展我們東亞商業之最大希望。皇上並令余謹記在心，要求中國賠款，務到最高限度，且必須徹底貫徹主張。因為皇上急需此款，以製造戰艦，故也。
>
> 其後餘更察知，皇上欲在山東方面擴充我們占有權利。為達此

---

100 〔英〕威爾著，冷汰、陳詒先譯：《庚子使館被圍記》（上海市：上海書店出版社，2000年），頁4。

101 〔德〕瓦德西著，王光祈譯：《瓦德西拳亂筆記》（上海市：上海書店出版社，2000年），頁3。

項目的起見，甚望能夠置手煙臺之上。[102]

宣戰的理由和目的再冠冕堂皇，也遮蓋不了列強對中國犯下的滔天大罪。雖然有諱言者，卻也難堵悠悠眾口。

八國聯軍在中國的暴行，主要有四個主題：燒殺、搶劫、姦淫、跋扈。這些在中外作品中都有充分披露，現摘錄一二。《庚子國變彈詞》描寫西兵使用毒氣攻占天津時的情景：

〔唱〕西兵拼力打天津，運到了，英國新來炮二尊，此是有名綠氣炮，攻城制勝猛無倫。常人聞氣當場斃，更不消，炮子無情打近身。公法從來不許用，聲言留打野蠻人。……〔白〕其時城廂內外，已無華兵蹤跡，城內惟死人滿地，房屋無存。且因洋兵開放綠氣炮之故，各屍倒地，身無傷痕。甚至破城三點鐘後，洋兵見有華兵多名，擎槍倚牆，怒目而立，一若將要開放的情形。等到近前一看，始知已中炮氣而死，只以身倚在牆，故未倒地……西門外死屍山積，房屋十分則僅存一二……[103]

柴萼的《庚子紀事》中寫聯軍破城之後，「逢人即發槍斃之」，屠城之意盡顯：

……各帥亦協定分理區域，搜殺拳匪，屍如山積。京中除貧民

102 〔德〕瓦德西著，王光祈譯：《瓦德西拳亂筆記》（上海市：上海書店出版社，2000年），頁6-7。

103 李伯元：《庚子國變彈詞》，收入董文成、李學勤：《中國近代珍稀本小說》（瀋陽市：春風文藝出版社，1997年），第3冊，頁379。

死者不計外，職官之以身殉及闔家自盡者，不知凡幾。各處朝
衣朝冠之男屍，補服紅裙之女屍，觸目皆是。其自縊者，往往
一繩高繫，終無人解，經時既久，項斷身落，頭尚懸於其上，
過者酸鼻。[104]

攻占京城之後，聯軍以搜拿拳匪為名，四處劫掠，一人為匪，禍
延無數。《庚子詩鑒》上寫道：

村墟雞犬蔭桑麻，彈指洪荒足怨嗟。
抄蔓豈徒誇十族，白溝河畔萬千家。[105]

聯軍因為張德成是容城之白河溝人，將該處盡毀。此地「居水陸
之衝，附鎮而居者數萬家，以張故為聯軍所屠，頓成赤地」。

脫下文明外衣的列強顯露出強盜的本色。柴萼《庚子紀事》中披
露聯軍在京津兩地的劫掠之瘋狂：

津城失守之日，津地下等洋人，皆牽車往返六七次，前之不名
一錢者，今則數十萬金，四五十家之當鋪，數十百家之公鋪，
一二十戶之鹽商，財產衣物，一時都盡。其書籍字畫之類，除
日本人輦去少許外，大抵聚而焚之，然此猶是天津一郡然也。
至於京邑，則六飛倉促西幸，一無所挾，兵匪掠之於前，聯軍
盡之於後。蓋自元明以來之積蓄，上自典章文物，下至國寶奇
珍，掃地遂盡。西兵及日人出京，每人皆數大袋，大抵皆珍異

104　阿英：《庚子事變文學集》（北京市：中華書局，1959年），頁993。
105　阿英：《庚子事變文學集》（北京市：中華書局，1959年），頁115。

之物，垂橐而來，捆載而往。……皆往而不返，且長留異邦，
永為國詬……[106]

聯軍占領北京之後，曾特許軍隊公開搶劫三天。「列強軍隊有組
織地進行搶劫。法國和俄國的國旗飄揚在皇城最好的地段……法國人
在搶劫過程中貪得無厭。他們竟然強迫被搶劫的中國人把戰利品運到
法國軍營」。[107]日本還向自己的聯軍士兵發布了《戰時清國寶物搜集
辦法》的小冊子……有組織的搶劫之後，繼之而起的是無休止的私人
搶劫。普南特‧威爾形容聯軍士兵搶劫時的「盛況」：

遇歐洲軍隊，形象怪異，所得甚夥，皆取自中國人之家中者。
有德國兵騎馬而行，鞍上滿係巨包，前面驅有牛、馬等獸，皆
於路上掠得者。其人興致極佳，一路互相玩笑，或嘲罵，蹄聲
得得，風馳而過，灰塵大起，一轉遂不見。[108]

聯軍統帥瓦德西也不得不承認聯軍都在相互指責掠奪行為，但是
實際上每個國家都在瘋狂地掠奪。在這種史無前例的劫掠中北京居民
所受損失的詳細數目，「亦復不易調查」。[109]作為元明清三代帝都存在
了六百多年的北京城只剩一片殘毀，連侵略者自己也覺觸目驚心。

---

106 柴萼：《庚子紀事》，收入阿英編：《庚子事變文學集》（北京市：中華書局，1959
　　年），頁996-997。

107 〔澳大利亞〕西瑞爾‧珀爾著，檀東鍟、竇坤譯：《北京的莫理循》（福州市：福
　　建教育出版社，2003年），頁192。

108 〔英〕威爾著，冷汰、陳詒先譯：《庚子使館被圍記》（上海市：上海書店出版
　　社，2000年），頁146。

109 〔德〕瓦德西著，王光祈譯：《瓦德西拳亂筆記》（上海市：上海書店出版社，
　　2000年），頁40。

　　至於聯軍對中國婦女的蹂躪更令人髮指。林顥〈被難始末記〉中作者記載從天津走水路逃難沿途看到的景象:「……岸上未能渡之難民,遂有被洋兵殺死者,婦女輩皆為其拉去。或三四人共縛一人,又或兩人而共牽一女,姦未畢而即手刃之,乃棄其屍於河。河中死屍順流而下,殆不可以數計。觸目傷心……」[110]柴萼《庚子紀事》中記曰:「洋兵好色,甚於華人。嘗於拳匪巢穴中或少婦數人。有殊色,三數洋兵持回營中,問其身世,知為良民,被拳匪所掠者,迫欲污之,皆不從,至於衫褲盡裂。問:『汝等已污於匪,尚有貞節可言乎?』則同聲答曰:『彼雖匪,然固為中國人也,汝等鬼子,安得犯上國婦女!』洋兵怒,驅之出,毆死之於道上。」[111]種種記載,血淚斑斑。聯軍破城之後的形跡更是罄竹難書,文字已經不足以形容當時聯軍的殘忍和殘酷。

　　對平民的姦淫擄掠之外,在與中國大臣的談判過程中,列強恃其強權,跋扈囂張不可一世,很好地詮釋了「強權即公理」。作為全權議和大臣的李鴻章屢次同聯軍首領瓦德西商議,不要再「縱兵洩憤」,擄掠平民,瓦德西則「堅持不允」。詩人慨嘆,「驕軍四處似遊蜂,虛誓黃龍酒一鍾。憂國元戎頻抗議,只愁綠野誤春農」(《庚子詩鑒》)。《庚子國變彈詞》中寫意大利公使見李鴻章時的驕橫:「今日相逢貴大臣,問君何事可言論。既然一敗來塗地,全在他人手掌心,惟有懍遵各國示,說來凡百總應承。使臣說罷哈哈笑,李相聞之默不云。」在談判桌上,列強更加盛氣凌人、有恃無恐。他們毫不手軟地對中國的勒索敲詐。一位目睹李鴻章和各國使臣談判的官吏回憶當日的情景:

---

110 林顥:〈被難始末記〉,收入阿英編:《庚子事變文學集》(北京市:中華書局,1959年),頁1078。

111 阿英:《庚子事變文學集》(北京市:中華書局,1959年),頁998。

見座中有三洋人，華官六七輩，尚有司官翻譯，皆翎頂輝煌，
氣象肅穆，正議一重大交涉。首座一洋人，方滔滔汩汩，大放
厥詞，似向我方詰難者，忽起忽坐，矯首頓足。餘兩人軒眉努
目以助其勢，態度極為淩厲。說畢由翻譯傳述，華官危坐祇
聽，面面相覷；支吾許久，始由首座者答一語，聲細如蠅，殆
不可聞。翻譯未畢，末座洋人復蹶然起立，詞語稍簡，而神氣
尤悍戾，頻頻以手攫拿，如欲推翻几案者。迨翻譯述過，華官
又彼此愕顧多時，才發一言；首座者即截斷指駁，其勢益洶
洶。首末兩座，更端往復，似不容華官有置喙餘地。惟中座一
洋人，意態稍為沉靜；然偶發一言，則上下座皆注目凝視，若
具有發縱能力。而華官之復答，始終乃只有一二語，面頳顏
汗，局促殆不可為地。[112]

「可憐難戰更難和」。弱國無外交，經過長達一年的議和，城下
之盟的結局是《辛丑合約》的簽訂。該條約規定了列強對中國實施懲
罰的種種措施，其中規定中國共付各國戰爭賠償四億五千萬兩白銀，
數額之巨，亙古未聞。清政府將這些轉嫁於老百姓頭上，嚴重摧殘了
中國社會經濟，加劇了中國人的苦難。條約還有允許列強在中國要害
地區駐紮軍隊、拆毀中國的炮臺等軍事設施的內容，都嚴重剝奪了中
國的主權。嚴重損害了中華民族的尊嚴，慈禧表示將「量中華之物
力，結與國之歡心」，至此清政府完全成了列強在中國的代理人，也
助長了列強侵略與控制中國的野心與氣焰。

---

112 吳永口述、劉治襄記：《庚子西狩叢談》（長沙市：嶽麓書社，1985年），頁130。

二　「洋鬼子」的另一面

但是，在描寫八國聯軍在中國燒殺搶掠的野蠻暴行的同時，庚子事變文學也表現了「洋鬼子」的另一面。

庚子事變之後，淋漓的鮮血教育了民眾，民眾中盲目排外、仇洋的傾向發生了很大的轉向。庚子事變文學作者大多數是事變的目擊者，他們在對造成這場國難的三大因素——清政府、義和團、西方列強——的觀察與描寫中，始終暗含著一種對比。從有關作品所描寫的「洋人」來看，他們不再是清一色的「夷狄」，有些「洋鬼子」還是懂得禮儀、講誠信的新文明的代表。

例如，連夢清的小說《鄰女語》第六回，寫主人公金不磨去山東東光縣縣衙討取去北京的路照，但卻被官差敷衍塞責，空坐半天，一無所獲。爾後，他一怒之下直奔洋兵陣營，說明來意後立刻得到「忻然許諾」。該節之後所附評論稱此節——微言甚多。第九回寫沈道臺處理山西教案時，電請一位西國大善士到太原，「果然不到一禮拜，商議定了，將這樁大案消滅得無形無影。而且比別省辦得更好」。這位「西國大善士」，「不是別個，就是耶穌教中人，上海廣學會裡李提摩太先生」——

> 這人一生以行善為本，守著本教中救人的本旨，不肯遇事吹求。到了山西，將此事始末斟酌一番，遂限定山西官場賠款五十萬兩。又知道山西是個窮地方，將五十萬兩分作十年交清，每年只交紋銀五萬兩。又不拿回西國作為死難的教士恤款，即在山西省城開了一個學堂，由教中人經理，即將此款作為學堂公用。招募山西文人秀士入堂讀書，要使文明之化普及眾生，

以後永免再有民教衝突之案。此案一定，中外同稱。[113]

　　罠盧居士的《救劫傳》第九回，寫八國聯軍進攻天津時「本來不
當開放」綠氣炮，後來因為看到拳匪「持刀舞棒，到處殺人放火，真
正同禽獸無異，還自說有多少神術，能不受槍炮欺騙愚民，忍耐不過
了，就將這列低毒炮，拿來開放」；第十回〈聯軍直抵紫禁城　西帥
高臥儀鑾殿〉，對聯軍入城後燒掉了吏部衙門中堆積如山的案卷做了
新的解釋。說那是因為洋人「早就將中國的弊病看得明明白白」，知
道中國朝廷向來最重視「例」，做事但求有例可循，不問應不應該，
六部裡的「胥吏」憑藉手中掌握的「例」來為自己謀了很多「利」。
洋兵一把火將案卷燒得乾乾淨淨，是為了不讓這些胥吏再作弊。作者
提醒那些仍然視洋人為夷狄的國民：「列位，要曉得古時夷狄，都是
我中國邊界窮苦的地方，未經教化，不知禮儀的人，與現在各國來通
商的洋人，絕不相同，豈可亂說他是夷狄？」

　　李伯元的《庚子國變彈詞》第十三回寫相國徐殷軒父子被拳匪圍
困在東郊民巷，情況緊急，各國公使得知之後，派人將二人送回朝
廷。因為當時各國公使認為，京城動亂只是「亂民造反」，與中國君
臣無關，所以對二人以禮相待。彈詞稱讚：

　　　　雙雙父子慶生還，各國居然度量寬。
　　　　可見外人知禮儀，蠻橫不比義和拳。[114]

　　符霖的小說《禽海石》中從北京來的逃難少女，自述身世：「誰

113 憂患餘生：《鄰女語》，收入董文成、李學勤：《中國近代珍稀本小說》（瀋陽市：
　　春風文藝出版社，1997年），第8冊，頁316。
114 阿英：《庚子事變文學集》（北京市：中華書局，1959年），頁752。

知京城裡忽然出了義和團這番大亂，我家父母都被拳匪殺了。我落在拳匪手中，轉賣在石條胡同，教我做那不要廉恥的事。我幾番覓死不得，又被聯軍將我救了出來⋯⋯」。[115]

　　林紓的小說《京華碧血錄》寫拳匪逃竄過程中嚴重擾民，平民反向入侵聯軍求救。時調歌唱中也記錄了聯軍占領北京一年間，為恢復城市正常的秩序而採取的種種安民措施。《庚子國變彈詞》中留在紫禁城的太監，居然對闖進來的外國人解說起庚子國難的種種緣由。《庚子事變演義》中寫李鴻章北上至大沽，俄國提督以使臣禮儀接待，美、英、日等國也以禮相待，對李鴻章甚為尊重和信任。有人則認為「中外屢次構釁，皆因民教不和，從未聞為商務開過兵端」；「洋人傳教，一心與人為善，何致結怨百姓？皆因教民恃勢構釁，釀成累及洋人，大家受害」[116]。《京華碧血錄》中甚至稱讚：「是時，戊國以兵守大內，不敢闖入，以故宮中積金及法物咸未損，則不能不稱戊國之文明也」，而丁國「遇華人至酷」是因為「殺使之故，大仇在抱」。[117]諸如此類的描寫在庚子事變文學中並不鮮見。

　　以上這些描寫表明，庚子事變期間，由於民眾（也包括庚子事變文學的一些作者）與洋人有了種種近距離的接觸，對洋人的觀察角度及發生的交涉關係各有不同，另一方面，這種看上去對洋人的稱許，往往寄寓著對中國社會現狀的不滿——與腐敗的中國官軍相比，入侵者更願意為平民提供方便；與作亂的拳匪相比，入侵者破城進京後，採取了一些治安措施，有些洋兵不擾平民，比起「拳匪」來更讓一些

115　符霖：《禽海石》，收入董文成、李學勤：《中國近代珍稀本小說》（瀋陽市：春風文藝出版社，1997年），第3冊，頁212。

116　陳季衡：《武陵春傳奇》，收入阿英編：《庚子事變文學集》（北京市：中華書局，1959年），頁904。

117　林紓：《京華碧血錄》，收入董文成、李學勤：《中國近代珍稀本小說》（瀋陽市：春風文藝出版社，1997年），第13冊，頁545。

人感到安全……。強調聯軍「文明」的一面，反映出那時開明的知識
分子作家對西方人有了更全面、更為理性的認識，並以之為參照，針
砭世事。這比義和團式的不分青紅皂白的仇外，要文明與理性得多
了。有關洋人「另一面」的描寫並非嚮壁虛構，但也不乏作者過於
「善意」的揣度，更說明有些作者對處於爆發時期的帝國主義的本質
沒有認識。八國聯軍來中國，本質上是侵略，在某些時候、某些場合
下的「文明」舉動，根本不能改變其侵略的性質。

　　綜上，庚子事變文學的大部分作者，都是庚子事變的經歷者或目
擊者，不論作者們採用的是什麼文體樣式，他們在有關作品中對庚子
事變的記述與描寫，都帶有很強的個人感情和主觀傾向性。持有不同
立場的作者，從不同角度記述了庚子事變，表達了自己對於時局的看
法，繪就了一幅庚子事變的全景圖。這些文獻雖然可以彌補歷史著作
記述的不足，但它們畢竟不同於客觀記述的歷史著作，而把它們作為
帶有個人體驗性的文學作品來看待，則更能夠凸現這批文獻的價值與
特色。

　　從數量上看，反映庚子事變文學作品的數量比反映此前歷次國難
文學為多。動盪的局勢削弱了清政府對思想的鉗制。在庚子事變以
後，「太后已恍然於國家致弱之原因，知此後行政之方針，不能不從
事於改革，以圖補救，乃以決行新政之諭旨，布告中外。」[118]以前的
一些禁錮被打破了，中國人開始「各舉所知，各抒己見」，時至庚
子，中文報刊的創辦數量比前期有較大幅度的增長，文學市場的擴大
刺激了文學作品的繁榮。據統計，一八一五年至一八六一年共出現八
種中文報刊；到一八八六年共出現七十八種雜誌、報刊；至一九〇一
年刊物數量達到一百二十四種。[119]反映庚子事變的小說、彈詞基本上

---

118 黃鴻壽：《清史紀事本末》（上海市：上海書店，1986年），卷69。
119 陳平原：《二十世紀中國小說史》（北京市：北京大學，1989年），卷1，頁79。

都是先在報刊上連載，然後才結集出版的。詩詞、時調、傳奇等也多原載於報刊。報刊上的政論文更是社會輿論的風標所在。與報刊雜誌的這種緊密聯繫使得反映庚子事變的文學具有很強的時效性。[120]而且，由於作者的思想趨於多元化，庚子事變文學作品中，對同一事件、統一人物的描寫和評論，存在著不同的、甚至截然相反的觀點，其中的人物形象也具有多面性，顯現出過渡時代所特有的斑駁風景。

---

120 如憂患餘生的《鄰女語》最初在《繡像小說》（1903年）連載，講史性質的小說《救劫傳》連載於《杭州白話報》（1902年）。林紓的傳奇《蜀鵑啼》最初是在《小說月報》上刊出，《庚子國變彈詞》刊載於《世界繁華報》至一九〇二年刊完，該年冬即被刊成單本出版。描寫庚子事變的紀事詩《庚子都門紀事詩》初印的年代是一九〇一年，胡思敬的《驢背集》四卷，最早刊登在雜誌《華國》上。諷刺新樂府當時所傳者也很多，當時各報刊幾乎都有。《申報》、《國聞報》、《同文滬報》、《新聞報》以及《中外日報》的各大報刊更是始終關注庚子事變的發展，刊登多篇政論文。

第五章

「二十一條」國難文學

　　一九一四年，「一戰」爆發後，英國對德國宣戰，日本打著「英日同盟」的幌子於同年十一月從德軍手中攻占青島。一九一五年一月十八日，日本駐華公使日置益秘密晉見袁世凱，提出「二十一條」無理要求，作為把青島歸還中國的條件。一九一五年五月九日，袁政府接受了日本的最後通牒，稍後就與日本簽訂了以「二十一條」為藍本的「民四條約」，承認日本在中國山東、南滿、內蒙、福建等地和其他方面的侵略性權益，國家主權遭受嚴重威脅。這期間各地紛紛成立勸用國貨會、救國儲金會、國民對日同志會等團體，民眾的遊行示威、國恥大會接連不斷，留學生、華僑等也起而回應，愛國救亡運動風起雲湧，五月九日被定為國恥日。

　　中日「二十一條」交涉，是民國建立以來第一大外交事件，對國家、社會影響甚巨，在民初文壇上也產生了巨大的反響，催生了諸多文學作品，包括小說、詩歌和紀實文學等，我們可以把這些作品總稱為「『二十一條』國難文學」。

　　「二十一條」國難文學在當時興盛一時，可以說形成了一段時間內尤其是一九一五年文壇上的一股潮流。然而，這股潮流並未能充分地發展。因為，當時袁世凱嚴酷查禁反袁和反日的書刊雜誌，對新聞媒體和文壇造成了巨大破壞和不良影響。據方漢奇《中國近代報刊史》介紹，中日「二十一條」交涉期間，「由於發表反日言論和透露了二十一條賣國條約的內容而遭查禁的報紙」為數不少，包括上海的《五七》、《救亡報》、《愛國報》和廣州的《時敏報》等，反袁的報刊

更是沒有生存空間。[1]另一方面，由於中日「二十一條」交涉基本上是作為一個外交事件進行的，青島之戰也只局限在山東一省。雖然作為「民國第一大外交事件」，當時的反響異常強烈，朝野上下無不感到亡國滅種的危險，但中日由「二十一條」交涉而簽定的「民四條約」並未完全付諸實施，並於一九二三年最終被廢除。因此「二十一條」國難與此前的鴉片戰爭、甲午戰爭相比，對中國民眾與社會的衝擊的劇烈與持久程度還是有所不及。但當時圍繞「二十一條」的確形成了一股聲勢浩大的愛國救亡的社會思潮及相應的文學創作潮流。「二十一條」國難文學作為中國百年國難文學史的一個重要組成部分，研究者不能忽略。

長期以來，「二十一條」國難文學的整理與研究可以說是一片空白。人們一任這些文學作品埋藏在九十年前發黃變脆、黴味刺鼻的紙頁中，鮮有人問津。本章內容，將在收集整理原始文獻資料的基礎上，對「二十一條」國難文學加以初步的分類整理與闡釋，為進一步深入研究「二十一條」國難文學做一些拓荒性的工作。

第一節　「二十一條」國難紀實文學

「二十一條」國難紀實文學包括《中日交涉記事本末》、《辱國春秋》、《國恥錄》、《青島茹痛記》等國難紀事和《申報》、《神州日報》等報刊上刊載的時評、政論、雜文、隨感錄等各體散文作品。

1　方漢奇：《中國近代報刊史》（太原市：山西教育出版社，1981年），頁69。

一 「二十一條」國難紀事

在「二十一條」國難紀實文學中，首先是國難紀事。

「二十一條」國難紀事，是指那些記錄中日「二十一條」交涉以及日德青島之戰的紀實性或回憶性的作品，包括完整記述中日「二十一條」交涉全過程的「紀事本末」，還有專門記述日德青島之戰等事件的作品。「二十一條」國難紀事秉承了中國史傳文學的傳統，注重文學性，紀事議論充滿激情，從而具備了相當的文學價值。

一九一五年上半年，當袁世凱政府被迫接受旨在滅亡中國的「二十一條」要求後，該年四月到八月間，迅速產生了三部重要的「紀事本末」性質的國難紀事作品，一是青溪散人編著的《中日交涉記事本末》（上海進步書局，1915年4月）、二是黃毅、方夢超合編的《中國最近恥辱記》（國恥社，1915年6月）、三是畢公天編著的《辱國春秋》（上海辱國春秋社，1915年8月）。

《中日交涉記事本末》的作者署名「青溪散人」，真實身份待考。此書開篇即概述日德之戰期間及之後日軍對青島人及魯人之壓迫：

> 先是民國三年歐洲戰爭，日本藉英日同盟，遂有日德青島之戰。而山東半島大半劃入戰線之內。魯民之流離遷徙，已有不忍言者。至是年冬，青島既下，日本益肆無忌憚。魯人備受其騷擾，日本人雖曲為之諱，然其事實斑斑可考。如兵過之處，強取芻秣，鄉民與之抗拒，遂被殺，及任意與鄉婦調笑，因之自盡者時有所聞。[2]

---

2 青溪散人：《中日交涉記事本末》（上海市：進步書局，1915年），頁1。

　　作者的記述充滿民族之情而又不乏理性，時有遠見卓識。如他指出：「中日交涉有利於日本，亦有利於北京政府，但無利於中華民國及其國民耳！」[3]對中日交涉的過程中日本人的心理的分析也頗為透徹：

> 日人對外交涉大都視其對待國之態度以定行止。此次中日交涉，起初中國態度異常強硬，舉國上下函電交馳，大有寧為玉碎不為瓦全之勢。日本以不肯冒天下之大不韙與中國決裂，遂不得不變強硬而為和平。近見中國外交當局漸就範圍，以為華人畢竟易與，遂施展其得步進步之本來能事，又漸漸強硬。使當日中國一面嚴詞拒絕，一面將其要求之條件宣告各國。彼見中國人頗非易與，恐即不敢玩中國於股掌之上。君等一閱日報之論調，即可恍然於日人對中國之心理矣。[4]

　　畢公天編著的《辱國春秋》凡一百二十章，十餘萬字。阿英曾把它收入《近代國難史叢鈔》中。該書扉頁上的〈本書發行之意趣〉中說：「本書自交涉之動機起，至國恥之紀念止。」詳細記述了中日「二十一條」交涉的全過程。又說，「古史有紀事本末之體例，本書依時紀事，原原本本，殫見洽聞，可作中日最近交涉之紀事本末讀。」「本書特色一在審度國內之輿論，參考外人之公論，折中一是，使歸之大中至正；一在究事前之原因，策臨時之對付，籌事後之補救……。」[5]作者在〈緒言〉裡以孔子作春秋自比，認為「孔子作春秋而亂臣賊子懼，以褒貶之權有華袞斧鉞之比例也」；此書名曰「辱國」是為了告誡人們勿忘國恥：

3　青溪散人編著：《中日交涉記事本末》（上海市：進步書局，1915年），頁29。

4　青溪散人編著：《中日交涉記事本末》（上海市：進步書局，1915年），頁41-42。

5　畢公天編著：《辱國春秋》（上海市：辱國春秋社，1915年），扉頁。

> 人人知全國之被辱，於是亡羊補牢，生出一種愛國心；於是臥
> 薪嚐膽，生出一種救國心。是國民之愛國心或由辱國之心而發
> 現，國民之救國心或有辱國之心而發現。吾欲激發吾人之良
> 知，故不曰愛國而曰辱國，不曰救國而曰辱國。[6]

作者在正文的具體敘述中實踐了這些創作原則。對歷史事件的敘述細緻縝密，一絲不苟，力求完整地記錄下中日交涉的各個方面。如作者還介紹了交涉期間留日學生和留法學生的愛國活動，為一般史料所未發；作者文筆簡練扼要，但又不厭其煩地收錄了中日交涉中的外交文書、政府公文、民眾輿論等，保存了有價值的資料。

需要指出的是，上面提到的《中日交涉記事本末》出版在四月份，四月份之後的史事沒有記述；而《中國最近恥辱記》的記述較為簡略。除了這些對「二十一條」作出即時反應的紀事作品外，一九一五年以後幾年間，還有類似作品問世，包括公民救國團編輯的《國恥痛史》（1919年）、許指嚴編的《民國十週年紀事本末》（1921年）、許金城輯的《民國野史・日本廿一條痛史》（1922年）等，在此略而不論。

在「二十一條」國難紀實文學中，還有一部回憶錄性質的作品也值得一提，那就是劉成禺的《世載堂雜憶》。[7]該書專列〈新華宮秘密外交〉一章敘述中日「二十一條」交涉的過程。作者曾在《世載堂雜憶》的題詞裡說，自己在「剖腹險症」之後，友人勸他「憶寫從前所

6　畢公天編著：《辱國春秋》（上海市：辱國春秋社，1915年），頁8。

7　關於「二十一條」國難，後來出版的若干回憶錄性質的作品也有涉及，其中重要的有《顧維鈞回憶錄》（北京市：中華書局，1970年代作，1983年譯本）、《曹汝霖一生之回憶》（臺北市：傳記文學出版社，1980年），均敘述了作者作為當事人在「二十一條」交涉中的經歷，可資參考。

見所聞之事乎？是亦國政文獻之實錄也。予感其言，日書世載堂雜憶
數則，隨憶隨錄，篇幅不論短長，記載務趨實踐。」[8]作者與當政者
唐紹儀等人結識，信息來源較為直接可靠，可見作品為紀實，當然一
些聽聞自他人的記述是要慎重求證的。作品採用古典筆記的筆法，淺
近文言、文筆流暢、文學性強。

　　劉成禺與上層社會接觸較多，《世載堂雜憶‧新華宮秘密外交》
的寫作多來自與唐紹儀等人談話的回憶。不同於大多作者的寫作多由
當時的媒體報導綜合而成，劉這種較為直接的信息來源使得他獲得一
些更加隱秘的材料，因而顯出自己的特色。首先，作者對袁世凱為中
日交涉和復辟帝制與德、英、日等國政客、外交官的周旋與勾結介紹
較詳：早在民國元年，德皇威廉二世即修函與袁，力主袁效德、日之
制恢復帝制。於是袁乃一切「醉心德制」，練兵、制服皆效德國，讓
其子嗣習德語，「乃至於蓄須，府中文武軍官，咸模仿世凱嗜好，蓄
威廉二世八字牛角須。」[9]然而英使朱爾典為袁老友，探知德國贊成
帝制，即遊說袁，稱英國可包辦中國帝制。袁世凱擔心日本強加干
涉，對朱爾典的提議不置可否。民國三年日本占領青島後，提出「二
十一條」；並威逼利誘地暗示，如若不答應「二十一條」，在日本活躍
的中國「亂黨」日本政府則縱容之，若答應則袁稱帝「一切日本均能
讚助，不必遠求英國也。」[10]袁即又轉與日人勾結，造成密約。作者
還以確切的事實指出袁世凱與日本曾締結密約，但最終暴露，於是日
本轉而反對袁稱帝。中日交涉期間，「北京會議，為公開之儀式，佯
示緊張，掩世人耳目，所爭事件，皆可告人；而其暗中交涉重心，實
在東京。」「日使之通牒，中國之一再修正，元老之痛責外務大臣加

8　劉成禺：《世載堂雜憶》（太原市：山西古籍出版社，1995年）題詞。
9　劉成禺：《世載堂雜憶》（太原市：山西古籍出版社，1995年），頁199。
10　劉成禺：《世載堂雜憶》（太原市：山西古籍出版社，1995年），頁207。

藤高明，袁之流涕簽約而發表告國人文字，皆合作之煙幕，藉以欺蒙
國民，移轉世界視聽，為將來履行密件地步，使袁世凱帝制專倚日本
支持也。」[11]袁世凱最終與日本簽訂民四條約，並以原「二十一條」
第五號各條款密約作為日本「讚助帝制」之交換品。然而英國方面卻
托唐紹儀買通袁身邊的句克明偷出了密件，向日使質問。日本顧及國
家體面，遂轉而反袁。歷史上是否確有此事尚無定論，但作者標明親
自聽當事人唐紹儀所說，當可作史實考證之參考。

　　日德青島之戰是與「二十一條」相關的重要事件，以此為題材
的紀實作品，以王鈍根的《國恥錄》和淮陰釣叟的《青島茹痛記》為
代表。

　　一九一五年，王鈍根的《國恥錄》在《禮拜六》第五十一期上開
始連載，至第五十八期中斷（未見有續）。本來作者打算把中日交涉
的整個過程全部記錄下來，可惜現在只能見到敘述從一九一四年八月
間日本向德國宣戰到十一月下旬進攻青島等地的情況。

　　作者開卷說，「鈍根不揣，就平日報紙所見，刪其模糊影響之
談，節其觸目驚心之事，略加編次，不務文章，惟求熱心士大夫廣為
傳播，使村農野老婦人孺子咸知東亞和平之真相，而亟謀所以自
處。」[12]《國恥錄》全篇摘錄自當時的報章，據其摘錄段末括弧內的
注解，包括《申報》、《順天時報》、《大陸報》、《字林報》、《大阪每日
新聞》、《北京日報》、《大東日報》等，其中摘錄《申報》的文字約占
全篇的一半。《國恥錄》雖是報章摘錄，但基本以時間為序反映了日
本進攻青島的過程。這種方式還有一個好處——可讓今天的讀者集中
了解當時各種報紙上對此次國難的反應，保留了珍貴的史料。《國恥

11　劉成禺：《世載堂雜憶》（太原市：山西古籍出版社，1995年），頁209、210。
12　《禮拜六》，1915年，第51期。

錄》主要記錄了兩個方面的內容：一、日本自與德國宣戰後在山東半島的青島、龍口、濰縣等地以及膠濟鐵路沿線的軍事攻略；二、在這些軍事攻擊過程中對這些地區的殖民掠奪與侵害。

從《國恥錄》中可以清楚看出，日本打著英日同盟的幌子對德國宣戰，但是其侵略中國的陰謀是瞞不了任何人的。即便英國人為自己的既得利益考慮都不贊成日本參戰。「遠東之英人及其他外人均不以日本投入戰爭漩渦為然，駐日英國大使葛林爵士曾竭力勸日本勿預戰事。」[13]然而日本還是厚顏無恥、強詞奪理地參戰了，在攻擊青島和山東的一系列行動中更能清楚地看出，日本參戰並非為了幫助英國對付德國，而是為了攫取在山東的特權，進行殖民侵略。

一九一五年九月二日，日軍在龍口登岸。為什麼選擇從龍口登岸？作者在括弧內加了如下按語：

> 龍口為山東黃縣境，在煙臺西，與大連、旅順、營口相對，實為渤海灣之門戶。日本人以大連、旅順、營口之關係眈眈視之久矣。山東土貨自龍口出海者甚夥。勞動者自龍口渡海峽至營口以趨奉吉黑三省者，歲輒數十萬。日人則為闢航路以濟之，其航路由龍口以通旅順、大連等處，然僅能容五六百噸之小輪船。日本男女居留是間者數亦不少。蓋經營甚久，而吾人未之知也。……今日兵自龍口登岸，計其地南至膠州灣三百餘里，已在條約所許通過線之外，又南行多山，行軍未必便利。度日人之意，是否迫於軍略上之必要而為此，實一可疑之問題也。然此為渤海灣門戶，從此彼暫時得於渤海灣有出入之自由，並能妨害他人在渤海灣出入之自由，而吾津沽藩盡撤，無復有設

13　《禮拜六》，1915年，第51期。

險守國之意矣。[14]

通過以上分析，日本的陰謀就昭然若揭了。日軍登岸龍口後，「占據民房，附近一帶苦不堪言，迫令商會代雇小工數百，於海岸搭蓋木橋，卸運兵馬糧械。自由行動，無敢過問。」[15]日軍經黃山館挺進掖縣，知事請其在城外駐紮而日軍不允，卻強行進城搶占民房駐紮數日。還有日兵六千人從膠州北金家口登岸，割斷膠州以東之電線，進而占據膠州火車站。

作者還通過真實細緻的細節，描述了日軍在膠東地區的侵略暴行，特別是在龍口、膠縣、平度等地的侵略行徑更令人髮指。日本早就開始向龍口移民，日人幾乎壟斷龍口之輪船航運，並派新聞記者採集龍口見聞。在龍口登岸後，日兵勒令黃縣知事備車千輛以資軍用。日軍竟在龍口發行日本紙幣，強行使用軍用票。有當地人因不允日兵搶其牲口而被殺。日軍強占海關、電報局，原商務局竟被迫為日軍籌辦糧臺。在膠縣，日軍占領公署，更是無惡不作，有日兵購表不付錢，店方與之理論，表店竟被搶掠一空。城郊黃家莊居民糧食物品劫掠無餘。在平度，日軍因搶劫柴草與居民衝突，居民死傷十餘人；日軍限縣知事五日內預備好牛千頭、雞三千隻、豬千頭、米麥草料五十餘萬斤、騾車一千五百輛，知事交不出即被拘禁。另外，青州府鐵路站長被日兵拘至濰縣槍斃，在濰縣日軍殺死電報生李芳順……對此類行徑的記述與描寫，使日本的侵略者面目暴露無遺。

以日德青島之戰為背景的另一篇重要的紀實作品，是淮陰釣叟[16]

---

14 《禮拜六》，1915年，第53期。

15 《禮拜六》，1915年，第53期。

16 淮陰釣叟，即高語罕（1888-1948），原名高世素，又名高超、雨寒，化名王靈皋，筆名素心、淮陰釣叟等，安徽壽縣人。早年留學日本。1912年，曾應高一涵之邀去

的《青島茹痛記》。該作品發表在一九一六年《新青年》第二卷第三號至第五號上，記述了作者一九一六年六月在日本占領下的青島的所見所聞，重點敘述了日軍攻占青島之役和日軍對青島及其周邊地區的各種侵略行徑，觀察縝密，記述詳盡，有重要的文學和歷史價值。

　　作者首先介紹了日軍攻占青島的大背景，主要是山東與青島在中國的地位以及德國在青島的軍事防禦系統。作者認為山東在地理交通、物產和文化等方面都有重要地位，而青島在中國國防上的地位尤其重要。所以，德國也看準了青島的優勢，在強占了青島後不遺餘力地加強軍事防禦設施，建築暗炮臺，使用曲射式大炮，布設水旱雷，沿海防禦極其嚴密。隨後作者對日德之間的青島之戰作了概述。由於德國的沿海防禦固若金湯，日軍假道龍口登岸從陸上攻擊青島。這是日軍快速攻占青島的關鍵。作者敘述了鮮為人知的日本對青島的總攻擊的細節：

> 其攻擊前進程序未能詳細調查，殊為憾事。惟德人以兵少故，第一第二兩防禦線均無頑強抵抗，亦無重要戰跡可言。所略可道者，謹青島市外之總攻擊耳。德人防禦線既分二層，首沙袋，次鐵網。又掘深濠，實以海水，出入止一門。伏設地雷甚眾。日軍欲由此強行攻擊非數月不可，且須重大之犧牲。遂於距德本防禦線四十里掘深濠，避炮火。進攻成半圓形，節節前進，均挖暗濠並交通壕，深約一米達五十生的。故自民國三年八月二十三日最後通牒滿限，直至十月三十一日始行總攻擊。是日也，英日聯軍轟擊俾斯馬克、伊爾奇斯兩炮臺，重創之。

青島法專教書。五四時期曾追隨陳獨秀積極參加新文化運動。著有《九死一生記》等。

十一月四日，猛攻設防最堅之伊爾奇斯炮臺，全行擊毀。六日
占領一四五高地及澎浦街（譯音）之堡壘，與德兵相距僅三百
米達。於是開鑿坑道，接近德壘。七日占領中央堡壘。日軍左
翼占領小港山北及臺東鎮堡壘，復攻下毛奇、俾斯馬克及伊爾
奇斯各堡壘，旋即占據毛奇、俾斯馬克及伊爾奇斯各炮臺。德
軍遂降。[17]

　　作者說上述記錄「徵之當日記載及青島土人之言而可信也」，為
我們留下了寶貴的記錄。

　　作者還用了很大篇幅詳細記述了日軍對青島及其附近的昌樂、濰
縣、高密等地的侵略。是全篇的重心所在。

　　首先是「政治的侵略」。作者所說的「政治的侵略」其實包括了
政治、外交等各方面。「凡民軍勢力所至之地即某國憲兵勢力所至之
地。無論關於國際或地方事件，動輒受其干涉。」中國的電報局、郵
政局為日本控制，民軍領袖對日本憲兵司令惟命是從，勿敢抗辯。日
本憲兵司令敢在中國境內逮捕中國人民。民軍各部均聘有日本人為顧
問，「人數之多以濰縣為最，據確實調查，濰縣司令部，某國人居十
之六七，本國人十之三四耳。我謹用之以辦外交，融洽國際感情；彼
則利用之以代我主張，為所欲為，凡民軍一舉一動無不仰其鼻息，我
之民軍司令若木偶耳。」[18]關於日本顧問，還發生過這樣的事件：「某
國人名倉穀者周村護國軍之外交顧問也。因採辦軍用物品，沒入私囊
者數十萬，至其假訂購大宗軍火之鉅款尚不在其內。此項軍火既訂有
數月之久，迄未交到，屢經民軍司令催促，現仍渺渺無期。而此項鉅

---

17 《新青年》，1916年，卷2，第3號，頁6。
18 《新青年》，1916年，卷2，第4號，頁1-2。

款已化為烏有。」[19]可見，當時日軍在山東的勢力已滲透得很深。

其次是「經濟的侵略」。關於「經濟的侵略」作者有如下概括：

> 自某國人占領（青島——引者注）後，遂極力用其政治權力
> 取締中國商人，一面極力輸入其國貨，假膠濟鐵路以直達吾腹
> 地。於是青島市中如小賣商、料理屋、洋服店以及豆腐商等均
> 繫侏儒主之，而吾中國人所經營全然絕跡矣。且鐵路沿線均有
> 某國商店、料理店及娼婦注其全力以吸我之膏胰。[20]

經濟侵略還包括廉價收購甚至搶掠中國制錢。作者記述了在山東
昌樂發生的日軍因收購制錢與當地村民的衝突。日本人入昌樂某村以
軍用手票強迫村民代買中國制錢。其實村子裡的銅錢均早已為日人強
購一空。村民以此原因向之解釋，日人卻以武力相威脅，並限三日內
繳上其規定數額的制錢。第四日日人來索要制錢，村人無以交出，遂
與日人衝突，日人死七人，逃一人。逃者報告憲兵司令部，司令部竟
派憲兵多人將此村數百家付之一炬，並拘禁村中老者數十人（少壯者
多已逃走）。高密亦發生過相似的事件。作者說，「夫制錢本我國國
幣，某國人竟以其利厚而潛入吾內地購買，已屬目無公法，而某國憲
兵竟又越界拘捕，焚我村落，蔑視我國家，欺侮我人民，是可忍孰不
可忍！」[21]

除了上述「政治的侵略」和「經濟的侵略」，日本在占領青島期
間對中國人民無所不為，侮辱虐待已達極點，關於這一點作者有這樣
一個總的判斷：

---

19 《新青年》，1916年，卷2，第5號，頁2。
20 《新青年》，1916年，卷2，第4號，頁2。
21 《新青年》，1916年，卷2，第5號，頁1。

某國人之待遇中國人，其輕蔑嚴酷如何，國人留學其地羈旅其邦者類能言之，然而較之吾人之在東三省所受種種之恥辱猶是平等禮遇。蓋吾人身居其國，彼邦人士尚懷悅遠之意，而南滿同胞之備受欺凌，久居東省者皆能道之，然而猶未足語於青島之虐待情形也。某國人在青島並膠濟沿線對於中國人，其法律其態度較之對待韓國人者有過之而無不及。[22]

這種虐待主要有以下幾點，作者均詳細舉出具體的事例。

一、往來青島的日本輪船對中國乘客「高其價值，惡其飲食」，並嚴苛檢查、侮辱中國人。作者乘日船來青島的親身經歷正說明了這一點。作者乘船時遇日本船員宣稱「青島現已為我日本所有」，態度極其傲慢無理，「抵青島登岸時倍受日人所募華警種種侮辱種種留難。余友朱君言語稍有不慎即被該華警用力扭出，幾遭不測。」[23]還有一例乃作者友人方壯侯親見，濟南人林振新剛畢業於日本士官學校，乘日本神丸輪船由青島赴上海，登船時遭日本憲兵攜華人偵探——

上前盤詰，立命開箱查驗。林君以其來自日本，向未受過此種檢查，且行李一肩毫無違禁物品，況又係自此他往，並非自他適此，法當聽人自由，不宜檢查，以苦行旅。稍一遲疑，華人偵探大怒（伺某國憲兵之意旨耳），上前批林君之頰。林君欲與之辯論，則兩頰殷紅，血流盈衫矣。林君急曰：「余係留學生，爾不應如斯待遇。」某華探曰：「乃翁最惡者惟留學生，

---

22 《新青年》，1916年，卷2，第4號，頁3。
23 《新青年》，1916年，卷2，第3號，頁1。

汝若非留學生，乃翁尚不如是待汝。」林君知其不可理喻，遂
向某便服憲兵辯詰。某憲兵若有得意之狀，笑而不答。而某華
人偵探已將林君衣箱鎖匙搗毀，傾囊倒篋，衣服書物橫委板
上。某憲兵遂命其將林君衣物拾起，以示謝意。而某華探不顧
也。[24]

　　這段描寫讓我們體會到了日本人及其走狗漢奸在中國的橫行霸
道。作者在介紹日本對中國人「精神上之虐待」時即指出其中之一就
是──「用中國偵探及巡警以制中國人，凡有虐待之事某國人皆不直
接出面，概用中國之偵探及巡警當之。此輩奴隸成性，蛇蠍為心，欺
凌同胞必用其極，以博某國人之歡心，而保其衣食飽暖之地位，可恨
亦可憐矣。」[25]更有甚者，民黨青年李元柱、李正球二人乘日船將抵
青島時，李元柱因在甲板上吸煙遭船員暴打一頓，「復將二李及同來
諸人押禁某國憲兵司令部嚴加責罰，旋又押回船中，不准登岸，鎖禁
於一暗艙內，運送大連登岸。」[26]這種肆意妄為的侮辱與虐待絲毫沒
有人道可言。

　　二、居留青島的中國人不能享受自由權利，欲住某地或遷某地均
需日本憲兵處許可，家屋常受憲兵檢查。有例為證，「朱君子良者，
陸軍軍官畢業生也。與余等同赴青島寓連升棧，後與余等遷移若野町
仍同居。一日行至街忽被某國憲兵捕去，至該司令部後即由憲兵長問
訊由連升棧移寓何以不先報告，飭令押禁。」[27]這種事情不勝枚舉。

　　三、用娼妓和鴉片毒害中國人。作者專門論述了日本人「用娼妓

24　《新青年》，1916年，卷2，第4號，頁4-5。
25　《新青年》，1916年，卷2，第4號，頁4。
26　《新青年》，1916年，卷2，第4號，頁5。
27　《新青年》，1916年，卷2，第4號，頁5。

以傳染其病毒，許中國人吸鴉片以戕折其身體」的險惡陰謀。作者寫道：

> 世界各國莫不視鴉片為人道之惡毒，故禁之不遺餘力。近日中國亦切實嚴禁，務期斷絕根株。而某國人則獨許中國人吸煙，大連青島皆如是。又某國婦女賣淫者特多，梅毒流傳十而八九。某國即利用之以害我精壯之士。青島未陷落前，既用之以毒德國兵士，而使之不任戰鬥。青島既陷落之後，又復廣為招徠，四處散布，由青島而播種乎膠濟沿線。於是吾國之革命軍軍官兵士多受梅毒之中傷矣。某國人所開料理者，即賣淫之所，而旅館病院亦莫不為幽會之地。[28]

《青島茹痛記》中對日德青島之戰的方方面面記述得十分生動翔實，其材料或來自親自考察，或摯友轉述，是真實可信的，在「二十一條」國難紀實文學中占有重要位置，不可忽視。[29]

二 「二十一條」國難散文

中日交涉的消息甫一洩漏，民眾與新聞界一片譁然，仁人志士們紛紛撰文聲援救亡運動，報刊上湧現出眾多的討論「二十一條」的時評、政論、雜文、小品、隨感錄等。[30]這些報刊包括《申報》、《神州

---

28 《新青年》，1916年，卷2，第4號，頁4。

29 此前鮮有論者提及《青島茹痛記》（今後的國難文學研究或近代文學史研究，應予重視）。

30 可惜有些報刊已難以尋覓，幸好筆者查到一九一五年出版的相關重要書籍，對當時報刊上的文章多有採擷，庶幾可以反映當時新聞媒體爭相報導討論「二十一條」國難的情形。

日報》、《大公報》、《國恥雜誌》、《國貨月報》、《中華國貨月報》、《少
年中國》、《民權素》、《大中華雜誌》、《崇德公報》、《中國白話報》、
《新青年》等。一九一五年五月二十日，陳其美還在上海法租界創辦
了《五七報》，專門刊載有關中日交涉的作品，出到第三十號被袁世
凱封禁。[31]有關作者多為當時社會上的知名人士，包括梁啟超、李大
釗、孫中山、林長民、章士釗等人；普通人士的參與熱情也是盛況
空前。總體上看，這類作品帶有近代以來特有的文體──「新聞文
學」[32]的特點，是文學與新聞的混合文體，因而也具有了新聞時事性
與文學性的雙重特徵。

　　青溪散人編著的《中日交涉記事本末》，其中一章〈國民對於交
涉之態度〉中〈報館之評論〉一節專門摘錄了《神州日報》、《申
報》、《新聞報》等各大報紙的有關文章，正如編者所說：「中國報紙
對於此次交涉亦極激昂，而全國議論輒視報紙為轉移。為錄報紙之論
說於此，不啻為全國民意之代表也。」[33]例如，在中日交涉尚未公開
之時，《申報》上已有文章尖銳指出，日本在青島之戰後不肯撤兵一
定是以此要脅中國換取交換條件。[34]顯示了其預見性。該書所錄《神
州日報》有一文章引用李佳白博士的話，認為日本提出「二十一條」
是「含食滿口氣塞而死」、「今日之狂吞適以成他日之噎症」，作者更
進一步認為日本是「飲鴆滿口毒發而死」[35]，生動說明了日本貪婪無
恥及多行不義必自斃的道理。再有文章說：「國無強大之武力而猥欲
以外交之事求助於人，此下策也。矧至外交緊急之際，舉目四顧並可

31 王俯民：《孫中山詳傳》（北京市：中國廣播電視出版社，1993年），下冊，頁841。
32 蔣曉麗在《中國近代大眾傳媒與中國近代文學》一書中對「新聞文學」有所論述。
33 青溪散人編著：《中日交涉記事本末》（上海市：進步書局，1915年），頁83。
34 青溪散人編著：《中日交涉記事本末》（上海市：進步書局，1915年），頁86-87。
35 青溪散人編著：《中日交涉記事本末》（上海市：進步書局，1915年），頁83。

以助我者而無之，則尤下之下矣。」中華民國正當此際，「苟欲冒萬死以求一生，亦惟盡吾力以自救而已。」[36]清醒地認識到當時中國所面臨的危險。[37]認為在國難當頭之際，中國民意如此沸騰，當局卻不知倚靠反而壓制，實不知其可也。那麼，當時中國的民氣如何？據《神州日報》報導，有記者持日本正金銀行鈔票購物時被中國店方拒絕，又有富厚者捐摩托車三百餘輛以為萬一之助。國民的愛國舉動不勝枚舉。正如作者所說：「吾民自愛其國之敵愾心今已大顯，吾民之隱痛殆已達於極度矣。」[38]

《五月九號國恥史》一書，專為一九一五年的「五九國恥」所編，該書「發凡」中說，「是書亟欲使國人共見，只就海上報章所已見者編輯成書，先出一冊，容日後再行續編。」[39]該書分為五月九號之說明、慨言、統論、始末、時評等十餘章，輯錄了報章上的諸多文章。例如，署名「恨亡」的〈五月九號之說明〉開篇說：

> 吾志五月九號，吾手欲顫，吾目欲眩，然而吾尚有手，吾尚有目，不敢不忍痛志之，不忍不辣手志之。嗚呼，吾豈願志五月九號乎！吾豈願志五月九號乎！此書將出，以吾一副眼淚，引動吾全國父老兄弟諸姑姊妹同下一點眼淚，為此失敗之河山作紀念點綴耳。嗚呼！五月九號胡為不先不後使吾聞乎？五月九號以前吾與全國之人同翹足以待，曰：庶幾戰而勝也；又曰：庶幾有美滿之轉圜也。夙夜以思，每用自慰五月九號必不至為慘痛之紀念也。嗚呼！孰知時不我待，五月九號之哀電至矣。

---

36 青溪散人編著：《中日交涉記事本末》（上海市：進步書局，1915年），頁85。
37 青溪散人編著：《中日交涉記事本末》（上海市：進步書局，1915年），頁86。
38 青溪散人編著：《中日交涉記事本末》（上海市：進步書局，1915年），頁92-93。
39 《五月九號國恥史》（上海市：國文書局，1915年），頁1。

　　　　五月九號竟成為國恥之日矣。於是吾之心不覺為此「五月九
　　　　號」四字攫而入於九霄之為焉。

　　其激憤之情溢於言表。還有文章更關注中日交涉的解決方策和國
家的未來。子遺的〈五月九號之統論〉則指出希望通過外援解決中日
交涉問題的不可靠：「雖有海牙和平會，豈能奔走而救援耶？雖有萬
國，豈能一呼而畢至耶？在海牙和平會只有旁觀冷嘲，在萬國只有俟
機會之均等，同起以嘗一臠而已。」[40]寒蕾的〈五月九號之善後〉則
提出了愛、勇、智、誠、勤、儉、恒的「鑄造健全國民」的七字要點
和「改良社會事業」的六條方案，即尊重道德、研究學術、灌輸知
識、提倡尚武、勉勵儲蓄和提倡國貨。[41]該書第十一章〈五月九號之
時評〉摘錄了報章上的二十篇文章，文章來源除了編者在「發凡」中
提到的上海的報章，還包括了北京的「民意報」、「國民報」、「泰西日
報」等報紙。有些文章告誡國民銘記國恥，奮發圖強。署名笑的〈敬
告我健忘之國人〉說，「吾甚願以此次日本之哀的美敦書為國人補腦
藥之保證書，以療健忘之病……」[42]冷的〈我所望於國民〉望有「沉
毅果決之國民」，不空談，不遊移，以救國家。[43]無腦的〈絕粒‧瘋
發〉告誡國民不要輕生，「留此不屈不辱之身，以為國家將來之用，
目前慘痛請稍忍之。」[44]有些文章則揭批了袁政府的腐朽無能。阿莽
〈紀念日二〉說，「吾人至此，知政府所謂自有把握者，其把握竟為
屈辱兩字。乃政府猶自詡詡然，自鳴得意。」[45]〈北京民意報論一〉

40　《五月九號國恥史》（上海市：國文書局，1915年），第3章，頁2。
41　《五月九號國恥史》（上海市：國文書局，1915年），第5章。
42　《五月九號國恥史》（上海市：國文書局，1915年），第11章，頁7。
43　《五月九號國恥史》（上海市：國文書局，1915年），第11章，頁7-8。
44　《五月九號國恥史》（上海市：國文書局，1915年），第11章，頁8。
45　《五月九號國恥史》（上海市：國文書局，1915年），第11章，頁2。

則認為,「我國外交當局以永遠服從為目的。其與外人辦交涉,不過奔走奉命如奴隸之於主人而已。」[46]都揭露了政府的軟弱無能。署名訥的〈我國人亦思念及此乎〉指出,「國家之大病,國與民泛泛無關係也。無關係之故,由於無聯絡之機關。……國與民無聯絡之機關即無挽回之著手地也。」[47]批判了袁世凱解散國會,推行專制,致使中日交涉的重大決策為袁一人獨斷,全國民意無從伸張。此章還有署名心的〈政府亦知第五號之五條件為覆亡中國全部之禍根乎〉、阿戇〈不廢五項難亦不已〉、無名〈中日交涉了乎〉、默〈日人猶以為未足〉、無名〈兵不臨城下〉等文章,都飽含著愛國激情與救國抱負。

除了上述兩種重要的專書外,一九一五年三月十二日《申報》刊載〈留東學生代表上政府書〉,五月二十三日《大公報》刊載施振模的文章〈痛告朝野勿再偷生苟安〉,《民權素》第八集載箸超〈復友人論近日政局書〉,黃毅、方夢超合編的《中國最近恥辱記》載有〈詹大悲等之剖白心跡書〉、〈方夢超黃毅上大總統書〉等文章。當時民眾與民間團體等紛紛反對日本的無理要求,發給政府的電文不勝枚舉,皆慷慨激昂、文辭犀利。直到一九二〇年徐東藩所編《抗爭魯案之文章》還收錄了〈五七國恥紀念敬告全國文〉、〈在國恥大會之簡言〉等紀念五七國難的文章,一九二三年四月《少年中國》第四卷第二期至第三期連載了署名盧舟的長文〈二十一條與日本問題〉,可看作是中日「二十一條」交涉總算在一九二三年塵埃落定後的總結。[48]

---

46 《五月九號國恥史》(上海市:國文書局,1915年),第11章,頁12。

47 《五月九號國恥史》(上海市:國文書局,1915年),第11章,頁6。

48 除上述的外,當時還有許多報刊,如《中國白話報》、《崇德公報》、《國貨月報》等刊載文章關注中日交涉,可惜由於年代久遠,筆者只查到作品的目錄,尚未找到原刊。上述這些報刊上的文章及時反映了當時民眾對中日「二十一條」交涉的態度與心聲,希望將來有機會找到這些資料,以期對「二十一條」國難文學做更深入全面地論述。

在以「二十一條」國難為主題的各體散文中，最重要的、最有影響力的，當屬梁啟超、李大釗、孫中山等知名人士的時評和雜文等。

其中，梁啟超在一九一五年一月就發表了〈論日本要求之不當〉一文，稍後又發表了《中日最近交涉平議》（見《大中華雜誌》，1915年第1卷第2期）和稱為「中日交涉匯評」的一組文章（見《大中華雜誌》，1915年第1卷第415期），包括〈中日時局與鄙人之言論〉、〈解決懸案耶新要求耶〉、〈外交軌道外之外交〉、〈交涉乎命令乎〉、〈中國地位之動搖與外交當局之責任〉、〈再警告外交當局〉、〈示威耶挑戰耶〉等七篇，中日交涉結束後又作了〈痛定罪言〉。這些文章深入剖析論述了日本「二十一條」要求之無理，當時很多報刊轉載了這些文章，影響甚大。

早在「二十一條」尚未披露之際，梁啟超就表現出敏銳的洞察力和預見力，在〈中日最近交涉平議〉中，他認為當歐戰之機日本欲侵略中國，任何事都可作「問罪之口實」。他說：「吾竊料條件第一行，總不免有為保持東亞和平起見等語以為裝飾。」然而，與東亞有重大關係之英俄法德美五國均無意擾亂和平，「故在歐戰期間內，但使日本不擾亂此和平且不許人擾亂此和平，則誰得而擾亂之者？」[49]一語道破日本的陰謀。在〈中日時局與鄙人之言論〉中則揭露了日本報紙誣衊我愛國人士為親德派的無恥伎倆。梁公還告誡日本，不要冒天下之大不韙提出無理要求，否則會付出沉重的代價。針對國內情況，梁啟超分析國民狀況，指謫時弊，探究外交失敗原因，尋求救國之路，殷殷之情溢於言表。他指出：「吾勸日本切勿誤認題目，以第二之朝鮮視我中國……我國雖積弱已甚，而國民常自覺其國必能巋然立於大

---

49 《飲冰室合集》（北京市：中華書局，1989年），第4冊，卷32，頁90。

地,歷劫不磨,此殆成一種信仰,深銘刻於人人心目中。」[50]另一方面又尖銳批判了政府的無能。「語練兵數十年矣,今舉國之兵且數百萬矣。國家歲出用於軍事費者十而七八矣。曷為等於無一兵?曷為而實際無一械?」[51]不僅如此,梁公還進一步分析了士大夫們的責任,指出「夫一國之命運,其樞紐全繫於士大夫。徵諸吾國歷史有然,徵諸並世各國之現象亦莫不有然。」[52]對於知識分子在救國救亡中的特殊作用予以殷切期待。有當代學者在評價梁啟超反對「二十一條」愛國言行時曾正確地指出:「梁啟超在這次愛國反帝的行動中,對於我們國家民族懷著深厚的感情,無視日本侵略者的收買與攻擊,筆鋒所至,駁得敵人節節敗退,他不愧為反對帝國主義的英勇戰士,傑出的愛國者。」[53]

　　李大釗留日期間正趕上中日交涉,當時他任留日學生總會會長,即作《警告全國父老書》一文揭批日本侵略中國的野心,號召中國人民奮起抵禦外侮。他在此文中揭露了日本借「英日同盟」攻青島之德軍以侵略中國的陰謀——

> 日本陽諾陰違,機謀詐變,假日、英同盟之虛名,報還附遼東之舊怨,朝發通牒,夕令動員,師陳黃海之濱,炮擊青島之壘。夫青島孤懸一隅,德人不過幾千,兵艦不過數艘,僅足自衛,烏敢犯人,詎能擾亂東亞之平和,阻塞過商之要路,日本必欲取之者,非報德也,非助英也,蓋欲伺瑕導隙,藉以問鼎

---

50 《飲冰室合集》(北京市:中華書局,1989年),第4冊,卷32,頁96-97。

51 《飲冰室合集》(北京市:中華書局,1989年),第4冊,卷33,頁7。

52 《飲冰室合集》(北京市:中華書局,1989年),第4冊,卷33,頁8-9。

53 董方奎:〈梁啟超在反對「二十一條」鬥爭中的愛國言行〉,《華中師範大學學報》(1984年),第4期。

神州，包舉禹域之河山耳。[54]

……

今日本乘歐人不暇東顧之時，狡焉思啟，作瓜分之戎首，逞吞併之野心，故其進攻青島，遲遲吾行，沿途淫掠，無所弗至，殺戮我人民，凌辱我官吏，霸占我電局，劫發我公庫。我政府勉顧邦交，再三隱忍，不得已而劃交戰區域，冀其蠻行稍有所限制。我國民茹痛吞聲，亦勉遵政府之命令，多所供其犧牲。日本猶不自足，更進而強劫膠濟鐵路，軍士肆其橫暴，意欲挑起釁端，思得口實，試其戈矛。……青島既陷，方謂一幕風雲，暫可中止，我政府遂向各國宣告交戰區域之撤去，本其固有之權，與所應為之事……而孰知竟以撤去交戰區域攖日本之盛怒，謂為辱其國體，挾其雷霆萬鈞之勢，迫以強暴無理之條。[55]

　　文章繼而列舉了「二十一條」條款，並指出「凡茲條款，任允其一，國已不國，況乃全盤托出，咄咄逼人。迫之以秘密，脅之以出兵，強之以直接交涉，辱我國體。輿論激昂，則捏詞以誣之；國民憤慨，則造謠以間之。」[56]此文帶有中國古典駢賦的特點，文采飛揚，氣韻流動，聲勢迫人，不愧為是一篇聲討日本侵略者的戰鬥檄文。

　　李大釗非常關注日本侵略下中華民族的救亡圖存，一九一五年八月他在致《甲寅》雜誌記者的〈厭世心與自覺心〉一文中分析了「二十一條」國難對中國人精神狀態的影響：

54　《李大釗全集》（北京市：人民出版社，2006年），卷1，頁114。

55　《李大釗全集》（北京市：人民出版社，2006年），卷1，頁114-115。

56　《李大釗全集》（北京市：人民出版社，2006年），卷1，頁116。

　　近者中日交涉，喪權甚巨，國人憤激，駭汗奔呼。湘中少年至
有相率自裁者。愛國之誠，至於不顧身命，其志亦良可敬，其
行則至可憫，而亦大足戒也。國中分子，昏夢罔覺者去其泰
半，其餘喪心瀆氣者又泰半，聰穎優秀者，悉數且甚寥寥，國
或不亡，命脈所繫，即在於是。[57]

　　是年，李大釗還編輯了《國恥紀念錄》，其中一篇〈國民之薪
膽〉是他親筆所作。在這篇文章中，他更從政府、國民兩方面提出救
亡見解，內容涉及教育、徵兵、學術、軍工等方面，表現了一位救國
志士的深沉思考。

　　孫中山在對待中日「二十一條」交涉的問題上曾有過錯誤的認
識。在〈復北京學生書〉裡，孫說：「此次交涉，實由彼（指袁世
凱──引者注）請之。」[58]認為「二十一條」是袁世凱主動向日本提
出來的。但儘管如此，孫中山在後來一系列文章中轉變了認識，堅決
批判了日本對中國的無理要求。在〈答日本《朝日新聞》記者問〉
裡，孫中山說：

　　乃日本人之見解則曰，中國向受列強之侵略矣，而日本較之列
強無以加也，而何以獨恨於日本尤深也？嗚呼，是何異以少弟
而與強盜為伍，以劫其長兄之家，而猶對之曰：兄不當恨乃弟
過於恨強盜，以吾二人本同血氣也。此今日日本人同種同文之
口調也。更有甚者：即日本對德宣戰，於攻克青島之時，則對
列強宣言以青島還我。乃於我參加歐戰之日，則反與列強締結

---

57 原載《甲寅》，1915年8月10日，卷1，第8號。引自《李大釗全集》（北京市：人民
　出版社，2006年），卷1，頁140。
58 《孫中山全集》（北京市：中華書局，1985年），卷3，頁175。

密約，要以承繼德國在山東之權利。夫中國之參戰也，日本亦為勸誘者之一也，是顯然故欲以中國服勞，而日本坐享其利也。[59]

對於日本竟然認為自己並不比歐美列強侵略中國更厲害，中國人不應該更恨日本的說法，孫中山以少弟夥同強盜劫其兄之家作比，讓人看到這種「少弟」實在比強盜更可恨。文章還說：

……或又謂中國於參戰，並未立何等功績，不得貪日本之功也。而不知此次為反對德、奧之侵略主義而戰，則百數年為德國侵略所得之領土，皆一一歸回原主也。彼波蘭、捷克二族亦無赫赫之功也，而其故土皆已恢復矣；我中國之山東青島何獨不然？且丹麥猶是中立國也，於戰更無可言功，而德國六十年前所奪彼之領土，今亦歸還原主矣。是中國以參加戰團而望得還青島，亦固其所也。乃日本人士日倡同種同文之親善，而其待中國則遠不如歐美。是何怪中國人之恨日本而親歐美也。[60]

日本在對待侵略中國的問題上滿口都是貌似合理實則強詞奪理的強盜邏輯，孫中山在文章裡有力駁斥了這些言論。一九二〇年在〈在上海歡迎美國議員團時的演說〉一文中，孫中山更是指出：「二十一條款和軍事協約，是日本制的最強韌的鐵鎖煉，來綁中國手腳的。實行二十一條款之統一的中國，就是日本把中國整個征服去了。我們革

---

59 原載上海《民國日報》（1919年6月24日），引自《孫中山全集》（北京市：中華書局，1985年），卷5，頁72。

60 原載上海《民國日報》（1919年6月24日），引自《孫中山全集》（北京市：中華書局，1985年），卷5，頁74。

命黨，一定打到一個人不剩，或者二十一條款廢除了，才歇手。中國
的大混亂，是二十一條款做成的，如果廢除了它，中國統一馬上可以
實現。」[61]另外孫中山在〈與《益世報》記者的談話〉、〈與上海通訊
社記者的談話〉等文章裡也論述到「二十一條」的問題，堅決主張廢
除「二十一條」，認為這是解決中國問題的關鍵。

第二節　「二十一條」國難小說

　　「二十一條」國難小說有文言短篇小說和歷史演義小說兩種樣
式。文言小說因篇幅較小，對「二十一條」國難的反應較為迅捷，大
都發表於一九一五年及此後的數年間。歷史演義小說作為通俗讀物，
比文言小說更為普及，產生比文言短篇稍晚，最早的作品是一九一六
年問世的《新華春夢記》，其他幾部均為一九二〇至一九三〇年代的
作品，並且均為白話作品，這些作品並非單獨描寫「二十一條」國
難，而是將「二十一條」國難置於中國近代史的大背景下，將它作為
中國近代國難史的一個環節加以講述。作為以「二十一條」國難為特
定題材的小說，文言短篇與歷史演義在總體背景上都尊重歷史，同時
也有作者自己的獨特的藝術表現。

一　文言短篇小說

　　「二十一條」國難文學中的短篇小說基本上是文言小說，作者包
括周瘦鵑、孫劍秋、李涵秋、許指嚴等人。這些小說大都發表在民初

---

61 原載上海《民國日報》（1919年8月7-8日），引自《孫中山全集》（北京市：中華書
　　局，1985年），卷5，頁300。

的文藝雜誌上。一九一五年，《禮拜六》雜誌獨立高標，發表了多篇
反映中日交涉及其反響的國難小說，其中包括周瘦鵑的《祖國重也》
和《為國犧牲》、孫劍秋《五月九日六句鐘》等。《禮拜六》作為一個
通俗性文學刊物，能做到這一點是難能可貴的。王鈍根和孫劍秋是
《禮拜六》前一百期的主編。王鈍根曾在《禮拜六》上刊登〈鈍根啟
事〉說：

> 鈍根向在《申報》創設《自由談》，四年以來蒙海內諸大文壇
> 相率以詩文詞曲小說筆記見寄，且引鈍根為文字交。鈍根不
> 才，至感且幸。揭來中日交涉全國恐慌，鈍根主張激昂，與主
> 者意見相左，不得已辭職，舍《自由談》諸神交而去，良用歉
> 然……[62]

　　王鈍根在《申報》創立的《自由談》是當時報界最有名的副刊之
一。因為中日交涉之事王與老闆意見不和，竟然憤而辭職，可謂捨己
救國的壯舉。他還親自撰寫了《國恥錄》連載於《禮拜六》，介紹日
德青島之戰及中日交涉的情況。另一位主編孫劍秋則親自創作了國難
小說《五月九日六句鐘》。兩位主編宣導和支持國難小說的功績是不
可磨滅的。另外，《小說新報》、《雙星雜誌》等雜誌也發表了若干國
難小說。一九一五年前後還出現了專門以「二十一條」國難為主題的
書刊，其上亦有小說刊載，如楊塵因所編的《國恥》發表了偶一的
《相腸》等小說。由此可見，「二十一條」國難在小說界引起的反響
之廣。
　　「二十一條」國難短篇小說，在內容上幾乎涉及了「二十一條」

62　王鈍根：〈鈍根啟事〉，《禮拜六》（1915年），第51期。

國難的各個方面，思想蘊含豐富，其兩大主題是揭露控訴與救亡圖存。

首先是揭露控訴的主題。

所謂揭露控訴，主要是指揭露控訴日本「二十一條」要求的無理、貪婪、霸道和給中國人民造成的災難。其中，偶一的《相腸》是一篇短小精悍、匠心獨運的微型諷刺小說，全文如下：

> 一相者自命善相，每相人，除談頭面外，必涉及其腸。如遇富翁，則曰汝有肥腸，天賜汝以大魚巨肉之日享；遇寒儒，則曰汝有枯腸，生成受搜索之勞碌；遇剛強之流，則曰汝有鐵石腸，是有定識之人；遇抗爽之流，則曰汝有直腸，必以至忱對人者。一日，其東村某矮子造門請曰：「你能相腸，俗話說，矮子多肚腸，你看我這個矮子究竟腸有幾多？」相者怒曰：「予之相術幾已被汝難倒。蓋汝腹中詭詐叵測，即以透明愛克司光線照入亦被此詭詐所亂。初亦難決汝腸之數，才看係二十一條，轉自他方面看之又似僅十一條，傾，則此詭詐已大破露，始知汝實具有二十四條毒腸也。」[63]

小說以矮子喻日本。矮子的腸數從二十一條、十一條到二十四條的變化隱喻了中日「二十一條」交涉的風雲變幻。據史料記載，當時日本向袁世凱秘密提出凡五號、二十一條要求，不意被外間得知報之於媒體。日本懾於列強壓力，向英美俄法四國公布了十一條要求（隱瞞了最關鍵的若干條要求）。後來日本又玩弄外交伎倆，把若干條款改為換文，提出修正案共二十四條。這篇小說如此簡練，卻把日本在與中國的交涉中雲譎波詭的外交陰謀表現得淋漓盡致，藝術感染力並

---

63 楊塵因：《國恥·詩歌諧談》（上海市：知恥社，1915年），頁13-14。

不亞於長篇巨製。

周瘦鵑的《亡國奴之日記》和署名小草的《奴史》是需要特別注意的，這兩篇小說都虛構了中日交涉後中國淪為日本殖民地，生動描寫了亡國奴的悲慘遭遇。《奴史》寫病國（指中國）亡國後，「我」被判刑——永不能履病國土地，和其他奴隸一起監押在日本船舶中做苦力，受盡了折磨與鞭笞。「我」一心思念故土，偶然拾得一幅病國亡國前的地圖，墊於腳下，當作回歸故土。[64]「我」的遭遇可謂慘不忍睹。

周瘦鵑的《亡國奴之日記》作於一九一五年五月，同年九月上海中華書局初版，一九一六年、一九一九年兩次再版；一九一八年收入《瘦鵑短篇小說》，一九三○年再版。二者行銷不少於七萬冊，由此可以想像當時這篇小說受歡迎的盛況和對民眾的巨大影響。小說僅七八千字，敘述「我」的祖國被六國侵略者入侵後，「我」一家人在侏儒兵的壓迫下的悲慘遭遇。「我」家所在的東北地區被侏儒兵占領。起初侵略者入室搶劫，侮辱「我」妻，打傷一家人，阿母在重病中竟被驚嚇而亡。阿父亦因國之亡抑鬱而死。最後「我」不忍看侏儒兵虐待中國人，開槍擊斃侏儒兵，而其他侏儒兵卻殺害了阿兄、妻子和兒子。「我」成了無家無國之人，逃到太平洋荒島上寫下這部日記。小說中穿插的故事尤其令人悲痛。侏儒兵的狗向鄰家兒狂吠，鄰家兒因欲投石打狗，即被侏儒兵槍殺。父母到軍署申冤，署長竟說，「亡國之奴一死又何足恤，爾二人既愛而子，吾即送爾二人從彼同行可矣。」[65]隨即殺害了二人。同樣寫侏儒兵殘忍的還有下面這個故事：

---

64 小草：《奴史》，《禮拜六》（1915年），第69期。

65 周瘦鵑：《瘦鵑短篇小說》（上海市：中華書局，1930年），上冊，頁70。

有一十二齡之小學生翔步過街，口中朗然高唱童謠，中有「殺
盡侏儒種，還吾好河山」之語，為一侏儒兵所聞……竟擒之而
去。父母長跽請命，悍然弗顧，此童尋受鞫訊，處鞭笞之刑。
行刑時童之父母復被迫往觀。童卓立行刑臺上，手反翦褫衣暴
其背。行刑吏手三角之鞭，力鞭童背，每一鞭下，血肉隨鞭而
飛。童宛轉哀號，如羔羊就宰。父母掩面不忍觀，但有痛哭。
鞭至百下，背肉盡脫，童痛極而暈，哭聲亦咽。行刑吏意得，
揮其鞭於頭上，厥聲呼呼然，似亦鳴其得意。而鞭上血絲肉片
乃飛撲觀者之面，觀者皆泣下，侏儒兵怒逐之四散。童受刑
後，一息奄奄，已不絕如縷。父母號哭，舁以歸。未及日殂絕
矣。[66]

　　侏儒兵的行為令人髮指。小說中的侏儒兵很明顯是暗指日本兵。
作者字裡行間對其充滿了憎恨。且看侏儒兵的形象：「蜂目而豺聲，
鼻鉤曲如鷹喙，兩頰橫肉隆起，狀似惡魔，村人見之罔不悚息。」[67]
小說還詳細描寫了侏儒兵的殘酷殖民統治。養貓狗牛羊、婚喪殮葬宴
客甚至家裡窗戶牆壁均須納稅；刀劍等利器全部沒收，全村人做飯均
須到統一地點切菜；偶語即指為謀叛，每日必因譭謗彼國、抗稅等名
目殺十餘人；設學校強迫村中子弟及四十歲以下男子學彼國語，進行
文化教育侵略。

　　以上兩篇小說都是虛構的。很明顯，中國亡國的假設表現了作者
強烈的憂患意識；然而，中國雖未亡國，但小說中所寫的侵略行徑並
非子虛烏有。在日本進犯的山東諸地方，中國民眾受日本的侵略與壓

---

66 周瘦鵑：《瘦鵑短篇小說》（上海市：中華書局，1930年），上冊，頁75。
67 周瘦鵑：《瘦鵑短篇小說》（上海市：中華書局，1930年），上冊，頁69。

迫早已存在。我們在上節中舉到了諸多日本侵略、壓迫中國民眾的歷史事例充分證明了這一點。

另外，周瘦鵑還創作了《亡國奴家裡的燕子》。這是一篇白話小說，但主題是與《亡國奴之日記》一脈相承的，故權在此一併論述。小說以寓言的形式，以燕子——「我」第一人稱敘述了燕子在亡國後的遭遇和所見所聞。每年春天「我」和妻子飛回主人家。亡國前主人家非常幸福，「五九」國恥後主人家都義憤填膺。第二年亡國後，矮外國兵殺了主人的兒子，強暴了主人的女兒，主人要去救女兒也被槍斃了，連我的妻子也被流彈震下房梁死了。第三年，主人家已被掛上太陽旗，連麻雀似乎也改說外國話了。這正是亡國慘劇的寓言式痛訴。

另外，劍俠的《弱國餘生記》敘述一位少年因日德青島之戰而家破人亡，署名「某諮議」的寓言小說《貓戲鼠》以貓戲鼠喻日本欺中國太甚，都強烈控訴了日本的侵略行徑。

揭露控訴也包括把矛頭指向袁世凱政府的軟弱無能、腐朽墮落及其賣國行徑，這在歷史演義中表現得更為突出，將在下文談到。據方漢奇《中國近代報刊史》介紹，中日交涉期間，反袁的報刊根本沒有生存空間。[68]可以估計由於袁世凱黑暗的新聞審查，直接批判袁世凱在「二十一條」交涉中賣國的小說很難發表，筆者亦尚未發現此類小說。

許指嚴《救國儲金》（1918年）問世已在袁亡之後，這篇小說寫袁世凱及其爪牙侵吞救國儲金之事，實寫貪官奸商，側面反映了袁世凱的醜惡。在小說中，初有梁財神等挪用民眾捐集的救國儲金，「以供袁氏之醞釀帝制，任意揮霍而仰其餘瀝以自潤……」[69]，後又有某

---

68 方漢奇：《中國近代報刊史》（太原市：山西教育出版社，1981年），頁719。
69 許指嚴：《新華秘記》（上海市：清華書局，1918年），頁54。

商業鉅子——

> 在社會上頗得信用勢力，支配金融輒經其手。於是勸眾以此款
> 存於半官性質之銀行，眾不虞其有他，多數贊成，而於是如投
> 肥羊入虎口矣。某鉅子者，實袁氏之心腹，狡黠多心計，外見
> 好於國民，內實供帝魔之奔走，因得自飽囊橐，設計之工，一
> 時無匹。[70]

後來他還大言不慚地說儲金應挪用邊地賑災、付賠款和軍費教育
費，並保證以後撥還，說待「國內又安，政體悉定，則當合各省所儲
之款辦一絕大實業銀行」。[71]此語聽來如騙三歲小孩之戲言，細思之，
其人的惡行則讓人感到悲涼之霧遍披全身，久而不散。更有甚者，宣
導興辦實業的愛國人士某甲以結社集會形跡可疑被逮捕，幾被處死，
更是讓人不寒而慄。此篇小說收在許指嚴編輯的《新華秘記》裡，形
式上應屬筆記小說，可以推測它暗含了對當時某些真實人物的影射，
所寫人物皆躍然紙上，可照見國難之下當局的腐朽。

第二是救亡圖存的主題。

中日「二十一條「交涉發生後，民眾的愛國救亡運動風起雲湧，
在文言小說中主要表現為「救國儲金」運動與反日愛國運動。

反映「儲金救國」運動的，有許指嚴的《救國儲金》、馮半江的
《地獄》、東野的《周生》等作品。

許指嚴的《救國儲金》，正如題目所示，正是專門寫民眾救國儲
金之事：

---

70 許指嚴：《新華秘記》（上海市：清華書局，1918年），頁55。
71 許指嚴：《新華秘記》（上海市：清華書局，1918年），頁55。

民國四年春，日本提出酷虐條件，強迫我政府承認。當日，民
氣激昂，殊達沸點，蓋意在力矯前清苟且蒙蔽之弊，欲藉此一
振民國氣象也。而於是恐政府以財力不及為推諉，一旦決裂，
將致束手無策，乃宣導由國民捐輸集成鉅資，以備最後之對
付，謂之救國儲金，皆百姓之脂膏汗血所聚。且聲明如外交終
結，此款決不入官，即以之創辦實業，期後來之幸福。

　　小說開頭這段白描了救國儲金運動的情況，可以感受到當時運動
的風起雲湧之勢。小說後面的敘述重點轉向了批判，茲如上述。

　　李涵秋的《愛國丐》是一篇優秀的國難小說，敘述了乞丐三人為
籌集救國儲金而死的慘劇——阿奇為籌儲金偷富家銀表入獄而亡，所
存一個銀元也被縣知事搶去；啞童以雜耍募集九十九個小銅元想換一
個銀元捐為儲金而不得，含恨病死；跛奴赴救國儲金大會為警世人觸
階而死。[72]通過這三個人物，小說所渲染的悲壯之情溢於言表。無獨
有偶，寫乞丐愛國的小說還有賀天民的《嗰嗰兒》一篇。

　　作者選擇乞丐做主人公是富有深意的。國難當頭，處在社會最底
層的乞丐都奮起救國，上演了可歌可泣的愛國之舉，袞袞諸公也應該
覺悟了吧？通過這種構思，小說給讀者極強的衝擊力，每一位讀者都
要捫心自問：我難道還不如乞丐愛國嗎？

　　馮半江[73]的《地獄》似不像小說，幾乎沒有情節，若說小說的人
物那就是「中國人」。小說以地獄喻亡國，宣導救國儲金，極具煽動
性和說服力：

---

72 李涵秋：《愛國丐》，《雙星雜誌》（1915年5月）。

73 馮半江（1893-1931年），浙江德清人，擅古文，一九二五年曾在德清縣創辦《德清
　新聞》，一九二六年在上海寶山路貧民區創辦半江小學，低費招收貧困子弟入學。
　後受聘上海《晨報》主筆，著有《慈母與愛子》等。

真地獄是何？即亡國之代名詞也。國既亡，民雖存，做人之牛
馬，受人之鞭撻，一絲不許有自由權，永無復見天日。時人處
斯境，求死不得，欲活不能，苦莫甚焉！由苦惱則天堂觀念
生，然而江山已非，悔之晚矣！奈何素懼地獄之我國人而將投
身於地獄下猶不知不覺耶？

或曰：地獄誰人不怕，其如不能避之何！著者曰：欲避之確不
難，熱其愛國之血，出其迷信或他項耗用之資，移為救國儲金
之用，同心協力，待時與暴日作一最後之解決，則中國尚可救
藥，否則步印度諸亡國之後塵，蹈印度諸亡國之覆轍，永永墮
於黑暗地獄之下。嗚呼！國人其亦計之否耶？[74]

　　整篇小說可看作是以「亡國即地獄」的背景氛圍為結構中心的，
也算是別處心裁。[75]

　　在東野的《周生》中，上海的周生夫婦各擅文翰，每日「挑燈聯
句，伉儷間甚相得」，「會救國儲金事起，因竭力思有所捐助，而旅況
蕭條，書籍外無他長物，潛思默運，擬以結婚時約指入質庫，易得洋
蚨充國用。」[76]於是夫婦二人鎔結婚戒指以捐之救國儲金，試想愛國
之心都如是，何事不成！然而救國儲金終沒有成功，小說末尾說：

---

74 楊塵因：《國恥‧詩歌諧談》（上海市：知恥社，1915年），頁13。

75 所載原刊題目下括弧內標明「短篇小說」四字，篇內又有「今舉此篇小說」之語。
據陳平原《中國小說敘事模式的轉變》（北京市大學出版社，2003年，頁154），直
到「五四」時期，作家們的小說概念還是比較模糊的，周氏兄弟的《域外小說集》
把寓言、散文當作小說介紹，一九一八年胡適在《新青年》發表〈論短篇小說〉一
文竟把古代的敘事詩當短篇小說來論述。同時這種模糊又體現了不同文體的互滲，
隱含了中國小說突破以情節為中心的敘事結構的可能。

76 於潤琦主編：《清末民初小說書系‧愛國卷》（北京市：中國文聯出版公司，1997
年），頁236。

漫藏徒足以誨盜，然世之婦女，終勿能改其積習。即以滬上一
區而論，苟能盡貨其裝飾品，則五千萬之數不難立集。今周生
夫婦竟鎔結婚約指以救國，可謂廢物利用。惜國人只有五分鐘
之熱度，儲金仍未能成立，殊重負之也。[77]

　　小說敘事簡練，而人物情態畢現，思想意蘊深注其中。

　　救國儲金是當時救亡運動的首要舉措，通過上述小說的介紹，我
們可以體味到作家們的愛國熱情。小說當然是虛構的，也有誇張的成
分，其中的故事情節不能等同於現實。但當時的確發生過這種帶傳奇
性的真實愛國故事，有血書的，有自殺的，都是為了警醒中國人勿忘
國恥，可以說這些小說是不乏現實基礎的。

　　在救亡圖存的主題中，反日愛國是主旋律。

　　當時的反日運動首推抵制日貨。在牖雲的《五分鐘》中，我花佛
生在夢裡與美人談抵制日貨，主張身體力行，於是美人扔掉日本化妝
品，家裡吃飯倒掉日本海參；入市街觀之，牆上布滿廣告，提倡國
貨。小說還力勸人們愛國不要只有五分鐘熱度。[78]虞山金佛徒《愛
國……愛妻》中一對夫妻風餐露宿沿途演講以期救國。這兩篇小說在
五四時期產生，反映了五四運動中對五九國恥的紀念。一九一五年前
後，鮮明反日的作品大概被袁世凱封殺了，當時發表的幾篇小說主要
寫到了國恥紀念會等其他方面。

　　劍秋的《五月九日六句鍾》中，「我」看到報紙上「五月九日六
句鍾，政府完全承認日本之最後通牒」的報導，擲報憤不欲觀，忽作
一夢，夢到國恥紀念會之事，且看夢中開會的情形：

---

77 於潤琦主編：《清末民初小說書系‧愛國卷》（北京市：中國文聯出版公司，1997
　　年），頁237。

78 牖雲：《五分鐘》，《小說新報》（1919年8月），第5年，第8期。

模糊間，會場至矣，赴會之人如山陰道上，應接不暇。會場占
地數百畝，其周邊以大幕，入場處紮成穹門一，額曰：「臥薪
嚐膽。」門左右懸有連語曰：「大家勿忘今日，此仇不共戴
天。」予方欲駐足以觀，而後至者如潮湧，遂與藜青從人叢中
劈分而入。甫入門，即有一物觸予眼簾，令予驚心動魄，汗流
浹背，而不能自己。其物維何？蓋一面臨風招展之大旗也，旗
上大書特書曰：「國民，爾忘五月九日六句鍾乎？」……斯時
會場以內已擁擠無立足地，其中有學界，有商界，有農工界，
更有短衣赤足之人。萬頭攢動，肅靜無嘩，人人眉宇間皆有憤
怒之色。[79]

其後，兩人相繼登臺演講，力誡國民勿忘國恥，眾人高呼「誓不
忘」、「不敢忘」；更讓人驚駭的是，滿場之人皆掏其心示人，「熱血淋
漓中，皆鐫有五月九日六句鍾七字，滌之以水不去，投之於火不滅，
刮之以刃，則愈刮愈明。」[80]這一場面，讓人看到國民的愛國熱情之
高，雖為一夢，卻著實寄託了作者的理想與願望，其中也多有現實的
因素。上面這兩篇小說形式上都是記夢，這一方面反映了作者的愛國
理想，另一方面也暗含了作者的隱憂。

傷心人的《愛國棄妻記》這篇諷刺小說寫危險國被惡劇國提出無
理之要求，徐生因愛國而遠離惡劇國妻子，妻子與某太郎私通，最後
竟卷徐生所有逃之夭夭。花奴的《閉門推出窗前月》，小說背景在日
本，留學生華人傑快刀斬斷情思，堅拒加入日本國籍，與戀人——子
爵的千金櫻子決裂。兩篇都是借涉外婚戀故事來表現反日愛國的。

---

79 劍秋：《五月九日六句鍾》，《禮拜六》（1915年），第52期。
80 劍秋：《五月九日六句鍾》，《禮拜六》（1915年），第52期。

　　此外，周瘦鵑的兩篇國難小說也很有特色，都通過虛擬中日開戰表現了主戰報國的思想。其中，《祖國重也》寫沈少山在妻子死後，為了奔赴戰場竟殺二子以絕拖累，凱旋後祭奠妻子，一心只說「愛子輕祖國重也」。[81] 而《為國犧牲》寫中日開戰，顧明森大尉為了防止敵人炮擊中國軍，以身堵炮筒殉國。兩篇小說都是寫人極限狀態的愛國行為，故事極其慘烈，讀之令人潸然落淚。

　　以上所述「二十一條」國難短篇小說，幾乎都是文言作品，屬於中國古典文學的傳統。雖然這種傳統自近代以來特別是五四新文化運動後很快衰微了，但是在中日「二十一條」交涉這樣特殊的社會背景下，在現代白話文學尚未誕生之際，這種文學言之有物，遠非無病呻吟的僵死文學可比，自然有較高的價值。並且，一些作品雖為文言，但較為明白曉暢，已有一些現代白話的因素，體現了民初到「五四」這個過渡時期的文體特點。這些小說在思想上都洋溢著強烈的愛國精神和批判、反思精神。特別是《亡國奴之日記》、《愛國丐》、《周生》《五月九日六句鍾》等篇，思想與藝術俱佳，與其他時期的優秀作品並肩列於中國文學之林毫不遜色。袁進在《中國文學的近代變革》一書中認為民初的文言短篇小說取得了短暫而輝煌的成就[82]，「二十一條」國難短篇小說就是很好的例證。

二　歷史演義小說

　　演述中華民國史的歷史演義也都把中日「二十一條」交涉作為重要的題材，這樣的作品有楊塵因的《新華春夢記》（1916年）、董濯纓

81　瘦鵑：《祖國重也》，《禮拜六》（1915年），第53期。

82　袁進：《中國文學的近代變革》（桂林市：廣西師範大學出版社，2006年），頁362。

的《新新外史》（1920年）、陸律西的《中華民國史演義》（1922年）、蔡東藩的《民國演義》（1929年）、許嘯天的《民國春秋演義》（1920年）等。陸律西的《中華民國史演義》澤述較略，其他四部都敘述詳盡，又各具特色。

這些歷史演義對席日交涉期間中哽社會各方面的抗議、救亡運動都做魘生動描寫。

《新華春夢記》描寫了中日交涉期間日本人的蠻橫，就連英美俄意四國公使都對日本在中日交涉時的所作所為加以痛斥，認為「日本政府他向來辦事是不甚光明正大的」， 英使還說，「要曉得那些小鬼崽子，他們是只顧自己，不顧別人的。什麼維持東亞和平，什麼保全同種，全是口頭上一套如意禪。若瞅他這般行為，簡直是獅子大張嘴，很想獨吞這一個餅兒，……」 這些話都是作者藉外國人之口對日本所作的批判，更充分地說明了日本的外交、軍事行動的無理與霸道。作者窺「二十一條」在全國激起的愛國熱潮，做了很好的總結：

> 一時南北人民見日本提議這二十一條要挾的條件，以人這就是亡國慘兆，一般熱心志士，奔走呼號，時有刺血上書的，有斷指哀吁的，還要破家傾產捐儲救國的，什麼抵制日貨，什麼組織民團，鬧志覆雨翻雲，天昏地暗。

這段話把救國儲金、抵制日貨、反日運動各方面都提到了，蔡東藩《民國演義》和陸律西《中華民國史演義》幾乎都是全文抄錄了這段話。

---

83 楊塵因：《新華春夢記》（長沙市：嶽麓書社，1985年），頁826。
84 楊塵因：《新華春夢記》（長沙市：嶽麓書社，1985年），頁827。

許嘯天的《民國春秋演義》則詳述了民眾救亡圖存的盛況：

> 各處開會的開會，打電報的打電報，又因日本欺我中國沒有民
> 眾武力，那各學堂的學生都練起兵式體操來。又怕中國沒有軍
> 費，不能與日本開戰，立刻組織了一個救國儲金團，大家捐錢
> 存在銀行中，準備萬一之用。當時只上海一埠，已聚集了數十
> 萬塊錢。此外又成立了國民對日同志會、勸用國貨會，由公民
> 黃毅、方夢超發起，在上海張園大草地上，開會演說。到會的
> 有三四萬人，有當場痛哭流涕的，有當場咬斷手指寫血書的，
> 人心十分憤急。……各處馬路口擁擠得人山人海，口喊殺盡日
> 本人。當時有一班膽大的日本人，跑到街上來看熱鬧，被民眾
> 捉住了，拳腳交下打得半死不活。竟有許多身材矮小的中國
> 人，被人錯認做日本人，冤枉打死的。[85]

全國罷課、罷工，上海全埠罷市。更有在中日簽約後——

> 那漢口租界的日本人便舉行提燈會，慶賀外交成功。中國人民
> 大怒，便一齊閉門息燈，一時中日人民又起了衝突，遊民乘機
> 擾亂，打毀日本商店，中日人民互有損傷，幸得當地軍警竭力
> 鎮壓，但從此中國人民心裡永遠痛惡日本政府。那各處抵制日
> 貨的風潮愈鬧愈大，所謂對日同志會、反日會種種，都成了固
> 定的團體。那「五九國恥」四個字，已成了國民永久的口號。[86]

---

85 許嘯天：《民國春秋演義》（長春市：吉林文史出版社，1987年），頁373。
86 許嘯天：《民國春秋演義》（長春市：吉林文史出版社，1987年），頁379。

　　這種對民眾救亡運動的白描是有史實依據的。如上述黃毅、方夢超二人就是救亡運動中的急先鋒和知名人士，確曾組織過國恥大會，還編撰了《中國最近恥辱記》，於一九一五年六月由國恥社刊行。

　　董濯纓的《新新外史》則較詳細地描寫了日本侵略者給山東人民造成的災難。日軍在龍口登岸時，侵占民房，又抓本地人民，作種種軍事工作，因此鬧得黃縣人民紛紛逃避。日軍占領青島後——

> 日政府也照樣派了一個提督來，發號施令，儼然變成了他們的征服地。甚麼公私財產，凡帶一點德國色彩的，一律被他們沒收。甚至從前給德人服務的中國人，也被日人挨著個兒的搜檢一番。至不濟也得花幾個錢，在他們手裡運動運動，才得甘休，要不然休想有好日子過。……凡陣亡將士，政府特把他們的家眷，都遷到青島來，將沒收德人的房子，一律全給他們居住。……準他們私運軍火，及鴉片嗎啡種種毒物。因此日人得過青島之後，那幾年膠東土匪格外眾多，完全是由他們親手製造的。[87]

　　日人賣給土匪槍支全發了財，膠東人民卻都遭了殃，鬧得民不聊生；日本還侵占青島海關，免徵日商關稅，紊亂海關章程。這些描述大都在上節論述到的國難紀事中得到了印證。在表現日本侵略的同時，《新新外史》對當時勃發的激烈的愛國情緒與救亡運動也做了反映：

> 北京的民心士氣，確乎激昂到了極點，居然有許多下級軍官，聯合請纓，情願攻打日本，大有不同他並立之勢。尤其是人民

---

87 董濯纓：《新新外史》（長春市：吉林文史出版社，1987年），第5冊，頁2614-2615。

方面，街談巷議，都說日本人太欺負我們了……政府如果答應
了，這同賣國還有甚麼分別呢？……更有一班少年激烈的，說
項大總統如果同日本宣戰，我一定入伍當兵。這種洋洋溢溢
的，哄動了九城。[88]

　　其他幾部演義也有類似的描述，如蔡東藩的《民國演義》就寫到
了段祺瑞等人憤然主戰之事。

　　蔡東藩的《民國演義》是數部歷史演義中對中日交涉的具體過程
敘述最詳的一部。作者特別關注中日交涉的談判過程，在談判中日本
時時以軍事相威脅——不斷增兵山東、奉天。在這種情況下袁世凱心
慌膽怯，竟然在日置益墜馬傷足後答應並舉行了被戲稱為「榻前會
議」的談判——日置益在臥榻之上與中方會談。堂堂中華民國的外交
總長和全體中國人不得不受此奇恥大辱，怎一個忍氣吞聲了得！後來
日本提出修正案，「是夕，即聞山東、奉天兩方面，又有日本派兵
到，且有日本軍艦，遊弋渤海口外，人心惶惑，謠言益盛。」陸徵祥
就日本修正案做最後答覆後，「日本下動員令，宣言關東戒嚴。駐紮
山東、奉天的日兵，預備開戰，渤海口外的日艦，亦預備進行，各埠
日商，紛紛回國，似乎即日決裂……」[89]戰前聲言攻下青島後立即撤
兵的日本就是這樣步步以軍事緊逼，軟弱的袁世凱終於完全妥協，承
認「二十一條」，釀成了「民國以來第一種國恥」。作者認為：

日本既野心勃勃，要求至二十一條件，何妨明目張膽，為什麼
要守秘密呢？原來日本雄長亞東，屢思併吞中國，奈何列強牽

88 董濯纓：《新新外史》（長春市：吉林文史出版社，1987年），第5冊，2620。
89 蔡東藩：《民國演義》（上海市：上海文化出版社，1983年），頁25-26。

掣，眼看這錦繡江山，不能由他吞去，此次趁著歐洲戰爭，及
袁總統謀帝乞助的時候，正好暗度陳倉，硬迫中國允約。等到
他國聞知，生米已做成熟飯，干涉也來不及了，這正是倭人的
妙計！[90]

可見，作者對日本要求袁世凱政府嚴守交涉秘密有清醒的認識。

除了總體上表現「二十一條」國難時期的社會氛圍之外，這些歷
史演義還著力於人物形象的描寫與塑造，其中有各類日本人的形象，
還有袁世凱的形象。

歷史演義中塑造的日本人形象，包括侵華日軍和日本政府要員特
別是首相大隈重信、駐華公使日置益等日本政要人物的形象。

歷史演義中較多地寫到了當時的日本首相大隈重信。在《新華春
夢記》中，中日交涉的秘密檔被英美俄意四國公使收買人偷到手，向
日本發難。日本首相大隈重信氣急敗壞，大罵袁世凱「拔克馬鹿」。
那時正直袁世凱派周自齊來日本參加大正皇帝加冕禮，大隈盛怒之下
竟「特電袁世凱，拒絕來使，轉又密復法英美俄意五國公使，實行反
對袁世凱恢復帝制。迅雷急雨，把個欽命賣國大使，從黃海中央擋住
去路。」[91]一個盛氣凌人的鐵腕首相刻畫得栩栩如生。《新新外史》則
描述道：大隈「已經八十四歲了，真是一個狠心辣手的老外交家，他
何嘗把項子城放在眼裡。此番日德交戰，他料定項子城（指袁世凱）
對於德國，一定有暗中幫忙的企圖。便預先定好了錦囊妙計，授之於
駐華日使小帆，叫他依計而行。」[92]大隈亦是個雲譎波詭、不可一世
的角色。《民國春秋演義》說的更明白：「那時日本首相大隈重信，正

---

90 蔡東藩：《民國演義》（上海市：上海文化出版社，1983年），頁9。

91 楊塵因：《新華春夢記》（長沙市：嶽麓書社，1985年），頁841。

92 董濯纓：《新新外史》（長春市：吉林文史出版社，1987年），第5冊，頁2609-2610。

是一個有名的鐵腕外交家，見袁世凱來求助於日本，正可趁此機會，大大的敲一下竹槓，所開的二十一條，全是無理苛刻的要求。」[93]為我們展現了一個貪婪的殖民主義政治家的形象。

再說駐華日使日置益。《新新外史》中日使小帆（指日置益）受大隈首相之命遊說項子城，「先運動好了項子城左右幾個親信的謀士……替日本鋪張揚厲，說德國絕不能長久支持」，後「親身來見子城，先說了許多奉承話，把這項總統拍得十分滿意，然後才慢慢說到青島的事。」一番老謀深算的外交辭令真是無可抵擋：

> 小帆說：「青島的事，敝國完全是給總統幫忙。按照情理說，德國既同英法開戰，在遠東方面，就不能再把持中立國的軍港，他本應當把青島土地完全交還貴國，那才合乎道理。要不然，貴國中立，是決然無法保持的。然就目前的形勢而論，貴總統既然宣布中立，決不肯同德國開釁，久而久之，必然引起英法的責言，貴總統那時左右作難，必至無法應付。因此敝國才仗義執言，願助一臂之力。好在我們同英國是同盟，別的國也無可藉口。將來青島收過來，敝國並無絲毫野心，仍然雙手奉還貴國。大總統認清此點，對於敝國的軍事行動，自然要表十二分同情。並且敝國的大隈首相同總統是多年老友，他抱定十二分熱誠，將來無論遇著什麼問題，一定幫總統的忙，要幫到底。」[94]

作者接著說，小帆這番話灌暈了項子城，把日本看成了最親切的

93 許嘯天：《民國春秋演義》（長春市：吉林文史出版社，1987年），頁371。
94 董濯纓：《新新外史》（長春市：吉林文史出版社，1987年），第5冊，頁2610。

好友，將助德的心變成了助日。這番話看似滴水不漏，實則漏洞百出，作者這樣寫，凸現了小帆的厚顏無恥和詭計多端。蔡東藩的《民國演義》中則敘述了中日談判的整個過程中日置益都表現得氣焰囂張，特別是高臥病榻進行榻前會議，更是仗勢欺人到無以復加的程度。

除日本人的形象外，「二十一條」國難文學中最重要的文學形象，是袁世凱。

袁世凱是民初政壇上的第一梟雄，歷史演義也總是把袁世凱作為主要人物來塑造。如《新華春夢記》，又名《洪憲演義》，「新華」與「洪憲」二語都暗指袁世凱。在敘述中日「二十一條」交涉時袁世凱更是逃脫不了作家的峻筆，揭露袁世凱及其政府軟弱無能與賣國行徑的主題在歷史演義中表現得非常突出。

楊塵因的《新華春夢記》，不惜筆墨描寫袁世凱的醜態。且看小說中所述袁世凱與日本進行秘密外交的過程：

> 比時袁世凱接著這二十一條的要脅條件，因為是交換承認帝制的特約，那敢怠慢？當去就想簽字畫押，後來見各省人民動了公憤，他嘴巴裡雖然笑著說小百姓們少不諳事，但是他的心裡卻也有些著慌。心想這賣國稱帝的事兒，關係卻很不小，是不能草草從袖底下交換成事的。於是今天開談話會，明天開討論會，外表上彷彿是慎重外交，內幕中乃是暗窺人民的態度，捱到外交上萬無可緩的地位，民氣漸漸冷淡的時候，便將那二十一條交換的條件簽押承認了。想我中國專制五千年，當時雖改組共和政體，然自癸丑之後，仍是中央集權，未脫盡專制的氣味。況且民意機關，那時已被袁世凱強迫解散了，小百姓對於國家的事，就是喊破嗓子，撞破腦袋，也是不生效力的。所以袁世凱大著膽兒，獨斷獨行，就將那二十一條之無限權利，拱

手送給了別人。最後謅了一篇空套文章，說外交上如何的困
難，國際上如何不損失權利，還自誇許多心勞力瘁的話兒，敷
衍一般傻百姓。自己還賺得那一筆救國的儲金，不過送了傻百
姓們一頂熱心愛國的高帽子而已。這也是他的伎倆高超，善於
密做鬼事。[95]

　　小說中，袁為稱帝時獲得日本的支持不惜承認日本提出的「二十
一條」，竟然認為「只要外交上得手，慢說他們幾個猴兒革命黨，就
是四萬萬人全體反對我，我也可以仗著外人勢力平伏他們的。」[96]他
還準備把另外七個條件作稱帝時與日本交換國書的信押品，而這另外
七個條件卻是把吉林省的土地權、奉天的司法權、津浦鐵路北段的路
權、天津山東沿海一帶的海岸線等等拱手讓給日本！當秘密交涉檔洩
露，日本遭列強質問而與袁反目成仇時，袁立即向日使表示，「好在
敝國的政事，是由我一人作主，就是貴國政府此番交涉，也是認定我
一人來辦的。請轉答貴政府，無論如何，我總是不變初議，請仍照舊
履行。」[97]這種對袁世凱的醜惡描述有誇張之處，但這種誇張正反映
了作家對賣國賊的極端仇恨。

　　在董濯纓的《新新外史》中，袁世凱也是一個地地道道的賣國
賊，但相對來說《新新外史》對袁的評價更為客觀、到位：「原來項
子城（指袁世凱——引者注）自當選正式總統之後，他時時刻刻想要
再上一層，把中華民國改稱中華帝國，他便隨著變成皇帝陛下。別看
他雄才大略，究竟未受過新潮流的淘洗，腦筋思想，依然是古式腐舊

---

95 楊塵因：《新華春夢記》（長沙市：嶽麓書社，1985年），頁823-824。

96 楊塵因：《新華春夢記》（長沙市：嶽麓書社，1985年），頁826。

97 楊塵因：《新華春夢記》（長沙市：嶽麓書社，1985年），頁842。

一流。」[98]「項子城一生，專能乘機取巧，無論甚麼事，他總想占兩面便宜，在自身一方面，是絲毫不肯犧牲的。」[99]他最初想以德皇威廉二世為法，親近德國，後來因為日本的遊說轉而親日。在青島之戰時，他下令截獲了德國的軍火，致使德國失去抵抗力，很快向日本投降。日本提出二十一條後，「項子城對於日本的無理要求，根本上本不想承認，但是衡量自己實力，確乎不能同日本開戰。如果冒然開戰，一定要失敗到底，因此他的雄心，無形中早已消失了一半。」[100]袁世凱一心只顧他的帝制野心，毫不顧及國家主權的得失，作者的筆觸切中要害。

　　蔡東藩的《民國演義》敘述日軍進攻青島時從龍口登岸，破壞了中國的中立，而袁世凱「想仰仗日人，讚助帝制，那時只好模糊過去」。待日軍攻下青島，「袁總統也無心過問，按日裡收攬大權，規復專制」，竟改了大總統選舉法！直到日本完全占了青島的行政等權，袁世凱才想起有二千萬馬克存在青島的德華銀行，怕被日人侵吞了，這才著了慌，趕緊宣布取消青島戰區。而日本卻來了照會，暗示可幫助他實行帝制。袁「接閱照會，巧巧碰入心坎，躊躇了好一會，便邀請顧問員有賀長雄、西阪大佐等，秘密商議一番。托他電達本國政府，極力讚助，一面電囑駐日公使陸宗輿，疏通日本內閣。」[101]袁世凱曾在青島的德屬銀行存款的說法歷史上多有傳聞。作者筆下的袁世凱在自己的巨額錢款受到威脅時，表現得如跳梁小丑然，其賣國的卑劣行徑神氣活現。最後作者慨言，中日交涉後——

98　董濯纓：《新新外史》（長春市：吉林文史出版社，1987年），第5冊，頁2620-2621。

99　董濯纓：《新新外史》（長春市：吉林文史出版社，1987年），第5冊，頁2620。

100　董濯纓：《新新外史》（長春市：吉林文史出版社，1987年），第5冊，頁2620。

101　蔡東藩：《民國演義》（上海市：上海文化出版社，1983年），頁1-7。

總統府中，欲覺沉迷，京內外的文武官吏，依舊是攀龍附鳳，
頌德歌功，前時要求變政的人物，已盡作反舌鳥，呈請辭職的
達官，又仍做寄生蟲，轉眼間桐枝葉落，桂樹花榮，北京裡
面，竟倡出一個籌安會來。[102]

這就把袁世凱及其政府的不思進取、出賣國家主權和謀求帝制的
野心表露無遺了。

第三節　「二十一條」國難詩歌

中日「二十一條」交涉期間，大量愛國詩歌湧現。這些詩歌大都
為舊體詩，語言精練而意蘊深貯其中，是國難文學中最富情感衝擊力
的作品。[103]

「二十一條」國難詩歌，從題材上可以分為愛國救亡詩、諷刺譴
責詩與主張對日開戰的戰歌等。與國難小說相比，國難詩歌雖缺少生
動的形象，卻以激越悲愴的情感見長。無論是愛國救亡詩，還是諷刺
譴責詩或戰歌，讀之無不讓人熱血沸騰，精神為之一振。詩人們大都
有深厚的中國文學素養，大部分詩歌語言純熟酣暢，感情真摯澎湃，
藝術感染力極強，表現了那個大變動的苦難時代的悲情與豪情。

---

102 蔡東藩：《民國演義》（上海市：上海文化出版社，1983年），頁33。

103 筆者利用國家圖書館等各大圖書館搜集了有關詩歌作品，在此過程中感到這一工
作極其困難，搜集到的詩歌恐怕遠非「二十一條」國難詩歌的全部。如前所述，
當時袁世凱查禁反袁、反日傾向的報章，有些詩歌大概無從發表，有些詩歌也許
已散佚了，令人遺憾。一九一五年，楊塵因所編《國恥》的最後〈詩歌諧談〉部
分搜集並刊行了當時較多的國難詩歌，為筆者的論述提供了有利的條件，又讓人
倍感欣幸。為了保存這些珍貴的詩歌並給讀者一個形象的認識，以下文中引用原
詩較多。

一　愛國救亡詩

　　詩歌是「二十一條」國難文學中最富情感色彩的類型，這些詩歌中首先要提到的就是抒發愛國之情與國難悲痛的作品。

　　柳亞子的〈五月九日晨起攜顧旦平赴愚園社集，車中口占〉中有「至竟何關家國事，休教人說是詩人」[104]之句，從題目來看，這是暗指中日「二十一條」交涉，寫的較為含蓄。章太炎的〈哀山東賦〉云：「夫何岱嶽之無靈兮，不能庇此齊魯」[105]，亦是微言大義。而郭沫若的〈七律〉則明確點明了事件本身：

　　　　哀的美頓書已西，衝冠有怒與天齊。
　　　　問誰牧馬侵長塞，我欲屠蛟上大堤。
　　　　此日九天成醉夢，當頭一棒破癡迷。
　　　　男兒投筆尋常事，歸作沙場一片泥。[106]

　　這首詩存於《創造十年》裡，作者介紹了創作的前後背景。這首詩作於一九一五年日本向袁政府提出最後通牒之時，當時留學日本的郭沫若因國家危難憤而回國，臨行前作了這首詩，充分表現了作者的一片愛國赤子之心。

　　朋雲的〈口占誠詩人宜效雄壯而戒輕豔，詩之輕豔亦國之衰象之一端，有心人其急挽救之〉[107]收錄在楊塵因所編的《國恥》中。這首

104　《柳亞子文集：磨劍室詩詞集》（上海市：上海人民出版社，1985年），上冊，頁221。

105　《章太炎全集》（上海市：上海人民出版社，1985年），第4輯，頁236。

106　《學生時代‧創造十年》（北京市：人民文學出版社，1979年），頁33。

107　楊塵因：《國恥‧詩歌諧談》（上海市：上海知恥社，1915年），頁11。

詩開頭說「得天之氣陽，得地之氣剛。發之於詩成倔強。倔強復倔強，起衰振懦此徵祥。」末句一語雙關，告誡中日交涉外交談判中中國的主要責任人陸徵祥要不屈不撓與日本周旋抗爭到底。後面幾句則對詩人提出了要求：

> 不教文弱致國恥，且賦大風威武張。
> 吾恨多少雕蟲輩，綴句綺麗脂粉香。
> 不知人間男兒有昂藏。

作者主張詩人賦威武之詩來振刷國民精神，實際上國難當頭的確影響了一代詩風。《國恥》中的另一首署名「杭縣王壽樾」的〈愛國勵志詩〉[108]，全詩如下：

> 神聖軒轅裔，與邦共一呼。
> 誓心謀富衛，忍恥志吞吳。
> 韜略良臣策，光芒壯士殳。
> 長纓誠有用，留待係單于。
> 國弱山河在，時窮俊傑多。
> 危樓愁燕處，保障恃人和。
> 鷹隼思抨擊，驊騮重負馱。
> 漏舟齊補救，努力莫蹉跎。

作者以「國弱」「時窮」「危樓」「漏舟」等語表現了國家的危難形勢，同時堅信只要志可吞吳的「壯士」「俊傑」們「與邦共一呼」，

---

108 楊塵因：《國恥‧詩歌諧談》（上海市：上海知恥社，1915年），頁5。

「努力莫蹉跎」,國恥終有洗雪之日。直到一九三七年,馮玉祥將軍還在《國民周報》發表了〈詠五月七日〉和〈詠五月九日〉二詩,大呼「日人欺我難忍受」,「犧牲一切把恥洗」[109],表現了一位愛國將領的殷殷之情。

抒發愛國情感之外,還有很多詩已經在反映和探討救亡圖存的良策了,我們稱這些詩為救亡詩。靜叟〈國恥紀念歌〉寫得明白順暢:

> 人而無恥胡不死,不死與死何判別。
> 國而無恥何不亡,不亡與亡何優劣。
> 不死甘蒙不恥名,不如拼死將恥滅。
> 不亡甘把國恥忍,不如拼亡將恥雪。
> 死亡兩途勿介懷,替一恥字灑熱血。

此詩清楚地闡明了個人與國恥的關係,力倡國民犧牲個人保全國家。全詩所見盡是「恥」字,力誡人們勿忘國恥:

> 國恥呼作夫差名,每立必呼警耳屬。
> 國恥標作莊宗矢,每出必載醒目觸。
> 國恥題作座右銘,朝夕憤憤百回讀。
> ……
> 我今作此國恥紀念歌,恥在群眾非我獨。
> 昔之招恥因能忍,今可再忍使恥復。
> 萬恥端從一恥來,一恥實為萬恥伏。

---

109 《國民周報》,1937年6月18日。

而這首詩的主體部分則更關注鼓舞民氣，救亡圖存的方策：

> 五月九日何所紀，紀防吾民盡縛束。
> 五月九日何所念，念防吾國全桎梏。
> 大聲呼醒我同胞，莫忘五月九日辱。
> 鑄成健全國民模，如鋼要經百鍊足。
> 造成剛毅國民操，如刃發硎再屬勵。
> 急倡國貨免漏厄，脂膏勿在供人欲。
> 急求科學增才能，建築勿在雇人督。
> 急勸儲金興兵工，勇武毋再受人曲。
> ……
> 各認部分肩責任，各盡能力達的目。
> 慎毋再貽外人笑，謂我熱度五分速。[110]

詩中提到了健全堅毅的國民性格、倡用國貨、提倡科學、救國儲金、興建兵工等救國方策，還告誡人們愛國要持之以恆，不要只有五分鐘熱度，這些對於救國之危難都是非常有建設性的建議。

當時救國儲金運動風起雲湧，詩歌也多有反映。如薛新振〈愛國頌〉一詩就是以宣導救國儲金為中心抒發國難情懷。該詩前面的序說：

> 報端救國儲金欄日以數百計，名次林立，多寡無論矣，最奇者偶見有學徒葉俊、寶棧司、張寶生、車夫卞阿三者，各儲銀幣一元。他如學生三人、女僕一人，隱名不表，亦各儲金一元。

---

110 楊塵因：《國恥‧詩歌諧談》（上海市：上海知恥社，1915年），頁10。

無惑乎？明季萊傭殉國，乞丐死難，其忠義發於至誠，所謂良知能非好名之士所可比例也。

可見當時民眾救國儲金運動之盛。全詩如下：

> 四萬萬人同一旅，父老兄弟具親睦。
> 忍驅鼎鑊就沸騰，令人視我為弱肉。
> 寧將膏血化橫流，衝破□□之林麓。
> 我家亞東數千載，子孫世食中華祿。
> 首陽之薇懦者饑，汾陽之騎壯夫獨。
> 勿以個人而餒怯，勿以自保而雌伏。
> 風枝簌播雀弗衛，完卵烏有巢傾覆。
> 何其名哲而知時，意氣特鼓於御僕。
> 袞袞士夫愧無地，性命金錢吝儲蓄。
> 甚則俯首異類居，棄我版圖歸化育。
> 朦朧覬藉為護符，虎狼貪噬無厭黷。
> 安宅弗居曠胡為，鶯鶯海嶠吞聲哭。
> 釜魚仍詡得快游，家國維繫同禍福。[111]

這首詩，一方面號召大眾「勿以個人而餒怯，勿以自保而雌伏」；一方面，對「性命金錢吝儲蓄」，「甚則俯首異類居」的袞袞士夫予以批判，宣導救國儲金。整首詩著眼點也是個人與國家的關係，詩人篇末點題：「家國維繫同禍福」，詩中「完卵烏有巢傾覆」，「釜魚仍詡得快遊」之句也形象地說明了這一主題。

---

111 楊塵因：《國恥・詩歌諧談》（上海市：上海知恥社，1915年），頁9。

　　燕青有〈時事雜感六首〉，其中一首就叫〈救國儲金〉，表達了救
國儲金運動最終未能拯救國難的悲憤，有明顯的諷喻色彩：

> 國士聲聲喚奈何，迴天空仗魯陽戈。
> 黃金滿篋終無用，和血鎔成寶劍磨。[112]

　　署名「嵩城朱素貞女士」的〈愛國歌〉，因詩人的女性身份使這
首詩顯得更加不同凡響：

> 五族共和倏四春，危機相伏早有因。
> 匡扶時艱原非易，全恃愛國之國民。
> 國內瘡痍方待濟，可奈苛索迫倭人。
> 渠稱同文復同種，我本相願如齒唇。
> 如何今朝乃有此，哀的美敦書乍臻。
> 聞者髮上為衝冠，誰無忠義之精神。
> 喜傳海上愛國輩，廣勸儲金備練軍。
> 更為提倡用國貨，勿使商利外溢奔。
> 國威此後當可挽，國讎此後當可伸。
> 我為嵩城弱女子，恨不化作健男身。
> 凡百愛國事得佐，且能強力服暴鄰。[113]

　　全詩通俗易懂，一脈而下，酣暢淋漓，內容相當豐富。詩歌前半
部分略述中日交涉情況，並對日本進行了批判；後半部分，詩人提到

---

112 楊塵因：《國恥‧詩歌諧談》（上海市：上海知恥社，1915年），頁8。
113 楊塵因：《國恥‧詩歌諧談》（上海市：上海知恥社，1915年），頁11。

了救國儲金、提倡國貨、整軍備戰等救亡方策,「恨不化作健男身」、
「凡百愛國事得佐」兩句極富感染力。

　　黃毅、方夢超合編的《中國最近恥辱記》封底印有一首名叫〈勸
用國貨〉的打油詩:

> 勸用國貨同人發起,凡我同胞深明大義。
> 愛用國貨利益非淺,民富國強大有關係。
> 況我中國百貨俱齊,外來物品實無稀奇。
> 熱心愛國勿貪小利,逢人相勸贊成用易。
> 事關賣買全在自己,個個留心立見效益。
> 外人笑我有頭無尾,改良仿造務求精細。
> 推廣國貨人人歡喜,工商兩界務宜爭氣。
> 人非草木良心發現,如是辦法彼此稱便。
> 奉勸諸君聯絡一體,同心協力堅持到底。
> 國貨國貨注意注意,勸用勸用切記切記![114]

　　此詩探討了使用國貨的利害關係,點明只有國強才能民富;並提
出了幾點希望──改良、仿造外國貨要「務求精細」,振興國貨要求
工商兩界聯合一致,歸根結底還要依靠全體國民的深明大義、「同心
協力堅持到底」。詩中對使用國貨的勸說非常懇切,可謂動之以情,
曉之以理。

---

114 黃毅、方夢超合編:《中國最近恥辱記》(國恥社,1915年),封底。

二　諷刺譴責詩與戰歌

　　許多國難詩歌揭露批判了袁政府的賣國行徑。當然，上面介紹的愛國救亡詩也涉及到這些內容，但有些詩在這一方面的表現得更為突出和集中。

　　揭露批判袁政府賣國的詩多帶有諷刺色彩，如柳亞子的〈中日條約簽字後之旬日，適見所謂《圭塘倡和集》者，感題一絕〉有「流芳遺臭尋常事，尤見歌功頌德人」[115]的句子。劉成禺的《洪憲紀事詩》中有一首詩云：「可惜神簽真院本，盡隨花鳥渡蓬萊」[116]，是說袁世凱在中日交涉期間為了討好日本把國寶字畫送給了日本元老之事。燕青〈時事雜感六首〉中的〈官吏遷眷〉一首諷刺了政府官吏懼怕中日發生戰事紛紛攜眷逃跑的醜事：

> 嘉禾文虎受恩殊，仙眷飄然趁快車。
> 脫兔驚鴻緣底事，一封哀的美敦書。[117]

　　〈忍辱承認〉一首則把袁世凱賣國比作背著父母獻女兒身的無恥之人，諧謔有之，但也不乏悲憤之情：

> 公門桃李一枝春，送與東牆得意人。
> 好是爺娘眠正熟，簾前偷獻女兒身。[118]

115　《柳亞子文集：磨劍室詩詞集》（上海人民出版社，1985年），上冊，頁224。

116　劉成禺：《世載堂雜憶》（太原市：山西古籍出版社，1995年），頁220。

117　楊塵因：《國恥‧詩歌諧談》（上海市：上海知恥社，1915年），頁8-9。

118　楊塵因：《國恥‧詩歌諧談》（上海市：上海知恥社，1915年），頁8-9。

　　反袁詩也不乏更為大膽直白的批判與譴責，內容直接涉及中日交涉事件本身，矛頭直指袁世凱及其政府，蘊涵的情感沉痛而又激越。張光厚是位非常關心中日交涉的愛國詩人，他寫了〈五月九日之感言〉、〈詠史〉等詩，大膽揭露了袁世凱的賣國行徑。下面是《五月九日之感言》二首中的其一：

　　　　欲把神州換冕旒，安心送盡莽神州。
　　　　君王歡喜生民哭，都在今朝一點頭。
　　　　鞭笞繩縛太難堪，一一傷心不忍談。
　　　　讀罷全文為痛哭，此事如何竟心甘。[119]

而《詠史》二首其一云：

　　　　來許加官去送金，奸雄操縱未深沉。
　　　　袁公路有當塗讖，石敬瑭真賣國人。
　　　　篡位豈能逃史筆，虛文偏欲騙民心！
　　　　尋常一個籌安會，產出新朝怪至尊。[120]

　　前詩「都在今朝一點頭」之句極寫袁世凱獨攬國權的專制暴政，後詩「虛文偏欲騙民心」之句又寫出了袁世凱欺騙國民的鬼蜮伎倆，兩首詩對袁氏賣國的批判極其沉痛有力。
　　上面已經提到的靜叟的〈國恥紀念歌〉除表現救亡外，也高調反袁——

---

119 《近代愛國詩詞選》（上海市：上海古籍出版社，1988年），頁248。
120 《近代愛國詩選》（北京市：北京師範大學出版社，1985年），頁218。

獨奈當局膽如鼰，轉使屈辱為解決。

東京應騰歡笑聲，吾為滿蒙嘆不絕。

天付神州好河山，可能幾次遭破裂。

無損主權言猶在，保持平和計亦拙。

人民不容置一喙，雖懷芻蕘無由白。

強抑民氣敵焰增，不然寧敗於此役。

彼邦貪欲為養成，能無後患不再迫。

方茲世界事劇爭，各登舞臺逞兵革。

何吾獨難執干戈，一衛祖國完人格。

甲午庚子既創深，不應酣睡仍疇昔。

縱慾苟生期苟安，奈人不許安旦夕。

……

嗚呼！流光蹉跎萬難再，枕戈待旦看東旭。

吾非儼然具心肝，胡為受此條件毒！

吾非儼然具面目，胡為受此要求酷。

國民豈皆亡國民，肯被奴隸幽地獄。[121]

　　詩中直罵袁政府膽小如鼠，簽訂喪權辱國的條約卻恬不知恥地認為是和平解決的功業，而對中國人民卻又極力壓制輿論自由，這樣的政府真是腐朽至極。

　　在「二十一條」國難詩歌中，排日詩與主張對日開戰的戰歌，也占有相當重要的地位。許多詩人們在悲憤中吟詠出沉痛控訴日本殘暴侵略的詩歌，還有堅決反對與日本妥協簽約而主張與之決一死戰的戰歌。

---

121 楊塵因編：《國恥‧詩歌諧談》（上海市：上海知恥社，1915年），頁10。

　　陳朗仙的〈題竹園先生國恥雜誌〉七律四首，是給《國恥雜誌》
的題詩，其一寫道：

　　　　小丑仇讎付等閒，大家須愛好河山。
　　　　東隅不恤鄰封好，中夏難堪國步艱。
　　　　揉碎櫻花方雪恨，種成佳穗始開顏。
　　　　莫言稗史無輕重，已分班香屈豔間。[122]

　　給《國恥雜誌》的題詩還有許瘦蝶的〈題國恥雜誌〉：

　　　　以彼侏儒國，蔑我神明種。
　　　　痛史留紀念，誰與始作俑。
　　　　名篇搜海內，珠玉同珍重。
　　　　千花腕底開，萬淚豪端湧。
　　　　展讀凜前途，心魂為之悚。
　　　　英雄勵薪膽，共把雙肩聳。
　　　　愛國不在言，知恥近乎勇。
　　　　傳語勉黃人，勿再日輪捧。[123]

　　這兩首詩或蔑稱日本為「侏儒國」，或誓言「揉碎櫻花方雪恨」，
鮮明表達了對日本的仇恨。

　　楊塵因所編《國恥‧詩歌諧談》收錄最多的是戰歌，如燕青〈時
事雜感六首〉、惜誓〈從軍決絕辭〉、王壽樾〈尚武詞並引〉等。《國

122　徐竹園編：《國恥雜誌》（1920年10月），第1期。
123　徐竹園編：《國恥雜誌》（1920年10月），第1期。

恥》還刊載了黃遵憲此前所作的〈出軍歌〉（據中日交涉時事稍有修
改）、〈軍中歌〉和〈旋軍歌〉。這些詩都表達了對日開戰的決心。

翁病秋的〈國家多難義憤填胸，倒步訴鷗散人感懷元韻率成四
章，即以勉我同胞而工拙不計也〉寫道：

> 東鄰底事暴橫加，悵望江天落日霞。
> 爭向寰中馳羽檄，何須舌上爛蓮花。
> 強權公理分明在，戰禍兵凶未有涯。
> 莫負男兒好身手，快將功業播荒遐。[124]

東鄰將強權橫加與我的殘暴，中國人看得分明，但公理卻無處去
尋。詩人奉勸好男兒不要只有口上虛言，而要真正行動起來為國戰鬥。

燕青〈時事雜感六首〉其一首〈軍人主戰〉，表現了對日軍的蔑
視：

> 手執龍泉膽氣粗，河山真價抵頭顱。
> 敵人個個身軀矮，列陣沙場類小豬。[125]

惜誓的〈從軍決絕辭〉寫得極有特色，全詩七首如下：

> 父詔子
> 父衰不勝甲，吞聲復何言。
> 願兒雪國恥，岳家忠孝門。

---

124 楊塵因編：《國恥‧詩歌諧談》（上海市：上海知恥社，1915年），頁6。
125 楊塵因編：《國恥‧詩歌諧談》（上海市：上海知恥社，1915年），頁8。

母諭子
國仇尚未滅，兒行勿牽衣。
努力壯士名，報答三春暉。

子答父母
生男貴從軍，親老不敢負。
封狼居胥還，歸奉父母壽。

婦語夫
男兒家何為，匈奴未曾滅。
願誦國殤篇，送君壯行色。
刺繡易寶刀，爛若朝陽色。
奉君赴戰場，如妾親殺賊。

夫答婦
男兒從軍樂，無書附雁歸。
邊庭重壯士，不用寄寒衣。
此行擬不還，願汝加餐食。
高堂有舅姑，莫化山頭石。

兒告父
阿爺作英雄，弓冶不敢墜。
唯乞月氏頭，與兒做酒器。

父答子
愛我膝下兒，猛氣已食虎。

他日崑崙關，尋爺殺賊處。[126]

　　七首詩作為一個統一的系統，一方面是父母、妻、子對將要參戰的——作為兒子、丈夫、父親的「男兒」的鼓勵，另一方面是「男兒」對父母、妻、子的悲壯遺言，表現了全家人支持愛國之戰的決心。全詩句句有英雄氣，又句句有至深親情。全家每個人的情感態度在詩人的筆下都描摹地極為貼切、傳神。「此行擬不還」、「與兒做酒器」等句渲染了「男兒」出征的悲壯與豪邁，「尋爺殺賊處」之句則預示國家後繼有人。這組詩是近代詩歌中極佳的作品。

　　王壽樾的〈尚武詞並引〉是一首長篇歌行體詩，全詩如下：

　　我武不揚，外交失敗，低首屈辱，貽笑友邦。嗚呼痛矣！今後
　　為補牢計，於尚武二字切勿託諸空言，爰摘往事，發於詩歌，
　　我同胞其亦疾起直追乎！
　　平地風波橫逆遭，河山不幸受腥臊。
　　沼吳事蹟斑斑在，寄語同胞莫怒號。
　　漢王跳去後歌風，顛躓燕亭立大功。
　　利鈍有時貴堅忍，無須成敗論英雄。
　　一椎不中易奇謀，滅楚覆秦總復仇。
　　血氣消除成大勇，千秋矯矯一留侯。
　　逐鹿中原起競爭，茅廬三顧得長城。
　　蒼蒼如護炎劉鼎，會見干戈盡蕩平。
　　儒將風流姓氏齊，雄心運覽與聞雞。
　　補天浴日男兒手，豈令銅駝蔓草迷。

126 楊塵因：《國恥‧詩歌諧談》（上海市：上海知恥社，1915年），頁4-5。

面穿流矢尚揮戈，保障睢陽部曲多。
誓不戴天頻血戰，將軍毀齒為山河。
百戰勳勞復兩京，單騎能令彼軍驚。
人臣師表忠貞在，不僅旂常享盛名。
三矢相期有壯圖，彌留恨事在梁都。
獻俘太廟功成日，李氏家兒是丈夫。
灑淚激昂頻誓師，韓王五陣運籌奇。
元戎健足都俘虜，第一功名數大儀。
大纛飄搖烏不譁，鼓鼙聲裡盡呼爺。
壺漿簞食朱仙鎮，唾手黃龍想岳家。
採石磯邊片月高，倉皇戎馬屬文豪。
南朝時已凋零甚，尤喜書生握豹韜。
早把丹心付汗青，勤王事業起提刑，
馨香俎豆安排定，正氣歌留後世聽。
宣威洪武首徐常，齊化門前揵伐張。
不嗜殺人安市井，與王氣象總堂堂。
如火如荼寧武關，甘心戰血染袍殷。
將軍一怒憑城日，百萬崔符起懼顏。[127]

　　全詩雖然除了引子外沒有涉及中日交涉的實事，卻旁徵博引，以古鑒今，氣勢豪邁，詩藝精道，是名副其實的鼓動戰歌。

　　總之，「二十一條」國難文學的創作者大都是具有近代國家觀念和民主意識的有良知的文人士大夫，文學修養較高，他們的思想基本上是現代的、開放的，這些保證了「二十一條」國難文學的較高水

---

127 楊塵因：《國恥·詩歌諧談》（上海市：上海知恥社，1915年），頁5-6。

準。「二十一條」國難文學如此全面地反映了「二十一條」國難，內容涉及這場國難的各個方面──中日交涉前日本出兵山東和日德青島之戰的情況、中日關於「二十一條」的外交談判以及談判中中日當局的外交斡旋，中日交涉期間中國民眾的救亡運動，甚至巴黎和會和「五四」運動時期對「二十一條」問題的再反響等等，表現了反對日本的殖民侵略、反對袁世凱及其政府的腐朽賣國、聲援民眾的愛國運動這三大主題，塑造了侵略者、賣國者、愛國者三大形象，與此同時，「二十一條」國難文學還普遍表現出可貴的反思精神，反思國民的某些劣根性，尤其是反思愛國的方式方法，告誡國民：愛國不要只有「五分鐘熱度」，提出愛國不能出於一時的衝動，愛國要從每個人做起。這是「二十一條」國難文學最為可貴的一面。

　　「二十一條」國難文學大部分還是文言作品，基本上還屬於中國古典文學傳統的延伸，在文體上也有「文史不分家」的特點，這在紀實文學中表現得更為明顯，散文正是文章的正道，紀實正是史傳的傳統。這從作者們把自己的作品自比為《春秋》、《史記》即可見出，這也體現了傳統文學觀念與近代愛國意識的融合。

東方學研究叢書　1800001

中國百年國難文學史（1840-1937）上冊

作　　者　王向遠等

責任編輯　楊家瑜

發 行 人　陳滿銘

總 經 理　梁錦興

總 編 輯　陳滿銘

副總編輯　張晏瑞

編 輯 所　萬卷樓圖書股份有限公司

排　　版　林曉敏

印　　刷　維中科技有限公司

封面設計　菩薩蠻數位科技公司

發　　行　萬卷樓圖書股份有限公司

臺北市羅斯福路二段 41 號 6 樓之 3

電話 (02)23216565

傳真 (02)23218698

電郵 SERVICE@WANJUAN.COM.TW

大陸經銷

廈門外圖臺灣書店有限公司

　　電郵 JKB188@188.COM

香港經銷　香港聯合書刊物流有限公司

　　電話 (852)21502100

　　傳真 (852)23560735

ISBN 978-986-478-104-1

2019 年 8 月初版二刷

2018 年 12 月初版一刷

定價：新臺幣 420 元

如何購買本書：

1. 劃撥購書，請透過以下郵政劃撥帳號：

　帳號：15624015

　戶名：萬卷樓圖書股份有限公司

2. 轉帳購書，請透過以下帳戶

　合作金庫銀行　古亭分行

　戶名：萬卷樓圖書股份有限公司

　帳號：0877717092596

3. 網路購書，請透過萬卷樓網站

　網址 WWW.WANJUAN.COM.TW

大量購書，請直接聯繫我們，將有專人為
您服務。客服：(02)23216565 分機 610

如有缺頁、破損或裝訂錯誤，請寄回更換

國家圖書館出版品預行編目資料

中國百年國難文學史（1840-1937）/ 王向遠
等著. -- 初版. -- 臺北市 ：萬卷樓, 2018.12
　冊；　公分. -- (東方學研究叢書)
ISBN 978-986-478-104-1(上冊 ：平裝). --
1.中國文學史
820.9　　　　　　　　　　　　106012215